支持单位

成都市文学艺术界联合会

出品单位

四川师范大学文学院

成都市李劫人研究学会

四川新文学大系

小说编 ·第四卷·

总　编　　王嘉陵　刘　敏

副总编　　张义奇　曾智中

本编主编　谭光辉

四川文艺出版社

图书在版编目（CIP）数据

四川新文学大系. 小说编：共七卷 / 王嘉陵，刘敏
总编；张义奇，曾智中副总编；谭光辉主编. — 成都：
四川文艺出版社，2024.8
ISBN 978-7-5411-6547-4

Ⅰ. ①四… Ⅱ. ①王… ②刘… ③张… ④曾… ⑤谭
… Ⅲ. ①中国文学—现代文学—作品综合集—四川②小说
集—中国—现代 Ⅳ. ①I218.71

中国国家版本馆 CIP 数据核字（2023）第 216296 号

SICHUAN XINWENXUE DAXI · XIAOSHUOBIAN（DISIJUAN）

四川新文学大系·小说编（第四卷）

总编　王嘉陵　刘　敏　副总编　张义奇　曾智中

本编主编　谭光辉

出 品 人　冯　静
策划组稿　张庆宁
书稿统筹　宋　玥　罗月婷
责任编辑　卫丹梅　李小敏
封面设计　魏晓舸
版式设计　史小燕
责任校对　段　敏　张雁飞
责任印制　桑　蓉　崔　娜

出版发行　四川文艺出版社（成都市锦江区三色路 238 号）
网　　址　www.scwys.com
电　　话　028-86361802（发行部）　028-86361781（编辑部）

邮购地址　成都市锦江区三色路 238 号四川文艺出版社邮购部　610023
排　　版　四川胜翔数码印务设计有限公司
印　　刷　成都东江印务有限公司
成品尺寸　148mm×210mm　　　　开　本　32 开
印　　张　89.25　　　　　　　　字　数　2360 千
版　　次　2024 年 8 月第一版　　　印　次　2024 年 8 月第一次印刷
书　　号　ISBN 978-7-5411-6547-4
定　　价　486.00 元（共七卷）

编选凡例

一、本编收录小说以全面性、代表性、稀缺性、本土性为主要编选原则。全面性是指尽量涵盖20世纪上半叶巴蜀小说家；代表性是指在考虑其他各点的前提下尽量选择小说家有代表性的作品；稀缺性是指尽量选择曾经发表但未再版或未收入全集的作品；本土性是指尽量选取籍贯或出生地为巴蜀地区的小说家，侨寓作家不收录。

二、本编的小说以收录和存目两种方式呈现。收录作品尽量考虑稀缺性；存目作品尽量考虑重要性和代表性。

三、本编收录的小说，尽量以最初的版本为依据，呈现小说发表或出版之初的原始面貌。个别无法找到原始版本的作品，以再版时间更早的版本为依据。

四、本编分为"长、中篇小说"和"中、短篇小说"两大部分。为查询方便起见，每一部分的编排以作家姓名拼音字母排序。同一个作家的作品，以发表或出版的时间先后为序。

五、为控制篇幅，部分长篇小说采取了节选的方式。

六、为保持作品原貌，字词的旧用法不做更改。比如"的、地、得、底""哪里、那里""想像、想象""甚么、什么"之类，或因作家习惯等造成的不同写法，不影响理解的都依原稿版本，不按现行标准修改。

目录

中、短篇小说

陈　铨

欢　迎

一

楚西已经有十几年不回家了，这一次从欧洲回来，富顺县的许多亲戚朋友，都准备着要欢迎他。

第一个最热心要欢迎楚西的人，当然要推教育局的局长王孟椿。王孟椿是楚西的宗兄，是富顺县数一数二的绅粮。无论那一位县知事，无论那一位驻防的军队长官到了富顺，马上就得亲候王孟椿，因为王孟椿对本地情形最熟悉，某一位"土老肥"收多少租谷，某一个"狭黄狗"存多少现款，某一个商号，做了那一笔生意，拿了多少钱，他都可以随口就背出来。所以要筹款催税，王孟椿是富顺县最重要的人物。

这一次楚西在德国得了化学博士回来。你想德国博士多难得，楚西学的又是军用化学，回国后政府一定重用的，富顺县出了这样一个人物，还了得起吗？王孟椿很坚决地相信，他们的祖坟，是葬好了的，所以人财都很发达。第一个出了他，当了五年公事，赚了二三万块钱。去年当教育局长，一年中就拿一万儿，以后还不知怎样。现在更好了，又出了一个王楚西，简直不得了。他王孟椿无论怎样厉害，也不过是"缸钵里头的鱼鳅，耍团转"，王楚西将来就不同了，说不定要做国民政府的兵工厂厂长，军政部长，想来也不是什么困难的事情。他王孟椿，作一个小县的教育局长，一年就可以拿一万钱，王楚西作了国民政府的兵工厂厂长，一年又可以拿多少呢？作了军政部长，一年又可以拿多少呢？王孟椿简直不能想像。王楚西要是做了这样大的事情，拿了这样多钱，他王孟椿又可以沾多少光呢？这真是妙极了！王家的坟山，葬得真好，富顺县的八大名坟，又算什么？甘坟顶厉害的不过出一个甘尚书，他们王家的坟，当然决不会在甘坟之下。

　　这一次楚西回来，王孟椿当然非大大欢迎不可。但是要大大欢迎楚西的，除了王孟椿以外，还有许多的人。临江镇的镇长麻幺公，自然也是最诚恳不过的。麻幺公在富顺县已经当了三十多年的公事，现在可以收三千多租，可惜他家里发财不发人，只有一个儿子，生下来就是驼背子。因为麻幺公有钱有势，居然替驼背子说了一位美貌媳妇来。没有当过驼背子老婆的人，其中的苦况是没有法子知道的，但是这位年青貌美的女子，进门以后的怨望，是很多人都亲耳听见她讲过的。她想儿，又老不生儿，一连三年，没有消息。到四年，真奇怪，忽然她生一个儿了。麻幺公虽然平素是一个极规矩的人，地方上的人对于他却有许多的猜度。麻幺公没有法子去停止别人的猜度，因为他把孙儿子，当成亲生的儿子一般地爱怜抚养。

　　麻幺公是楚西的近邻，他亲眼看见楚西长大的，看见他离家求学，现在又看见他出洋回来了。这一次回来，说不定要作大官，麻幺公最疼爱的，就是他的十二岁的孙儿。他今年已经六十二了，他的儿子前两年又死了，现在有他在，自然没有人敢欺负，万一有什么风吹草动，他的孙儿又倚靠何人呢？在这个时候，最好的办法当然是去结交几个有势力的人物。但是已经有势力的人物太难交了，唯有将要势力还没有得势力的人最容易交，拿这一点来说，楚西当然是麻幺公最好欢迎的对象。

还有富顺县中学的校长，也是欢迎楚西一个重要的人物。中学校长的职务，自然是为地方造人材，但是人材男的也有，女的更多，所以富顺中学，依照我们校长的意思，是不应该分男女的。所以他接事的第一步，就是招收女生。但是女生招收了，如果让她们同男学生在一块儿住，自然是有伤风化的事情。"造就人才可也，有伤风化不可也。"这是我们校长，呈请教育厅呈文中间的名句。两全的方法，当然只有再办一个分校。加办分校，自然不能不增加经费，增加设备，结果富顺中学一个学校的校长，变成了两个学校的校长。女学校的校址，用城隍庙来改修，固然可以不必另外花钱买地皮，庙产变成校产，倒霉的当然也只有和尚。然而培修费却也可观，单是门口一堵照墙，稍为拿来粉饰粉饰，就去了二千块；厕所又去了一千五百，因为照教育眼光看来，女人的厕所，不能不多花钱的。

我们的校长，虽然是在东洋留过学，但是西洋的事体，他也知道的很多。尤其是楚西留学的德国，是他最佩服的。因为我们校长知道，日本所以称雄世界是学德国，中国将来要战胜他国，也只有学德国，学德国，自然少不了德国留学生，因此德国留学生一定少不了官做的，德国他佩服，德国留学生他更佩服。楚西回来，我们校长，自然要热烈地欢迎。

此外欢迎会里边最有趣味的当然要推刘团长，刘团长本来不是富顺县的人，但是同楚西从前在成都省立第一中学同过学。那一年楚西考上了官费，刘团长还慷慨的借了五十元路费给他，后来中学闹风潮，他因为是赶校长的主要人物，政府说他是共产党，在成都立不住脚，跑去滚军队。打了几次仗，居然升了团长，成了四川一位大军阀的心腹人。就是因为是心腹人，所以把富顺那样肥美的防区划给他。他在富顺驻了两年，刮了二百多万，讨了八个姨太太，杀了五百多人，中间有一百多是砍头的，二百多是枪毙的，十几个是苦刑拷打死的，五十几个是关在监狱里病死的，还有十几个，运气总算好，是刘团长审问的时候生了气，亲自用手枪打死的。

刘团长是富顺县第一个大人物，是一切军事政治教育文化的太上皇，被这样一个人亲身用手枪打死，这当然是很光荣的事情。但是如果刘团长肯亲身去欢迎一个人，这一个人，你想多么伟大，多么有面子！所以自从刘团长听说楚西回富顺准备欢迎的消息传出来以后，富顺县有地位的人，没有一个不愿意加入，连县长也争先恐后地报名。

二

他们的欢迎会已经准备得很有头绪了。地点在文庙，馆子是德昌园。干事是王孟椿，招待是麻幺公同中学校长，主席自然不用说，是刘团长。

事事都准备好了，楚西却还没有回来。这真奇怪！他从重庆来的电报，不是明明说"一二日内就动身返富"吗？为什么现在已经三天还没有音信呢？

王孟椿他们，固然等得不耐烦，楚西家里的人，等得更着急。

楚西的父亲，今年已经七十四岁了，前清的时候曾经入过学，中过举，在地方上管公事也有几十年，很受一般人的尊重。但是他有一个坏习惯，就是圣贤书上面讲的话，他一定要拿来实行，所以经过许多发财的机会，他不发。前年他自己经营了三十几年的绸缎生意，关门大吉。自流井经营的火井，又出了叉，贴了一万几。家业因此弄得精光，不但没有积蓄，还负了七八千块钱的账。在楚西要回国的前一年，家里已经弄到山穷水尽，生活差不多都不能维持了。不管境遇怎样苦，他的父亲却有一个希望，就是楚西快回来了。楚西是他平素最钟爱的儿子，读书作事都比人强，现在又到外国去受了最新式的教育。只要他一回来，家里经济，立刻就有办法，七八千块钱账算得什么？李顺钦的儿子，从美国回来，中文连信都写不通，不上一年，就当了参谋长，挣了四五万。楚西回来，至少比李顺钦的儿子强十倍，以后他们家里真不知要如何发达呢！这真是他平日为人公平正直的好处，所以苦尽甘来，老年居然有了这样一位有出息的儿子。

楚西的父亲，在地方上当了三四十年的公事，并没有挣多少钱，并且平常主张廉洁，不能在公事上拿钱，但是对于楚西要找大钱，他却认为是很自然的，很应该的。

如果楚西的父亲已经希望他找钱，楚西的母亲更希望他找钱。这几年来，家运真是太不好了。生意失败，生计断绝，连她自己存的一千多块私房钱，也都拿出来贴家缴去了。楚西还有一个早婚的哥哥，生了六个儿子，两位刚进中学的弟弟，楚西的母亲看见大儿子拖起一家人可怜，小儿子衣服都穿不齐整，更可怜。常常都想疼爱他们，但是又没有钱帮助他们。以前还有些东西拿去当卖，近来一切都光了。除了儿子孙子以外，她还有两位亲姐姐，都是年过六十，居孀的人，每人都还有儿媳，但是一个个都一贫如洗，每天吃两顿稀饭都办不到，全靠楚西的母亲，不时偷偷摸摸的拿一点东西来接济她们，她们才可以暂时不至于饿死。所以楚西的母亲，整天整日的盼望他回来，因为她相信楚西一回来，一定会给她钱给她，她就可以帮助许多亲爱的人。

楚西同宗的人，从前没有分家的时候，因为有楚西的父亲挣钱，大家都在家里好吃懒做。后来家境坏了，才分家，他们都凶恶地强迫楚西的父亲，要他交出私存的款项。有一次他们简直聚起一大群，到楚西家里来，说他们没有饭吃，要楚西的父亲，给他饭吃。楚西的父亲被他们逼得没有办法，只有另外去借了二千多块钱来分给他们，公项上的欠账，不用说，自然由楚西的父亲一人负担，但是他们还不服气，继续又来吵闹过多少次。现在听说楚西要回来了，他们的态度都变了。前两天就有幺房的成汉大哥，成心二哥从乡下来到城里来住着等，前一天又有大房的成芳三哥，二房的成卿二哥同他的儿子越林超群，到城里来坐着等。他们都知道楚西回来一定带得许多银子，只要恭维得他高兴，骆驼身上拔下一根毛，比他们的腿肚子都还大，大财不发，小财总可以发的。

楚西还有两位舅父，四舅父已经快七十，穷得连饭都没有吃，偏偏前两年孤零不惯，还去续了弦，接来了一位泼妇，整天同他闹架，只有躲在他女儿家去寄食，但是女婿又不喜欢。幺舅父是世界上最无用的人，每天除了吃饭睡觉谈天而外，任何事都不能作。分家的田地已经吃光，押了许多次，现在卖了都不够抵账。这两位舅父，都希望楚西赶快回来，再不回来，他们简直只有死了。他们其实也不希望楚西很多的帮助，他们都没有多大的贪心，只要有个两三千块钱，他们也就可以安居乐业了。楚西在德国得了博士，至少总比得前清中了翰林，一个中国翰林弄个两三千块钱，已经是很容易的事情，何况乎一个洋翰林呢？他们只愁楚西不回来，要回来就有办法了。

楚西还有一位姐姐，十六岁出嫁，十八岁就居孀，抱着孤儿织麻纺线，苦苦守了十六年。现在儿子进中学了，没有钱缴学费，自己分家所得的田地，收租还不够吃饭。她还想替儿子接媳妇，媳妇讨来，家里自然更不够吃，但是她守了十六年，为的也不过是要接张氏一门的香烟，现在儿子已经十六岁，再不给他说亲，万一有什么三病两痛，岂不把她十六年辛苦，通通抛弃了吗？亲戚们大部分都穷，自己亲生的父母也穷，借债周济，都是没有路子可走的。她唯一的希望就是楚西回来，一回来她就可以向他要一笔钱，替她儿子完婚。想来楚西是读书明理的人，一定会可怜她守节，帮她忙完成她的志愿。

这一些人，听说楚西回来的消息，通通都到城里来了。楚西的家里住不下，连客厅都摆起地铺。人来了不能不招待，楚西的父亲又东拉西扯地去借了二十几块钱，来度过这一个难关。这一个难关，虽然难，但是不几天就苦尽甘来了。所以楚西的父亲看见家里一大堆人吃饭，心里固然很着急，同时也感觉一种满意。

但是一连等了三天，没有音信到来。怎么样？为什么不来呢？

三

第四天，仍然没有消息。

第五天的下午，有一乘轿子，从大南门进城，一直抬到后街。在一家门首停下。一位二十四五岁左右的青年，穿一身洋服，走出轿来，在门首端详一会儿，问开茶馆的伙计道："这里是王越清王老太爷的家吗？"伙计说"是"，他才招呼轿夫把行李搬进屋来。

进屋里，看见堂屋里，静悄悄的，没有一个人，没有一点声音，他想叫，不知道叫谁好。正在迟疑的时候，忽然一位十五六岁的青年走出来，看了他一眼，忽然问道："你是三哥吗？""你是谁？""我是五弟，你不认识不认得了吗？"

五弟像射箭一般的跑进屋里去，一会，一位十三四岁的小孩子跑出来，楚西心里已料到是六弟弟。停一会，母亲出来了，嫂嫂出来了，随着一大群的小孩子，一大群的亲戚，把楚西团团围住。这一个问他什么时候在那里动的身，那一个又问他路上受了什么辛苦没有，这一个说他比从前胖了许多，那一个又说他红光满面正是运气来的时候。楚西也没有工夫答应他们，连忙取出钱来，把轿夫打发走了。接着五弟打了洗脸水来，他在行李里取出手巾来洗脸。"父亲呢?"楚一面洗脸一面问道。

"到文庙去开会去了，"母亲答道，"已经派人去告诉他，他一会就回来。"

"父亲好吗?"

"好。"

"母亲你好吗?"

"好。"

"现在还咳嗽不咳嗽?"

"冬天咳，夏天好一点。"

"那一个小孩子是谁?"

"那是你表姐的儿子，你忘了吗? 那就是王六呢! 王六! 过来! 给你二表叔行礼! 这个东西，那样大，还是那样狭手狭脚的!"

"呵，他就是王六吗? 完全变了。母亲我长变了没有?"

"变了。要是在街上会见，我都不认识了!"

他们又走进里边父母亲卧房去坐。屋里一切的陈设，还是同从前差不多。屋里边有两张大床，一张是父母睡的，一张就是从前同他小的时候同他哥哥睡的。对着床有两个黑漆柜子，楚西从前老喜欢躺在柜子上看小说，看疲倦，就在那上面睡着了，还是他父亲把他抱上床去睡。屋子中间一个大竹椅，楚西的父亲一回来就躺在上面休息，现在楚西暂且坐在上面，他前后左右都围绕着人。

他大哥回来了。容颜苍老了许多，进来问候了楚西几句，说家里的人已经望了他好几天了，为什么这样迟才回来。

"还怕不是吗？"母亲道，"这几天我们天天都在等。你父亲几晚上都睡不着。"

"因为在重庆遇着熟朋友，耽搁了几天。"

二姨妈三姨妈已经得着消息赶过来了。两人都老了。三姨妈还问候两句，二姨妈只是呆呆地坐着。一会幺舅四舅，也从茶馆回来了。楚西的姐姐也同表姐一齐进来了。大家你一言我一语地问这样，问那样，楚西一样样地答复。亲戚朋友们，个个都说楚西学问了不起，恐怕从前的宰相大臣，都赶不上。同他随便谈几句话，都可以长许多见识，譬如洋人没有长尾巴，这是的的确确的事情。洋人不吃饭，只在牛身上挤奶来吃，所以他们身上老有一股骚味，这也是以前不知道的事实。英国当然是在欧洲，美国据说隔欧洲也不很远，只消一两个钟头的火轮车——大概是自流井推灌水那样的火轮车——就可以坐到。

楚西穿的衣服，他们觉得很奇怪，简直就像外国人。二姨妈进屋来就没有讲过半句话，说到这个问题，她忽然发表意见，说楚西不但衣服像外国人，连像貌都长得有点像外国人。大家一时间哄堂大笑，二姨妈生了气再也不讲话了。

人群中有一个老妈子，说她从前就说二老爷将来要做大官，今天果然做了大官，可见得她有眼力。楚西问她是谁，三姨妈说："这就是从前喂你的奶的姜奶妈，你不认识了吗？"楚西仔细看了一看，果然是姜奶妈，但是事隔多年，印象已经很模糊了。

到五六点钟的时候，楚西的父亲才回来。楚西从小起就佩服他的父亲，因为他父亲为人，公平正直，对人最肯帮忙。楚西对于母亲是很爱的，但是对于父亲除爱以外，还能够尊敬。楚西离家十多年，母亲的印象在他脑子中，总是模糊的，父亲的印象却时时刻刻，都是很鲜明的。

他父亲精神还是很矍烁，但是牙齿落完，嘴变扁了，头发全白了，面貌也变慈祥，不像从前那样威严了。他进门看见楚西，老眼中立刻觉着有一股热泪，要流出来，他连忙忍住。问楚西路上好不好，为什么迟了这样几天才回来。他又回头笑对楚西的母亲道："样子全变了，我要在街上会见，我也不敢叫他了！"

要吃晚饭的时候，亲友们都散去了。晚饭后只剩下楚西自己一家人，一盏半明不暗的清油灯，大大小小，参差不齐地坐着，个个柔声温语地谈话，这一种家庭间融融洩洩的快乐，是楚西十多年来，都没有经历过的了。他此时觉得非常快乐，只是看见父亲母亲年龄老迈，自己外出十多年，让他们想望，此刻回来又不能在家久住，不免有点心酸。

他们一直谈到十二点，才去睡觉，楚西的母亲跟着他进卧室，悄悄地问他道："楚西你这一次带了多少钱回来？"楚西答道："只有二百多块钱。"母亲说："真的没有多的吗？"楚西惊问道母亲："你不相信我吗？我刚读书回来，还没有作事，那里会有许多钱？就是这一点钱，我都很不容易省下来，预备将来做路费出川的呢！"

楚西的母亲，听见这一番话，注视楚西的眼睛，知道他讲的话是真的，一时不免伤心痛哭起来。楚西大惊失色，连忙问母亲什么事。他母亲没有法子，只好把这几年来家里家中穷困的情形，对于他的希望，还有这一次他要回来，亲戚朋友们对于他的希望，和盘告诉他，嘱咐他明天对父亲讲话，万万不可以把真实情形讲出来，因为他父亲现在唯一的希望就是他，如果这一点希望断绝，七十四岁的人，说不定要发生什么事情。

楚西什么都答应了。说了许多宽慰母亲的话，母亲终于破涕为笑，高高兴兴地去睡觉去了。

这一夜，楚西眼睁睁的一直到天明。

四

第二天早上楚西因为一夜没有睡觉，此时倒朦胧睡去了。忽然他感觉床前有移动的声音，惊醒一看，他的母亲坐在他的床前，低头注视他。

"我把你闹醒了吗？"母亲问道。

"没有。我本来就要醒的。"楚西答道。

"你昨晚睡好了没有？"

"很好。现在什么时候了？"楚西把桌上的表拿来看，已经十点五分，他连忙起来盥洗完了，到他父亲房里去，他父亲很欢喜地同他谈话。

"我今天一早，"楚西的父亲道，"就到西湖边建新文艺社去吃早茶，会着好些熟人，他们听说你回来了，都要来拜访你。还有孟椿他们还要开欢迎会来欢迎你呢！"

"那就可以不必了！"

"反正是他们一番好意。"

"什么时候？"

"听说是明天午饭，在文庙。"

楚西也不讲话。用完了早餐，出去拜访几位亲友。他从前受业学古文的萧先生，现在眼睛已经瞎了，眼睛瞎的原因，是因为他唯一的儿子，去当共产党，被政府捉来砍头。临刑的时候，神色不变，当着众人演说。萧先生天天哭他儿子，双目失明，书也不教了。楚西是萧先生从前最得意的学生，这次楚西去拜访他，他欢喜已极，楚西看见他穷的可怜，拿了十块钱送他。

他又去拜访他几位亲友，比萧先生还穷得更可怜，已经秋天了，小孩子些身上还没有一件夹衣服，简直等于叫花子。他的三姨妈病了，躺在床上，心里难受得狂叫，楚西看见她六十几岁的人那样受苦，更想起他从前小的时候，三姨妈怎样抚养他，不觉心如刀割，连忙去替她请医生，临行时又送她五块钱，作为医药费。此外还有好几家情形也很凄惨，个个都到了生活的绝境，楚西似乎是唯一的救星。楚西心里太难过的时候，只好送他们钱，有的三块，有的二块，有的一块，这样一早上，一下午，他就花了五十多元！

晚饭后，他母亲把他拉在旁边，悄悄地告诉他，叫他赶快给一百块钱与父亲，因为家中连买米的钱都没有了，还有些短账，有二三十块钱也不能不马上还。楚西点头答应，回房里在箱子里取出一百块钱，交与父亲，父亲问他自己用不用，他说不用，并且他还写信与南京一位叫他汇来，大概不久就可以到。他父亲听说，才放了心。

夜深了，楚西请父母安息，一个人回房，对着一盏暗暗的灯，出了半天神。

他不由自主地脱衣服，要上床睡觉，但是他忽然转念，把衣服重新扣好，把箱子打开，取出纸笔来写信。

他写信到上海给他一位朋友，请他立刻借二百块钱，说他不久要出川。他又写信给几位南京的朋友，托他们赶快替他谋事。最后他提笔要写信给他的德国夫人，同他三岁的小孩子，他不敢写他不忍写。他知道，他如果把家里一切情形，告诉她，她一定会替他着急。她已经又有三个月的身孕了，要急出病来怎么办呢？他只怨他家里的人，为什么不把家里经济情形，早点告诉他。他那时候在德国，手里还有三千多块钱，一次意大利旅行就花光了，要早点告诉，岂不都省起来了吗？现在怎么办？手中只剩八十几块钱，这点钱够什么，连出川的路费都不够。他的妻子，现在住在朋友家里，虽然一时不愁生活，但是也得赶快想办法，而且目前零用钱至少不能不汇给她。走的时候，他才给了她三十块钱，现在想来早完了。

他不敢告诉他父母，他已经同一位德国女子结了婚，因为他知道他父母一定不赞成，要生气。但是告诉不告诉都还是小事，目前他自己的小家庭却不能不要钱供养。小家庭要钱，大家庭更要钱。今天他父亲已经同他谈到债务的事情了。他父亲说他一生公平正直，在地方上当了几十年的公事，从来没有昧过良心，这几千块钱的债，如果不还清，他认为是他一生的污点，就死了他也不瞑目。以后他的生活，无论怎样简单痛苦，他都可以过，但是账必定要想法子还。楚西的父亲说到这里，眼眶都红了，楚西连忙安慰他，说现在他回来了，一切事情就好办了，这一点债，算什么，顶多不过两三年工夫。楚西又说了许多有希望的话，他父亲才又高兴起来。

楚西正在凝思的时候，门上忽然有推门的声音，他的六弟走进来，楚西正要惊问，他的六弟忙说道："三哥！我来告诉你，我是要读书的，今天我听见你同父亲谈话，说读书没有用处，又叫我同五哥去学生意。我想，三哥你一定不赞成！我不愿意学生意，我有三个理由。"

"你有三个什么理由呢？"楚西看见他小弟弟那样严重的样子，不免笑问他。

"第一：我们王家是富顺很有面子的人。"六弟道，"如果我们去学生意，给别人当'学徒娃'，人家不笑我们吗？第二：人生在世应该建功立业，作一番大事情，学了生意谁还能够建功立业吗？第三——第三——"

六弟好像把预备好的第三个理由忘去了。

"第三又是什么呢？"楚西问道。

"不管他怎么样"六弟道，"我绝不愿意学生意。三哥，你现在回来了——对了，这就是我第三个理由。三哥，你回来，你看地方上的人，都尊敬你。你好意思让你的亲弟弟去当学徒娃吗？你忍心吗？我——我一辈子——"

六弟说得伤心，哭起来了。

"六弟不要哭，"楚西安慰他道，"学生意的事情，不过顺便谈到，并没有决定，你何必伤心呢。我总之尽力替你想办法。让你读书好了，可是你读书要用心。"

"我一定用心。我以后也不打球了，也不玩了，我一天到晚读书。"

"打球也要打，不过不要过多就是了。"

"三哥，你答应我了？我不学生意，我要读书！"

"对了，我答应你。"

六弟才高高兴兴地走出去了。

第二天清早，楚西还睡在床上，他的姐姐就到他床边，守着他哭，楚西惊问她什么事情，她只是哭，不讲。楚西说了多少好话。说有什么为难的事情，他一定帮忙，她才止泪，把要替她十六岁的儿子结婚的话讲出来，楚西说儿子才十六岁，还没有成年，何必这样急，他姐姐想起伤心，又大哭起来，楚西拿着真没有办法。等了好一会，她姐不哭了，翻来覆去，讲了许多大道理出来，楚西也不敢同她再辩，只有赞成她的主张。但是赞成就得要帮忙，帮忙就得要出钱，这一笔钱，又在那里去拿呢？

"以后的话，以后再说吧。"

楚西心里只好这样想，立刻答应帮他姐姐的忙，他姐姐看见他答应，才高兴了。

"我的钱至迟明年春天一定呵！"他姐姐嘱咐道。

"当然。到那时我一定想办法。"

早饭后幺舅四舅，都找他谈话。两人都不约而同地要向他借一千块钱，楚西说没有，他们都不相信，再三地诉苦。到后来楚西被他们逼的快疯狂了，只好满口答应，好打发他们走。但是他们还不愿意走，还要在他家吃午饭。

五

十二点钟的时候，欢迎会的人已经派人来催了两次，楚西的父亲说太迟了去不好，楚西立刻换了衣服去。

欢迎会在文庙的东厅，楚西一进去就看见里面坐满了的人。这些人看见楚西进来都欢呼拍掌，王孟椿，麻幺公，中学校长，都争先恐后地来迎接着他，接着其他的人又都蜂涌过来亲热他，楚西真是应接不暇。还是王孟椿有见识，双手排开众人，一只手扶着楚西的背，请他"升炕"，楚西还要推辞，王孟椿同麻幺公不由分说，把他推上炕去。

楚西一个人在炕上坐着，觉着怪难为情的。接着用人献上盖碗茶，王孟椿还走近前，把盖子揭开，再用盖子在茶碗里赶一赶，说了一声"请茶"。楚西连说"不敢当！不敢当！"王孟椿连说："这算什么这！算什么！"

"王博士，是几时到的？"中学校长故意问道。

"是前天晚上。"楚西答道。

"王博士在德国多年了？"

"有八年光景。我是先到美国读了五年，然后转到德国的。"

"真了不起！真了不起！德国那些地方，想来比中国好吧。"

"不知道从那一方面说。"

"随便从那一方面说吧。"

"从一般人民生活方面来说，当然比中国好的多，他们每个人至少都有衣穿饭吃，中国却到处都是灾民。"

"不错！不错！我在日本的时候，他们也是这样对我讲的。"

"王博士好多年没有回富顺了吧？"西城团总张又成恭敬地问道。

"有十几年了。"

"王博士还记不记得，从前小的时候常常到我的绸缎铺来，我请王博士背书给我听，王博士那时才七岁，尔雅都会背了。"

"你就是我对门开绸缎铺的张又成张先生吗？"

"对了。"

"你的绸缎铺搬家了吗？"

"不开了，现在我住家在西湖尾上，改天请王博士上到我家里来谈天。王博士从前小的时候，我就说王博士将要将来要作大人物，现在果然当大人物了，我今天再见王博士，我真是三生有幸！"

"那些客气话不用说了，改天我一定到你家来拜访。"

"不——不——不敢！不敢！我怎么敢当得起王博士拜访二字！只要王博士肯光临，那真是三生有幸了。"

张又成还想讲几个"三生有幸"，歪鼻子刘正廷一句话接过去，问道："王博士，听说德国的飞机可以漂洋过海，真的吗？"

"漂洋过海吗？你说是长途飞行，是不是？"

"对了，对了，就是我的意思。"

"现在还不十分普遍，不过能够飞行的人已经很多了，前几年有一个美国人第一次单独飞过大西洋，以后渐渐多，现在无论什么地方，都有人在试飞。"

"王博士坐过飞机没有？"

"还是从柏林到巴黎坐过一次。"

"坐飞机想来很舒服吧。"

"舒服不见得，不过很快。"

"我的大儿子，现在正在发明飞机。"

"真的吗？"楚西惊问道。

"还怕不真，他一天到晚，都拿起竹条子皮纸在做飞机，晚上睡梦里都是在想飞机。他说他不久就要发明飞机。"

"他有多大年纪了？"

"今年七岁，将来还望王博士照应照应。"

楚西正忍不住要笑出来，又听见一个人问道："听说王博士已经接了南京兵工厂厂长的事，的确吗？"

"没有这回事。"

"王博士太客气了。我到处都听见说，难道还不的确吗？"

"的确没有这回事。"

"我不信！"

黄胡子一定不相信，楚西自然也没有法子分辩。正在这个时候，县长到了。县长姓章，名雨珊，是仁寿县的人，约莫有四十五六年岁，到富顺以后，最受一般人民称道的，就是剿匪很得力，如果不是他几次筹款，把地方刮的太利害，他虽然抽大烟，也未尝不可以算是一位能员。

县长进来，王孟椿立刻就拉了楚西去替他介绍，章县长对楚西一鞠躬，楚西还礼不迭。王孟椿请县长升炕，楚西让他坐左边，他不肯，仍然让楚西保持原座。

楚西同县长对坐了两三分钟，彼此都没有话说，大家因为县长来了也不敢讲话，都静静地，想听他们两人讲。楚西坐在那里，感觉浑身四体都不舒服，再隔一会，他再也受不了，随便找一句话问道："县长公务很忙吧？"

"还不算忙。"

"听说县长的贵县是仁寿吗？"

"是的。"

"我从前在美国哈弗大学有一位同学叫康选文，也是仁寿人，县长认识吗？"

"当然认识，他就是我的表弟。"

这一个关系找着，两人就不愁没有话讲，县长听说他的表弟同王博士有这样亲密的关系，当时也就兴高采烈，讲了一大堆关于康选文的事情，连康选文小的时候喜欢吃炒蚕豆下黄糖的故事，都没有遗漏。楚西也不知不觉把康选文留美时一切生活，也详细地讲，连同房东女儿开玩笑，引起房东一场是非的故事，也讲出来。县长热心讲康选文是图结交，楚西热心讲康选文，是愁没有话说；旁边的人，热心听康选文，是想向县长王博士讨好。结果康选文的故事，居然在整整一个小时里，成了满座谈话的中心。

现在已经两点过了，刘团长还没有来，王孟椿叫厨子开了一次点心。又等了一点多钟，楚西借开点心的机会，把座位移动，同其他一些人谈话，但是各个谈话，都差不多，问许多不必问的问题，说许多卑鄙下流的希望，甚至于还有两位，公然不客气地向他借钱。楚西此时失悔，不应该来受这种活罪，他想逃，又不能逃，头胀得要裂。

好容易等到四点钟，刘团长统带了八个马弁气昂昂地走进来。楚西走上前去同他招呼，刘团长欢呼的同楚西握手。此时县长连忙把炕上的座位，让给刘团长，刘团长头也不回就坐下了。刘团长说他很高兴再见楚西，两人谈了好些别后的事情。最末刘团长说他有一件要紧的事情要同楚西商量，请楚西明天一早到团都里去，楚西虽然不知什么事情，也只好答应了。

六

欢迎会到八点钟才完，楚西回到家里就躺在床上。他母亲问他有什么病，他说没有什么，只是太疲倦了，想休息一会。

他躺在床上，前思后想，不知道如何是好。要睡睡不着，要起来又没有精神。

"我现在只要有几万块钱就好了！"

六弟拿了两封信寄来，一封是他妻子寄来的，说是朋友现在要搬家回安徽去，叫楚西赶快汇钱去接济她。还有一封是南京军政部一位朋友寄来，说托他的事，他已经到处奔走，仍然没有头绪，只有军政部有一个科员的缺，但是薪水太少，恐怕不够楚西维持生活。但是要找更好的事，只有等楚西出来，看又有什么机会没有？

　　楚西读完信，默默地半天不讲话。一会，头昏昏的，屋里样样东西都摇动旋转起来，他不能再看，用双手蒙住眼睛倒在床上。

　　楚西的母亲进房来了，问他现在还疲倦不疲倦？他说还是很疲倦，并且头还有点痛。楚西的母亲说是一定着了凉，顶好烧姜水来擦。她立刻出去烧姜去了。停一些时候，她转来，坐在床边，用烧了的姜，替楚西擦头，楚西果然觉得稍好一点。

　　"三姨妈今天病更利害了。"母亲一面擦一面说道。

　　"早上不是说好一点了吗？"

　　"早上好，下午又利害了。真可怜！你想她平常连稀饭都只有一顿吃，怎么不病？又是六十几岁的人！"

　　"她的女婿，不能养活她吗？"

　　"不要提起她的女婿。前年替徐师长办军火，赚了几万块钱，一个钱也不给他妻子，去讨了三四个姨太太，还要打花牌，不上半年花得一文不剩。徐师长委他军需长，他又侵吞公款，被徐师长查出来，要拿去枪毙，还是三姨妈那时同徐师长的母亲有来往，去下跪哀求，徐师长才放了他。现在饭碗打掉了，在街上当"河二流"，他自己没有衣穿饭吃，妻子女儿，还要跟着三姨妈，他还有什么能力来养他丈母娘？"

　　"二姨妈现在怎么样？"

　　"还不是没有饭吃。"

　　"邹姨爹从前死的时候，家里还有钱呢？"

　　"都被他儿子花光了。现在也像三姨妈的女婿，流落在街上，活像一个叫花子！"

"真糟糕！"

"楚西你有什么办法没有？我知道你现在没有多少钱。将来你出去作事以后，应该替她们两人多少想个办法。她们是我的亲姐姐，我看见他们饿死心里过得去吗？从前你小的时候，三姨妈带过你多少。我那时常常生病，尽是三姨妈抱你，晚上带着你一个床睡觉，每天晚上都要醒好几次，怕你把被窝蹬开。二姨妈人固然老实，不中用，但是邹姨爹从前对你总算好呢。你自己总知道。"

"我当然知道。"

"那么你不替她们想办法吗？"

"当然要想，但是要我想办法的人太多了！"

"你尽力就是了。"

"这个力真不好尽！"

母亲谈一会出去了。

楚西躺一会，再到父亲房里去坐一坐，略略讲讲今天欢迎会的事情。楚西的父亲很快乐，楚西自然不敢说什么话来破坏他的快乐，大家快快乐乐地谈到十一点钟，楚西才回寝室。

那一天晚上，楚西又是一夜不眠。

七

早餐后他到团部里去。刘团长请他到寝室，把门关了，说有件事情要拜托他，楚西问是什么事情，刘团长说这件事情非常要紧，非楚西去办不可，务必要楚西看在从前同窗情份上，帮这一次忙。楚西说帮忙不成问题，刘团长高兴，立刻把实话告诉他。

刘团长告诉楚西，四川内战快要爆发了，至迟在明春一定要开火。一旦开仗，军火当然是最重要的东西。刘团长是四川某大军阀的心腹人，如果某大军阀一倒，他的生命财产也要同归于尽。现在是生死关头，他不能不努力。他已经托人到上海去买军火去了，上海有一群德国商人，专门替中国贩运军火。刘团长觉得他已经派去这几个人，都不得力，因为他们不通德国语言，同德国人交涉，自然有许多不方便的地方。并且他们对于这一次要买到最新式的军火，都是不十分懂得，将来买起来也许闹错，也许吃亏。刘团长认为楚西是最适当不过的人，因为楚西是德国留学生，又是专门学军用化学，对于新式军械，当然内行。

楚西听了半响不能讲话。

刘团长看见楚西迟疑，又婉劝一番。说他本来知道楚西不愿意做这件事情。楚西操了这样好的学问回来，要做旁的大事情，自然很容易，做这件事情，未免下贱了他。但是现在正是最紧要的时候，如果楚西不帮他的忙，他就没有办法了。他同楚西在成都住中学的时候，就是很要好的朋友，现在他到了危急的时候，希望楚西不要抛弃了他。

"依你说来，"楚西道，"你要叫我做的事情，只是在上海替你去同德国人交涉，购买军火，是不是？"

"这当然是最重要的事情，"刘团长道，"不过买好以后，还得要设法运回四川。"

"这个我可不能效力。"

"这个也用不着你十分操心，沿途海关卡子，我们都有接洽，绝对不会出什么事情。只请你沿途照料照料，同着一块儿回来，将来军火到时，还要请你指导演习。"

"这样远的路程，中间不怕发生事情吗？如果有人扣留，怎么办？"

"你放心，我已经说过了，沿途我们都有接洽，万无一失。"

"我明天回你的话，行吗？"

"这件事情紧急的很，我们已经没有多少工夫了。我请求你立刻答应我，今天你回家去布置家务，明天我派两人同你一同起身。这里有一千块钱，你可以暂为拿去做安家费。事情完了，当然少不了你的报酬，只要作得好，两万块钱是不成问题的。"

"好吧，我答应你！"

"谢谢！"

刘团长快乐的同楚西握手，把一卷钞票递给他。楚西接来放在身上，立刻告辞回家。回家去对父亲母亲说，有很紧要的事情，要明天动身到上海，父母亲问他什么事情，他说南京有电报来，叫他立刻去就事。电报是从刘团长转来的，上面并没有讲什么事，但是非立刻去不可。他给了父亲五百块钱，作为这几个月的家缴，又悄悄地给母亲三百块钱，叫她自己做零用，还有一百块钱，叫她拿来周济穷得没有饭吃的亲友。

一切布置好了。晚饭后一家人团聚地坐在灯前，楚西的父母看见他刚回来，立刻又要走，自然是舍不得，但是看见一回来就能够给他们这样多钱，想到以后，家业一定发达，心里也很快乐。

第二天早上，楚西同刘团长两个亲信人，一同上路去了。

他去后不上三个月，果然平平安安地把一批新式的军械，给刘团长办回来，刘团长十分得意，给了两万块钱与他。楚西父亲的账还了，买了两股地方，兄兄弟弟亲亲戚戚，个个都沾了光，个个都说楚西有出息。

隔不些时候，刘团长告诉楚西，说他们的领袖决心要买一大批军火，请楚西去办。这一次如果成功，将来内战，他们一定胜利的。楚西如果替他们的领袖把这件事情办好，可得五万元的报酬，以后川局改变，楚西还可得最重要的位置。楚西此时当然不能推辞，并且也不愿意推辞，满口答应。第二天早上，他又同刘团长的两位亲信人，动身到上海去了。

两个月以后，一切都妥当了。但是船过万县的时候，不知道怎么样被人走漏了风声，被他们领袖的对头，派了一营人事先就到了万县，船一到立刻就把军火扣留，楚西同其他其他四位采买军火的人，也逮捕回重庆去。

回到重庆，经过严厉的审问，他们起初不讲，后来用夹棍软板凳这些刑具来威吓，他们通通讲出来了。他们领袖的对头，听说对方在这样预备推倒他，也就想先下手为强。一个星期以后，四川的内战立刻爆发。

同楚西办军火的人，都拿去枪毙了。只有楚西，因为知道他是一位学军用化学的专门人才，对他特别客气，把他留下，给了他一位高等顾问的位置。

川战爆发以后，楚西成了重要的人物，处处都少不了他去训练监督军士们用新式军械。

头几次出其不意，一连打了好几个胜仗。但是后来对方到了生死存亡的时候，也拼命反击。因为反攻太利害，这方的军队，不能支持，只好连夜地总退却。

楚西那时正在前线一处团部里指挥，因为退得太快了，来不及，他同一位团长被后面的军队追上，见面就是几枪，连喊叫呻吟的声音都没有，就完事了。

继续又是四个多月的战争，杀来杀去，把人民杀的十室九空，结果刘团长的领袖失败，率领不上二万人退到川边去了。刘团长还算见机，看见事情不对，早就掉头，川局平定以后，他仍然继续当他的团长。

楚西阵亡的消息，经了半年以后，才从一位认识楚西的同事，顺便带到他家里来，他父母弟兄一家人听了，说不尽的悲伤。但是他们家里现在有的是钱，楚西虽然死了，似乎也不十分重要。

又隔两年，刘团长又奉命来驻富顺了，他想起来从前同楚西的一段的交情，又想到楚西去了，丢了性命，始终还是因为他。"我虽不杀伯仁，伯仁由我而死"，想起来他也有点难受。

他请他幕府里边一位"带笔从戎"的文人，作了一篇富有桐城风味的碑文，说楚西如何地为国为民，战死沙场。在公园的门首，立了一个很庄严雄伟的"烈士"纪念碑。

凡是逛公园的人，都在称赞王家有福气，出了这样一位光宗耀祖的人物。

王孟椿更时常骄傲地对人说，他们王家的坟山的确葬得好，所以才有楚西这样的人出来。将来说不定他自己的儿子，也会像楚西那样到外国去留学，回来做大官，替他挣几十万呢！

选自 1936 年《东方杂志》第 33 卷第 1 期

梦兰的家

一个夏天都很少有下雨的北平，到转秋的时候，忽然淅淅沥沥的一连下了两天的雨，妻同我困在家里，大门都不能出一步，心里直闷得发慌。到北平当然太麻烦，找朋友谈天也是一样地费劲。看小说没有闲心。做正经事又没有兴趣。心里只是一味地干着急，不知道作什么好。

阶前忽然有脚步的声音，隔一会门铃响了，我们都惊起，这样的天气谁还会冒雨来？我抢着亲自开门一看，门口立着的，却是我的老朋友梦兰。

我说梦兰是老朋友，是指交情而言，其实他的年龄，何尝老呢，他今年二十八，去年年底才结婚，现在还远不到一年，但是他们两夫妇至少吵了一百多架。今天他在这样的天气来访，我一看见他愁惨的脸色，我就知道梦兰的家一定又有什么事故发生了。

我把雨伞接过，他把套鞋脱了，进客厅来，坐下一连叹了几口气。我问他为什么，他说还不是那么一回事。我说："上一次你们吵架，是为的你的母亲，这一次又为的什么呢？"他说："前一次吵架是为的母亲，这一次吵架是为的儿子，母亲逼我，儿子逼我，老婆也逼我，看我这一条命经得起多少人来逼？"

我劝梦兰放宽心一点，他们结婚始终还不久，彼此性情还没有摸够，再隔一年半载，自然而然，就会好的。我的妻子也跟着劝了梦兰几句，并且拿我们自己来比例。梦兰虽然没有我们那样乐观，心里似乎稍为好一点，我们让他喝几口茶，抽一支烟，问他到底是怎么一回事。

梦兰是学哲学的，他脑子里常常都充满了许多理想。在朋友中间我特别喜欢梦兰。就是因为他回国后已经四年多，还能够保持着他少年热心的理想主义。也许就是因为这个关系，朋友们常讥笑他吧。但是处在中国这样注重现实的社会，要免掉别人的讥笑，当然并不是困难的事情，同时也是很痛心的事情，即如我吧，回国才两年多，起初也常常听见别人讥笑我，现在已经渐渐听不见了，我自己好像也感觉到我有点世故了。

我们同梦兰谈了一阵，梦兰坦白地告诉我们："我生平最受不了的，就是别人一天到晚打钱算盘！一个人为什么要牺牲他精神上的自由，来作钱的奴隶？并且我现在赚三百多块钱一个月，住的顶好的房子，吃的顶好的饭食，穿的顶好的衣裳，高兴时还可以赴种种的娱乐，为什么我的妻子还要一天到晚同我吵，说我没有钱？不是批评我拿钱去供我的母亲，就是攻击我拿钱去津贴我的兄弟，今天闹得更不成话了，他甚至于攻击我不替儿子存钱，儿子她还没有生出来，她已经为着存钱同我大闹了，你说笑话不笑话？"

"这也不能去怪她。"我劝道，"她要你去存钱，也是为你好。"

"你应该原谅着她，"我的妻也跟着劝道，"身子不空的人，脾气照例是不好的，以后生了就好了。"

"她身体不舒服，"梦兰道，"我当然知道，但是为什么一定要拿钱来吵呢？这是多么俗气的事情！"

我听见梦兰这一句话，我几乎要失声一笑，我笑他未免太不懂人情世故了。一个结了婚的人，处着现在中国经济极度压迫的时代，居然还会骂谈钱是多么俗气的事情，这真未免太好玩了。他不知道中国现在有多少的人因为没有钱立刻就命在旦夕。他不知道又有多少的人，因为想得钱连杀人放火贪贼卖淫，甚至于替仇人当走狗的都心甘情愿。他更不知道，甚至于有多少哲学家文学家为了一二十块钱的稿费，半夜三更，拼起老命做文章，行间字里，都充满铜臭气味，结果还要受尽书贾的闷气。梦兰真是一个天真烂漫的人，他这种话，要是对别人说，岂不是要笑破肚子吗？但是一回想，我不能笑了，我悲哀了，这是怎么样一种可怜的情形！"梦兰，"我劝他道，"你是有理想主义的人，所以一谈到钱你就觉得很俗气，但是你不能够希望社会上的人个个都像你那个样子。即如你的太太吧，她是很注重实际的人，她现在看见你这样找一个花一个，现在你固然有职业，假如有一天你没有职业呢？她想到怎么不着急？"

"但是我们现在并不是找一个花一个，我们也存钱哪！"

"虽然存，但是存的并不多，是不是？"

"到底要存多少呢？难道要一家大小，通通饿着肚子不吃饭，把赚来的钱一齐放进银行，总算合理吗？"

"你也知道一家大小，不能够通通饿着肚子不吃饭，你的太太就是怕你们一家大小有一天会通通饿着肚子没有饭吃，所以不能不早点准备。"

"不要谈了吧。越谈越无聊，钱！钱！钱！一天到晚，一年到头只是钱！真是令人头痛，最奇怪的，就是在结婚以前，我们没有一句话，谈到钱上面，现在刚才几个月，怎么她就会变成这样一个俗不可耐的人？"

"这里你又未免太不懂女人的心理了。没有结婚的时候，还没有家，当然谈不到实际上的问题，结婚以后，生活同从前不一样了，你不管实际上的问题，实际上的问题要来管你。男子还可以置之度外，女人坐在家里，没有事，一天到晚丢不开，想存钱，当然是很自然的事情。"

"照你这样说来，结婚根本是一种错误。"

"如果你这样看，当然你也可以这样讲。"

"我真失悔我不应该结婚。"

"但是既然结了婚，你又什么办法呢？"

"也许有一天我不要我的家了。"

"我恐怕你就不会有那一天。因为到那时你的顾忌太多了。"

"家真是一切罪恶之源。"

"这句话未免太过了。"

"还算过？你只消想：有了家，就不能不用一切方法来找钱，要找钱就不能不牺牲理想主义，一个人没有理想主义就不成为一个人，一个民族没有理想主义，就不能成为一个民族。我试问：现在中国的官吏，贪贼卖国，中国的商人，偷税走私，中国一般的人民，卑污苟贱，是不是因为大家想找钱？是不是因为大家要找钱来为他们的家？家还不是一切罪恶之源吗？"

"我始终认为你的话太过了。你是留学德国的人，德国是理想主义发源的所在。德国难道没有家吗？他们的家，又何尝是万恶之源呢？"

"但是德国的民族，处处以国为前提，中国的民族，却处处以家为前提。德国人随时可以牺牲家来为国，中国人随时可以牺牲国来为家。一个德国的妻子。固然也会劝丈夫找钱，但是假如丈夫找钱的方法不正当，她决不会同意的。一个中国的妻子，只愁丈夫不能找钱，只要能够找钱，随便你用什么手段，都没有关系，甚至于卖国都没有关系。这不但你的妻子的态度如此，你的父兄子侄亲戚朋友以及一般社会上的人，个个都抱同样的态度。你看中国现在多少卖国贼，贼官，土匪头，无赖子，都受人尊敬。处着这样乌烟瘴气的社会，你心里抱着满腔的不平，你想着同你生活关系最密切的人，也许会来安慰你，勉励你，然而结果她却昼日夜晚来逼迫你，她比什么人都同你接近，所以她逼迫起来，也比什么人都利害。这真是令人受不了的事情!"

梦兰说到这里，握拳怒目，神气很紧张，我不敢再同他辩论，我的妻子也不让我们再辩论，用了许多委婉的话来劝解他，马上又跑去烧咖啡拿点心出来我们吃。我同梦兰渐渐地谈到德国哲学，特别是康德的哲学是梦兰的专长，梦兰一讲到康德他的话也多了，精神也快乐了。

到晚饭的时候，雨住了，天色豁然开朗，隔一会，金黄色的斜阳，从西方返射过来，照着树叶上的雨珠，晶莹闪烁。

我们到门外散散步，回家，已经七点过了，我奇怪为什么还不开饭呢!

再等一刻钟，忽然门外一阵笑声，妻同梦兰的太太，进屋来了。原来妻在我们两人谈话的时候，就亲自到梦兰家把太太请过来吃晚饭。吃完晚饭，大家又谈了一阵天，我们又亲自把他们两夫妇送回家去，一场风波，似乎已经又告结束了。

回家后，已经要准备睡觉了，妻忽然告诉我，银行存款已经中断了两个月，应该想个什么办法。

我一时没有办法，只好一觉睡到天明。

选自 1936 年《论语》第 100 期

巴尔先生

一

房东太太今天早上告诉我，说巴尔先生要来，巴尔先生究竟是谁呢？

十二点钟下了课，急急忙忙跑回来想看巴尔先生，但是一进屋一点声音也听不见。客厅里的钢琴，静悄悄地立着，灰色的大猫，沉沉地睡在沙发上，我把他的头摇了两摇，他连眼也不张，立刻又熟睡了。我此刻才觉得家里没有一个人，大概房东一家人都出去了。

进厨房去把早上剩下的面条加上一点白菜煮来吃了，再吃一个又大又红的橘子。回到屋里，躺在床上，想睡一会，但是没有一点睡意，心里老不断地想：巴尔先生，究竟是谁呢？

一会儿听见门响，赶快跑下楼去看，原来是瞎子回来了，瞎子是房东太太的大儿子，在学校里长期修理钢琴。

"保罗，你母亲同你弟弟到那儿去了？"我迎着向他道。

"我不知道。我想大概是到克利弗兰得接巴尔先生去了。"

"巴尔先生是谁？"

"巴尔先生你都不知道吗？"

保罗说着把外套脱了，我替他接过手杖，放在屋角。我再把挡路的椅子移开，让他走来。他一直就去打开无线电收音机，我知道收音机是他的性命，星期六星期日早上要想多睡一会，被他闹醒，已经不知道多少次了。

"陈先生，今天早上有没有什么好音乐？"他一面对准地方一面问。

"我今天整早上都在上课，从十二点回来，到现在我还没有听过呢。"

他凑巧得着波士顿的铜乐队，震天的声音，把什么谈话都打断。他自己本来善忘，刚才我问的问题，他早已不记得了。

我看见他听的那样入神，我觉得他的生活太痛苦了。只消想：一个人看不见东西，一天到晚不作工就只有坐在家里，不能随便出去玩，这是多么难受的事情？现在他正从音乐得一点快活，我怎么忍心去搅扰他？我把怀里的表掏出来一看，已经一点过了。我记着图书馆参考书须得早去才能得着，我马上上楼去穿好外套，拿上书，预备要走。

沙发上的灰色大猫，还在熟睡，我忍不住又去摸弄他，他不高兴极了，睁开眼睛看我一眼，眼里充满了睡意，我一放手，他又沉沉地熟睡。

我一面走到图书馆，心里一面想：巴尔先生究竟是谁呢？

进图书馆去，已经一点半，架上参考书，早已无影无踪，这一急非同小可，今天下午不看，明天月考怎么办呢？四围一看，图书馆静静地只有三四个人。在极远的东边，一位同班最喜欢笑的女学生拿着一本书正在努力地看，好像恨不得一口吞下去的样子，我心里明白，一定是她先拿去了。我没有法子，只有到她面前，同她商量，请她看完以后给我。她笑嘻嘻地答应，说只有二十页，半个钟头，就可以完，看完了她一定给我。我很高兴，表示感谢她，她不讲话，斜着眼向我笑一笑，把我到弄得有点不好意思，一转身就离开她。

因为要等着看书，所以在图书馆架上随便拿一两本书来翻看。

中间有一本是讲拳术的，里面有好些像片，都是有名的拳师，一个个筋爆脉胀，魁梧奇伟。忽然有一张像片下面注的名字是"巴尔先生"！

我赶快读下去，书上讲他是一位有名的拳术家，一九〇〇年在伦敦得全世界拳术比赛的锦标。说他是英国利物浦人。

我想：难道我要见的就是这一位巴尔先生吗？

二

看完参考书，出图书馆，已经五点过了。回家去，刚上阶沿就听见里面满屋的人声。进门去，我的房东太太就叫道："陈先生回来了，陈先生，来，来会巴尔先生！"

我此时才留心，看见一个魁伟的大汉，坐在沙发上，但是已经有半百年纪了。我同他握手，他很和蔼地讲两句客气话，但是我却听不清楚。房东太太接着告诉我巴尔先生是英国生长的，我才明白，他讲的是道地英国话。

我同他讲了几句话以后，接着就是其他的人同他讲话，我只坐在旁边听。

巴尔先生的谈兴很高，不过老实说，他确乎不是一个长于讲话的人。不单是音调不容易懂，想起来也没有什么条理。他想着什么就讲什么，一会是伦敦，一会是纽约，一会是一九〇〇年的拳术比赛，一会又是克利弗兰得的银行抢劫。你如果不留心，往往要把纽约的事情弄到伦敦，拳术比赛弄成银行抢劫。

不过这些都是没有关系的事情，只消巴尔先生手挥舞着他斗大的拳头，提起十足的精神，露出射人而和蔼的眼光，他的字字句句就充满了生气，听的人也就不知不觉地入神。

我不知道其余的人心理如何，我当时确乎觉得巴尔先生有一种神秘的力量，他的一举一动，一谈一笑，都使人感觉着世界上真正有生命这件东西。

巴尔先生今年已经五十三岁了。他还不愿意留胡子，然而头顶的大部分已经光了。膀膊虽然还不少气力，然而少年的气力，早成过去了。骨骼仍然一样地魁伟，然而筋肉已消去不少了。巴尔先生已经不是图书馆书上像片一样的人，巴尔先生铁打的身材，也当不着时间的熔化。

但是时间可以熔化巴尔先生的身体，时间不能熔化巴尔先生的精神。三十年前的巴尔先生，在伦敦打完了拳，捧着五尺长的金字银牌，受着千万人的欢呼喝彩。三十年后的巴尔先生在阿柏林一间小屋，高谈阔论，仍然一样令几个听众惊心动目。

时间真是一个奇怪的东西，人，更是一个奇怪的东西。历史上多少英雄，豪杰，美女，诗人，通通经不起时间的淘汰，一个个地消灭了。然而阶下的楚歌，塞外的寒月，浔阳江头的琵琶妇，高歌纵酒的李青莲，却永远在人们的心坎。

使我心里稍为感觉不安的，就是巴尔先生精神虽然好，讲话时却不断地要咳嗽，有时竟自咳到两三分钟。刚听到他讲得痛快淋漓的时候，忽然接着一阵咳嗽，使听者不免把他的过去同他的现在相比，这其间又含有一种悲哀的滋味了。

机械般地上课下课，日考月考，世界上时间过得最快的地方，莫过于美国的大学生活了。在一个美国大学里读书，使你只感觉四围都是川流不息地活动，自己也不知不觉地随着大家进行。你没有时间多想，你没有时间徘徊。有课的时候，你忙功课，无课的时候，你忙着消遣。你自己不觉得你是一个人，你只觉得你是一个一刻不停的机器。

春假转瞬就到了。

在春假前我就听说巴尔先生的咳病很厉害，房东太太已经去看过他一次，现在他们又要去了。他们问我去不去？好在汽车里加上我也不多，我也就随着去。

巴尔先生果然消瘦了许多。身材还是一样地魁伟，谈兴还是一样地高，精神也一样地好，不过咳嗽越是多，咳嗽的时间也越是长。他看见我们来，高兴极了，同我热烈地握手，请我坐，请我抽烟。我告诉他不抽，他又问我喜不喜欢听留声机，我说喜欢，他马上就选几张片子给我听。

我口里不好说，他选的片子，没有一张中我的意，差不多尽是一些戏台小丑开玩笑的，我听了一点不懂，不过巴尔先生的一番热诚，无论谁也不能不感动的。

忽然我想起巴尔先生的大银牌，我请他给我看，他也很高兴，立刻叫他的儿子领我上楼去看。

他儿子把布套解开，电灯弄燃，一块五尺长的金字银牌，就在眼前。银牌的金字，镌得有年月及巴尔先生的名字。

我想：这就是巴尔先生的少年吗？这已经是三十年前的事情吗？时间就这样的消逝吗？我们再也不能把他挽回吗？再三十年后，我也会同巴尔先生一样地年纪吗？我现在就有天大的成就，三十年后，也不过只赚一番的回忆吗？呵，少年，生命，英雄，美人，歌，舞，酒，老，病，死——就是这样一幕一幕地过去吗？

当我下楼时，我心里充满了深深地感触，但是一同巴尔先生谈话，我的心理又完全变过来了。巴尔先生似乎是生命的象征，无论他身体怎么样颓坏，只要有了他在你面前，对你谈话，你决不会感觉到生命的幻灭的。虽然他不断地告诉我："陈先生，我现在也活不了几天了！"尤其是在他刚咳完后，这几个字，满含着射人心深处的悲哀。但是巴尔先生少年的豪气，是永远也不向命运低头的。他知道死，他清清楚楚地知道死，他仍然提起全副的精神来生活，他谈笑举动，处处都灌注了他全部的灵魂。巴尔先生始终是一个健者。

四

美国禁酒不过是一个名，无论什么地方，你都可以得酒吃。晚餐的时候，巴尔先生吃酒了，吃了酒，巴尔先生的谈话越是多，越是有精神。

"陈先生，"巴尔先生一口气喝完一杯酒讲道，"我现在也活不了几天了！不过这没有什么关系，一个人早迟是要死的，活得长又有多大用处？一个人不要活得长，只要活得痛快……痛快……我是讲只要活得痛快，死了也值得的。"

巴尔先生说得高兴，又喝一口酒。

"三十年前我在伦敦，那个时候的生活，真是再痛快也没有了。咱们比赛一共四十个人，全世界，四十个人。咱们一个个地打，一个个地来，最后一天，我居然胜了。——我去年到纽约，看见他们打拳，他们那里打的是拳，要是我退转三十年，怕不一拳打翻了他？——是的，伦敦的生活真不错！钱，我是有的，气力，我是有的，酒量，我是有的，我的管事，老不让我吃酒，我不理他，不过他再三劝，我才答应比赛前一个月不吃，后来实在熬不住，还是偷着吃了两次呢！哈，哈，真痛快！"

巴尔先生说得高兴，再喝一口。

"伦敦的女孩子，真漂亮！打完拳那一天，不知道多少女子来同我握手，有十几个同我接吻——但是这不算什么。当天晚上，咱们开一个大跳舞会，四十个拳师全到场，每人有一个女孩子。那一天晚上，一直跳到天亮！也就是那天晚上，我同我的妻子第一次认识。

"第二天，我又去找她，继续玩了一个多月，我们订婚，再两个月，我们结婚了。那个时候，真痛快！我有的是钱，有的是朋友，现在我又有妻子了，我带着她去旅行，到欧洲，巴黎，柏林，罗马，各处重要的地方都走遍了。我每到一处，都受许多人的欢迎，我妻子的身上戴满了金珠宝石。她柔顺得像一只小羊一般。真妙！真妙！真痛快！"

巴尔先生忍不住又喝一口，一大杯酒，一滴也不剩了。

"陈先生，你知道后来怎么样吗？"

"怎么样？不是很快活吗？"

"她跑了！"

"谁跑了？"

"我的妻子！"

"你的妻子！"

"对了。那时候，我们正转来在巴黎。我有一个相识，也是一位拳师，常常到我那里来。后来他们竟自一同跑了。我当时气极，恨不得杀他们！我马上离开巴黎，跟着到意大利，又跑回英国，找了一年终遇不着。我气极了，拳也不想打了，我也渐渐变穷了。我的旧朋友，都劝我丢开，我丢不开，到后来仍然在巴黎，又遇着了他们，真痛快！——拿酒来！"

巴尔先生说得兴高采烈，马上叫他儿子去拿酒。他儿子看见他喝的太多，有点迟疑，我们也都替巴尔先生担心，不过他无论如何要吃，他儿子也没有法子，只有给他再开一瓶。他一见酒，满心欢喜，一口气喝完一杯。

"我刚才不是讲在巴黎吗？真妙！真妙！我住一家旅馆，晚上老睡不着，忽然听见隔壁有人在吵架，仔细一听，原来就是他们两人的声音！

"我心里盘算了好一阵，把行李收拾好，轻轻走出来，到账房算了账，叫车到轮船公司买好一张到美国的船票，行李也交了。这些手续上的东西，我一年来天天计算，早就弄好了的。办完了跑回旅馆，一直到他们屋子门口，一听，没有声音。一推，门没有关，心里高兴已极。一进去，把被单连头将两人盖住，腰里拔出刀来，不到十分钟，什么都办好了。真痛快！"

巴尔先生口里不断说痛快，我们都紧张地望着他。他此时感情也很紧张，一连咳嗽了三四分钟，咳完，再喝一口酒。

"现在你就知道我为什么到美国了。到美国以后，我拳也不打了，妻子也不娶了。这个孩子，不是我自己的，是我收的。我这二十几年，天天作工，我是一个诚实的工人。陈先生，我现在已经活不了多久了，不过我可以告诉你，三十年前，我曾经过了最痛快的生活。我妻子对我不起，不过她也得了她的惩罚。我心里一点也不失悔，我很感觉到痛快的。"

巴尔先生此时有好几分醉意了，我们都劝他去屋里休息休息。临别时，他再同我握手，说我是一个好孩子，希望我有工夫，再去看他。

五

暑假前房东太太忽然接着她二儿媳妇的信，说要搬来同住，我只好另外找房子。暑假中我出去旅行，回来又忙着开学，连旧房东那里也没有工夫去了。

那一天在街上，忽然遇着瞎子，我上去牵着他过街，同他走了一段。

"你知不知道，巴尔先生已经死了？"

"死了吗？真的吗？"

"我忽然听了这个消息，几乎不相信是真的。"

"当然是真的，现在已经两个多月了。"

"我真想不到他会这样快就死！"

"这并不是什么意外的事情，他病已经不只一天了。他自己早就知道活不久了。真可怜！他是一个诚实的人！"

选自 1936 年《国闻周报》第 13 卷第 1 期

蓝蚨蝶

　　同静芬已经有十年不见了，那一天下午在长沙的国货售品所，又遇着她。

　　她的身材面貌，并没有十分改变，但是在额边唇上已经飘出了几条皱纹，一对大而黑的眼睛，也没有十年前我在轮船上第一次会见她那一种神气，但是她仍然爱修饰，仍然像十年前那样，喜欢穿蓝色的衣裳。

　　我起初还不敢十分确定是她，后来越看越像，我忍不住走上前去问一问，果然是她，我们彼此心中都有一种说不出的惊喜。

　　我问她身后站的什么人，她说是她的表弟，我就约他们两人，共同到远东咖啡馆。他的表弟说恐怕家里的人等着吃饭，静芬说没有关系，回头表弟可以先回家去告诉一声，请他们不用等。这一位十六七岁的中学生面上似乎不高兴，但是也没有办法，只好跟着我们走。静芬看了他，又回头望看我，笑了。

　　到远东咖啡店，我叫了三杯咖啡，静芬怕表弟睡不着觉，只准他喝牛奶，我当然极端赞成。

　　我问静芬什么时候到长沙，她说上星期她同姑母一家人从镇江逃难到此。她又说她的父母兄弟都在清江浦，现在生死存亡，都不知道。我说："你的父母兄弟，既然在清江浦，你为什么又在镇江呢？"静芬脸红一红，答道："因为我的家在镇江！"我想一想，心里未免好笑，这又有什么奇怪呢？十年不见，她当然早已经有家了。"你是那年结的婚？""五年前。""你的丈夫是谁？""你猜！""是不是那年到美国同船那一位小孩子薛玉屏？""你猜得真准！""那个时候，我不是对你讲，你将来一定会嫁给他吗？那时你口里绝不肯承认，但是你心里早已经爱上他了。""你怎么会知道？""因为你老喜欢年青的小孩子！""胡说！"谈到这里，静芬叫她的表弟去告诉姑母不要等，他表弟立刻去了。我再问静芬，她的丈夫来长沙没有？静芬立刻变了颜色，低头细声道："他永远也不会来了！"

我问她到底是怎么一回事，她说她丈夫就是这一次被日本人杀掉的。我本来想继续问个详细，但是看见静芬悲哀的样子，我不敢再问，勉强说了好些话来安慰她。隔了一些时候，静芬抬头悲哀地望着我道："他死得真惨！……我亲眼看见的！我亲眼看见一个日本兵用刺刀戳他的胸脸——那时候我同姑母表弟躲在夹壁里边。我要出去同日本兵拼命，姑母表弟两人把我紧紧抱住，不让我出去，我——我看见他倒在地下，胸口上血涌出来，我立刻就昏倒了！"

说到这里，静芬的感情，非常紧张，好像坐不住的样子，我立刻替她叫了一杯白兰地，让她壮一壮神。

"你们为什么不先走呢？"停一会，我问道。

"那怎么办得到？我丈夫是车站上有职务的人。并且我们起初万想不到上海会退得这样快，就是要走也来不及了。后来日本兵开入镇江，我丈夫以为日本人不会为难他，那知道日本人到镇江，第一个抓的就是他，要他交出隐藏的车辆和款项。他极力分辩，日本人不听，后来看见逼不出什么来，立刻就用刺刀把他杀了！"

"你为什么不劝你丈夫藏着呢？"

"还怕不劝？但是他不听，他还笑我胆小。家里老妈子，远远就看见一队日本兵开来，我们都叫他躲，他不躲，他说你们女人可以躲，我们男子汉用不着躲。我同姑母藏在夹壁里边，连老妈子都躲在床下，但是他呢？他亲自去替日本人开门。"

"他真是太不小心了！"

"这完全因为他太年轻，你知道，他今年才二十七岁，看起来不过二十一二的样子！"

"你们结婚后的生活，当然十分美满了。"

"十分美满谈不上，我们也有好的时候，也有坏的时候，但是他始终是一个最可爱的小孩子。"

"我记得在船上的时候，他真像你最亲爱的小弟弟。"

"结婚以后，他仍然是我最亲爱的小弟弟，像他那样的人，一生也不会老的，他说话举动，总是那样天真烂漫。他自始至终都叫我'姐姐'！"

"这真是太可爱了！"

"不是吗？最不能忘记的，就是他在轮船上的时候，有一天晚上，天空中没有一片云，海水平得像一面镜子，月亮静静地悬在天空，映射着船边荡漾的海水，晶莹闪烁。我们两人立在船边，望着辽阔的天空，青茫的银色世界，整个的自我都忘去了。船上的人，一个个都回到舱里去，夜已经很深了，我们还不忍离开这幽美的景色。忽然一阵风来，我身上打了一个寒噤，他马上回头捂着我的肩问我：'姐姐，你冷吗？'我说：'有一点。'他立刻把他的大衣脱下来披在我身上。我们来回走了几趟，忽然他停步倚栏，望着海水对我讲道：'姐姐，你不觉得海对人有一种魔力吗？我有时看见它，我心里就渴想跳在里边去。我想世界上最快乐的事情，莫过于葬身在海中了。'我当时大笑他傻，不许他以后说这样不吉利的话。但是他说：'姐姐，我常常觉得我会短命死的，我想我决活不到三十岁，但是我也不愿意活到三十岁，因为过了三十岁，人生就没有意思了。姐姐，你不是常常看见坟墓青草上，有许多蓝蚨蝶吗？姐姐，假如将来我早死，在春天的时候，你到我坟墓上来，我会变化作一个蓝蛱蝶，在你的左右前后，飞来飞去！'我当时听了他的话，心里又是好笑，又是悲哀。但是，后来他告诉我，那一天晚上他整夜都没有睡觉。谁知道，他说的话，到现在真应验了。"

静芬眼眶中，此时满含热泪，她打开皮包，拿出手巾来揩泪。

"我很奇怪，像你丈夫那样富于诗意的人。为什么后来不学文学，却去学铁路运输呢？"

"这完全是他伯父的意见。他的伯父是一个很富足的商人，他留学美国，完全靠他伯父的帮助。"

"你同你姑母一家，又怎样逃出镇江呢？"

"我们匆匆把我的丈夫安葬在花园里边，当天晚上就逃到乡下。后来又经了许多困苦，才到长沙。你真想不到，我这样一个弱女子，还步行了七百多里路呢！路上的危险，真是一言难尽。幸亏我这一位表弟，还有姑母一位顶得力的仆人，路上事事帮忙，要不然早死掉了。"

"你这位表弟，人倒是顶聪明的。"

"论资质也不过中等，但是他可爱的地方，还是天真。"

"年青的人总是天真的。"

"不见得！"

表弟转来，我们又一块儿上民众川菜馆去吃饭，饭后又谈到九点钟，才送他们回家。

那一天晚上，我梦中看见许多蓝蛱蝶，在坟墓青草上飞来飞去。

选自陈铨：《蓝蛱蝶》，商务印书馆，1940 年

玛丽与露西

九年不见碧生，这一次重新在上海见面，我发现他老得多了。不但样子老，连精神也老。他年龄不过四十二，稀疏花白的头发，和额上唇边的皱纹，使他看起来足足超过五十。背也有点驼了。谈话很慢，眼里没有精神，对人生一切的事情，似乎都失掉了兴致。我心里很惊异，怎么他会变成这个样子呢？

在二十五年以前，碧生同我是中学的同学。他是同班中最漂亮的少年，大而黑的眼睛，笔直的鼻子，浓密的头发。从他柔和的性格中，露出一般英爽的气概。同学们个个都欢喜他，我同他是最要好的朋友，我们无话不谈，有时我们谈到将来，碧生总是有那样多的伟大的幻想。他将来要作一位伟大的人物，他要从科学的研究，把中国的国际地位提高。

在美国读书的时候，他习化学，哈佛的教授，非常得意他。念完硕士以后，他被聘为助教，帮助主任教授做一个重要的实验。两年以后，实验成功，他的主任教授和他都在国际科学界上博得名誉。他本来想在美国继续研究，但是在一九三二年的冬天，他忽然返国了。

那时我已经从美国转学欧洲，进德国克尔大学习文学。碧生起初还同我通信，自从他回国以后，就没有音信了。

据在美朋友们的传说，碧生那次突然回国，是很浪漫的。那时他热恋了一位华侨的女儿，这位小姐是广东人，碧生是湖南人，小姐的父亲坚持不让她同外省人结婚。经过半年的交涉，始终不能改变这位固执老头子的偏见。后来，这一对恋人偷偷地约好，在一个星期日的下午，双双坐车到旧金山，使有情人终成眷属。

当我在一九三四年回国的时候，碧生一家人正在广州。彼此没有机会见面。三年以后，正是七七事变发生的前两个月，碧生夫妇来到北平。他们一家人住在北京饭店，我走进他们的房间，看见床上地下怀里都是小孩，碧生恋爱的对象，已经是绿叶成荫子满枝。

然而最令人惊异的，就是他这一位热恋的太太，并没有我想象中那样美丽。肥胖得像一条母猪，凶暴的面目中，带一股煞气，说话时声如洪钟。尤其使我感觉不舒服的，就是他粗厚的嘴唇中，叼一支纸烟。

碧生的经济状况似乎不错，一家人的衣服饰物都是很阔气的。碧生告诉我，他在上海开了一个化学工厂。

我请他们一家人到六国饭店去吃中饭，饭后再逛中山公园，第二天他们就离开北平了。

"怎么样？这九年来的生活过得好吗？"我问碧生。

"不用提了！"碧生摇摇头，深深地吸了一口纸烟。

"你住在哪儿？"

碧生告诉我他在上海的住址。当我提议星期日上午去拜访他，他说家里没有人招待，他愿意亲自来找我，一同到饭馆去吃中饭。

"你的太太呢？"我惊问道。

"她在医院。"

"什么病？"

"神经病！"

"到底是怎么一回事？"

"提起来话长了。"碧生一口气喝完半杯咖啡继续道，"自从'八一三'淞沪战事发动，我的化学工厂，炸成灰烬。我们全家只留下一座房子，我们的生活就开始困苦起来了。我们想搬家，但是没有钱，后来我好容易在上海一个化学工厂找着一个职业，但是钱不够用。可怜的玛丽——"

碧生喊出这一个美丽的名字，充满了热情，眼泪都快要流出来了。假如九年前我没有看见他的夫人，也许我也会发生深刻的同感。停一会儿，碧生继续叙述道："我们家里的佣人一个个地开消，一切家庭的事务都是我同玛丽共同担负。可恨我每天又要到工厂八小时，不能完全帮助她。有时我们工作到深夜十二点才睡。我恐怕玛丽身体支持不住，总是劝她先上床去休息，我一个人把碗洗完，但是第二天早上，我帮着把早饭作好，又得到工厂去办公。玛丽真是太苦了——"

选自 1946 年《智慧》12 期

闹 钟

一

一连几天的阴雨，满街都是泥泞，关在宿舍，心里闷得发慌。

书是读不下去的。从北平逃出来，随身只有两本教科书，读起来不发生兴趣。一间小小的宿舍，里面住了三个人，不断的互相萦扰，写文章也没有希望。

到晚来，桌上一盏半明不暗的青油灯，鬼气森森的。窗前一阵一阵雨打芭蕉的声音，令人烦恼得要死。

爽性把灯吹灭了，躺在床上谈天。

在无聊的时候，男人也和女人一样，喜欢谈自己的孩子。等到从孩子进一步谈到孩子的母亲，题目已经有点趣味。再谈到没有机会做孩子的母亲的女朋友，大家的精神就更兴奋了。

谈话忽然中断了。窗外也没有雨声。同屋的人，渐渐都入睡乡。友于翻来覆去，老睡不着。桌上的闹钟，响得特别地清晰。

少年的景象，梦幻似的重新又到跟前。

二十年以前，友于正在北平住中学。因为家乡隔得太远，每年暑假都不能回家，又因为要省钱，多半留在学校。到第二个暑假，友于有一位同班的好友，诚恳地请他到家里去玩。天津虽然不是一个清幽的地方，到底可以换一换环境。友于踌躇了一些时候，终于答应去了。

朋友家里的人，对友于都非常客气。父亲说友于的中文好，将来在政治上一定可以作大官。母亲说友于的性情好，言笑举止都令人喜欢。玉兰妹妹说友于挺好玩，还不十分讨人厌。

友于随身有一架照像机，大受一家人的欢迎。全家的人，一个个都照过了，连帮了三十几年的老妈子都没有错过机会。

像片洗出来，大家围着看。父亲说照得很好，母亲说友于聪明，老妈子不相信相片上的那个老女人会是她，玉兰说把她照成一个怪样子！

时间久一点，友于成了他们家里的一个人，父亲白天到平站去办公，友于陪着老太太谈些家常的事。老太太常常说，友于能够体贴人，比她的儿子好。父亲回来听见，笑说老太太不客气。那一天老太太又提到这一句话，玉兰笑对友于道："妈妈既然这样喜欢你，你为什么不拜给她呢？"

母亲立刻说玉兰不懂规矩。友于心里本来有一句话，已经涌到嘴边，但是想一想，不好意思，不说了。

玉兰最喜欢数学，常常要她的哥哥帮忙，哥哥不喜欢人打搅他，说玉兰讨厌。玉兰气了，说："你讨厌我，我也讨厌你！"友于问，他可不可以帮忙，玉兰说："当然可以，只要你不和哥哥一样。"

平心而论，友于对于数学，并不喜欢，不过玉兰要问，他就不能说不喜欢的话。

一个月的时间，转瞬就过去了，友于觉得呆久了不好意思，打算要回北平。一家人都留他。母亲特别下厨房去作汤元，还是友于最喜欢吃的东西，主人的隆情感意，颇使客人不安，然而恭敬不如从命，只好留下。

玉兰虽然说十四岁，家屋的事情，非常清楚，替母亲分许多的劳。有时大家正在谈天，忽然门铃一响，玉兰就像射箭一般的跑出去，三言两语，就把来的人打发走了。

玉兰的行动异常之快，脚步却异常之轻，好像丝毫不费气力。她忽来忽去，杳渺无痕。有时大家正谈到她，转瞬之间，她已经立在面前。

玉兰说话极快，极清楚。她的嘴，小小的，嘴唇薄薄的，友于喜欢听她说话，尤其喜欢看她说话，因为说话的时候她嘴唇的动作，特别轻灵。

她喜欢笑，偏偏家里又有一个极好的笑料，就是他们的老妈子。这位老妈子已经五十多岁，帮了三十几年，大家仍然叫她"新来的"，"新来的"做事最慢，耳朵又聋，玉兰先把她来开玩笑，逗得大家笑。

玉兰笑的时候老用手遮住嘴，假如不遮嘴，她喜欢用牙齿咬住下唇。

暑假完了，友于同他的朋友准备回校，临行的时候，父亲母亲都再三叮嘱，寒假再来。友于只好答应。

在收拾行李的时候，有一个机会，和玉兰单独在一块儿。友于说："你母亲老劝我寒假再来，到底我应不应该来呢？""有什么不应该？""你不讨厌我吗？""我不知道！"玉兰一转身不见了。到车站玉兰陪着去，哥哥买票去了，友于又说："二妹，你真的讨厌我吗？""真的讨厌！""那么我寒假不来了！""为什么不来？妈妈顶高兴你的。"

二

沉重的火车，载着沉重的心回到北平。

友于心里似乎有许多感伤。有时候看书，看电影，同友朋谈天，忽然一阵心酸，眼泪欲夺眶而出。他素来最恨男孩子流泪，此时内心充满了羞惭。

他更喜欢文学，他决心以文学为终身事业。课余之暇，他放手写一些诗歌，觉得不好。又着手写长篇小说，仍然不觉得高明。他明明知道，二十一二岁的年青人，不会创作出什么了不起的东西，但是，看看时下知名之士的作品，他又非常自负。

寒假到了，重新来到天津。一家人都高兴地欢迎他，玉兰一刻不停地跑进跑出，不知道在忙些什么，友于一晚上都没有清楚看见她。

友于晚上睡不着，快天明的时候，倒熟睡了。

朦胧中听见"新来的"摆碗筷的声音，一翻身起来，看钟已过九点。几下把鞋裤衣服穿上，开门出来，玉兰一面吩咐"新来的"打洗脸水，一面对着他笑。

"二妹，你笑我吗？"

"我没有笑你。"

"你笑我起的太晚，是不是？"

"不是。我笑你身边没有带一个闹钟。"

"真刻薄，将来有机会我一定要买一个闹钟来送你。"

"为什么不呢？我就是喜欢有一个闹钟！"

友于想了一想，不再说话了。

晚饭后，父母亲都休息去了，三个人还围着炉子谈天。友于忽然说："二妹，你要的东西我已经买来了！""什么东西？""你先得答应我，你不给我钉子碰！""我一定给你钉子碰！""那么就算了吧！"

"到底怎么一回事？"玉兰的哥哥问道。

"我也不知道！"玉兰说。

"二妹，真的不能给我钉子碰呵！""好吧，你拿出来瞧瞧，到底你捣的什么鬼？"

友于进房里，拿了一个大纸包出来，双手交给玉兰。玉兰用手一捻，只觉得是一个方盒，沉沉的，这到底是什么东西呢？

她解开一层纸，还有好几层，忽然她心里明白，不解了。

"我知道。"

"你知道什么？"玉兰的哥哥问。

"不关你的事！"她回身就跑了，友于满高兴。等了好一阵，玉兰不转来，他们也进房睡觉。

第二天，母亲代表玉兰谢友于，难为他这样关心。

玉兰在旁边只是笑。

第三天，母亲忽然病了，病得很利害。请医生来看，一连两剂药，不见效。据说是肝气痛，痛起来满床乱滚。

中医不见效，又请西医。打针，吃药，依然不见效。一家人都着急，友于也坐立不安。

老人的病，看看不行了。父亲吩咐准备后事。但是到晚上，似乎又松一点。她把玉兰兄妹先后叫进房里，说了许多话，最后又请友于进去，她口口声声说，她不会起来，希望友于将来多多看照他们两兄妹。

友于说了许多安慰的话。老人似乎很高兴听。

又继续难过了三天，忽然病有转机了。四天以后又重新出房。

病好起来，老太太对友于特别客气。每顿饭她都留心，唯恐菜不够，又愁菜不好吃。

风平浪静地过了几天，又到开学的时候。

友于心里觉得有许多话要对玉兰说，但是会面的时候又无从说起。

等到再度离开天津的时候，友于的心，比从前更加沉重了。

三

回校以后，友于专心从事他的长篇小说，在暑假前，二十万字的巨著，居然成功。先生称赞他，同学羡慕他，书店给他出版，社会上博得好评，青年作家的幻梦，能够算实现了吗？

他写了一封信，寄了一本书给玉兰，玉兰没有回信。

他同他的朋友要到美国留学去了。临走时又来到天津。

一切同从前一样。玉兰照样的欢迎他，但是对于他的作品，始终没有一句话。

他内心感觉失望，话说不出口来。

玉兰不断地来问他的数学，他勉强回答她。他心里奇怪，为什么玉兰偏偏要喜欢这门科学呢？他想起英国小说家，哥尔德斯密斯的话："数学是智力中最下流的。"满心不乐。

"二妹，你将来想学什么？"

"我想学自然科学。"

"你不喜欢文学吗？"

"文学也喜欢，但是同我性情不相近。你知道我们一家人都是学科学的。父亲是这样，两位哥哥也是这样。"

友于不能再问下去了。

临行的前一天，一家人都依依不舍的，友于心里苦闷得慌。他对玉兰说："二妹，我们以后通信，好不好？"

"好到好，只是我不会写信。"

"你太客气了。"

"这倒不是客气，以后你就知道了。"

在上海等了二十天的船，友于老是愁眉不展。最后他一个人跑到西湖去住了几天，美丽的湖山，令他心胸为之一畅。

在船上认识一些男女，有一位廖女士，特别垂青他。这位女子是广东人，说一口的好官话。瓜子脸，大眼睛，喜欢穿一件红衣服。友于很喜欢她，她也很喜欢友于，两人不久就成了很好的朋友。

他们一块儿吃饭，一块儿喝茶，谈天，散步，下棋，在月光好的或晚上，他们并肩凭栏，夜深都不回寝室。

在旧金山下船的时候，出乎意外的。有一位青年男子来迎接廖女士。等廖女士替他们介绍，友于便知道是廖女士的丈夫！

当天晚上，友于写了一封很长的信给玉兰，说了许多感情话。他说他整个的时间，都在想念她。信写完，重新看一遍，觉得脸上有点发热。

第二天第三天继续又写了两封恳切的信。

到纽约的进大学，他苦闷得发慌，不断地写信给玉兰，把他亲自替玉兰照的像片，放在书桌上，朝夕的想念她。

一个多月以后，玉兰的回信来了。他一阵的狂喜，手拿着信有点战栗。但是打开一看，里面一共四行。像一个电报，更像一位官僚对长官简单的报告书。一点谈不上发挥，更找不出任何的感情。

他又写了许多的信，每一个月不多不少，一定有一次回信。永远是那么简单，冷淡，无趣味。

他的心渐次凉了，照样每一个月，写一封信，但是也并没有引起任何的怨言。

同宿舍有几位中国学生，看见他无聊，约他出去跳舞，认识一些不三不四的女人。

有一天晚上，几对青年男女，饮酒狂欢。中夜后，一个个七歪八倒地躺在地板上，在友于旁边的，是一位年将三十饱经世变的女人。在糊里糊涂的景况中间，友于的人生经验，忽然踏入了一个新的阶段。

第二天起来，心中懊悔万分，恨不得毁灭了自己。

几次提笔想写信给玉兰，再没有勇气。后来索性横了心，一切置之不理。

玉兰最后一封信，写得很长，很悲痛，这是他们彼此通信以来，最富于感情的一封信。"可是晚了！"友于摇头叹意。忽然满心愤怒，把信撕成粉碎！

四

以后五年中间，远涉重洋，踏遍欧美，过一切狂放的生活。悲观，颓废，醉生梦死，然而心灵深处，隐含着一种失望的悲哀。

有一天晚上在柏林，他看一阵书，非常疲倦，已经上床睡觉。忽然他发狂似地，披衣起来，不顾寒冷的北风，走出门去。

他信步所之，走了一个多钟头，脑筋渐渐清楚，准备要回去。路过一家跳舞场，轻微的音乐，使他停步。他买了一张门票进去，里面男男女女，坐了许多的人。

他开了一瓶酒，一人自斟自饮。一回头，看见旁边有一位年青的女子，美得像一张画片。他走上前去，要求她跳舞，女的答应了。

跳完以后，他问她可不可以到他桌上来一块儿喝酒，女的说他不愿意喝酒，愿意晚餐。友于说当然可以，立刻叫了一份。女孩子很高兴地吃，友于坐在对面仔细审视她。

"我有两天没有吃饭了。"

"你是干嘛的？"

"还用问？失业的工人。"

"你作什么工？"

"店员。"

友于不愿意跳舞了。坐着陪她谈天，那样年青，那样天真，在这样场所，友于还没有碰见过。

"我倒愿意和你多谈谈。"

"你谈好了。"

"这儿不好。"

"哪点不好呢？"

"因为人太多。"

女的脸一红，低头想了一想。

"你能够替我付下月的房钱吗？"

"要多少？"

"三十个马克。"

"可以。"

"你有保障吗？"

友于一下明白，女的误会了他。他踌躇了一会，点头答应，立刻付了账，同她走出去跳舞。

天明回家，疲倦已极。横躺在床上就睡着了。

午饭的时候，房东太太送一封来。友于结果一看，是玉兰的笔迹。

信里也没有说什么，只是问候他，希望他努力，父母都健康，她已经在住大学。

　　他把信使劲捻成一团，重新走到街上。

　　满街都是小孩子卖报的声音。他买一份来看，日本军队已经开进鄱阳。

　　接连十几天，天天看报，天天见着坏消息。他精神兴奋极了。上课的时候，同班的德国学生，老问他为什么不回去打仗。他羞愧难当。

　　他整天在图书馆写他的论文，他想借此压制他内心的悲痛。三个月以后，出乎意料，居然告一结束。

　　他准备考试，也侥幸过去了。

　　等他决定回国的时候，说回玉兰一封信。

　　在上海会见玉兰的哥哥，打听玉兰的消息。

　　"她现在北华大学。"

　　"学什么？"

　　"学物理。"

　　"成绩一定很好了。"

　　"就是因为她成绩很好，先生很得意她。这位青年的先生，曾经到天津来过了好几次。"

　　友于心里明白，他的位置已经被人占有了。

　　一切都是自己的错，没有什么可说的。

　　一年以后，他自己也结婚了。

　　结婚的时候，有一位朋友，从邮政送来一包礼物，外面没有地址，里面没有名字。

　　打开来看，是一个闹钟！

五

时间消逝得很快，十五年的光阴，转瞬就过去了。

因为晚上同朋友谈天太久，早上很晚才起来。厨子老李进来问："张先生什么时候了？"友于看看桌上的闹钟，回答道："十点半。"

"张先生，你这闹钟真好！"

"有什么好？"

"准得很。"

"对了，准得很，准倒霉。"友于心里一阵大怒，恨不得把闹钟打成粉碎。

"张先生，你真会开玩笑！"

"一点也不是玩笑，我恨这个闹钟，我想打坏它！"

"为什么？"

"真啰嗦！你高兴拿去好了！"

"真的吗？"

"真的。"

老李张着两个大眼睛，头上的瓜皮小帽，都移了点位置。

"瞪着我干什么？赶快拿起滚！"

老李心花怒放，提着钟，连声道谢，出房去了。

友于长叹一口气。

老李满面笑容。口里常常在哼清戏，只要有一位朋友来，他一定要把闹钟给他瞧，自己称赞一番。

那一天早上，是民国廿七年九月二十八日。

友于还躺在床上，忽然老李走进房，告诉他有警报。

他两下把衣服穿好，一趟跑出校门。

经过厨房，老李还在那儿煮饭。

"老李，你干嘛不走?"

"没有关系。日本飞机不会来的。"

友于刚跑到半山，机关枪，高射炮的声音就响起来了。他伏在坟地间，隆隆的机声，从头上飞过。不到一分钟，一群的炸弹掉下来，山摇地震，似乎隔得很近，回头一望，城里一阵黄烟。

一个钟头以后，警报解除。

友于回到校门，看见老李坐在墙边，面如土色。

"老李，你怎么样?"

老李摇摇头，说不出话来。

友于掏了十元钱，命令两个校工把老李送到红十字医院。

友于的宿舍，炸成一块平地。临时搬到学生的教室。

到医院的工友回来说，老李的伤势很重，腰上腿上，都有重伤。有一位工人，在日本飞机来时，同老李一块跑出来。已经出校门，老李忽然想起他的闹钟，又跑回去，刚好碰着炸弹。

两个月以后，老李全身发黑点，呻吟了一夜，就过去了。

死的时候，他手里还拿着友于的闹钟。

选自 1943 年《军事与政治》第 4 卷第 1 期

花　瓶

已经是十二月的北平了，朝日没有光辉，寒气凛冽，窗外的北风，正在怒号。

秋痕端了一碗人参燕窝汤，轻轻把门推开，走进屋来。床上淡绿色的被窝，掩盖假装酣睡的曼丽。秋痕的开门声和脚步声，她早已听见了，但是她故意不理。等秋痕喊了三四声以后，她才转过身来，把一双雪白的手臂伸出被窝，懒洋洋的打了一个呵欠，眼睛慢慢睁开，问她喊什么。秋痕请她吃人参燕窝汤，她说她不想吃，还想再睡一会。

"小姐，不要再睡了罢。刘先生已经在客厅等你半点钟了。"

秋痕这一句话，似乎有神秘的力量，曼丽翻身从床上起来，穿上拖鞋，跑进洗澡间，放水洗脸。口里不断地埋怨，说刘先生既然来了，为什么不早告诉我，让他等这样久？秋痕说，她本想早来告诉，因为刘先生拦住，不许她惊动小姐，所以没有来。曼丽说，这是刘先生客气，秋痕太蠢了，连这一点道理都不明白。

曼丽不用五分钟就穿戴好了，喝了一口人参燕窝汤，马上奔到客厅。

刘云樵坐在客厅的沙发上，两眼望着米南宫的对联，王维的山水画，正在出神。曼丽轻步走进来，他似乎不知道，等到曼丽走到沙发后面，用手搭上他的右肩，他头也不回，用左手握住曼丽的右手，口里柔声道："表妹，睡醒了没有？"

"很早就睡醒了，因为没有什么事儿，懒得起来，你干嘛不叫秋痕早来告诉我？""因为我怕打扰了你的酣睡，昨天晚上，在北京饭店跳舞回来，实在也太夜深了，我想你当时也很困了罢？"

"一点也不困，谁说？"

曼丽一面走过来，坐他的旁边。

"表哥，我告诉你一件好笑的事情，昨天晚上，我回家的时候，已经十二点半了，父亲本来吩咐我，十一点钟以前一定得回来，我倒怕他生气，那晓得我回来，书房里灯光还是大亮，秋痕告诉我，几位日本顾问，正在同父亲谈论重要事情！我偷偷在窗外一看，他们正围着桌子，看一张单子，听他们谈话，知道是一张名单，他们还谈到一位北京大学教授薛汝康。因为薛汝康的三小姐，同我顶要好，所以我心里好奇，到底这件事情同薛汝康有什么关系呢？再听下去，简直奇怪的很！"

"怎么样？"

"原来薛汝康同西山的游击队是一伙的。据说，前一次攻西营，就是薛汝康指挥的，把日本兵打死了几十个，连子弹都烧了，但是一个都没有捉住！真想不到！一个大学教书的人，也会去做这样冒险的事情！你说奇怪不奇怪！"

"这真是奇怪极了！名单里面，还有些什么人？"

"旁的他们也提出几个。因为我不认识他们，也就不记得了，我怕父亲知道，没有听完，就回房间睡觉。但是老睡不着。"

"为什么？"

"因为薛三小姐是我顶体己的朋友。现在她父亲作出这样的事情，说不定有性命的危险。我到底应不应该救他呢？不救，对不起朋友。救，你知道我父亲的脾气。"

"这件事情当然是很困难，不过我看还是不救好了。现在的时局，多一事不如少一事，薛汝康既然要作游击队，是自己找死，你就让他死好了。你想，这两个月以来，姑父枪毙了多少南方的间谍，死一个人，简直就像宰一只鸡，你救得了那样多吗？

"但是我总觉得，他们这一群人很可怜！现在的世界，就是这样无情。你不杀掉别人，别人就要杀掉你。姑父现在的地位，是很危险的，不知道多少人想要谋害他。前两天西河沿那一个炸弹，要是快一秒钟，他已经没有命了。他不杀人怎么成？"

"表哥，你近来的态度，和三个月前刚来的时候，很不一样。从前你总是劝父亲不要杀害无辜的青年，劝他不要帮日本人，父亲很不高兴。近来你却常常赞成他的主张。"

"这没有什么。一来我对于他的处境已经了解，二来我要他喜欢我。"

"干嘛要他喜欢你呢？""这还用说？他不喜欢我，我不是什么都完了吗？"

"我不懂你的意思！"

"你总有一天会懂！"

"谁说？我永远也不会懂！永远也不想懂！"

"姑父在家吗？"

"大概早出去了。他一天到晚，就是这样忙。"

"今天我们到哪儿去玩呢？"

"先到北海去滑冰，回头到德国饭店吃午饭，三点钟到光陆看电影，五点钟遛王府井大街，七点钟在到北京饭店去吃饭跳舞，今天是星期六，那儿特别热闹。"

"你已经计划得这样详细了吗？"

"昨天晚上睡不着的时候，就想好了。"

"你不是在想薛汝康吗？"

"想了他又想你，想了你又想他，我就是这样乱想！"

"那么薛汝康的事情，还管不管呢？"

"你既劝我不管，我就不管好了，因为我最相信你的话。你等着，我去换一件衣服，就来。"

曼丽一步一跳地跑进去了。刘云樵嘴角上浮出一个微笑。他把皮包抽出来，打开，先看：曼丽的像片。然后在小袋里拿出铅笔，在一张角票上，乱画了几笔，随手就把皮包关上，塞在袋子里去。一会曼丽出来，穿一件浅红色压金的旗袍，披上一件灰鼠的皮大衣。秋痕跟着出来，叫汽车夫开汽车。曼丽吊着云樵的手腕，走出大门。大门口有一个老乞丐，生一身烂疮，向他们要钱。云樵打开皮包，拿一张角票给他。

"这个老乞丐真讨厌！每回我们出来都碰见他！"

"我看他怪可怜的！"

"表哥，你这个人心肠真软！"

"我的心肠要是不软，也不会弄到现在这个地步了！"

"我不懂你的意思！"

"你不久就懂得了！"

"谁说？我永远也不会懂！我永远也不想懂！"

到第二天云樵同曼丽会面，曼丽说她父亲昨天晚上，回家来大发脾气，把书房的大花瓶都打碎了。因为公安局下午派人去捉薛汝康，不知道谁走漏了消息，他一家人都逃走了。他走得很快，连桌上的饭碗都没有收。据说家里的厨子老妈子，都一块儿走掉。薛汝康这个人也够机灵，在这样短的时间居然能够逃走性命。

"我本来劝你不用管，你看，现在他自己会管自己了。"

"到底谁会走漏消息呢？"

"听说游击队城里的侦探很多，各机关各团体都布置着人。近来他们的组织，比前更严密，有一点消息，立刻就可以传布。以后要捉他们，可没有以前那么容易了。"

"这些那些，我都不爱管。只是那一个大花瓶，原是祖父遗留下来的，是父亲平常最珍贵的东西。这一次生气，把它打破，今天父亲早上起来，又非常懊悔，连早饭都没有吃。"

"那么，另外买一个好了。"

"说得这么容易！那样古雅的大花瓶，全城也找不出来。并且自从日本人占据北平以后，古董摊上的好瓷器都被他们明抢暗夺的拿去。稍微有点价值的东西早被他们拿光。就算还剩下一点好东西，个个都秘密地收藏起来，不肯摆出来卖。父亲要出去要去买，他们一定说没有的。"

"表妹你不要着急，我有一个办法了。"

"什么办法？"

"我有一位朋友，家里有一个大花瓶。最近他要去南方，想把花瓶送我。我说我还没有安家，用不着这样的陈设。现在姑父既然需要，我就去要来好了。东西真是不坏，是明代的瓷器，一见眼就可以看得出来真假来。它是我朋友祖传下来的东西。因为搬家不能带走，卖给古董摊，只能卖三十元钱。他想与其卖这样一点钱，倒不如拿出来送朋友。东西确是好，你不信，明天到我公寓去看。"

"表哥，你说好当然好，我也不用去看，你明天一早带来好了。我相信父亲一定很高兴的。他近来常常说你好，想替你在政府里边，介绍一个职务。刚才你谈到公寓，我又想起昨天晚上，母亲对我说的话了。他说，你不应当再住在公寓，应当搬到我们家里来住。这样亲的亲戚，住在外面，也落得别人笑话。父亲和我，也是这样想。但是我屡次劝你，你都不肯听。"

"我很感谢你们的好意，但是公寓那儿，有我几位同住的好朋友，大家会面，常常谈谈学问，也是好的。反正你家里，我每天来，住在这儿和不住在这儿有什么分别？"

"到底还是住在这儿方便。我看你也不必再固执了。你听我一句话，好不好？表哥，我要你听我一句话！"

曼丽把一双大眼睛，望着云樵，云樵没有办法，只好答应，再隔两天搬来。

第二天，云樵果然把花瓶带来。他姑父生平最喜欢瓷器，一看见这样古色古香的东西，满心高兴，命人放在书房原来的地方。

花瓶放好了，云樵和曼丽走出门来，预备去看电影。

在汽车中间，曼丽十分称赞云樵，说他最会体贴人。云樵说，这不过是机会问题，随便那一个处着他的地位，都能够作这一件事。

"谁说，别人那有你这样聪明？"

"我还聪明吗！我以为我是世界上最无聊的傻子！"

"我不懂你的意思！"

"你快要懂了。"

"谁说，我永远也不会懂！我永远也不想懂！"

再隔一些时候，北平的游击队，闹得更利害了。西郊外日本军队的势力，不能通过颐和园。城内驻军的调动，似乎他们都有准确的消息。只要城外日本军队势力不太大，他们立刻开队伍来歼灭。等大军开到，他们已经远走高飞。城内一连发生了几件暗杀案子。有一位日本高级顾问，在汽车里被三个青年，用手枪打死了。甚至于警察厅长的汽车，也中了一颗炸弹。然而这两个人，都是从曼丽父亲家里开会出来，中途碰上的。那一天，曼丽的父亲，从市政府回来，到绒线胡同口，被一个讨饭的打了一枪，把左手心打穿，进医院休息了三天。从此以后，每次出门，心中都很害怕，晚上回家，睡梦中常常惊醒。

尤其奇怪的，就是火车方面也常出事情。有时铁道被拆毁，火车出轨，有时埋上地雷，火车炸翻。最危险是有一次天津有一个重要会议，北平政府里的高级长官，差不多全体乘专车去出席，里边还有好些身位要职的日本人。这一次的专车，非常秘密。除掉极少数，其余的官员，都是临时发的通知。但是专车开到杨柳青附近，忽然轰天塌地的一声，地雷炸了。火车刚刚迟到一步，没有炸着，但是车夫停不住，车翻了，死了十二个，折了三十个几个。假如车快一步，也许就一网打尽了。

专车的消息，到底是谁泄露的呢？那天晚上，在曼丽的父亲家里开会，只有两位日本高等顾问，警察厅长和曼丽的父亲。曼丽的父亲，是北平政府的领袖，他对日本人的忠心，是谁也不能否认的。警察厅长，也曾经替日本政府，工作多年，从来没有出过乱子。至于两位日本高等顾问，更绝不成问题。那么这一次消息的泄露，真有点神秘。

警察厅长一方面要洗刷自己，一方面也是自己责任所在，回厅里把所有侦探叫来，雷厉风行地，限他们三天以内，一定要查获此案。侦探急得没有办法，只得随便抓一些嫌疑犯来敷衍。火车道旁边的农人，抓了四五个，北平城里的学生，也抓了十几名，拿到一个，便用严刑拷打。但是，口供还没有问出来，有两位学生，已经受不住死掉了。

厅长也觉得，像这样蛮干，一定找不出什么线索，只好面子上把这件事情搁置，嫌疑犯放释，暗地里却派人各处去私访。

在这个时候，云樵已经搬到曼丽家里去住，每天和曼丽花天酒地地玩。曼丽的父亲，替云樵在市政府找了一个职务。云樵去办了两天公，觉得没有什么意思，以后也不常去。但是因为曼丽父亲有势力，不去还是照样地拿很多的薪水。

至于曼丽和云樵的关系，在两位老人的心目中，云樵已经是他们的子婿。在曼丽的态度，云樵简直是她的丈夫，但是云樵的态度始终是不即不离，令人莫名其妙。你说不爱曼丽，他却成天到晚，都在陪曼丽玩，而且谈话中间，常常若隐若现地，表示对于曼丽深刻的情感。你说他爱曼丽，他始终没有明说过，而且一直到现在，还没有正式对曼丽求过婚。曼丽有时忍不住，给他许多的暗示。云樵平常为人很聪明，在这种地方，却一点也不了解女人的心理。

有一天晚上，两人在北京饭店跳舞。云樵似乎心里特别高兴，他告诉曼丽："今天是我生平最得意的一天。"一连喝了三杯酒。曼丽敬他，他又喝了三杯。他仿佛喝醉了，话也多了，酒越喝越想喝，坐着就起不来，起来又是一个跟头。后来还是曼丽叫汽车夫扶他上车。在车他还是糊里糊涂的。

"曼丽！"

"做什么？"

"你真是一个好孩子！"

"好孩子怎么样？"

"怎么样？哈哈！这点你都不懂吗？等我的事体成了功，我要娶你作妻子！"

"你的事体成功了，你的什么事体呢？"

"这个……这样我不能告诉你。"

到家了，汽车夫和曼丽，把云樵扶上床，曼丽不放心，一个人在房间伺候他。她重问云樵什么事体成了功，但是云樵已经熟睡，摇都摇不醒。

曼丽坐在旁边，把云樵看了一阵，一时没有什么办法。忽然，她好奇心起，把云樵脱下来的衣服，仔细翻阅，她打开袋子里的皮包，看里面，除一些钱票和几张名片以及曼丽的相片外，她没有发现什么。她又到抽屉里去翻，也找不出什么东西。她自己已经失悔，对云樵有这种无意识的怀疑，她要回寝室睡觉去了。

忽然在一本法文书中间，她无意之间翻出一张纸来。这一张纸上面，尽是一些不认识的符号，她把符号仔细审识，猜不出什么意思来。云樵是学文学的，难道这是他新发明的注音字母吗？忽然她灵机一转，回想起刚才翻他的皮包，中间有一张角票，上面有许多乱七八糟的笔画。她再把皮包打开，角票拿出来比较，果然角上的暗记号，就是纸上的符号。

云樵为什么把纸上的符号，画在角票上呢？她仔细一想，心中恍然大悟。云樵每天同她出门，门口不是总有一个可怜的老乞丐，云樵不是老拿角票给他吗？看起来云樵一定是借这一个老乞丐传达一种消息。云樵有什么消息要传达呢？传达给谁呢？她又回想起云樵今天对她讲白话，说什么成功不成功。云樵本来是从南方来，他一定是替南方政府，作间谍工作。

她把纸条依然放好书中，皮包里的角票，也不动它，轻轻掩上门，走回房去。

她精神太兴奋了，呼吸都很困难。她打开窗户，一股冷气进来，使她打了一个寒噤。她重新关上窗户，坐在椅上，仔细地想。

几个月以来，他最心爱的云樵，居然是南方政府的间谍！既然是间谍，当然是他父亲的敌人。云樵既然是她父亲的敌人，她自己呢？是不是云樵的敌人呢？

她忽然恨极了云樵，因为云樵并没有真心爱她。云樵整日和她周旋，完全是政治作用。她父亲是云樵的姑父，云樵可以来侦探他，云樵这个人心肠真毒。她自己那样倾心爱云樵，云樵却只把她拿来作侦探工具。云樵为人，既没有亲戚的情分，也没有恋爱的感情，他真是岂有此理！

她想立刻跑到他父亲房里，去告诉他一切。随便他父亲用什么方法来处理云樵，已经走到门口，她又不忍再走。

她在屋中走来走去，细想四月以来，云樵对她的感情，她又觉得云樵对她的一切，并不是虚假的。一个男子，要骗一个女人，并不是容易的事情，女子天生有一种感觉，一看男人的眼睛，立刻就知道，他心中有什么思想。云樵喜欢曼丽，高兴同她在一块，这是绝对不能怀疑的事实。假如他有政治工作，这是另外一件事情，同他爱曼丽，没有关系。最厉害的证明就是今天晚上，云樵吃醉了，还对她说："等我成功，我要娶你作妻子！"假如云樵不爱她，吃醉以后，一定不会说出这样的话。

她自己太爱云樵了，四月以来，她心中已经不成问题，云樵是她的人。今天晚上这一个发现，并不能根本动摇她。

夜深了，她随便倒在床上，和衣而卧，翻来覆去，老睡不着。快到天亮的时候，她倒睡着了。

中午吃饭的时候，她看看他父亲，又看看云樵，心中说不出地难受，她到底应该怎么办呢？

吃完午饭，云樵和曼丽出门，那一位老乞丐，今天却不见踪迹。曼丽心中奇怪，她偷看，云樵四处张望，满面的失望，坐在汽车中，半天不讲话。

"表哥，你今天为什么不高兴？"

"没有什么。"

"你有什么失望的事情吗？"

"失望！有你在我身旁，我还有什么失望？"

"不尽然吧？"

"你难道永远也不懂我的意思吗？"

"我已经懂得你的意思了！"

"你相信吗？"

"这不是相信，这是事实。"

"只要你能够看清事实，这是最好不过的了。"

说到这儿，车开到公园门口，曼丽也不再谈了。他们痛痛快快地玩了一天。曼丽觉得云樵举动谈话，声音笑貌，无一不可爱。她已经下定决心，无论天倒下来，她不能改变她自己的主意。

晚上回家已经十一点钟了，她刚解衣睡觉，秋痕进来说，老爷在书房叫她。她进书房，她父亲很严厉地坐在那儿，叫她坐下。问她：

"你觉得你表哥这个人怎么样？"

"表哥人顶好的。"

"哼！"

她父亲接着告诉她，她表哥是南方政府派人的间谍。现在一切都发现了。最初警察疑心门口那一老乞丐，派人跟了他三天，把许多他到过的地方，都晓得了。昨天晚上，出其不意，抓了二十几个人，连老乞丐也没有走脱。到警察厅，一阵拷打，其中有两个受不住的，立刻招认。原来老乞丐是专门送信的，刘云樵是新近派来作间谍工作的。他们还供出了几个，可是派人去捉，他们老早走了，最近许多消息，都是刘云樵传讯的。最毒的，就是他送的大花瓶，因为花瓶底上，装得有一个最新式的无线电发音机，所以这儿秘密会议，他们完全知道消息。

她父亲大骂刘云樵，说他没有良心。本来昨天晚上，就要逮捕他，因为住在他家里，警察不敢随便惊动。今天整天都派人监视他，现在他已经回来，曼丽的父亲，已经打电话，叫警察立刻抓他。

她父亲的话刚说完，警察厅长走进来，形色慌张地说刘云樵不见了。到处都找遍了，没有人，家里的人，明明看见他回来的，居然会不见，真是奇怪极了。

大家瞎猜了一阵也散了。曼丽坐在家里，精神烦闷已极。四个月以来，她第一次感觉内心的孤单。

到下午她无聊到极点，也不用汽车夫，一个人驾一辆汽车去逛北海公园。她坐在漪澜堂，看见冰场上的人，如燕子一般，轻飘地飞来飞去。回想起同云樵一块儿滑冰，不胜今昔之感。

一个钟头以后，她已经要动身走了，忽然有一个小孩，交了一封信给她。

她把信打开一看，一切的烦闷悲哀，都没有了，她现在所需要的，就是勇气，去重新作一个有意义的人。

两个月以后，上海香港的报纸，都大字登起，某某汉奸的女儿，同他脱离关系的消息。

三个月以后，曼丽和云樵，又在重庆见面了。

"表妹，在北平的时候，你总说你不懂我的意思，现在懂了没有？"

"谁说，我第一次会见你，我已经懂得你的意思了！"

选自陈铨：《归鸿》，大东书局，1946 年

一句话

碧章五点钟下办公室，照例走两条街，到南京路去赶第一路电车回家。他刚转弯到南京路，看见一个小货摊贩，在马路边上摆了许多可可糖，口里嚷五百元一块。他心里一动，想起五岁的小女儿已经有三个月没有吃糖了，今天发了薪水，应当替她买一块。他从袋子里掏出薪水袋，捡出一张五百元的钞票，付给摊贩。把剩下的薪水，再数一遍，只有六万五千五百元。

他把可可糖连薪水袋一齐塞进袋里，长叹一口气。

他不敢坐电车了，他想四十分钟的步行可以省下五百元车费，这样至少可以减少太太一点埋怨。

他沿着南京路西行，马路上人山人海，商店玻璃窗内摆满了各式各样的货品，冠生园美式配备的鸡蛋糕，定价是每个二十五万元。

到了先施公司前面，特别地拥挤，他立在马路口等了七八分钟，还没有机会过去。忽然之间，他发现前面有一位穿豹皮大衣的女人，背影很像他从前大学中的女朋友。正在他疑惑的时候，后面一个青年男子上前一挤，把这位女人几乎挤上马路，女人生气，回头怒目对他。碧章的疑惑没有了，果然是六年不见的范碧霞。

他想立刻上前招呼，但是他低头审视自己破烂的大衣，再摸摸大衣袋里的六万五千五百元，他没有勇气了。凑巧这个时候，范碧霞已经看见了他，挤过来招呼他，同他热烈地握手。

"碧章，好几年不见了，你好吗？"

"没有什么。"

"你还没有吃饭罢？陪我到七重天去吃饭，怎么样？"

碧章一时说不出话来。说假话不是他的习惯，说真话又有点难为情。碧霞马上明白。

"你从前请我那样多，今天你一定得让我做主人。不要客气，走罢！"

碧霞一伸手挽着他的手腕，两人走过马路，再转弯，到了七重天。当他们上电梯的时候，碧章审视碧霞，依然是从前那样漂亮，那样年青，华贵的衣饰，更使她充满了新鲜的生命。

他们走进餐厅，拣了一张靠窗的小桌。两位侍女穿着淡蓝色压白边的制服，涂着鲜红色的嘴唇，花枝招展地走上前来，替他们脱大衣，移椅子。碧章看看自己的大衣，脸上不免有点发热，连薪水袋也不敢拿出来。

碧霞一手包办，点了菜，并且叫侍女拿了一包骆驼香烟。碧章好多时候，没有抽香烟了。

他们一面吸着烟，一面谈话。碧霞不用问，就一五一十地报告她这几年来生活的经过。自从四年前，在中央大学毕业以后，她就到航空公司做英文秘书，后来又转到美军总部，抗战胜利后，她随着美军总部移到南京，前一个月调到上海。她的收入是丰富的，最近美钞涨价，她的生活更优裕了。

"你的婚姻问题怎样呢？"碧章忍不住问。

"我们暂且不谈这个问题！"

碧霞说这句话的时候，声色俱厉，碧章不敢再问了。沉默了一会儿，碧霞又笑起来。

"碧章，现在该轮到你了！"

"什么？"

"你应该讲讲你自己呀！"

"我的事情很简单，五年前大学毕业，一直作公务员，最近从科员升到科长。结了婚，生了一个女孩子，现在已经四岁。"

"你的小说还写不写?"

"早已不写了，哪有工夫?"

"一点写作的工夫都没有吗?"

"写作的工夫当然也有，但是没有写作的心境。"

"为什么?"

"还用问?"

"公务员的待遇实在是太清苦了。碧章，你记得，从前在学校的时候，你总笑我太看重金钱，其实我对于金钱本身并没有爱好，但是一位天才，没有相当经济的准备，是要妨碍他天才的发展的。现在你应该相信我的话了。"

"你的话固然有一部分的真理，但是我要问你，你现在看样子钱不少了，你的天才又发展到什么程度了呢? 你又创作了多少东西呢?"

"碧章，你真利害! 我简直没有法子回答你的问题。但是我不能继续创作，也是没有创作的心境呀!"

"为什么?"

"还用问!"

选自 1947 年《智慧》第 15 期（不完整）

陈翔鹤

|作者简介| 陈翔鹤（1901—1969），四川重庆（今重庆市）人，现代著名作家。代表作品有中篇小说《写在冬空》；短篇小说《茫然》《幸运》《断筝》《遗爱》《一件怪事》《春宵》《喜筵》《给南多》《古老的故事》《傅校长》《一个绅士的成长》《丢弃》；小说集《不安定的灵魂》等。

不安定的灵魂

新近才安上了火炉。天气并不冷，不过到夜里来仍旧将它烧着，因为是想要早早的便享受一点冬的情调。芸这几夜似乎颓唐得很。在她幼稚而天真的面孔上，已经没有平时那种活泼的表情，嘴角里没有微笑，眼睛也是呆呆的，只是瞅着那屋内黑暗的角落。她不声不响的实在是使我觉得有些害怕。因此昨夜当我们正在炉边默坐时，我便伸手去握住了她的双手，恳切的问说："芸，你这两天可是心里有些不好过？为什么不告诉我呢，难道你还不相信我吗？"她抬起了头来望着我，但眼珠仍是呆呆的，一动也都不动。从她那惶惑的，黑而多水分的清明的眸子中看来，便令人想起那在困厄中而欲楚楚依人的小鸟。"芸，你告诉我罢！说了出来，我虽然不能为力，但或许你自己的心里觉得要轻松一些。""因为我看见了火炉，不禁的便想起了孙先生。我不愿意看见火炉！"她又呆呆的歇了一会，才如此的说。在话完之后，她便又用手绢去蒙住了脸，而肩不住的在那里颤动。"孙先生"这三个字在我们的耳里不是很熟悉的吗？然而今夜，她说出口来，既是费了如许大的气力，而我听了，也是如枪弹般的，颗颗都直穿入了我的心里，在那里一阵阵的疼痛不已。

于是陡然间全屋子的光线都似乎昏暗起来了。而我们的头和心，同时的也都沉沉的低落下去。

我们沉默的坐在那儿，而且在这样沉默中，更思念起了那个现在已经不可再见了的，可爱的奇异的人。……

孙树立君，在先本来是芸的朋友，也是芸从前学校里的讲师。在我同芸认识了之后，便常常的从她口中听见了这个名字。但在我们未订婚之前，我总不曾得便的遇见过他一次。及到后来我向芸求婚的信用双挂号寄了出去，而接到她的复信中有云"要去问问孙先生然后才能定夺"这样我才知道这位孙先生在她心目中是何等的占有位置。然而在我们举行订婚礼的野宴中——其实所谓婚礼也并无仪式，只不过是聚几个朋友，随便的在城外游逛一天罢了——我终于得见这位孙先生了。他是一个很清瘦的人，穿着洋服。面貌也并不老，只是神气看来似乎太萧索冷淡一点，他说话时很少，只是极留心的去听他人的讲话，微微的笑着，似乎觉得很有趣味。他又有一种特殊习惯，就是他时常都喜欢取出手绢来，揩着自己的手。

那日他所送给我们的礼物，是一瓶 1850 年的白兰地酒和一束鲜花。据他说是愿意我们快活康健的再活七十五年，也像这酒一样，愈陈酒愈好。后来到了酒酣耳热时，他更极活泼的谈了许多话。而最使我难以忘记的，就是他得便的又独自一个悄悄的拍着我的肩膀，低声的问我是否果真爱芸，为什么此时便要结婚？隔了一会，他又说他在报纸上时常见着我的文章，因此很能知道我的性格及为人。我只记得当时回答他的大概是说，我觉得在外乡飘荡得久了，生活很是疲乏，非大大的增加一些爱的力量，不能生活下去，所以才愿意同芸结合；而且我更也能忠诚的爱她，现在非有了她我不能再有生活。他听了，点着头，十分的觉得满意。

从此以后，我们的交往便开始了。才知道了他还是我的先后同学，高三班，先我两年毕业。毕业后，便担任了三个学校的课，更在交通部兼任一点差事。从他谈话中，并知道了他也是一个喜欢文艺的人。他曾经讲过许多书，对于文艺的见解很高，完全不落庸俗。说也奇怪，在我平时爱好的作家，差不多也尽都是他所欣赏的几位。以此我们的交情便一天一天的浓厚了起来。

及到了秋天，我同芸结婚了后，经我们诚恳的邀请，他便搬进了我们的家里，占居了我们寝室对面的三间南房。他的生活，从表面上看来是极其规则的，早睡早起，到各学校及部里去办事，都有一定的时间。他对于他自己健康也并不忽视，他时常喝着多量的牛奶。"这真是好东西，你们也照我样办办吧，一定能使你们更要健康，更要快乐。"他时常是劝着我们多喝牛奶说。然而在他的日常习惯里，也不能不说是有许多奇僻的地方，但这些他自己也并不讳言，而且常常自己开明的承认说，"若是这些是与人无妨无害，而又在我自己生活范围以内的，就是怪僻一点，也不妨让它保留着。因为人总是要有他自己生活的特色才好"。例如他有几架子的中西文书籍，这些他都视为非常珍贵，无论如何至死也都不肯轻易借人。就是有时芸去问他借一两本画集来看看，他也就即刻的在卷首上题上了"赠给芸"几字。后来弄得我们都不好意思再去向他借书。然而从各种方面看来，却又不能不说他真是一个很知情趣者，或者也可以说是一个深于世故的人。因为他脾气虽然怪僻一点，但他的怪僻却又从来都不会明白的表露于外。在平常人看来他也能与他们一样，一点儿也没有区别。因为他无论对谁都是保持着和平有礼，无侮无争的态度。不过看着了他那一种萧索淡漠的神色，总是时常提醒着人，他又的确是一个凛乎不可侵犯者。就是用人们也常背地说："不要在孙先生面前弄鬼，你看他事事都是知道的，不过他只是不肯说出来。"以此我们家里的许多麻烦事件，也都要靠着他来解决。

后来芸又对我详细的说，她同他认识，比我还要早一年多。他对她始终都是极关心温情的，指导着她生活和读书，等等。从他的口头与笔下，他都不自隐瞒的说是他很爱她，然而他之所谓爱，比普通男女之爱，却又似乎大有区别。他对她仿佛如像年长者之对于后辈一样，提携爱护无所不至。在他神色间，你总可以感觉出，这种男对于女的爱，在其中完全是有一种另外的东西，在里面隐藏着。这就在芸，也是能以感到的，她时常感到有些不平说："你看孙先生总是将我当作小孩子一般看待。"至于说到芸的本身，那便真也不愧为一个大孩子了。她不善于生活，也不大懂得人情世故；她完全不知道什么叫作家政，什么叫作日常生活。就她对于用人也是那样随随便便的，致使家里下人并无一个能够怕她。他们时常欺骗她，她一点儿也不知道。她只是喜欢依照着她自己的心性生活，不脱孩子气，兼有诗味。她时常将应当一个月花的用费，拿到了手中，不到半月便用得干干净净；及到没有钱了，又是那样垂头丧气的，弄得毫无办法。不过她那种带有艺术味的孩性，却自始至终都不曾因她常常受窘，便加以修改。她有时偶尔的也从别处或者是从她父亲那里得到一点意外的钱，但她总是连衣裙破败了也都不曾顾忌，却一直的跑到前门外的几家外国洋行里去，要将她所有的钱换成了一两座小而巧的大理石雕像，画片，或者其他的东西然后才能回来。得到了这些之后，她差不多又是废寝忘食的去赏玩它们，一连几天都是兴高采烈的，忘其所以。因此在她箱子里所珍藏着的大概都是这种玩具。合计起买的价值来，大约总在两千元以上。因此，也就弄得我们的家庭完全不像一个家庭；时常都有人跑上门来讨债。到了节期更是厉害。这时，她的唯一救星差不多就只有她孙先生一人了。就我自己也是毫无办法。"你看你是个小孩不是，现在怎样办呢？你把所有的宝贝全部都拿去抵押给他们吧，看他们要与不要？"在他打开了皮包将所有的商店伙计们通通打发走了后，老是爱这样笑着问她。但随后到他察觉她已经有些惭愧了，于是他又拉着我们到他屋子里去，请我们坐下，吃点心，更拿出他新买的画集或书籍来给我们看。说了这样又说那样，叫她放宽心些，不要忧愁，事到临头来自然会有法子想。他又赞美她的性格，说她真是一个婴孩，一个艺术家。又说若是她欢喜时，他便可以将这本画集拿来送给她，作为目前的节敬。于是他们便伏在桌案上高谈阔论的笑着，看着，随着的便是一连串清脆的笑声。像这样，当我一个人在旁边看着时，仿佛觉得他们也真是一对大的，天真未泯的小孩，一点儿也不懂得人间的所谓悲愁。然而孙先生，在他狂笑了一阵之后，又取出了他手绢来揩他自己的手了。他的脸色，不知何故竟又会随着他手绢的移动，陡然的变得苍白了起来。沉默随着他的笑声，愈觉其庞伟。紧紧的压榨着了全屋宇，使人呼吸都似乎不很自由。这在他自己也是马上便能感到的，于是他便又会像这样的提议了："出去走走吧。"不然就是说："我们都需要休息了，等一会儿再见。"

差不多我们对他存着奇异而且恐怖感觉的，就莫过于见着他拿出手绢来揩手的时候了。

他住在我们家里，至少有一年半之久，到冬天晚上来，我们一同围着火炉谈话；夏天黄昏里，我们更一同挽着手往空旷的水滨披襟闲游，我们完全如像一家人一样，一点也没有隔阂。而在我们平时的相处，有时他固然沉默得很厉害，不过有时他也十分的健谈。他的谈话是那样的简短有力，更时常夹杂着有讽刺的口吻。他喜欢笑人，也喜欢自己嘲弄着自己。"逸，你看我这个人是多么的滑稽可笑。我能够扮官，也能够扮教员，样样扮得来都像。我能够说谎，骗人，向人们施着矜夸骇诈的手腕。我一方面既是骗着他们的钱，一方面更笑骂恐骇着他们。然而逸，你又必须知道，要不是这样了，我们生活便会失败，而又要受人家的欺负。你看人是多么可怜的一个东西！"他时常用着他那简短有力，含有芒刺的口吻来向我说，而且他像这样触景生情的告诉我已经不止一次了。

在他日常生活中，除例假而外都是非常之忙，他完全不让他自己休息着。每一回到家来，不是马上拿起书来读，便是提起笔来，随便胡乱的在纸上东涂西抹。在我看来，他完全是一个多才多艺的人，他在学校里所教的科目什么都有，有时连图画音乐也都能教。其实他染色的手腕也并不低，他能够画而且时常独自一人在纸上画，就是疏疏的几笔也都能表现出他自己的个性来。然而他之视他自己的才能，却总以为这画都是些无用的余技，于生活毫无关系。

"什么是图画，音乐，文学，艺术呢？谁肯去相信这些东西！人就是一个人，骗几个钱来生活，一切都是无聊鬼混罢了。在人群当中，哪里还寻得出什么合于高尚理想的东西。文学家的笔，宗教家的口，他们只管那样的叫，那样的写，然而人类还是人类，没有长进，便永世也不会有长进！"一次当我们谈起了艺术，我问他为什么有了才能而又不去从事于艺术的工作，他便这样的回答我，在脸上更现出了一种极轻蔑绝望的微笑。"工作总是比不工作要好一点，完全没有希望也得工作，不然更是永久的没有希望了。"我又紧逼着了他。"是的，工作？你说的工作不就是做一两篇小说便算完事吗？你看，或许我将来真也能够用着我自己最后的生命，来写成一两篇美丽哀艳的东西给你看，也未可知呢。"他说着，笑了。

我仿佛看见他心里真是在那里计划着什么似的，他的脸色是那样的庄严而且神秘。

我不能不说，我是十分的了解他了。他完全是一个合于艺术，却又不肯肯定的人。

他像这样的同我们一同生活，一直以到去年的冬天，境象完全没有什么变更。不过在寒假时，他对于我们的态度仿佛就有些不同了。他对着我们不知何故，竟至一天一天的变得柔和依恋了起来。他神色间是老悽悽婉婉的，令人不可捉摸。他时常同我们坐在炉边，一只手握着芸的，另一只手握着我的，握得紧紧的，默默然过了许久许久的也都不肯放下。而他在那种表面似乎很安静，而内里确实在是在那里搅动着的心情，在我们也都是不难看出。有一晚，他忽儿竟至向着我们明白的宣布了。他说已将他在这四五年内作事所积得的存款，都兑往了上海去，更打算不日就要起身南旋。到上海后，决定赴法或赴日本旅行。此一去非到两三年后不能回转北方。所以他近来对我们很是抱歉，觉得有些依依不忍离去的样子。他又说这完全是他预定计划的成功。

自然，这些在我们平时都是一点儿也不曾前闻的。不仅如此，就是连他已往生活如何，和南方尚有何种亲友，我们也都是丝毫不能知悉。因为他从来便不喜欢谈起这些事，有时就是我们的话头，偶尔的转向那方面去了。而他也总会设法用其他的话来岔开；不然便是默默的不肯再作一声。这在我们看的惯了，大概也就不以为奇，更将他那不喜欢提起往事的习惯，轻轻的给归入了他某种僻性的一类去。然而在不久间，他便离开了我们，走了。自然这是必然的，丝毫也不足怪，他是走上了他自己所预定下的路程。他是一个意志力坚强的人，一切行为都有他自己负责，不用旁人来替他担心。不过最使人奇怪的，就是他将他所有的心爱的书籍，全部留下，托我们为他照管。他带走的除衣被等物而外，关于书籍只拿走了一部列朝诗话和一部晚唐诗选。这些书，在他平时都是视为浅薄无聊，正如口香糖之不值人一咬似的，然而现在，他竟至在一切珍贵厚重的书籍当中，选中了它们，将它们慎重的放在衣箱内带走了。

"现在我可以自由了，一切都不要，落得个真正的干干净净，芸，你说是不是?"在他起身时，行李已经放上了车，他巡视过他屋子一周，更又对他所留下的许多书籍，神色间似乎露着一种大不屑意的样子来向我们说。以是他去后，芸更是觉得非常的忧愁，因为她是担心着她的孙先生，不知道他往后的生活将要怎样的突变。而他的两三年后之再来同我们见面的计划，也不知道是否尚能实现。像他现在这样的性格反常，一切事都令人觉得简直是在不可预测之中。至于我呢，却不禁的又想起来了他那从前所说过的，将要用他最后的生命写成一两篇美丽小说的话了。因而我内里倒是含着好奇心的在这里期待着。

他南旋时正是初春，北京尚霏霏的飘着碎雪。"大约南方比北地要温暖一些吧，我们愿意你快乐，从此在新鲜的境地中，能以得长健永康。"正也如芸在回复他第一次信中所说的一样，我们时常的都是在为他祝着福。然而我们的那位朋友却是一步一步的和我们远离了，一直以到永不能再望见他的形影。而自春徂秋，他所留给我们作为最后留念的，便只是那样长短不齐的十几封信函。然而那已经作为了虎烈拉牺牲品的，在这数千百众人当中，我们的朋友也就不幸的便占据了他一席的地位了。这是事后，经我们写信去托人打听才知道的。

现在，火炉又已经重现在了我们的面前，只是在这热烘烘的空气当中，却少了默默的来同热烈握手，暗相告别的那一个可爱的朋友，真无怪乎芸是要睹物怀人，黯然有感于中呢。

然而不管他用他最后生命所写出来的几十页信笺，连续起来究竟是否一篇美丽的小说，现在为要纪念我们的朋友起见，也不妨整理一遍，姑且将它发表在后面。

芸，逸二君：——

我已于昨夜安抵上海了。在火车上的三十多个钟头时间，差不多完全都是在沉思和昏睡中过去，窗外所经过的各种景色，简直一些儿也不曾领得。不过我也并不需要去看那些，我想此时正宜休息一下，到南方时好再行浪游，多多的享受一点江南春色。

现在我所住的地方，依旧是六七年前在沪时作我居停主人的家中。说起来你们也一定会奇怪吧，我此刻所睡的床和房间，依旧是我从前所住的，就连家具的位置也都没有多大变更。昨夜我在那里睡着，从灯光下瞥着那从前便已看熟了的各种器具，仿佛觉得六七年来在北方所过的生活，完全是在梦中一般，我真不相信我此刻与从前是有多大差别——我此时尚完全是一个刚入大学预科的新班学生。但是不久疲乏便将我轻轻的抛入了酣梦中去。你们想我是多么觉得伤感而且欢悦。

今晨早早的便一人出来洗澡剪头，更留心去看看那间我别了多年的上海的清晨景象。因为昨晚到的已经很夜深了，而且疲乏，并不曾去注意那些。在这里的情形，据我看差不多依旧是与从前一样，没有太多不同的地方。清晨时，满街遍地都是推走着粪车和垃圾桶。家家户户的后门前，都是哗哗地在那里清刷着马桶，秽恶之气，一阵阵中人欲呕。而马路面上也还是如从前那般的光泽宽大。两旁的房子虽是较前加高或增大了一些，而窗户仍旧是沉沉的关闭着。我想那一般醉生梦死，托庇在外人势力之下的人们，此时还不是在那里做他们汽车，大荣，洋奴，买办等污浊的酣梦？然而那一些为生活所逼的可怜者，小贩，车夫，工人，清道夫，和公司里的小书记，伙伴们，却早在电车上货马路旁慌忙的奔走了。在这里，他们完全是社会的中坚，没有他们一切事业都会停滞，然而他们所过的，依旧是人类最辛苦最不幸的一种生活。但是一到下午十二点钟后，在这里街上的气象，差不多就必定会大大的改变了。闹嚷，喧嚣，车马奔腾，一群群长袍短褂，红红绿绿的上等人，绅士太太们，全都会钻了出来，以完成这个所谓真正的江南人的世界。不用叙说那些，人类是怎样的一种东西，就让他自己推移蜕变吧，现在且告诉告诉你们，我居停主人们的近状。这都是你们从前完全不会知道过的，或许听了也会觉得生一些趣味。

　　他是我的表哥，经营着银行生意，在上海已经住了许多年。先前我在上海读书时，一晌便住在他的家里，一共大约有四五年之久。而现在我又用了我存储的财产——我的款子便是兑交在他的银行里的——作为担保，我并不是落魄归来，所以也就一直的住在了他们的家里。从他们家里的陈设与六七年前一丝没有变动的境象看来，你们想想，他们是怎样的一个守旧家庭。然而，我的表嫂以前也曾是个漂亮的人物，就当我未离开上海以前还是这样。她喜欢场面，喜欢应酬，宾客，酒席，牌桌，戏座，老是闹个不休。她有三个儿子，一个女儿，差不多可以说全都是我的学生；我从前住在他们的家里时，便时常的教他们。而现在我的表哥嫂都已吸上了大烟，他们除出去办理正事，或偶尔不得已的去同人应酬一下而外，都不常出外，只是一天到晚睡在床上吞云吐雾，一切排场都已不用，只是安安静静地享受着他们所愿意过的实际生活。自然他们也会有他们自己的哲理。我的表嫂于昨夜见面后，谈话间，首先便对我说："现在老了，这是年青人的世界！让你表哥多积下点钱吧，好再让后辈去好好的生活几天。"她说这话的时候，更用眼去望着她在床前坐着，名字叫着 V 的女儿。她在我离开上海时，还是个小女孩，中学二年级生。但此刻已经是长成立了！且新近才从 S 校的钢琴科毕业出来，任着她母校小学部的音乐教师。我这次之重到江南，一切事都视为平常，在我意料之中，而最使人陡然地增加无穷的流年可怕，催人易老之感的便是这站在人前，照眼分明，婷婷玉立的 V。据她母亲说，我屋子里的一切，都是经她亲自整理过一遍的，所以无怪我一跨进门去，便觉得事事整洁，毫无纤尘呢。

人生无论如何，到最终来都是幻灭，一切努力可以说都是枉然白费。因此生活差不多够了，用不着再去计划，安排，决定了。然而昨夜，我回答他们问讯我为什么要往外国去的问题，还是以得博士学位为唯一的主要理由呢。说起来真也可笑，从前所决定的，放下教鞭后便不再向人说谎的决定，在今夜又打破了。人与人之间真是别无办法！但在他们听了之后，却又深深地觉得满意，向我起了一种特殊的敬意。V 还笑着说："表叔真是野心。"我的表哥，想一想，便也说："年青人原来应当如此！"芸，逸，我独有的唯一亲信的两位朋友呀，请你们回答我，我可果真是立在年青人当中，而觉得一无惭愧？一笑。

在这个家庭里十分清静，他们的三个儿子都不在家——一个在美国，一个在故乡经商，一个更在香港读书——就 V 到白天来也要往学校里授课去。用人只有四个，但尽是很聪明知趣的，作事能事事小心，生解人意。所以我在这里住着，很是觉得安舒。请你们勿念。

今晚是他们替我接风，非留在家里用饭不可。到了明天下午当出门去拜访拜访那与自己久已不相闻问的朋友们，看看能否从他们那里寻得出我们旧日的面目来？

下次再谈吧。祝你们安好。

树立上

一九二五，三月二十号晨

芸，逸二君：——

芸的信已收到。此地果然是比北方要暖一些，雪固然没有，就有时飞点小雨，将其平如底的马路润得湿湿了，走起来，也觉得怪是有趣，从不会像北京那样，到雨雪一下时，便是泥泞载途。你们若是不说起春来，我倒忘记了，因为我此时仍是穿着皮的外套，不觉其暖，亦不觉其寒。不过到风一吹上脸来，大约这就是所谓春意了。

自从到了这里后，物质生活可以说是非常充裕的，因为在我皮包里总是装着比平常更多的钱。虽然除日常用品而外，其他在各大公司里所陈列着的种种五光十色的奢侈品，我并不觉得怎样需要，不过有时也随便走去赏鉴赏鉴，然而在赏鉴一会儿之后，依旧是淡然地走开。你们知道，我是何等的喜欢整洁严肃，不喜欢那些加在日常温饱安定生活以外的，红红绿绿的东西。那些我视为都是生活上多余的烦累。

前信我不是告诉你们说我要去会会我从前所有的旧友吗？前几天我也曾去会见过他们中的任谁两位了。他们也真如人群中所谓真正的人一样：终日除食，眠，经营，谋利，娶妻生子，过着本能生活而外，完全是不知其他。我见了他们，谈着，笑着，随便的更说几句滑稽打趣的话，称赞他们的生活，事业，等等。他们听了非常觉得得意，也殷勤地留我在他们家里用饭。你们看这就是人与人之间互相对付所得的真正报酬。然而要寻寻出从前旧日见面时的那种天真纯美，彼此不欺不诈的本来面目，已经是渺不可得了。但我对于他们也并没有什么微词，还以为他们的生活是真正人类生活中正当的生活呢。但既然是像了我这样的一个人，究竟还是与他们相处不来；我在他们当中，固然可以借着滑稽，打趣，高谈阔论种种假面具来掩盖着自己，不过，过了一会儿在我自己的心理，陡然的就会有一种尖锐的，刺痛的，带着荒凉寂寞味的东西，在那里作怪了。于是在他们中间，我自己便又会站立不住。我想离开他们，而且也离开了全人类。但这样，我又并不是说，我比他们要高明许多，而是说我自己已经比他们多有了一种病，一种无可治疗的病罢了。这在自己也是莫可奈何的，我实在不能够同他们合在一起，过着他们的生活。

是的，够了，这一种本能生活的人已经看得太够了。我以后将要离开他们，永远的离开他们。我在不久间便打算要起身往外国去。在那里更打算寻一个清净而又风景佳丽的地方住着去。此地厌烦了往彼地，彼地厌烦了又往此地，……一直以到我所有的钱全都花完了，然后才能回来。

万不想一来到这里，不几日后，便遇到了 V 的生日。前天来了许多客，就连 V 的未婚夫 K 君也在内。他是一个美国式的青年，现为某大公司的局部经理。在席间他用英语来同我谈话，他英语说得非常流利，只是带有商业味太重，令人几不可耐。表面上他似乎很爱 V；但他称她 My Dear 时，总觉得有些然不能嚅嚅出诸口，随着又用眼睛偷偷地去观察 V 脸上的神色，仿佛是有所顾忌和羞涩的样子。而 V 却自始至终都是保持着她巍巍然似乎其不可犯的神气。依我想，这或许也就是中国此时少女们在人前对于她自己未婚夫们所常取的一种态度吧。听说他们婚约是旧式的，经两家父母先商量定了，然后才约令他们俩相见，通信和往来。事前并未曾征求过他们两人的同意。

我在这日送 V 的礼物，是从 N 书店买来的一部 Turgenev 的全集。因为前两天她曾经问过我那一位外国作家最有趣味，她说她想读一点小说；可巧在 N 书店正新到了这书，因此才买了送她，作为生日礼物。而我送这书给她的原因，在其中也还含有其他的一点私意，因为我知道我近来的心里似乎觉得很闲，正好读一点这种哀而不伤的文章，好好消磨消磨无聊的时光。

此外大约芸还愿意详细地知道一点关于 V 的外貌及其性格一类之事吧？再等两天我可以要求她直接寄一张相片给你，现在我姑且简单将她的大略叙述给你们听听：她是一个完全尚未失去天真的人，这也正同于芸一样。她的身材并不高，不过各部分都发达的极匀均，面庞是圆圆的，眼睛更灵活得非常可爱。但她性格的暴烈这是我从前更不知悉的，不过现在比起先前来似乎温纯得许多了；这或许是因为我们初见面的原故，也未可知。然而至少总可以说她一见着我时，待我就非常的温和。

我们在黄昏时时常聚在一块闲谈，或者一同到外间散步去。这时她的父母大概都各有所事，不来参加，因此，我们的谈话是静静的，缓缓的，如秋水般的清澈，也正如春流般的溶溶。说起来也真奇怪，她既是个专门学习音乐的人，而却不知道 Beethoven，Mozart 等乐圣的大名。在她的脑筋里完全不了解音乐即是艺术，反倒以为唯有小说诗歌是唯一可以用来表达艺术情愫的东西。大约这就是受教会教育的成绩了！

并且不知为了何故，她总以为我是个知识很充实者，学问家，因此起初在我们谈话时，她总是现出一种不很自然，与求谈锋有所选择掩饰的样子。不过经过了我许多的启示和解说以后，现在已是完全的冰释了。她已表现出她自己完全是个小孩，在我的面前。

这怎能说不是一件可喜的事呢？我在这里又得着了如像芸那样天真的伴侣了。而且我也总忘不了往日芸所给予我的一些快乐，所以在 V 的面前，我也时常提起芸的名字。她说她很愿意不久间便能同芸开始的通起信来。

但是在这里，除去愉快而外，正如世间所常有的残缺的美一样，我也时常的有着困窘的事件袭来。例如我表哥嫂之老是爱同我谈起什么故乡，家庭，父母，兄弟，等等皆是。然而这可不用再去管它，我自然是巧妙的，可以设法去解除这些麻烦和困难。请你们放心。

逸今春尚在先前的一个学校里任课吗？念念。芸更买着有什么可玩的东西没有？我着实的不能忘记你们，你们这一对纯艺术味的，优美的人。

树立上

一九二五，三月末日

芸：——

这里是一张 V 的像片，是她同学新近才替她照好的，我以为背景取得很好，所以才从她那里要来寄给你。你看她穿着素色衣裙，立在草地上，手里拿着网球拍的那种姿态是多么有趣的一幅图画！我也希望你能够寄一张近照来。

这两天我们是一同读着 Turgenev 的短篇小说。她一定要拿来叫我给她讲解。其实我知道她的英文程度读这种东西，一定是很容易了解的，不过我想，若是这样了可以增加她的读书趣味，自也不妨照办。我从前不是教过她好几年的书吗？因此我们也就一块读起了 T 氏的 "The Diary of a superfluous man"，"Faust" 和 "猎人日记" 等短篇来了。而且此刻我又从她伏在案上读书时，时时的发现出她旧日的情景。她的那种灵敏好高，不肯下人的态度，依然是与从前一样，一毫未改。我们读到那描写得最美丽，最有诗味，情绪最崇高的几段时，她不觉地便紧紧地张开了她那一对大而且黑的眼睛，呆呆地抬起头来望着我，仿佛是新从魔梦中醒来的小孩一样，茫茫然不知所措。这时，若是在从前，我便可以伸手去抚抱着她的肩头，使她觉得有一个诚心的保护者尚在她的身旁。不过现在不能，她是已经大了！虽是她在我的面前，有时依然尚是一个小孩，然而形体的隔阂，人不能免除，这又完全是实在的。

而最有趣的，就是昨天下午，我表嫂一人偶尔的走下楼来，看见我正在给 V 讲着书，因此她便笑着说：

"表叔来依旧是要当老师啊！"

"这都是 V 她自己的谦虚，其实这些书她尽可以自己读，不必再须人讲。"我回答道。

"读了一辈子书，还是要请人教，究竟女子是不如男子。"

"要人教怎样呢？又不再要叫妈妈多花一个钱。"V 撅着嘴似乎生气反抗的说；但随后忍不住却又自己的笑了。我这时看她完全与从前一样，真是一个小孩，觉得非常可爱。

于是我们便又继续的读了下去，一直以到需要打开电灯的时候。

犹记得七八年前，她刚只十二三岁，我新从故乡里出来，进了大学。她为要入学校念书，——从前他们兄妹几人，是在家里请私塾先生教的——因此便从了我从 ABCD 字母起学习起英文来。她年龄在这一群小孩中算最小，而进步却又最快；事事都在他们之上。因为她既聪明好高，而且又肯发奋用功进了学校，我仍旧在夜间教她。她在学校里每学期都是考第一；就像貌在那许多女孩中，也要数第一第二。因此她便觉得很是骄傲，骄傲的如像一个公主一样。然而每到学期之末，当她洋洋自得的拿起成绩单来给我看时，我便要求要她请我吃东西，说若不是我教她她绝对不能这样的得意。于是她便拿出她自己的私房来，到 S 公司里去买各色各种贵重的糖果来请我，将它们悄悄地放在我的抽屉内，不让她哥哥们知道。现在我们还时常的谈起。而且她也更是欢喜同我谈起这些有趣的旧日的细事。

她又对我说，我在那时的生活似乎不很安定，时常一个人疯疯狂狂的从屋子里跑进又复跑出。有时她觉得我很可亲近，有时在我心情不好时，她又觉得我是非常的可怕。她此时又向我告白：她那时时常的偷偷的检查我来往的书件，看是否内中有一个女子在同我通着信。这差不多真是奇怪呀，一个人会从他人的口中听出自己过去的音容来；这些或许在本人早已忘怀了。不仅如此，而且更奇怪的，就是那时有个人时常的在检查着自己的信函，我竟至濛濛然的一点儿也不知道。从这点看来，她也真不愧是一个聪明机警的小孩儿呢。

夜已很深，停住了笔，下次再谈吧。

祝你们安好。

树立上
一九二五，四月三号

芸：——

现在我只告诉你，我同 V 之间，有一项小小冲突的事件发生了。

昨夜 K 来约我们到卡尔登看电影，我因为 V 的关系，不能不勉强的一同前去。其实我对于这个俗浊的人是再讨厌不过的。入座后，于是他那唯一可以向人骄傲的，带有浓厚商业味的英语，又刺刺不休的来向我开始了。我对他真是无法可想，回答呢不好，不回答呢也不好，坐着真有如在针毡上一般，辗转不宁。就 V 听了，为着我，她也觉得很是不安。所以自始至终，我心里都是起着反感，一直以到剧散后，出了门才深深地呼吸了一口自由空气放心下去。

而且最使我奇怪的就是 V 对 K 在剧院里仍旧是露着一种凛乎其不可犯的颜色。因为这样，我心里更是疑惑了，为什么她对他老是这样呢？而且她在我的面前，总也不曾提起她未婚夫一次。有一夜，我的表哥在谈说 K 不久便有升作副总经理的希望了，言下觉得很有骄傲之意，而她听着时，却便立起身来走开。这是什么原故呢？她不爱他吗，为什么又要同他通着信？每星期他都要来拜访她一次，很礼貌地约她出去逛戏园，进餐馆。他是单恋着她吗？这是很可能的，像她这样的一个姑娘，至少总是值得青年人们去热爱的。不过他既然恋爱着了她，为什么他又能如此长久的领受着她的冰霜，而一点儿也不觉得难过呢？……

以是我便一人当着他们，在心里也私下地思索了许久许久。

"他们真是奇怪关系的一对呀！"我想了许久许久，仍旧是得不出答案来。

——想起来，不见得就是与她父母所预定下的两万多元的妆奁有关系吧？我们固然不愿意用着这种卑劣的想法去猜度着人；然而人呢，说不定也就是不愿如愿却又恰如所愿的那样的一种东西！我想来想去，一直以到走出了院门。

从戏园里出来，在路途中 K 便分了手归去。我们是步行着。我因为想要多知道一点 V 心中对她未婚夫所怀着的真情，于是我便连续的去同她谈起 K 来。在起初她是唯唯否否的，想用旁的话来岔开。不过后来她支持不住，似乎觉得有些烦恼了，她沉默着，不做一声，面色很是难看——这是我到这里来看见她初次的发怒——这真弄得我毫无办法，简直不知所处。幸而得好，路并不远，在几分钟后，我们便到家了。她是一直走上楼去，连头也都不回顾。像这样我才看见了她此时的真脾气，她真是一个激烈性格的人。

在这夜中，我便呆呆地沉思了一夜。

到了今天，是礼拜六，我知道她一定回来得很早。心里虽是担着忧，然而仍是安静的等待着。因为我在昨夜便决定了，以为若是形势再不好时，我便可趁此时机搬到外面住去，好落的一个干净。芸，你是知道，我平时是怎样的一个人。我这次回到南方来的目的，不是想寻一个清静的地方，休息一下，便要起身往外国走去吗？但是现在我却停留了在这里，终日里去做那些过去了的，已经荒颓了的旧梦。而且每天很浅薄的，只是陪着那样年龄心境都与自己相差太远的一个少女，读着俄国写爱情故事高手的作家所写的东西。这是何等的荒谬，而且这种留恋又是多么的无聊啊！

我觉得非变更一下不可了。

然而事实究竟是怎样呢？为着事实的关系，我依旧是不好意思即刻的便离开此地。而且在下午 V 回来时，她又仿佛若无其事一般来同我见面了。她看起来精神很是活泼爽快，一点儿昨晚不高兴的痕迹都看不出来。——在这一刻我觉得她还比我更厉害，她完全不像一个小孩。而在她的肘腋下更夹着一大段阴白色的起水波纹的绒布。她见我面时，马上给我看，说她知道我衬衫已经破了，所以想另外亲自作两件里衣来送我。我看着了她那幼稚活泼的面目，觉得非常心伤而且惭愧。

"谢谢你。V，不过我不大喜欢这种布料。"

"为什么呢？"她张大了她的眼睛。

"颜色太鲜了！"

"颜色鲜一点不好吗？"

"好固然好，不过就是……"

"究竟是为什么呢？表叔，你说吧！我可以依照你的意思再去买过去。"

她发急似的说，而我愈加有些窘迫了。

"我觉得自己是太老了，恐怕穿起来不配。"

"没有的事！缝好了后，你穿起自己看看吧，若是不好，可以放着不用，也不要紧。"

"无论如何都不配，太老了，配不上这样颜色。"

"老了？一个人喜欢老又有什么好处呢？表叔，你真是发痴！"

她含着笑跑开了。

是的，一个人喜欢老又有什么好处呢？芸，这个问题真是不容易答复。

现在事虽过去，但是芸，我想再等几日，还是以他适为宜，这里实在是太奇怪，太温暖，太不适宜于我啊！

逸兄同此问好不另。

树立上

一九二五，四月六号深夜

芸逸二君：——

昨天封好的信尚不曾发出，现在又在给你们写第二封了。从前我在北京所过的生活，无论喜怒哀乐都不曾表露于外，或者是让人知道过。因为我知道一个人的命运就是一个人的，要自己去担当挣扎，与他人一点儿也无关系。不过现在我仿佛有所预感似的，觉得我自己此时的生命似已走到了最后一段了——虽是此时在变态中，比从前似乎还要年青些——而且在先也曾答应过逸兄，说要将我最后的生命，完成一篇小说。所以现在我写，要将自己此后所经过，所感触的，全都写出来给你们看，也就是给我唯一无二的朋友们看。芸，我知道你是会将我这信用着同情的心境来读的；逸是懂文学的，也必定会用着艺术眼光来鉴赏我的文字，因此我也就决定要写，而且以后还决定要写下去。

现在我所要告诉你们的，就是昨夜我同V的一段谈话。

这也正同于往常一样，在晚饭后，她便要来到我房里坐坐。本来坐着谈话，在我们也是很平常的，不过今夜她的颜色在我看来，总是觉得有些异样。在起初还以为是前两晚的是余波未尽，或者她将要告诉我关于她未婚夫K君的什么事，因此便不好先去开口。我们是默坐着，在面对面的两把沙发上。情景觉得很有些不自然。

"表叔，你告诉告诉我，我从前所给与你的是怎样的一个印象，好不好？"她沉默了一会儿，用着一种庄严的口吻来问我说了。

"好，那自然不用说也是很好的。"

"自来你便不觉得讨厌我吗？"

"你怎样会这样想呢？"

"我很疑惑我的脾气燥；从前所给于你的印象不好。"

"恰得其反，我觉得一点儿都不。"

"那么，你到北京后为什么便不给我们来信呢？"

"一来因为事情忙，二来恐怕打扰你们读书的时间。"

"但我总以为不是因为这样。"

"你以为是怎样的？我也就听你自己说说吧。"

"你从前不是叫我 Rose 吗？Rose 是有刺的。你到现在还以为我是个有刺的 Rose，不很纯净的吗？我很疑惑。"她抬起头来望着了我。

"那都是从前随便说的笑话，记性真好，还记得！譬如说，我更又叫你 Violet 呢。"

"叫 Rose 时是真的，叫 Violet 时是假的。"她说了之后，脸上便微微的发红了起来，也不知道她是在害羞，或者是发怒，真是有些琢磨不定。然而不知何故，我心里陡然的便感到了一些苍茫而且忧伤了。我是在想，人与人相处之间，所发生的关系是何等的痛苦。

"V，你不要这样胡猜，我叫这两样时都是真的！不过我觉得此时应当永远的叫你 Violet，这更是实在的。"

"……表叔，你知道吗？我近来的生活很不快活，觉得一切都无味……"

"唉……为什么呢？"

"连我自己也说不出理由来。"

"年轻人还是快活一些的好。"

"我觉得在家坐不住，看见那人（注：或许是指着 K 说）真是使人伤心……你想我在小时的脾气是多么的不好，不过现在是一点儿也都没有了。我只觉得忧愁。"

"我想你以后还是不要再读小说的好，这都是读小说读出来的"

"这完全不对。是瞎说！"我听见她语音有些发颤，而头也慢慢的低垂下去了。

"那么？……"

"你说什么？……"她又抬起头来，呆呆地望着我。

"不用再去说这些无聊的事，还是谈一点别的好。"我歇了一会儿说。

她不言语了，只是眼珠狠狠的转动着，我知道她也是在那里竭力的想镇定着她自己的激动了的情感和思潮。

"你不欢喜听我告诉一个你小时候的有趣的故事吗？我现在这里正想起了一个。"

我另提一事的，将空气和缓了过来。

"好，你说吧。"她点点头。

于是我便告诉她了：有一次也是在晚间，我们是在一个影戏园里坐着，还同着了她的母亲。因为所演的是爱情长片，她那时看不懂，因此不久间便在椅子上睡着了，头可巧正正地就倚靠在了我的肩上。我因为恐怕惊醒了她，于是自始至终连身体一动也都不敢很是觉得痛苦。及到演完，电灯开后，她醒了转来。那是冬天，戏园里正烧着汽炉，因为空气太暖，她的面庞被暖气烘的红红的，而两颊更是红得厉害，正如近日的两朵云霞一样，红得是那样的可爱。在刚醒后，她睡意蒙蒙的便不住地用手去擦她自己的眼睛，细柔的短发是在额间披拂着。于是她的母亲更低头下去，问她睡得好不好？又说："表叔怕你醒了，连身体也都不敢抬一抬，你应当谢谢他。"但她虽然仍是睡眼惺忪的，而嘴角里已是不觉的浮起一种美满的，迷蒙的微笑了。在这时我看她完全像一个西洋小孩，觉得非常新鲜。

她注意的听着了我侃侃的叙述着，很是觉得有味，而无形间脸色也慢慢的和缓了过来，而且她面上更在那里发射着她处女式的欢悦和光辉。芸，你看你们少女们的心情，是多么的容易变迁啊！

她以此自然是很高兴的，得着满足的回去了。而我呢，仍旧是在自己的寂寞空虚，和反省自责的世界里停留着，一直以到天明。

此时是早上五点钟，我便起了床来，给你们写这信。大约不久屋外面便有用人在那里行动了。你们此时想来还是在梦中吧？

树立于上海
一九二五，四月八号晨

芸，逸二君：——

我现在完全是在痛苦中生活着，简直不知道如何才好。"天啊！"朋友们，我写到此地又要呼天了。而你们那里知道，我现在完全是终日呼着天生活，我痛苦着，而且在痛苦中矛盾着，我知道我完全是失掉了我自己了。

——今天是礼拜日，昨晚又失眠了一夜。辗转思维，差不多连振拂振拂自己羽翼的勇气都没有了。然而朋友啊，我将怎样的才能将我痛苦的程度传达给你们，那又是这样的滑稽！V 近来的行动，时常是纠缠着我，不让我有一些工夫的安闲。每夜她上了楼去，我得着的便是整夜整夜的失眠。我不知道为什么对她竟至会起这样执着的感觉。我平时不是自负为一个刚强洒脱的人吗？然而这种刚强，在现在，已经一些儿也都没有了。于是今晨我便不能不逃入礼拜堂去以求得一刹那间的安息了。天啊，这叫我怎样办呢，我就只有逃了。

这事的发生是在今晨。昨夜既是失了一夜眠，及到今晨还不曾合一合眼时，而从附近礼拜堂里所传出来的嘹亮钟声，不觉的又将我从迷惘里惊起了。啊，这一种钟声，这一种从污浊的灵魂中暂时将人们唤出的钟声呀，它不是被木槌的敲击，而是用圣灵的手一下一下的直敲击在了我自己的心上了。因此自己便心生摇摇，茫茫不知所以的从床上翻身跳了起来，听着，屏息不敢一动的听着。"去吧，那不也就是前六七年前听惯了的钟声吗？它仍是依旧，仍是依旧呀！去吧，这是熟路，一拐弯就到了！"于是连脸也都顾不及洗，慌忙地穿好了衣裳，我拔步如飞的便往那里走去了。这真是熟路，一点也用不着迟疑。人与地竟然相熟，就是礼拜堂的大门也是如从前那样的在清明的朝晖中敞开招引着。及到了门前，就自己也莫名其妙的，自然而然的便将帽子脱了下来，俯着了首走入。

"先生，早上好。"一位白发飘然的牧师，他看见我穿着西装，是上等人，因此便来到面前问候了一句。"早上好，神父，愿上帝降福我们！"我回答后，便随意的在末尾的两排中找到一个座位坐下了。在这期间，礼拜尚未开始，而到的人却已不少。不过这一些会众，带着的都是肃穆而更虔敬的面容，一点也不浮嚣。他们看来，都似乎彼此是十分的和谐，信托暂时间已将人我间的界限打破。而更有两三个值日的司事，含笑的忙忙碌碌的在人群中跑来跑去。

你们看，当着这些在宗教中以寻找幸福的人们，更呼吸着巨堂中静穆净洁的空气，这是何等的欣悦而且应当忘记一切啊！我与人之间，都完全是个新生的人。

一会儿，牧师便上台开讲了；他所讲的是"约翰福音"第六章。内中有云："……我所赐的粮是我的肉，就是我为世人的生命舍的……"又有云："叫人有生命的就是灵，肉体是无益的。我对你们说的话，就是灵，就是生命。"关于这两点，他发挥的十分透彻，差不多听者都是鸦雀无声的受着感动。他是个外国人，而官话却说的这样的好，痛快而且流利。末后他们又唱起圣歌来，我因为坐的太远了，不曾听清牧师所指定的首数，又不好开口去问，以打断人家的歌唱。于是只得静静的去听着他们那柔和而又高括的，从心底里所发出来的高低急徐自然合于音律的声音。而夹杂在此众人的歌音当中，更是现得谐和有韵的，还有那钢琴和手提琴的合奏。我听着，几乎疑惑这不是从人们手指上发出来的，而是自天际飞下。而且我更在想，若是那在床上困卧着的病人，和孤留在外的客子们，此时偶尔的能够得听着这从此地漂洒出的一点音波余韵，他们必定是会感到何等的慰藉而且幸福。就如像我自己一样，平时是否认宗教的，而在痛苦时却又是何等的需要。神固然是早死了，然而人仍旧是活着，有时人也就等于神。逸，你不会笑我吗？像我这样的一个人竟发出这种回向中古的议论来；但我在先前早就声明过了，我此刻完全是在痛苦与矛盾中生活着。

到末后大众都立了起来，低头默祷。这是在会众散去前最后的一幕。逸，芸，你们二人猜想猜想我此时所默祷着的是些什么呢？我是在说："春天过了夏天又来，夏天过了秋天冬天又来，继而又是春天。主啊，这不是太多了么？但是我更愿意你多多的降福于人们！"

默祷完后，大众将全都上去了。到临行时，我更抬起头，不觉的便注目往乐队座位里望去。只见那奏手提琴的是两位男子，而弹钢琴的却是一位姑娘。她穿着淡绿色的旗袍，颈上更围白绒线的围巾。从身材高矮上看来，似乎有些像 V，不觉得我心里陡然的便动跳了一动跳。不过距离隔得太远了，又因我目力不强，所以看不清楚。而且又想，在平时并不曾见她穿过这样颜色的一件衣裳，于是也就随了大众走出。

及到一回转到了街上，再去看看手表，时间差不多已是将近九点一刻的光景了。春日的朝阳，正和融的照在礼拜堂对门的一大段带着草地的跑马场上。而向左微拐便是极闹热有名的N马路。此时在路两旁的各铺户门前来往的人都非常之少，因为这正是清晨——大都会中所谓的清晨——而且又是礼拜，大约各种的人都可以得着休息了，无需乎早早的便在马路上奔忙。所以举目一望四周，都是十分的显得清闲安静，不像平时那样的喧扰，忙乱，人人面上都带着愤怒和苦恼的颜色，而电车在轨道上拖行着，也是那样的充满了杀伐和争斗的声音。只是让新鲜和悦，欣欣向荣的春气去支配着了一切。

写到了这里也正如走到了那里一样，回转说，差不多又是六七年前的事了。像这样的春天早晨，从礼拜堂里早祷后走了出来，而且也就正是这个礼拜堂，我所经过的，已经不止一次了。从前我也时常礼拜日来到这里，因为V兄妹们所住的都是教会学校，所以也就时常的陪着他们同来。那时他们都很小，而自己也正年富力强，大家差不多都可以说是小孩，因此做完礼拜后，在路上我总是爱买四五毛钱的糖来分给他们，大家一同吃着，笑着，连跳带跃的走了回家。V在他们中间年龄最小，而且我又时常存着私心，所以在分糖时她总是多得几块，时常的因此便起了纷争，有时她的兄长们生了气，便不肯再同我们一块儿走。然而现在，我一人独自走着想着，仿佛是踏着自己已死的青春的道路，去赴那灰色的秋天的筵席一般，无论如何都是再也抓不着那在春空中所飘着的时间的飘带了！

虽然V呢，她此时仍旧是时常在我的身旁，然而我们却因为彼此相处，反感到许多痛苦了！人，生命，时间，情感，这许多自始至终都是不可了解的东西。

——写到这里，停了笔，就自己也不明白自己为什么要说出这些话来！又说回头来了，人，这真是一种莫可奈何，而又极无聊的东西!

又这封信是在一家咖啡店里写成的,差不多费了三个钟头之久,字迹很是缭乱,达意而已,请原谅。

到我今晚回去时,更应当告V说,春色不久便快要老去了,我们为什么不快活一些呢?而清晨到跑马场草地里去向着阳光躺下,呼吸呼吸草香和露气,这也是很好的。因为我今晨曾这样做过。

树立上

一九二五,四月十五号

芸,逸二君:——

你的信及芸的相片收到已经有好几天了。只是因为身体不好,精神太坏,所以未能即覆,望能恕我。牛奶及 Haematogen 仍是天天喝着,但并不见有丝毫效力。夜间仍是失眠,噩梦和幻想太多;白日里更昏昏然不知所为。精神老是陷于疲乏而又兴奋状态之中,更忙着要解决问题,真是苦不堪言!

不过,现在总算过去,一切都算过去了!无论如何,这种滑稽而且背谬的痛苦总算是到了它的最后了!不懂自己不能忍受,就是自己又有什么权力来使对方无辜者长受着这种毫无结果,毫无所谓的炼狱呢?

因此我便决定了自己进行的方法和步骤了:第一便是要同V力求疏远;第二便是要设法巧妙地搬出去了这人家,到别的地方住去。不过此时上那儿去呢?又非到搬出去以后不能预行决定了。到决定时再告诉你们不迟。

你们不见得就以为我这种行为是出于残忍吧?

然而逸呀,请你同芸替我想想,看我自从南来,这将近俩月来所过的是什么样的一种生活?回想起来,差不多就连自己也要惘然失笑了。每日都要到十一点钟时才能起床，洗脸，看报，用饭后便是下午两三点的光景了。隔不上一会儿 V 就会回来。我们见着不是闲谈，便是一同读起 Turgenev 的小说来。Turgenev 的作品一连倒是读得不少了，然而这些浅薄单纯，正合于青年们心情的文章，那是我自己此时所愿意读的东西？每每到事后想了起来，不觉自己便要脸红。然而每日如常的仍旧要陪人读着，而且有时还觉得谈的很有趣味似的，就连自己差不多也是莫名其妙啊！及到黄昏时，照例又是晚餐，晚餐后又是继续着闲谈。有时固然也到外面散散步去，不过大概又都是有一个人随在身旁。像这样你们叫我就怎样办呢？我时时心里总是觉得不很安定，想要思索一点什么，也是茫无头绪，得不了丝毫效果。总而言之，这时的我，已完全不是我自己的我了。而且自己已经荒芜了的心境，也更无形的一天一天的变得温暖年青了起来，然而对方呢，她是自己的表侄女，已经同人定了婚的女郎！……我能够向她表明说我是在爱她吗？也能肯定的就是这样的，而自己便可以生活下去吗？这真是一个问题。

而且在我自己为此也曾再三再四的去沉思剖析过。计量过像这样的爱与世俗所谓的青春的爱，可有什么区别？自己已经是很不年青了，而 V 却是一个刚满二十岁的少女，同自己的年龄心境都相差的那样的远。她此时是在做着旧日的梦，不满意现在，更用着浪漫的眼光去看将来；而且她更是让我从前所给与她的印象将她支配着；以后呢，不再后悔吗？而自己的良心，也可能让自己始终的糊涂下去？这更是不能不加以深思熟虑的了。

但是人总是一个人啊！如像我这样的一个没有过去，没有现在，没有将来，从来便不曾打算要做过什么，或者是要肯定的承认过什么的人，不知在世上又有许多呢？然而人总是一个人啊！心里是这样的忧伤踟蹰着，于是我便不能不走了！

而且就是照现在的情境看来，我也真是不能在此地苟且的再安处了下去。我不知道同 V 见面时，为什么彼此都是要那样的忧伤，此时我们想见面又恐怕着见面。我一遇见了她简直不敢用眼光去与她的接触在一处。而偶尔的一触着了她的手腕或指尖，便使我周身都要发颤。而她也更是一天一天的瘦削了下来，面色变得苍白，眼里燃着火焰。大概到夜里来也是同我一样整夜整夜的失眠。而她白天还是要强打起精神，拿起书包来，往学校里去授课。她的父母看了是非常担心，更也莫名其妙。还以为是身体有病，谆谆的嘱咐着，叫她向学校里告了假回来休养。每当她父母嘱咐她一次时，我自己内心里便刺辣的惭愧着一次。但她仍是口里强硬着，说是身体十分健全，不愿意休息。这实在是我所能熟知的，她怎能在家里安坐得住？她不能不来见我，见面时又是非常伤感，说不出理由来。有时我们对坐着，半天半天的都不作一声，然而彼此却又能了解彼此当时的心情……

不逃怎样办呢？逃啊，逃啊！在我下次写第二封信给你们时，便不会再在这个屋子里了。

现在事情虽然已算过去，不过此事我仍旧是不能了解，为什么我对于 V 不能立于超然的地位，如像在北京之对于芸一样？如像那样彼此不都能得到恰到好处吗？这真是莫名其妙的事啊，像我这样的人，就自己也想不到自己会变得这样的执着了起来。

然而这事到明天差不多便会成为过去了！我要逃，要向人群中，或者干脆的就向那阒无人迹的地方逃去。

但你们有信时，可仍交此处，因为我得便时，依然是要来看看他们的。不过只是来看看他们，而决不是来同她一人单独的见面罢了。

树立上

一九二五，四月二十号

PS：

前礼拜在礼拜堂打钢琴的果然是 V。她还告诉我说，她从前学校里的一位音乐教师 B 女士，她也是常在礼拜日为上帝服着务——而且这人我也是从前在礼拜堂里见着而还称赞过她美丽的——不过，不幸的她便在我离开上海的那一年投黄浦江情死了！V 言下更不胜唏嘘之感，但我只是默默的不能再作一声。芸呀，逸呀，你们知道我此时心里是何等的忧伤！

芸，逸二君：——

这是我搬到 Green Hotel 的第七天。

在我要从 V 的家里搬出来时，托词是说我将要同朋友们经营一所印刷公司，非搬到外面住去不方便。自然，他们都非常信托我。以为我在外面做过事许多年，而且从大学毕业，在部里任过差，而又非常有学问，此去作事一定是大有成效无疑。于是他们都春风满脸的一直送了我出大门。而 V 呢，差不多是惊疑得已经发呆似的，只是呆呆地张大着她黑而且清明的眼睛来看着我，叫用人将行李一件一件的放到了车上。天啊，我就是到了死，或许也是不能忘记她此时那张大着的那一双眼睛吧：它是那样的大而且黑！"表叔你以后不来了吗？"她用着一种强饰的笑来向我说。"哪儿的话，说不定马上就要跑回来几次呢。"我也回报以一种强饰的笑点着头同他们分离了。

现在为时固然不久，只不过是短短的七天，然而我觉得它是何等的长。每一天都是那样的长，难以飞渡啊！

……真是无聊，不用再去想这些，也不用再去写这些了吧。我将要忘记，忘记一切。而现在我所要想告诉你们的，就是我在这七天中，所遇的是怎样的一种生活。自然，这也还用得着写吗？从旧的痛苦以换到新的心伤，正如一瓶酒，无论将它倒进哪里，方的杯或圆的盅，多角形的爵，外形虽有时因所盛的器皿不同，因而变迁，然而质呢，却仍是与从前无异——辛辛的，辣辣的这也就是它的本色。我只记得我自从一出了 V 的家门，和搬进了 Green Hotel 一连几日，我都是这样一人茫茫如丧家之狗，不住的在闹热的街市走来走去，从电车上跑上又跑下，在人群中漫无目的的走着。到各种不同的地方去看那各种不同的人。然而自己的心却总是与一切都不相属。在各处闲荡中，路上若是逢有戏园或其他可玩的地方，我便即刻的钻了进去，还不上半点钟，又复茫茫然的走出。就我自己也不知道是在做些什么。我只觉得我这条生命是多余着！而我在这繁华的都会中，完全只是一个人，四周围都是荒土。从我身旁经过的那些肥胖的，玫瑰色的颈项的，中西皆备的绅士们；和那些短袖长裙，或者是旗袍丝巾，将全身轮廓都露得十分清楚，而用意全在激动人们性欲的女人了，在我看来，都完全是毫无感触。

我知道我身上时常带着有多量的钱，若是需要她们时，只消我一跨进旅馆门去，向茶房示意一下，他便可替我找十个八个来。然而我并不需要这些，如世间常有的那一般 Sensualist 一样，想过着本能生活。我自己实在是自有生以来，便不曾对某种东西沉醉过。我也不曾肯定过什么，也不想从事于某种生活。在这人世间，我知道我并不需要什么，我感觉得我只是一个人。我完全是一个不安定的灵魂。

一到了夜晚，当疲倦已经压着了我的全身时，于是我便寻一家西式旅馆走了进去。——因为我虽是住在 Green Hotel，却并不一定到那里去住——茶房们看见我穿着贵质的衣服，便全都来笑脸相迎。在这里我便沐浴，用上等的晚餐，喝一点葡萄酒，或克罗蒙梭酒。若是如天之福，能够睡了，我便尽量的睡，一直以到明天下午两点或三点钟。或者是干脆一点也都不睡，就在屋里走来走去，以度过一宵。在这时我便想，想我的已曾过去了的生命，和人间万劫不复的各种现象。因而我也就笑，不愿意出声，惊动邻人的冷笑，笑那些自欺欺人的理想家，未来光明的寻求者。到了最后来的结论，正如我平时的主张一样，是：我不希望什么，也不需要什么，也不愿意替人做一点些小的事情，我只愿意活着，活着看他们，那一些人们！

其次在这几日中，还遇见了几件比较有趣一点的事，现在写在下面。

第一就是前两夜当我一人在街头瞎荡了许久，正走得精疲力尽，而想寻一个地方休息时，不想以抬起头来便望见了有一家门前正挂着明亮亮的"医学博士张觉民"的七个大字。这位张觉民本来是我从前在 F 大学时的预科同学。他是一个著名的女性厌恶论者，曾经想同我翻译过叔本华的全集，后来预科毕业后便听说改业学医了。因此我想这位博士，一定是从前的旧友无疑，于是我便敲了门进去。更笑着对用人说"我是叔本华想找张先生"。不一会儿这位从前的女性厌恶论者，而现在肥硕健康的博士便来到我面前了。

"原来是 S 君，多年不见了，你好？！"他紧紧地握着我的手说。

"谢谢。你也好？我是个远客，闯入者，你能够容我此地多坐一会儿吗，走得太晚，饿了而且疲乏。不见得唐突一点吗？"

"哪儿的话，正欢迎之不暇呢。不客气就请在这里便饭，多谈一谈。"

我们彼此都坐下了。喝茶，抽烟，他抽的是上好的雪茄。

"生活怎样？"我开始向他说。

"很好很好。这都是托朋友们的福音。"

我们便一气的谈了许多话。而且在席上我更看见了他的那位太太了。她也是个肥硕健壮，而皮肤白皙的妇人。他们已有两个小孩，一是尚在襁褓，一是已能在地下乱跑了。也长得是十分肥白可爱。

"从前的主张呢，叔本华不读了吧?"在席间我乘间的问他。

"这完全是年轻时的荒唐。笑话，笑话!"他说过后，更用眼去偷看他夫人的动静。

"太太不同意呢，还敢读这些书!"

于是我说后止不住笑了。他们也笑了。

随后不久间我也告别了出来，去到了我自己所需要去的地方——旅馆——而且如天之福，在那夜我也更得到了沉酣的睡眠。不然，或许我又便要笑了。笑谁呢? 笑自己或是他人? ——"你这个不安定的灵魂啊!"说不定我自己便又会这样自责自笑起来了。

其次的，便是前天我也曾拜访过我从前的母校 F 大学一次。从上海坐火车到江湾，所需的时间，至多也不过十五六分钟。而且这条路我是最熟悉不过的，就连每日火车开行的班数和时刻，也都全能记得。因为我在这铁轨间曾经整整的跑过三年。而现在一坐上出去，见着沿途的景色也仍是与先前一样：从车窗经过的依旧是一大片一大片青绿的田畴，有时还夹着一泓泓平静的溪流。江南的春色，简直是直扑人眉宇间了。我去的那日是礼拜四的下午一点钟，同车到 F 校上课的学生，大约要占全数十分之七八。他们那一些革履西装，或者是长衫短褂，带着自来水笔，夹着书包的青年人呀，看来仿佛是与自己从前同堂听讲的朋友完全是没有多大区别，只是他们的姓名于我是生疏的罢了。我想若是我在他们中间能够发现出一个旧日的伴侣时，我将要是何等的欢心惊诧，而要去同他热烈的握手和拥抱啊! 而且更将要对他说，我是来礼拜我旧日青春的圣地，要请求他作为指导。然而这哪能，或许我此时的神气和态度之间，他们早已能看出，我是与他们不一样，而是个离脱学生生活已久，在外面鬼混多年的俗人罢了。在一路上我的思潮都是随着他们的举动言笑在那里转动着。我又想一个人在人世间尽他的一生，能够得到什么呢? 要是这条路不毁坏，而以后有许多许多的青年，更将要来到这上面奔驰，正像我从前一样。然而他们究竟又能得到什么呢？天不变，地亦不变，F大学不会变，人类社会又岂能有变？而欺骗驱策着人类去生活挣扎的，不还是从前数千百年前的那一些东西。跑，奔驰，成功或失败，得意或颓唐，这不过是一刹那间的事罢了。人，究竟是能够得着什么呢？……

　　下了火车，从车站到学校的尚有四五里地之遥的道路，现在已经有了公共汽车了。（这是从前所没有的。）只消花两毛钱，便可快十多分钟一直以到校门。因此我也就同他们一直走上车去。一路上我的同伴们都是只快活地谈着话，有的用方言，有的更用英语。而我沉默着，只是留神去观察四下的乡景，和那沿马路，已经生长得十分茂盛了的树木。它们都是在和风中沐浴着，轻轻不住地在那里摇摆着他们头上的枝叶。这些树木在我进F学校时，还是初种呢；我曾经见着它们很弱小的在路旁站立着，看来仿佛是不大能决定生存似的，而现在，到夏天来，不消说已经是满能给步行者以福荫了。在从前，沿路上的建筑们，我都能一一的知道它们主人的姓名及其职业。而此刻人家已经增多处处屋宇的建筑形式，都能给我以新鲜的感觉。然而在一瞬间，又觉得很是奇怪，仿佛昨夜自己还在这学校里睡觉，而今天重来，这些房屋都似乎是陡然的由于一种魔术的手，便从地底下冒了出来，这对于我完全是合空幻与不真实而成为了一块。

　　一会儿经过了一道长桥，与一块巨田，便能朦朦的望见前面的一大片黑压压的形影了，我也就知道路途已经去了一半。而距学校不远的L校长的一所西式楼房，也慢慢的入了我们的望中。

　　"小馆子里没有饭了吧?""不会，还早呢，吃过饭去上第二堂正好呢。""我只希望C先生请假。""我不希望，我是专为这一堂课来的。""谁像你这样用功！""Miss王来信了吗？不来信恐怕又闹着什么问题。""写信去赔罪吧，不然……""小点声，老是爱这样瞎嚷。"这一些话都是经风轻轻的带入我耳旁的，听了也觉得非常熟悉。正好像从前 B 君 S 君和 F 君所常谈着的一样。而回过头去仔细看时，又都是一些生面孔，全不认识。

吱的一声，车便停在了学校的大门口了。我知道 F 大学的旧规，除客人们不知道主者所住的寝室号数时，是无需乎拿名片再去惊动号门的。于是我也便夹杂着他们，用着熟悉的脚步走了进去。

在里面的情形，大体仍是依旧。操场也是如往时般的平而大，绿草铺布着满地。正有一小队穿着短衣服的青年在那里踢着脚球。只是两旁的树木已加多了一些，和左右前后的空地上都新添修了不少的一小座一小座的两层楼的宿舍。稍一左转便是校园，在这里面的一切亭台花木，对于我都是何等的含有重大意义。曾记得自己在里面，偷偷的一人已不知道流过几多次的眼泪——哎，这一些青年时所不可避免的，浅薄的悲哀啊！而正当中高耸在一大群屋宇之间的，便是校长办公室和图书馆。右边的一大座房子内更包含全校的大礼堂和教室，在楼下的一部分即为科学实验室。到自己兴步的跨了进去，经过那一大段从前所走熟过的长的走廊时，不知何故，自己便忽然的胆怯了起来。心里懊悔着为什么不找一个引导者。若使有人来一盘问，自己又怎样的答复呢？真是困难极了！然而无法的只得不用再去思索，仍是一步一步的走上了楼去。啊，第三号教室，里面还有人在上着课，这岂不是从前上 Mrs Captain 的堂，自己最怕 Chaucer 的诗背不出的地方？第五号教室，这不是从前同 N 教授捣过许多次乱的地方？还有第十号教室，在那里凭窗便可以在一定时间望见火车蜿蜒的从绿浓的田野间经过，一路冒着黑烟，看来非常有趣；而自己也是时常的在那里倚窗独立，曾经做过许多首浅薄幼稚的情诗。但现在里边仍是有人占据着；我想，若是这位教授讲得不得劲时，或许在那班上的学生也必定会有如从前自己那样的看着手表，希望有火车前来，看它冒着烟渲染出绿野间景色那样的人？……

停了一会，差不多不得已的，带着凄怆的心情，走了下来。而在这楼梯里的总汇处，那钉在壁上玻璃箱内密密麻麻印着许多小字的课程时间表，更不觉的便将自己吸引着了。到了这里，自己又呆呆的站立了半天，去回想着自己当时选课上班，和希望某某教员请假的各种情形。

芸呀，逸呀，请你们想想我这时的心情是何等的苍茫而且忧伤。我觉得我自己简短的，无喜无乐的将近三十的时间，在这一刹那间全都过去了。

其余还有左边宿舍里的第八号寝室，那是自己整整住过了三年的地方，现在只是在这里默念着，差不多全无勇气再去身临了。我想若是我一到了那样熟悉的一个门前，自己必定是会顺着冲动推开了门进去的，然而进去后又做什么呢？寻旧日的伴侣，和自己旧日的影子吗？现在这一切又必定全都不在了。

一转身回来，于是又复来到了操场里面。在这里的柔草正发达得十分畅茂。只是柔弱得太可爱了，踏在脚下吱吱的响，几乎令人不忍大胆的踩了下去。我也就在这里徘徊了又复徘徊，沉思了又复沉思。几次的都想离开了此地，而心里却又似乎觉得有些迟疑而且留恋，然而留恋又怎样呢？岂不仍是一个人也不认识，而只是自己一人无力的坐在这里，数着自己心里的忧伤和跳动？但一抬起头来，见着天际的白云又是那样子悠悠的斜送着日影向西沉去。而和风也更是那样霭霭的，往返无阻的在地面漂浮着。天地既是这样的博大自由，而人却是那样的婉转自缚，差不多自己在悲伤中而又感到了自己的渺小无聊了。于是又复起身来，走着，想着……

但是听啊！随着"铛铛""铛铛"一阵声响，便是人声噪杂，脚步翻腾的从楼上教室迸发出来了。及到再一数着点子，才知道这已是下午第四点钟讲堂的完毕。而眼见着有一大群富有活力的青年们，都潮涌般的向校门外奔去。更个人上了个人所需要上的车。他们大概都是些不愿住堂的学生。

"回去了吗？青年们呀！你也可以回去了吧，不安定的灵魂呀！随着他们走去是不会错的，在那渺茫的都会和扰扰的人海，自会有你自己安息的地方呀！"

我这样自慰自励的，于是也就转回上海。

一写便又是这样的长，然而不写又怎样了，这于我总不会比夜还要更长吧，因此我也就写下去了。说不定你们看起也是会讨厌的，不过只是这一次，或许下次就不会再像这样的愚笨，更或许下次便不会再来向你们烦琐了。

树立上

一九二五，四月二十八号夜中于绿安旅社

芸：——

请你下次来信不要再提起 V 来，这使我非常难过。

不过你记念着她，以为她总是会陷入何等悲苦的境地吗？实际上并不然，她现在很是安乐，就在昨天我看见她也是这样。我近来也常常去看她，虽是与前看见她时的意味一有些不同，不过我总是希望她能够得到幸福的……

她确实是一个坚强性烈的人，怎不能自己救出她自己呢？而且又有时间和理智立在背后，一切都可以因它得救，因它忘记了。

所以对 V 务要请你放心勿念。

至于说到我自己，那更是什么也没有了——一切都已成过去，在我的生活里永久没有春天。

树立上

一九二五，四月三十号于绿安旅社

逸：——

你的信收到了。可以从里面闻嗅出那"二月不青草"的北方浓厚的春的气息来。不过南方此时的春已是全行走去了。在马路旁树上的枝叶已经发育得十分浓茂，而且快要转得深绿了。空旷地无论在何处只消一举眼便看见一色都是碧油油的，再也寻不出一小片嫩黄的颜色来。这完全已是夏景了。

不仅呢，大氅早已不用，就是薄外套拿在手中，也几乎成了装饰物。然而我在这温和的日光中，仍是终日奔忙着，毫无所为的游荡着，一点儿也不觉生动。心里有时固是无喜无悲的，有时便又无端的感到渺无涯际的苍茫。我喜欢讥笑着人们的生活，而自己也不知道是要怎样的生活。我对人对己，差不多此刻都是超出乎爱与憎之外。在我的前途有什么？我自己此刻的行为是为的什么？这些问题，在我先前已经思索得十分透彻，此刻再也不须去疑问了。譬如说吧，论天气，芸同 V 都是喜欢春天，你是喜欢秋天。而我呢，于四季中一无所喜，无论何时我觉得都是一样的不很安定。我想逃，逃出这四季之外，然而差不多这又是太近乎玄妙了，在这世界上，那里会有另外的一种天时？

但总而言之，我这人是毫无理想，毫无生活的中心，而又不肯去寻一种东西来欺骗着自己生活，因此便弄成了这种现象。

然而逸呀，你叫我又怎样呢？我又不是个不喜欢用思想的人。我时常都在想，无论在故乡，北京，上海，历年来都是如此。人间的一切现象，只消一到我眼前，我都要将它分析过一遍。而结果呢，便是美的不美，而丑的更丑；及到再一分析时，便又觉得丑的也不丑，而于我完全是变为淡漠了。就以对人来说，我从前对于人是绝对的憎恨的，后来觉得不对，于是又想肯定爱了；而到与人一实际的接触起来，又觉得他们实在不是个可爱的东西。

由此而互相辗转，到了最后，因此我便决定了他们只是一种东西，既不可憎也不可爱的一种东西罢了。他们的生活，都是为着某种莫可奈何的关系而存在着。而我自己也差不多更是同于他们一样。我没有希望，没有快乐，然而又不肯去死，仍是要生存，这也就是为着某种莫可奈何的关系而生存啊。

既然如此，人间的一切还有什么呢？因此我的合淡漠不安于一块的生活便开始了。

现在我是在此地最繁华，最热闹的街市一家旅馆里住着。乘电梯下降，不消一分钟，便可以到五层楼底下的一家百货商场里去。这里没日没夜都有成千成万，川流不息的人们来往着。男的，女的，老的，少的，上等，下等，中等，什么人都有。有时我总是喜欢到那里去游荡一阵；每遇见了一个人，我便去幻想或分析他的职业，性格，及内心生活等等。一个过去了又是二个，三个，四个，然而一转身我就将他们全忘记了。我只觉得我是一个人，让冷淡和苍茫来抓碎了我自己的心。又隔了一会儿，我就连这些也都变为了十分模糊了，于是我又拔步的往他处走去……

然而逸，你对于我这种心境似乎不算十分明白，所以无怪乎每次来信都要劝我一大阵，说什么强了起来，努力于工作，好从里面得到一点安慰，忘记掉自己。自然，我从前并不曾向你们表白过，而且逸又是那样的一个服膺于罗曼罗兰的大勇主义生活者，这实在也是很难怪啊！

说到工作，于是又不禁令我想起了从前旧友 Y 君的故事来。我想在这世间，总不会再有比他生活更勇敢坚强的人吧？他翻译着 Aeschylus 的七篇剧本，历有四年之久。自从我转学北来以后，就见他是在翻译着，一直以到毕业的那一年。他是一个瘦小的人，而且又兼有肺病，然而他的精神却又是那样的伟大刚毅。在他平时的主张，也是以为人应当勇猛着生活，更应当作起工来，以镇压着自己的痛苦和悲哀。因此他工作得非常辛苦。我曾经看见过他到冬天来因为经济窘生不起火炉，但他却总是独自一个，苍白着脸，红冻着手，在那暗淡的灯光之下，勤勤恳恳地做他的译作。他那时说他要将 Prometheus 的反抗和坚强精神介绍给中国人，使同胞们都知道应当怎样才能生活，才算是正当生活。但是在刚一脱稿之后，书局方面就与他以重的打击了。他们说此刻剧本无人注意，销路不好，就是送给他们了也都不敢承印。因此 Y 先前所想的耐着病苦，拼命的将书翻成后，卖点稿费，好进医院调养去的计划，便全行打破了。然而为着疾苦的逼迫，他仍是不能不搬进了西山某一家天然疗养院里去，以希望回生于万一。

不过搬进院去时间还不久，有一天，我记得是冬天，到我上山再去看他时，那便成为我们最后的见面了。他那时是在床上平躺着，望着那已经往西偏斜的夕阳。他的脸面已经瘦削到了不成人形，颧骨高高的凸起，两颊空陷了下去。从他那柔弱蓬松的几根乱发，蓬披在他前额看来，倒完全是与那在湖畔，同着一个偶然的伴侣，一同用手枪自杀了的 Kleist 有些相似，而从他全身看来，更仿佛像一个身体尚未十分发达完全的小孩。但他看着了我仍是微笑着，衰弱无力地伸出手来同我把握。他那时的呼吸都很是困难。他更呆呆的举起眼来望看了我，我知道他必定有什么话想同我诉说，于是我便将头凑进了他的唇边。他在此时便托咐着我说，若是他一旦有什么意外时，求我写一封信去通知他家里的兄长。"云南省城，昆明市街，十二号，李幼培。"他用力的，明了的，像这样反复的一连说了四五遍之多。而这几字也是如钢锥般的，锐利的直深刻的印入了我的脑里。所以至今也还能记得。到末了，他尽力的咳呛了一阵之后，又说，他的译稿可送到 F 教授那里去，请他看看，若方便时更可以请他，帮忙介绍到书局里去，看是否尚有印出的一日。他说这些话时，语音都似乎从空筒里发放出的一般，气息更是非常促迫。然而他脸上仍是带着微笑，眼睛也更是痴痴的钉在窗上。

在那上面正燃烧着行将淹逝的夕晖。

及到第二日，在我向各处奔走了半天，得到四五块钱，买了两筒罐头牛乳和一瓶鱼肝油，再上山去看他时，而这位为人类和自己生活而奋斗的英雄，早已在医院后面的一间停尸室里停放着了！他的身体是让一大条的白布盖被着，连面目也看不出来。我悲伤的，也无勇气再去看他，便自行低着头走出。照医院的规矩是病者的遗骸，不能在院内停留到十二小时以上的；若是无人收领，便得由院中粗备薄棺加以葬埋。医生见着了我，照例的来要请我替死者证明作保，因为他在此地已经是没有比我更亲的人了。于是我便在这黑色的，巨大的簿子上面签上了 WPT 的三个大字。而这译成了中文，就是王八蛋三字的缩写。也就是说我们这一些活着的人，全都是些王八蛋。

"埋了他吧，即刻！不过这里有三元钱，请你送给那掘坑的工人，叫他们挖深一点，不要让野狗再将他抓出来，使他重见天日就好了。"我最后慎重地嘱咐过医院的当事人之后，一人便也各自的转回了城里来。在路上我更看见了昨天 Y 所凝视过的夕阳。它依然是极鲜明的烘染着郊外的园林村庄，以及有钱人家的，而此时已是空着不用了的亭台别墅等等，十分觉得美丽，这差不多可以说，就在我这一生中，也是难以再逢的冬日的晚景了。

至于他的译稿了，总算是不负好友所托已被我送到 P 教授的面前了。这位 P 先生在平时就为我所熟悉，他完全是以好玩主义来看一切从辛苦中榨压出来的作品的一个赏鉴家。他时常将好的艺术品，全都当作清茶醇酒般看待。所以在我送去之先，就觉得有些怀疑。而在得到他回信后，我所怀疑的更是愈加证实了。他说他不喜欢这些，他只爱读希腊小品。这些东西实在是太伟大了，他看起来有些害怕。而且译笔也不见佳，太生硬，不流利，似乎以此仍是不用再送到书店去为宜。而意在言外，更含有许多嘲讽的意思。例如他信里所用的伟大两字是用引用符范围着。

逸，这一本译稿，想来现在还是在第三个书架上同着那些外国名著睡着觉吧？你若发现时，可将它收藏了进去，以免后来遗失。这也就是我因为怀念起 Y，而对你所起的一个小小的要求。

我们为什么要工作呢？——为这世界，为这人类，更为着自己的生命吗？但这些都是我自己所不了解的东西啊！然而逸，仍是要请你原谅我，我也实在是一个最能以了解工作者辛苦的人！芸同此问好。

树立上

一九二五，五月八号

逸：——

莫名其妙的生活又开始了。所以经了这两星期之久，都不曾给你们一信。就是芸的信也全收到，并不曾误投，请你告诉她一声，使她放心。

现在简洁的说，就是我又新认识了一个名字叫 N 的女人，我们时常都是一块。说起我们的相遇和认识那更差不多近于滑稽了。不过此时此刻仍是将她叙述一下，因为这也是我近来生活的一部分了。

我们相遇的地点就在本旅馆的公共聚餐室内，她那时手里正拿着一份北京出版的报纸，我因为要想知道一点北京的消息，因此走过去向她借报看，随后我们便拉杂的谈起了关于北京的各种事情来。她说的是满口纯粹的北京话，听起来几乎令人疑惑她是一个道地的北方人。不过不对，她的故乡是中国极南极南的地方，只是中学教育是在北京受过。因此我便如远涉异域，陡然的遇见了乡亲一样的，极自然的，极随便的去同她谈起话来。我们谈中央公园的春，谈北海的秋，谈……此外我们还有了许多许多不及细述的谈话。……

到后来我们更聚在了一块用餐。她问我是不是从外国回来的，我说不是。我随着便又问起了她的职业及其住处，她回答时都似乎有些迟疑。但到最后，她仍是告诉了我，她是在某家电影公司里作一点事。其实这也毫不足奇，在她外表上，她的性格及职业的色彩都完全表现得十分明白。她完全是一个物质的人。

像这样的人在大都会里正多着，有什么令人不释然呢？而且她也是那样的善于谈话，谈得非常的漂亮而且有趣。而在她躯体上更含着有一种妓女式的浓艳的美。因此我们的交际便开始了。我们相聚在了一块，如此谈谈混混，吃吃喝喝的就一直以到现在。

然而以后，以后又怎样了，就谁也不能知道了。不过，逸呀，又请你不要因此便误解我，以为我这样的便可生活下去，或许到明天我便要走，起身往另一个极远极远的地方走去；也说不一定呢。反正我无论在什么地方都住不安定，这是你们所知道的，现在也不用再说了。

然而此刻我还似乎很喜欢谈话，喜欢谈一些无意识的，合于女人心里的话；也愿意生活一些时日，这也是实情。因此我便同着 N 往来了。而且对于这种来往，也并不怀着疑，只是很肯定的用钱如水般的向她泼去以博取她欢心。人，为着要生活而弄得可怜的，就连自己也差不多算是其中的一个了！

滑稽而且惭愧，在你们的面前，还说什么呢？就此收着了。

借此并祝芸安好。

树立上

一九二五，五月廿号

再者：

芸来信说，你们到北海荡船，在暮色苍茫里，便时常的想起了我。其实依我想这大可以不必，（虽然一方面又是存着想灭杀着自己惭愧感觉的私心）因为我在这里除接到你们的信，和提笔在给你们写信的一刹那功夫而外，实在是没有一小片时光能够想起你们来。自然，人各为着自己的情而爱而憎，而思念而拒绝，这与他人是毫无关系的。

还有一事要重重的拜托芸，就是在我抽屉内尚存有三张样式及年代不同的的 Andreyev 的相片，这是我留了许多心才存下来的，务要请她替我收藏一下。不然，随便的损失了很是可惜！

树立又及

逸：——

这两天的身体真是极坏，几乎到不能支持了。我前信告诉过你们的那位张博士诊断我说，若是再不设法安眠或休息一下，便有脑充血或猝毙之虞。而一方面的，更要为 N 计划着一些事，看看目前就要成功了，又岂能随意的撒手放松？因此仍旧是这样的勉强支持着生活。

在这许多日以来，我同 N 时常都在一块，她同我似乎很能相处得来。她在外貌上看来，似乎很是强壮而且近于油滑，而其实她的性格，实在是个再柔弱不过的人。她虽是太偏近物质，却又不知道人间所谓的奸巧。她同我在一块儿时，除我给她以一些金钱上的供给而外，她的精神方面，完全是无形中受着我的支配。我笑时她也笑，我沉默时她也沉默着不敢再发一语。因此我便很爱她，喜欢她来参加我的生活。

然而为此，我也就必须为她尽点力，在她的职业上。你们不知道，她在电影界里作事已经将近三年，以她的技术，姿态，颜色，等等，都很不愧作一个主角，然而自始至终，她都是居于人下，受着低等的待遇。这就是因为她实在是不善于钻营了。而我此时也就是为了她将来地位的原故，而在同人玩着玩意。我近日来终日里都是忙碌着与人接着头，敷衍着往来着。一方面用着酒食游戏来笼络着那一班类似流氓妓女的新闻记者及导演家，一方面更从言词间露着锋芒，说是现在影戏界太不平等，而自己不久间便要独立的出版一个周报，专门的批评那些不成形的影片。他们看着和吃着了我，真是觉得有些莫明其妙，更也可以说是惶惑而且恐慌。因为我近几日来曾经用心地研究过三五点钟的美国出版的电影杂志，于是我便记得了许多关于影戏的专名词，在人前谈论起来，几乎令人疑惑自己是一个从事于影戏批评的专家。他们对于我都是存着戒心，用着疑惧的眼光来看我。而尤其恐慌的，便是 N 此刻作事的那家公司。昨天她的经理来同我说，他们快要请 N 担任一部关于家庭问题的影片了，现在是来探听探听我对他们的意见，因此我就趁机的回答他说，"有什么不可以呢？她的艺术并不低，以后若是有人出来说话时，我可以替你打发他回去！"于是他便满意的回去了。

我想这事在两三日内一定便能解决。到了有结果后，我便可以对 N 却责了。而那时最紧要的就是要搬到另外一间清静一点的屋子里住去。

并且到了这两天来，N 神色表露于外的，比从前愈加怯弱了。她在我面前几乎是连一呼吸之微都要加以小心，而面上时时都是带着可怜的表情。我想，在此时无论我向她需求着什么，她都不能不加以应允。然而人呢，却又尽都是那样的一个可怜东西！追逐着除物质之外于自己毫无所得的生活，永劫不复，永世不变！所谓灵的觉醒者，在人群中完全没有那样的一回事。关于这一点，差不多更也用不着再去责备 N 了。然而她在我此时眼中，仍不失为一个善良的人。

刚才送 N 出了大门，看着她上车。她临行时用着客气而又迟疑的口吻来问我明天是否能够等着她来一同用午饭。我说非常愿意，"真的吗？"她又加上了一句。她现在对于我是多么的疑虑不定而且怯懦自卑？——哎，这一个或许一生都要陷入可怜地位的人啊！

车开动了，而我仍是在临着极哄闹的马路侧站着，等着她那丰满而又合度的背影和鲜艳眩目的颈巾在人丛中慢慢的消失了去。而转眼间就看着有许多许多模模糊糊的人影从自己的身旁跑过去了，……我也就在这里失魂少魄的站立了许久许久。

是的，到明晨我应该等候着她来用午餐。我为什么不等着她呢？——人是为着某种莫可奈何的原因而生活着，而我也是为着某种莫可奈何的原因而要等着她来午餐。

人真是个再可怜而又可笑不过的东西！

逸，你听见了这，不便会笑我吗？然而你那里知道我此时心里是何等的寂寞而且空虚。

这封信给不给芸看，听你自决。在我的意思是单独的写给你的。

树立上

一九二五，五月廿六号于绿安旅舍

逸：——

身体与精神既是那样的颓唐而且衰败，然而昨夜竟至遇见了一件在我算为不很平常的事。现在隔那时还不上二十四点钟，只是当时的情景却早已是有些幻隐模糊了。

这事的发生，是以我同 N 为主角。我们曾经在吴淞的海滨旅馆里住了一夜。

说也奇怪，我对于当时切身的伴侣，竟至觉得是那样疏远，而对于当时的景物，却又是那样的牢不可忘。就是现在一闭上目来，仿佛看见那密缀如珠的繁星依然是在头上瞬着眼，而初夏间带着海的气息的晚风也依然是凉凉的从身旁掠了过去。但那个从深夜间醒来，陡然的凛凛悚悚的使人动着"灵魂是这样的远离，而身体却是那样接近"念头的一个人儿，却于我早已是十分的淡漠了。我想若是可能时，我将要终身都不愿再看见她一次。

人间既是这样的一个人间，而人的生活也是这样的一个生活，真是别无他法啊！

然而我对于 N 又有什么值得愧惭呢？我不曾向她要求过什么，我们只是自自然然便在那里住下了。

那一夜，就是那样的一夜呀！堤上灯塔里的灯光共燃起了十六盏——红者六，绿者亦六，白者四个——这是用来表示着潮头的高下，指导着船只进口的。N 用手指着，一二三四的指给我看。我想她此时也仿佛真是一座灯塔似的，将要指导着我生活；……然而不一会儿，她便沉沉地睡在我身旁了！看起来并不丑，安静而且美丽！四下是静悄悄的。然而我总是觉得生疏而且奇怪，受着一种不安的压迫，于是我便想逃了。一直以到现在还是想逃啊。

但是以后，或许将要从此便不再看见她，也说不一定。她对于我完全是会成为淡漠了。

在写完这信之后，便要给她一信，说我将有远行。而且在一会儿之后，我更要将行李放上车去，走，走，去寻一个可以安静的地方休息去。然而逸，我的朋友，一切都是荒芜无聊，生命力又是这样的倦而且颓了！

现在已是将近黄昏，不知道你们在北京此时是在作何消遣？提起笔来，便又想到自己不安定的灵魂上去，但不一会儿总可以找一个比较静寂一点的地方住下去了。你们有信时，仍可由此地转，因为我刚才给了茶坊多量的钱，他们一定是不会忽略的。

现在已是黄昏了，我将要走，朋友们，我将要去了啊。

手此并祝芸健好。

一九二五，六月七号，于行将离去绿安旅舍的一夕

芸，逸二君：——

　　因为决心要静养一下，所以自从搬到了这里来，如此之久都不曾寄给你们片纸，想来很是觉得有些抱歉。就是你们一连来的五六封信也都是放在枕畔，不曾拆开。及到这两天来，精神似乎较前要健旺一些，更自度已经有读你们来信的勇气了，以此才慢慢地一张张细细的阅了下去。一种人间稀有的热情，简直是比窗外吹进来的薰风还要温软，还要令人沉醉。从这一点上，我便也知道什么叫做人间尚未死尽的情和爱，而更也明白了什么是文学者内心所蕴蓄着的，用以造成一切艺术品的胚胎了。然而我的朋友们呀，我现在的身体和精神都是这样的疲乏，弱小无能，叫我怎样的回答你们呢？我更看看你们的信笺，一大堆的放在我面前，我心里只是微微地跳跃着，差不多真是动着不应当离开你们远游的念头了。但是，不太晚了吗？我的朋友们呀！

　　我从前早就孤负着逸的热情和期望，也就是忽视了芸的幼稚美的温和的心情，那还让等到现在？我回顾起我的一生，几乎全都是在反动和逆行中过去，就是你们希望的热情和鼓励，也不能将我历来所身受的，人间经验所告诉我的狂妄的观念改更或打破。你们不能拯拔我，我只是一个人独自在自己的执拗的意念中过活——不安定和灵魂的饿渴和愤怒长久的困恼着我。

　　现在我是新病初愈，很衰弱的坐在沙发椅上。在以往的一些时日中，也只是一个人卧在床上，服着药，听自己心脏的怔忡，鼻里时时流着鼻血。夜来噩梦频仍，白日里疲乏不堪。然而此际除用人

外，更无一人前来。到这时我也是一切人都不想念——自然，我也并无其他的人可堪想念——我只是默念着，若是我此时尚在你们的家中，我将是何等的可以得到幸福。然而究竟是远离了，隔得太远了，不知何日始得再看见你们？朋友，所谓人穷则返本，我以为病实在是穷之至极呀！你们叫我怎样的回答你们，更叫我怎样的写才能传达出我是在怀念你们呢？

然而一切都成过去，我现在已经能立起来自由步行了

所幸的自然是不曾便长此卧倒，而且银行里更存着有由北京兑来的四分之一的钱，就是像这样的支持了下去，大约也能好好的以到暑假。所以我在想，待身体健康稍稍恢复后，然后再作他计，也还不迟。

然而逸呀，你似乎还不知道，我对于到国外去的计划早已打消，因此每次来信都是说希望我能够从国外带一点为他人所不能了解的特殊的艺术回来。而哪里晓得我自从V家里搬出来后，意向便早就不同了。而且到了现在也是这样想；我为什么要到国外去呢，各处岂不都是一样？说到读书，我从前在北京手不释卷那样的读，已经是读得太多了，然而仍是与我自己毫无关系，救不了我自己。说到观察人物，那在各处的人物，只要具有方踵圆头的，又岂不都相差不远？读 Tchehov 便可知道俄国人的生活，读 Daudet, Maupassant 便可知道法国人的生活，读 Dickens, Trollope 便可知道英国人的生活，人与人之间，我真看不出有多大区别。又譬如说，我们喝中国的白干和喝外国的白兰地，而所得的结果岂不又都是同一的醉？为什么我们一定要跑到外国去喝白兰地才算是喝酒呢？因此我便在此地住下了。自春徂夏，一直以到现在。而自夏徂秋徂冬呢，我又从不曾想到过。反正我在各处都是一样，我不希望什么，也不知道什么在我生命中才算是有趣有意识的东西。

至于说到艺术——因为逸总是爱谈起艺术，所以现在也提起来

谈谈——那我更也不十分糊涂。我曾经读过许多关于艺术的书籍和作品，因而我也知道艺术实在是在寂寞和辛苦的园地里，所开出来的几朵灿烂的花。花固然是人人所心爱所同赏的，但譬如有一个人，他以为在人世间就连花这种东西也是可有可无，或者是根本就不必一定需要，又怎样办呢？而何况更要用着自己心血的灌溉培浇！

依了这样说，艺术之于我又有什么用处呢？我在生活中，差不多更可以不需要这种东西。然而现在我仍旧是得感谢着你们的盛情，这是一点儿也不虚谎啊。

此刻不觉炎夏已经开始了。出街去，若是不戴草帽便不能在烈日下行走。听说今年气候比往年要强烈一些，此时还不过刚到初夏的末尾，而窗户从早至晚，都必须敞开着，热气一阵阵从街心烘了进来，几乎令人疑惑这里已到三伏天的样子。

所幸的是我此时所处的屋子，是在一家专供西人寄宿的宿舍里的楼上。地位处得十分恰当而且静洁。左边窗户是临着一条以幽雅著名的静安市路。从窗口晚间外望，便可以看见有一长列整齐明亮的街灯在绿树浓荫中照耀着。街面上也是极其光滑平整的，就偶尔的有一二辆汽车从上面跑过，也听不出一点声息来。从这里俯瞰，仿佛真如身在公园里一般。屋门后是走廊。而屋正面，临窗便正对着本宅的一小片小巧精致，花木葱茏的空隙地。在里面更放着有三四把白色漆藤的小圆椅，黄昏时到那儿去呆坐一会儿，便可以守候出一颗颗大小明暗不同的星星，慢慢的从蔚蓝色的天体中在你头上闪现。

我住的是每月租金六十元的大小两间屋子。从早起可以望见旭日，晚间若有月光，到了中夜，便会有一层青白色的灰网，轻轻的笼罩在了我的床上。而且同住的人，又尽都是些西洋人，大公司里的书记，经纪人，等等。他们的生活，都很有规则，早睡早起，昼出夜归，从来不吵闹他人。只有时到晚饭后，偶尔的有人在花园里拉一两调 Violin，拉的也并不难听。除此之外，全院子都是静悄悄的，毫无气息。因此我这里虽然病着，却能够享受一点点清福，梳洗梳洗我这三月余以来的疲劳。此外照顾我屋子的更有两个用人，时时都穿着白色制服，聪明而且伶俐。大的一个在起初看来，似乎有些狡黠，然而一到这里来，我便设法的征服了他——你们或许还不知道，我有一种习惯，每到一新地，首先便要去征服那贴身的用人，使他们都知道自己的脾气，对于自己要存着一种畏而不恨的感觉。这法无他，唯一就是第一不要吝啬小钱，第二就是作事不要让他含糊轻忽过去。关于这一些，芸，逸，我想你们两人都是不会的，以后需得留心留心才对，不然，因为一点小事，便会惹起生活上的烦麻，所以并在此地提及——而小的一个，那更不成问题了。他尚完全是一个可爱的人，年纪小，天真活泼而又很知趣。近来更从我在学习英语，所以他作事对我更是特别忠诚小心。当我卧病在床时，一切事都是全靠他料理。每天他为我送两次牛奶，一次鸡蛋——这就是我一天的食物——更替我跑到药房里去买药，每次我都是给他三四倍以上的车钱。他替我做事，完全是出于衷心的高兴而且崇敬。

自从我搬到了此地以来，差不多已经有二十天了，在外间凡是认识我的人，就连 N 同 V 也在内，简直是一毫不知我是在这里病卧着。他们都以为我此时是在杭州旅行，因为我告诉他们是如此。然而我自己呢，确是一人在床上静躺着，收集了各色各种样子不同的报纸，在枕边一边服着药，一面更一字一字将它们细读了下去。看那些愚蠢的人们是怎样不息的在那里彼此奔忙，竞争，互相吞噬。看那些可笑的千百年来如出一辙的人间现象是怎样的日出不穷。于是我越看越觉得有趣，而且有时竟至失声的笑出来了。

……逸，你们看我此时的生活在表面上是何等的清闲安静，但内里呢，却又是那样难以形容的疲乏衰减了。我此时真是不敢去自己反省一会儿，更也不敢走到镜子的面前。人既是这样莫可奈何的生活着，而一方面又不能忘记自己一无所为的渺茫和空虚。我的朋友呀，你们教我怎样办的，生命力是这样的衰杀了。

新病初愈，腕弱不能多写，且凌乱无次，请原谅。

又近日思想北京之念亦颇切，东安市场八分钱一大盘的冰激凌已上市了吗？念念。

树立上

一九二五，六月廿七号，于沧州宿舍中

再者：——

离这里不远便有一家旧书店，只消花五毛钱便可得一本 Balzac 的小说，花一元钱便可得到一部 Shelley 的诗集，我想逸听见了一定是非常欢喜的。

而且也打算再等两日便给芸买两三件好玩的东西寄来。在此地这些东西实在是太丰富了。写到了此地，差不多更怀惭抱愧的说，自从同芸一别以后，几乎连她的嗜好和要求通通都淡忘了。幸而得好，自问内心尚不是如像对他人一样的，有意的淡忘。

树立又及

芸，逸二君：——

病尚未全愈，体力太弱，而天气又一天一天的酷热了起来，终日都是汗涔涔然的，真不知如何才好。

这两夜来，下弦月夜半照在窗上，幽凄得几乎令人不敢注视。一种繁华已尽，衰残将临的预感，不觉便笼罩着了我自己的全身心。阴影也慢慢的爬进了屋子来。树上的枝叶，有时在窗外沙沙的发响，听起来心里觉得十分的怯懦。一瞬眼间更疑惑这已是深秋了。

生命力既是那样的疲倦了；而又毫无办法！回想起来，自己真是个弱小的人啊，就连这一点小病，小风波也都担当不起。从前所谓的自己的刚强性格，不就算失败了吗？很是疑惑。

刚才用人送进账单来，知道在这里已经满满的住了一月。而这一月的光阴，都是在疾病牵连，衰弱不振中过去。不曾出过大门一次，而自己也不觉需要。生命力真是十分的疲倦了！

近来上海虎列拉非常流行，看报知道已经死了不少的人。而前天晚上，同院子的那位拉 Violin 的爱尔兰人又不幸地做了虎疫的牺牲了。听说从病的发作以至于死亡还不到二十分钟，连请医生的时间也没有。

一个人死起来，在先前我总不相信是这般的容易，而现在，可看见了！

这位异乡人，在院子里我时常遇见，交谈也有过三四次。他似乎时常都带着怀乡的情调。到礼拜六和礼拜三的晚上，他喝了一点酒，便坐在小花园里，拉起 Violin 来。据他说所拉的都是爱尔兰的民歌。记得他又对我说过，他不敢抬起头去看看月亮，就是月光照在了他窗上，他也是用布帏子去将它遮住；因为这样他便会想起了他那充满了神秘故事，和时常都是被浓雾蒙照着的，带有梦意味的故乡。他又知道 Yeats 是爱尔兰文艺复兴时的首领。他说 Lady Gregory 和 Synge 的剧本也是他平时所最爱读的书。他始终是个爱尔兰人，爱尔兰的怀慕者。然而昨天清晨，一辆两匹马拉着的马车，便将他用黑色匣子装着拉走了。他的几个同事，极疏疏落落的，襟上佩着素花，跟在了他的车后。

我送他只到了大门，便退了回来。奠赠的鲜花是叫用人洒在他的棺上，脱下来的帽子还拿在手中，而这辆两匹马拉着的马车便徐徐地开动以至于看不见。我退回了房里，觉得刚才从外面呼吸过的夏天清晨里的空气，是十分的新鲜。而且更也想，这位怀乡的异国人，从今后便可以安定，更用不着再去怕看月亮了。

因为同居者之亡故，和上海此时虎疫的流行，这两夜来不禁专注地想到了死字上去。不过死又有什么要紧呢？像我这样的人死与生岂不都是一样：活着无益于己，死了也无损于人。一生都是不安定，无信仰，不肯定什么，而又苟延的生活着。然而，生命力啊，却又那样的不中用，衰疲到不能自振了。

写到了这里，心里虽是凉凉的，凄凄的，缓缓的，而背上的汗，已是浸过了外衣，而且还在那里沁出不能自已。现在，我是停着笔在想，在这儿想起了我的一生……

"不安定的灵魂，不安定的灵魂呀，你……"我时常使用着"不安定的灵魂"几字来称呼着我自己，你们不以为对吗？望告诉我。

天气炎热，你是住在家里，不另外寻一个地方去避暑吗？若是地址有变更时，请快函告我。

又从芸的信中，知道北京今年气候很好，时时都有雨降，润得地下老是湿湿的，简直不觉是在暑中。听了也不禁心向往之。

今晚去请张博士替我打一防疫针，看是否有效。如果是病菌幸而不攻上我身来时，不久或许我便会回转北京来。我很思念你们。但此不过亦人穷返本之意耳。一笑。

树立上

一九二五，七月七号，于沧州宿舍中

芸，逸二君：——

因为近日计划回京之念颇切，于是不禁便深挚的思念起从前自己住过的屋子来。昨夜竟至梦见同你们坐在屋子里的那张长沙发上，一同看着 Watts 的画籍，芸是在我身旁坐着，有时微笑，有时撅着嘴生气。仿佛又是逸同芸拌了嘴，由于我出来和解。到醒来时，想起从前我们相处之乐，便觉得十分暗淡，好像即刻便要跑到你们身边才好，不然便会永远的失掉你们似的，以此便坚决了再行北来之念了。

　　然而，我那间屋子，现在又是怎样了？芸从前来信是说空着，现在可已有人在住？里面的家具位置改更了没有？想来都仿佛有如隔世一般，望你们详细的告诉我一下。

　　而且还有我存着的那些书籍，每星期都叫用人大大的打扫一次吗？不会失散吗？……自然，说起来，这都是我的多疑，其实逸之爱好书籍，我知道自也不下于我自己呢。然而一想起那几架子的卷帙啊，差不多自己的心，又复微微的起了一阵温润的感觉了。你们知我从前是怎样的爱书，和得到它们又是何等的困难辛苦。但是乐呢，亦自在其中了。这一本本的，在首先从书目或介绍书上知道他们的名字和性质，已是非常的烦麻，而当一封封信寄往国外定去，又是何等需费时日。及到书店的发单来到了后，于是复又勤勤恳恳地坐车自己往前门的邮局里去取。有时冒着大风，冒着大雪，冒着炎热，冒着尘沙都要前去，一点儿也不迟疑，也不抱怨，如此的历六七年之久有如一日，才慢慢，慢慢地积下了这许多国度不同，风格不同的东西。但这在他人那能识得其中甘苦呢？这也是非用"不足为外人道"几字，不足以形容出这种情感了。

　　而且在从前我也曾有过几个谈书籍谈艺术的朋友。在他们来向我借书，到无法推辞，或者是见着借出的书，有所损坏时，那同一的都使自心里非常难过。更要因此愤慨半天，自以为对不起书籍，对不起作者。而且到后来也不恐人家说自己的小气，而竟至将新买得的，自己还未曾阅过，不愿意借人的几本，收藏在自己的衣箱里去。犹记得某一次，有一位很好的朋友，他将我那本用白羊皮纸印的，装订的很好的 Thomson 的 The city of dreadful night 拿去弄污了，当时便不禁同他大闹了起来，几乎至于绝交。而结果，过了两天，还是自己发生后悔，而亲自跑去向他赔罪，然后才算了息。然而这一些旧友，现在离散的离散，改业的改业，都是久已不相闻问了，只留下了这一大堆旧书，一本一本各有来历的，以做纪念，使人触目便回忆起当年——真是不可挽回的当年啊。

以往的事不用说了，现在我所愿意知道的，就是假使我此时北还，可尚能再住在我从前的屋子里？望复知为祷。

人无论如何变动，而结果都是同样枉然。叔本华的《无生论》，总不算是浅薄的东西。若是再回到北京时，首先并应当打开这书。

手此敬问近好。

炎热甚，渴思夕阳下时的北海水滨小坐不置。

树立上

一九二五，七月十号于沧州宿舍

芸，逸二君：——

快信已收到。你们劝我早日北还，这正是我此时所乐意的。南方这时实在是炎热得很，且疫疾流行，令人几乎不能一刻安居。

所幸者，近两日来，已得张博士的针力，心脏病总算是完全停止了。因此每日都是同 N 在卡尔登冰塔侧闲坐着。但无论如何，此地于我都已成过去，不能再行停留了。至何日始能起身北上，则此时尚不能一定，不过为期总在不远罢了。

相唔匪遥，余当面罄。

病虽稍愈，而心境却又觉得渐渐的不安定了起来。人在病中时专想病好，以为疾病后一切都可自由如意了。及到身安后，而心却又在那里作怪，真不知如何才好。

各种生活都已厌倦，自度还是以早日归依故友宇下为是。我想芸听见必当为之莞尔了。

现已为芸收集了各种可玩的东西不少，——例如 Leonardo da Vinci 的 Monna Lisa 的原画影本，和诗人 Musset 的小雕刻座像，在平常都是极难得的。拟不日亲自带归，以博一粲。

树立上

一九二五，七月廿号，于沧州宿舍

芸，逸二君：——

　　我现在已决定于下礼拜日的清晨，搭车北上了，希望你们能够命令用人，叫他们好好的将屋子打扫一下，以便到家时好休息。而这催促我即日北旋的原因，说起也很简单，就是 V 来信说，她已决定秋后同 K 结婚，所以趁此时机要先回故乡去看望她祖母一下。她说人世间除她而外，更没有能够爱她的人。而我，也是想在送 V 行后，即行离此地，使以前生活告一段落。

　　你们知道我在这一个月余以来，差不多便不曾去见 V 一面，我告诉过她说我是已往杭州旅行。然而昨天，却不想正当我同 N 在马路旁边散步，碰巧的又遇见了她了。她一见我时，就觉得非常惊诧，她说我形容已经大变，仿佛是刚经过一番大病的样子。她又问我是否果真曾往杭州去过？她一面同我谈话，更一面用眼去尽力的打量着 N。我想她一定疑惑我曾经欺谎着她了。不过这是实在的，我真是欺谎着她了。于是我便回答她说，我实在是不曾离开上海一步，我只是在一家医院里病卧过一月，此时病刚才新愈了出来。她听着，虽是勉强尚微微的笑着，但面上似乎马上便变了颜色。在这里她问明了我此时的地址，便自行走开。我的朋友呀，这叫我怎样办呢，我曾不想 V 此时还是那样的固执！人就是一个人罢了，为什么一个人定要为着他人而使自己痛苦呢？关于这一点，我对于 V 很是抱歉，然而也正是莫可奈何的啊！

　　因此在回来后，便得见了她叫人送来的，说是不久便要同 K 结婚，而此时更要先回乡去看她祖母的那封信。于是我也就想，人若是自己能够转移自己的命运，固然是好的，不然便服从了也没有什么，因为反正一切到底都是一样。就以 V 此时这样的执着来论，在再隔上几年，我想当 V 见着我，再一回想起她此时的情境来，她自己定也会哑然的失笑了。

时间和年龄无论如何都实在是人们的教师和解放者。

因此我也就回她信说，我很赞成她的计划，更说我始终是非常的真心的爱她，希望她以后能够永久的得到幸福。若是将来她的丈夫能以容许，我再来南方时，一定要请他们作为我的东道主。我将要在他们家里住上一月或两月，静静的，温和的，分享一点他们的家庭空气。若是我有什么能力，而他们又需要时，我一定愿意替他们作一些工作。……

自然，在不久间我们便会分别，而一别后，一切事都可以完毕了，还说什么呢！水流到溪，流到河，流到江，流到海，岂不都是一样？它仍旧是水。波澜起伏虽有时在所不免，不过归终它还是那样的一种东西！——平静了下去，平静了下去，终归还是要平静了下去呀！

在一想到这里，差不多我这"不安定的灵魂"的徽号又大可以勾消。

V 说她将在本礼拜六晚间上船，所以我想最好我也能在送她走后之次晨起身。现在已是礼拜二，再等不上一礼拜，我想我便能回到北京，来同你们握手了。

此刻虎疫仍是非常流行，还有蒸蒸日上之势。昨天同院子住的西人又死了一个，看起来似乎有些胆怯，不过，算来还不上五日我便能离开此地了，所以我此时在幻想着我回来同你们把握时我是何等的快乐。是的，我来同你们把握时是何等的快乐呀！

树立上

一九二五，七月末日

一九二六年，十二月脱稿

From childhoods hour I have not been

As others wore; I have not seen

As others saw, I could not bring

My passion from a common spring

From the same source I have not taken

My sorrow: I could not awaken

My heart to joy at the same tone;

And all I love, I love alone

Then—in my childhood, in the dawn

Of a most stormy life—was drawn

From every depth of good and ill

The mystery which binds me still;

From the torrent, or the fountain,

From the red cliff of the mountain

From the sun that round me rolled

In its autumn tint of gold,

From the lightning in the sky

As it passed me flying by,

From the thunder and storm,

And the cloud that took the form

(When the rest of Heaven was blue)

Of a demon in my view.

—E. A. Poe. Alone—

选自陈翔鹤:《不安定的灵魂》，北新书局，1927 年

独身者

一

星期日的午饭铃，摇过大约已经有二三十分钟之久了。沙宾君裹在被窝里，虽说心内时时刻刻都在想着，"时间已经不早了，起来罢，起来罢！"但时间只一意地一分一秒地往下滑漏了过去，一直到左右的邻居们都已从饭厅中走了回来，在廊下的淅哗淅哗的洗面，漱口，和高声的呼唤听差，或者更互相的研究着在报纸上所披露着的电影和戏剧的消息，计算着如何找寻本日的消遣地时，而他却依然懒洋洋的躺在床上，不曾决定是否应当立刻即要翻身起来。固然，这也可以说是与他昨夜从朋友的家里闲谈了回来，为时已经很晚，而且在书桌上又发现了由晚班邮差所送到的两封，有两位朋友，同时都已在北方宣告结婚的通知书之后，使得他自己不能不由回忆而沉思，由沉思而觉得微微有点伤感，而至于通夜不曾合眼，不无关系。若果要当真的一说起来，他之不肯立刻起身的原因，与其说是他的因失眠而想要享乐享乐自己的星期日清闲的良辰，倒不如说他得避且避的，不大愿意去同一般无聊的同事们搅在一块，要较为妥当一些。因为他知道，只消午饭一过，他们就自会各寻处所的向他们自己所乐意的地方，飞奔以去的。所以此刻，他一面静静的仰卧着在床上，用眼睛去呆望着那洁无纤尘的屋顶出神——感谢上帝，因为这是全省中的最高学府，所以才能有如斯整齐的建设——想要将昨夜所幻想的印象连续起来，但又觉渺不可寻，而一面，在他耳朵里，更不禁已听得那位别号"猫头鹰"的同事正用着一种长尖音，在那里向着那位以唱谭派著名，走起路来，老是一摇一摆的，有如戏台上的老生班般的，教英文的姓董的先生，叫喊起来了。自然他知道，他们所争吵着的，是"梅兰芳与阮玲玉谁是艺术家；看电影与听戏二者利益孰大"，这两个问题。不过幸而得好，这一次的辩论，到最后来，只用了下面的两句话，即算作为终结。

"喂，无论你怎样说，你今天都非得陪我到光明电影去不行，你看昨天我为甚么听从你呢!"这是猫头鹰的尖锐的呼声。

"未开言不由人泪流满面；来，小番打道过来，吾将陪猫头鹰至光明院中去也!"这是小董的用戏词来作为回答的回答。

随后，果然不久，院子里便已渐渐的寂静起来了，整个的教员宿舍，除了偶尔的有一二个小工，拖着重沉迂缓的步伍，在走廊间过往一下之外，其他的即已寂无人声。有时间，纵然也有二三只麻雀，要在屋檐之下飞翔一下，或者唧噪一阵，但这种人去鸟不惊的景象，亦不过适足以陪衬出这宿舍里此时是何等的幽静而已。

沙宾君由床上翻起了身来，只消将房门一敞开之后，于是洗面水及漱口水，即从一位时时留心着他起居的工友的手里端了进来了。接着便是大公报和特地替他在厨房里所留下的两碗肉丝面，也都一齐的由工友放在桌子上了，到盥洗一经完毕之后，依照着习惯，沙宾君便又向走廊间跨了出去，正如他往常所有的闲暇时间一样，他是已将他的两手叉在腰间，更将背倚靠在廊柱之上，站立住了；而且他还将头昂了起去，呆呆的仰望着天空，在那里深深的行着深呼吸。自然，这与其说他是注意于自己的卫生，倒不如说他早已成为习惯的，到一有闲暇时，即得借着实行深呼吸的机会，将他自己平时胸中所蕴蓄着的莫可名状的郁抑之气，开怀的往外一吐，要更为确切一些。而且眼见得，那四周为一排排关锁的房舍，这些往常在午夜间，都是何等的充满了欲望，匆忙，颤栗和紧张的，而现在不觉得也居然阒若无人般的静寂起来了。此刻，若果将这些房舍都当做被荒芜被弃置了的病室或牢房般看待，这在一般曾经为生活而战斗，而屈辱，而疲乏过的本室的主人翁的一方面，就连沙宾君也一并算在里面，恐怕也是很难加以否认的啊，沙宾君一人站立着，观望着，有时昂起头去望望天空，有时又将眼光降落在地上；是的，虽说此刻的时季不觉是已届仲春之侯了，然而天空中却还现出那般的阴沉。而且空气老是湿漉漉的，压迫得令人觉得几乎连呼吸都有些不大自然。此外在天空中也见不到一线日光，只有一层层灰扑扑的云翳在穹苍间浮游着。若果不是在院子中间的几棵垂柳的叶尖，正在抽着嫩芽，和在阶前尚有两株紫丁香正在那里很寂寞的开着几簇繁密花朵的话，就纵然用了"黄叶无风自落，秋云不雨长阴"，如像这样颠倒时序的言语来形容，恐怕也是十分恰当的罢。沙宾君，一方面固然因为天气的阴沉而莫名其妙的忧郁着和不快着，而一方面从他的心里，不知为了何故，竟又冒起了同这情景完全相反的"芳草有情皆碍马，好云无处不遮楼"的两句旧诗来。是的，"芳草有情皆碍马，好云无处不遮楼"和"黄叶无风自落，秋云不雨长阴"，这几句他自己一人愈加私自的低吟着，不自禁的在他心里愈加徘徊迷疑起来了。正因为有这两种矛盾迷离的情调在那里烦恼着他，所以当他拔步的回转房间之前，便不禁喟然的长叹了几声。

自然，由于年龄，经验和学问的种种关系，沙宾君差不多早已是将自己造成一个怀疑论者和唯物论者了。从前，在许久以前，因为想要知道一切忧郁心情的起因和转变，他也曾去研究过"弗洛乙特"的分析心理学，又因为想要实证人体的存在，和一切喜惧哀乐情感的表现，都不过仅仅受着一时的生理支配而已，他也曾去将他在大学时代所选习过的生理学讲义，重新翻开。所以不仅他自己夸口，就算事实上也确实是如此的，若在平常，每逢到忧郁的袭来，无论他当时的来势是何等的激烈，但若果这于他的体质上无大关系，而且又是仅属于神经过敏方面的话，那他总是能以想出一个方法来，去将它解开或者排除净的；不，纵使不能完全排除，无论如何，他也是绝不让它再有往下发展和自行膨胀的机会存在。因而，这又有谁能以反对呢，一个乐天家的外号，用来加在沙宾君的头上，据外人看来，恐怕是真再合适也没有的了。

不过，此时，他一人坐在屋内的藤椅上面，实在有些发愁，因为他觉得不仅那碗冷却了的肉丝汤面摆在面前，有些不大顺眼，难以将它一口一口的往下咽去，而且就连在他自己的头部和身上，都似乎有些发烧起来。"好，不会又是机器出了一点甚么毛病了罢！但总而言之，失眠与生理上的不能保持着平衡，这确是一件最使人讨厌不过的事情！而且眼见得他们那一般在北平安居下去了的朋友们，不一个一个，前前后后的都已结婚了吗？是的，无论张三也好，李四也好，只要是一个聪明的鸟儿，他都自会去寻到一个他自己所需要的巢穴和伴侣。而且人的生活之所以有幸与不幸之差者，除了一切皆由于机会之外，更还有甚么旁的理由可说呢？自然，一切都不过由于偶然的机会罢了，或许在人世间，所有一切的悲剧和喜剧，以及艺术文学之所以产生，都不过用了这个 by chance 的一点，作为起源，也是说不一定的罢？"一想到这里时，他便不知不觉地伸手去拿起一支烟卷来，放在他口中。而且仿佛不愿将这种思想延长下去似的，于是他又将那一大叠的大公报移至眼前面打开。自然，一方面，从他此时脸上也可以看出，他平日所特有的，一半由于自己满足，和一半由于对于人世的冷淡所引起的那种 Cynic 的微笑，又复涌现到了他的嘴角间来。

"四哥，你真可以，你看，到开饭时，我来敲门，你还不曾起来，熏鱼，下汤面正好，这是我替你刚从大街上买回来的。工友，工友，——面冷了，得热一热。"当博夫君一跨进门来，只消将纸包一掷在桌上之后，他便这样如小猫般的东张西望的跳着叫着，一直等工友已经将面碗端了出去，他才安静了下来。不过这种安静，又好像正弹着的琴弦，猝然中断似的，一切收束都现得是那般的出人意表，不大自然。随后，他虽然照例的已经在床榻上寻到了他自己的座位了，然而从他那用一张报纸将自己的面目遮盖得紧紧的情境之下，沙宾君却依然可以看出，在这年青朋友的内心里，所隐藏着的情绪，是多么的颓唐而且不安。

"见着了吗？今天早晨玩得高兴吗？大约不高兴是不会买熏鱼回来的……"这是沙宾君半玩笑半开心似的，对他年青的朋友所发出的探寻，不过从对方面隐避在报纸之下的口中，却不曾得到一个或半个字的答复。

"怎么不言语了呢？不见面也不好，见面也不好，不战，不和，不死，不守，不走，这真与中国此时的时局有些相像。好罢，听着罢，我念给你听听：孟奎激战，多伦失守。敌军以五六十门重炮，排击我阵地，而我军只有重炮四五门，至南天门阵地亦略有变动。总部调坦克车队入赣剿赤。还有中央飞机第一队共三十余架，实行飞入赤区轰炸，殊见效力。这真不知成何体统，安内攘外——怎样有意见可以发表吗？好，不言语就不言语罢！不过也真糟糕，无论大小事，一切都寻不出一个所以然来！"当沙宾君已将这一大段聊供排遣的话语，倾吐完毕之后，而在博夫君手中所握着的报纸，也同时的松落下来，而且他的两手亦无力的已落放在了他自己的两膝之间了。此刻，只见得在博夫君的衬衫领结都收拾得事事整洁的，长方形的脸面之上的一双眸子里面已放出了一种凄惶莫测和茫茫然若无所主的，莫可奈何的泪痕和幽光来。而且这光，又是何等样的具有十分诚恳信托之力，在向他扫射着啊！这使得沙宾君，他自己在当时，都几乎可以说是失其自主似的，有些不忍用正眼去向他钉着看一下。"Suffering?"所以他只得用了如此之简短悲叹的一个字，向他问讯了一声。随着，在对方面也将头连连的轻点了几下，当作回答。沉重和紧张的空气，已在静默中，一分钟两分钟的滑流过去了，而且他们彼此间尚未能寻出一两句，可以适宜于使他们继续谈话的词句来；但忽然间，博夫君从床榻上站立起来了，而且一切都有如闪电般，出人不意似的，他飞步的跑出了门外去。随着，当沙宾君正想用"等着，不要走，不要走！"的声音来将他停止着，而尚未曾来得及时，在博夫君自己的房门之上，已经听见了有关门和落锁的声音。

自然，正如沙宾君所亲眼得见一样的，这还有甚么可说的呢，事实说起来就是这般的简单。博夫君，自从一来到 T 地不久以后，他便同本校的一位女生管理员 C 女士发生了恋爱了。可怜，他在那时还是一个入世尚浅，将世间的一切事实，都看得十分浪漫，简单，和充满了诗情和幻想的学生模样的青年，在起初，他们固是门当户对，如火如荼的在那里往来着，恋爱着。不过于其间，当着有一位将呢帽顶得冲天般高戴着的某党部指导委员，加了进来时，于是，这位在外表上修饰得很浮华，眼睛机伶机伶的，说起话来，老是上句紧接下句的 C 女士的态度，可就变得有些不同了。但总而言之，这时的对于博夫君，一切都现得有些不很合适罢了。然而因为彼此间，还余有一部分旧情的关系，所以他们又不能不藕断丝连的，偶尔的要到外面去聚会一二次，而且所可视为最不幸的，即是在博夫君的一方面，反倒日甚一日的对于对方，愈加执迷和粘滞了起来。因而，眼见的这一位曾经受过亡兄的嘱咐，而且也能将沙宾君当作"四哥"般敬爱的，可怜的青年人的面目，真可说莫可奈何的，便自为愈加凄惨的，沦入于苍白和瘦削之境了。不管沙宾君是怎样的将"适可而止，知难而退"等等的话语来向他解说或劝慰的罢，然而事实自事实，他还是依旧觉得莫可奈何。

只记得有一次，在某一夜间，博夫君因为喝过了一点酒，他竟至躺在了沙宾君的床上，放声的痛哭起来了；而且，他眼见的，他当时痛苦的竟是那般的沉痛而且伤心。是的，一个青年人的为爱情流出的热泪，正如春天的雨露似的，真现得是多么的畅达而且湿润呢，然而在另一方面，因为仿佛实在不应当遭遇斫伤而又偏偏冤家路窄，这却又是何等的现得凄楚而且酸辛啊。自然，更还有甚么比这更为不幸的呢，一个应当时时欢笑的面容，到现在，已经弄得如斯的憔悴不堪了；沙宾君在当时目击着，心痛着，他又何能自忍啊。于是不觉的，他将自己的两手，放在他博夫老弟的两肩之上了，而且真有如慈母一般的，他是在那里轻轻的替他抚理着他蓬乱的头发。是的，这不知要怎样说才好，亡友的嘱托，以及孰令为之，孰令致之的呢？若果自己不介绍他到 T 地来，又怎样呢，那这场悲剧，岂不也是无从演起了吗？而且若果能于青年朋友的身上，真正有所补益的话，而自己又何惜于将自己的旧创重抚呢。于是，在当夜，沙宾君于温语缠绵中，便开始的向他述说起，他以下的一大段故事来了。

　　自然，这与博夫君当时的痛苦的心情，虽不能说马上能有多大转移，不过沙宾君之所以为沙宾君——这一个虽然时常脸上都带着笑容，然而常常都被人称为独身论者和怪癖论者的沙宾君，其从前的经过，就事实而论，也确是如此的啊。

二

　　至于关于沙宾君，他所经过的历程，直算到此刻为止，在他既已经将近三十六岁的岁月中，说起来自己也是那样的简单。他，正有如一般在有书香味的中产阶级的人家中，所生长大的小孩一样，从小即微微的带有一些纨绔气。不过自从"五四"以后，他便鄙视着旧习惯，旧思想，而且从其中解放出来了。他因为迷信着当时所盛行着的，"智识万能"，"自由神圣"，和"打倒旧礼教"，"推翻旧社会"，等等极其广泛的空口号。于是他便由自己的本乡而省城，由省城而上海，又由上海而北平；如此辗转流动的留学着，大约已不下有七八年之久。固然，他当时是用着求学的美名，以接受着家庭里的充分的供给。不过，由于他既然天生来便充满了热情，幻想，反抗和怀疑的性格中，而又处在当时那样的糊涂卑劣的教育制度之下，所以无论他是怎样从甲校跳到乙校，或者由乙校跳到丙校，而至于丁校戊校，然而到底来，他却甚么也不曾得到一点。而在这许多年中，所堪差可自慰的，即是在他努力自修之下，尚还能以达到外国文勉强能以读书这一点而已。

末后，因为一位朋友的相邀，——这即是已故世的博夫君的老兄——和他更远有一位堂妹，正在北平的某高级中学肄着业，于是他便转到了北平来。而且更因为他历年来的生活过于流转不定，和对于学校的根本失望，自己实在需要安定一时，不再迁徙，因而在这一大座灰暗，浩大，可以行藏自如的古都的中间，于是他也就寻到了他自己的避居之所，安安静静的在这里，享受着他自己的书斋生活。他只记得自从那时起，一连有三年多之久，他都是和博夫君的老兄同住在一个院子里，大家一块由外国去订购书籍，大家一块儿的阅读它们，除了假期，或春秋佳节，偶尔的到公园里去走走之外，其余的时间，他们的精力，一例的都是向着各种伟大作家的身上用去的。

固然，在任何一个青年人的心里，有时候，总不免要为一些寂寞，伤感，怀疑，渴望，等等莫名其妙的情感的暗潮所袭击着，不过这究竟是属于暂时的，虚幻的，和无关于实际的空想而已。所以流年之于他，虽不能说一平如水，一滑如油，而却总也可算得是一顺如风，一酣如梦的，便自行往下渡了过去。

如像这样的，一直到第四年的夏天为止，自从他一接到了他家庭破产的噩耗以后，他才从和平的酣梦里被惊醒了起来。因为在不久的将来，他就不得不向外面去自觅生路了。而碰巧恰在这时，他在他的堂妹处，又得与B女士作为相识。自然，生活的由于机遇而急转直下者，这在人世间，本来就只能算是一件极其平常的事情，而何况B女士当时所给与他的希望和勇气，比起他行将加入社会里去，为生活而浮沉，而战斗的不幸的遭遇，更要伟大一些呢。是的，他觉得他自己的此时，是确实的坠入于恋爱之中了，这真是多么的幸福啊，而且幸福在年青时，总是那样的简单和容易满足，为着自己为时正好的青春，为着这一个皮肤皙白，身体不很健康，说起话来，因为生长江南的原故，老是爱将"我"读为"襖"，"脚"读如"家"的，初次才从外省来参加都会生活的可爱姑娘。

而且从她穿着总是不出乎爱国布，自由布范围以外，和对于物质的享受，常是带着一种"哼，这能算甚么呢?"的那种不辨其果真出于反抗，或者由于羞怯，而清贫自赏的态度，这在素常即以奢侈著名的H大学中看来，又是何等的令人觉得有飘然出群之感啊。她同他的堂妹，是同时考入H大学的，由于他有时去找他堂妹闲谈，所以他们才能很快的成为相识，而且他堂妹之所以称赞她，也正因为她朴素的这点；虽然在另一方面，她却又批评她，以为她太无个性，和实在过于"阴柔"莫测了。不过，这在沙宾君又有甚么关系呢，她在他的眼中，完全是个十分爱娇，和女性十足的优美的典型。而何况当他对她谈Byron, Shelley, Maeterlinck, Turgenev, 和谈王维，杜甫的诗歌的时候，而她却只是用了她那戴着金丝白边眼镜的眼睛，来静静的望着他，而更似乎很能以了解他似的，在向他加以微笑呢。是的，如这样一对近视的很深的眼睛，用来加在B女士的温柔贞娴的脸上，这更足以现露出，她的身份是何等样的幽静，和何等样的安详来。但总而言之，沙宾君觉得他已经寻到了他自以为是好的，可爱恋的，和可以安托自己情感的对象了；所以到那年，在他初次出外谋生的旅途中，他发现了他自己，竟至会眼泪婆娑的，到火车已经过天津时，而他的眼泪也还是流个不曾止息。

第一年，第二年的光阴，都是如此的过去的：这正如一般坠入情网中者，所谓"夫子自道"的景象一样，他觉得他自己完全是在过着所谓"腾云驾雾"般的，既甜蜜而又昏朦的，微醉似的生活——他们由信函中谈天，思恋，爱慕，有些完全香艳缠绵得几乎是旁人所绝对不能寓目的字句。而且在每月之末，他更从他的薪金中，抽出一大部分的钱来替她寄去。因为他们在认识不久之后，他便明白了，她之所以出来读书，完全是违背着家庭的意见。所以经济的来源，绝对是不会再有希望的。自然若果不是为着一个爱人的原故，而去工作的话，这工作于他，又是会变得何等的厌倦，而且毫无意义的啊。因而，到月尾，当他将挂号信一发出去之后，他便总是爱找到一位较为熟习的同事的房里去，如像这样的向他牢骚一阵和感叹一阵："感谢上帝，我们也总算是工作过了！我们所得的报酬，虽然是那样的微末，不过这总算是由于我们自己用劳力和心血交换得来的东西，一点一丝儿也不苟且含糊！所以依我想，若果能得到我们的帮助和供给的人，他们也一定是能以感觉出我们的劳力和代价，都是何等的高贵，而且是何等的出于辛苦的！"自然，他说这话的时候，在表面上，虽不觉故意的要微微的露着一点愤懑不平的神气，但其实，暗地里，从他的心底里，却不禁的已有一种欢欣自满的情调，从那里泌泌出来。"你睡罢，我是曾经生活过了，而且现在也还是为着自己心爱的人在工作，在欢欣鼓舞地往前生活着。这不是件事实吗？人生实在是应当如此生活的，恋爱，快乐，工作。而且光明也就在前头！"虽然在另一方面，他又想如斯的去向他人叫喊一遍，不过在表面上，他却仍然是故意的带着颓唐的神气走了出来。

然而在这种如迷如梦的情景里，难道于情海的浮沉中，就从不曾有过一二次微微的波澜掀起的吗？是的，若果说，"有的"的话，那便一定是在寒暑假里，他们得有较长一点见面机会的时候了。固然，每逢到他们得以相聚一处时，他总是抱着一种"但愿天下有情人都成眷属"的心情，去为自己庆幸着，和为着普天之下的一般有情眷属祝着福。不过，在事实上，有时间，由于一些突然而生的不快的事件，却仍不免偶尔的要在他们彼此的情感间起着作用。譬如说，因为对于一本翻译的外国名著意见的不同——如为着《玛加尔的梦》和《女王的水土》这两本书，他们就曾经起过争端——或者对于眼前流行着的恋爱事件，所持态度的各异，甚而至于对于一个电影明星批评的不相符合，如像为着这一些小小的节目，都竟至会成为他们冲突的原因的。并且因为年级的增高，而同时 H 大学的浮华奢侈的校风，也似乎随着时日的激进，亦慢慢的可以从 B 女士的身上，寻出一些痕迹来。例如，每当说起话来时，如总是爱带着一种，"是吗？可不是吗？"的那种故意做作出来的爱娇口吻；或者连说笑带认真的，竟称男朋友或爱人为她们的"高等听差"；有时从外面进来，甚而至于很骄傲的坐在椅上，故意的将脚翘了起来，指使着他说，"替我掸掸土罢，试试看，可会吗？傻瓜！"诸如此类，虽堪视为奇异，而当两人情爱正在浓厚时，却又似乎并不足视以为奇的，可笑的恶习，除了为 H 大学所特有的风气所传染而外，在其他各处，真可以说是绝对的不会再有的了。

　　此外，在他的性格中，他渐渐的又发现了两桩，为他从前所不曾意料得到的事情来，这即是，第一在他心底里，似乎时常都存在着一种只有"利己"才能以往下生活的观念。第二便是在她的一切行动中，又似乎一例的都带有一些近于"矫情"的气习。譬如说，当他知道她因为学校的伙食不好，明明正需要这一餐丰腴的饭食时，不过在未进餐馆之前，她总是要很厉害的加以一番反对的，有时还会说出素食是怎样合于她胃口的种种理由来。但到入座之后，她又往往吃得比任何人都多。又譬如说，无论在大街上或闲谈中，举凡被她所注目过的男子，和被她所称赞不已的同学的爱人们，由于沙宾君历来的经验，归纳得来的结果，大都可以说是一般体格魁伟，赳赳武夫者流。然而在表面上，她却又很固执的自认，以为她之所以爱他，完全是因为他的体质柔弱，和态度温文的原故。而且这种柔和的体态，也正合于她理想爱人的标准和典型。自然，这一小点，虽然不免有些近于矫揉造作的现象。然而，若果再一从实际上着想，这岂不正可以当做她的对他的热爱的一种表示或解释吗？而且人世间，要求一个品格毫无缺欠的人物，纵然在悠久的历史上，为数也并不多，何况求之于组织不很健全的现代的教育制度下的女性之中呢。所以在这往常即以沉思默想，柔和多情自命的和事事都主张让人三分的沙宾君，不仅不会如一般少年气盛者流，对人要求过分，而且即使于偶尔间，她曾经给予他一些不情不理的伤害了，但在富有浪漫情调的爱情的面前，他也是可以用着许多热情和幻想的理由，来将一切不如意的事实，加以解释或粉饰的。因而，每逢从假期的开始，到假期的末尾，他不特难割难分，如痴如迷的，不愿稍有一点使她难过的事实来向她表示，而且还要将在这一半年以内，她所需要的衣服器用等物，一律的都替她预备整齐——就甚至于化装品也都包含在内——然后才肯同她离开。

自然，计算起来，这突变的显现，不觉已经是在他们相识以后，第四年的寒假期内，所发生的事件了。那时沙宾君，正同往常一样，是从外面很辛苦疲乏的跑了回来。在他的满含着热望的心中，以为火车一进前门车站，就自会见着有 B 女士的倩影，从人丛中挤了出来，向他极热烈的表示欢迎的。不过这一次的惯例，不知为了何故，竟至是被打破的了。而且在他当夜将住所安插好后，再向学校一通电话，他以为 B 女士一定会马上的出来找他，不过，事实上，却到了次日的中午，她才姗姗的，从他的卧房外跨了进来，并且在他们见面后，谈话还不到五六分钟之久，她即向他劈头的提出，于一二日内便非得回转故乡去，"去找她妈妈"的种种理由来。而且从她的语气和态度之间，所表现着的意味，真可说是有些"阴柔莫测"了。

"难道你不能等到明年暑假时，毕了业后，再回去吗？你看，我因为想看看你，所以才天遥地远的从南方跑了回来！"这是沙宾君将由于迷疑，气愤和伤心所组合而成的情感，于按纳了又加按纳之后，所发出来的质问。

"为甚么呢，到明年暑假时，我们再好好的见面，再从从容容的玩玩，岂不也是一样吗？你看，此刻家里接二连三不断的来信，真正催得人心烦得要死！反正在毕业之前，无论如何，我都非得回家去一趟不可的。而且妈妈想我，我也想妈妈。因为我们有三年多都已不曾见面了。所以一个人不能专因为一时盲目的爱，便将家庭的一切，全都抛弃掉了的！"

她说这话时，一面很安详的端坐椅上，将她叠放在膝盖之上的一只穿着黑色的丝袜和黄色高跟鞋的脚尖，微微的翘动着，一面又将双眼呆呆的注视地上，仿佛想要从那里找寻出一些理由和答案来似的。

而且这时，沙宾君从她的裹在了极其漂亮的，毛茸茸的狐皮外套下的全身轮廓上，才陡然的警觉着，她在近一二年间，所起的变化，又是何等样的现得浮华奢侈，而且已经纯然的趋向于物质化呀！此外，从她的老成练达，除自己的本身的舒服和福利外，几乎对于一切，全都可以漠不关心的态度上，再加之以她老是将我读如"襖"，家读成"脚"的南方式的北京官话的语调中，这又适足以陪衬出她所用的口吻，是多么的既斩钉而又截铁，仿佛在其中，真具有一种韧不可断的力量似的。于是，这使得沙宾君他自己，不能不陡然的为之大吃一惊，而且登时的从头顶上，一直传达到脚底下，都不觉自行发麻发冷起来。

"那吗，你前几年在做甚么？你为甚么不去，'找你的妈妈'呢！"虽然想到口边，不过却不曾将"到你缺乏学费时"这几个字说出口来。

"我吗？这不都是为着你吗！你每年都死拉着我，不让我去。不过现在，可就有些不同了；纵然是一个三岁的小孩罢，但总会有他自己一旦长大起来的时候的。我想，你不用再向我讲那些臭道理还好一点，不然——"

"好罢，好罢，随你去罢！我知道，你只差一年就要毕业了，现在不需要任何人的帮助，你都可以自立起来了。这还有甚么可说呢，你去吧，找你妈妈去罢，自由去罢，独立去罢！不过一切都自会有良心做主的！一个人得自己有点良心！"

"得啦，得啦，杀人偿命，欠账还钱；你不要以为我花过了你的钱你便可以随便的要挟我。其实，我花过你的钱是有数的，一年一年的都可以算得出来，到将来等我有职业时，就一定照数还你，不过在现在，可不要这样小气，现得自己丢人！

"而且到了现在，我还要请问你一句，就是你从前之所以帮助我的原故，不知是出于我自己的请求，还是出于你自己的自愿呢？……对啦，对啦，没有话说了罢，反倒好意思大吵大闹了起来，真正现得自己是那样的抛脸，丢人！"

"你对，你对，不用再多费唇舌了，一切都自会有天作主张的！你去罢，在那里自会有你的宝贝妈妈等待着你的！而且有本领的，以后就不用再回北平来！"

"回来又怎样呢，北平又不是你一个人的北平！我犯不着因为一点屁大的理由，便同这样好的一个地方，完全断绝。好罢，现在就一言为定罢，若果谁再去找谁的话，谁就不算得是人！而且连狗曩都不如！"

是的，在她急口急舌的一气的将这话说完之后，虽然脸色有点苍白，态度都还是现得那样的傲岸，傲岸得真有如一个使气的公主一般的，她竟立起身来了。随后，于一瞬间，她更如一阵旋风似的，即已走出了房门，而且就连"再会"也不曾留下一声。

这时，只剩下沙宾君一人，真好像猝遭瘫痪，猝被棒击似的，他一人颓然的横倒床上，过了许久，都还不能抬起身来。

日子是这般一天一天的过去了。固然，在起初沙宾君仍不免是要在那里存着希望，以为正同于往常他们所有过的言语冲突时的现象一样，若果理屈在于她的方面呢，（若果屈在他方，他也常常如此）她便自会翩然的找到门前来赔礼的；不过第一天第二天已经白白的过去了，而她却依然渺无消息。这真不能不使他有些惊诧和疑虑起来了。难道这就所谓"决绝"了吗？因为当她临去时，他已看出有一些冷冰冰的东西，是曾经在她的眼睛里流动着。而且由流动一直的注射到他的心里，使他无论如何，都是不能将这些冷冰冰的印象忘掉的。为着要明白真相起见，于是他便到她们的学校里，去拜访他的因为意见不合，——而大半却还是因为他的恋爱事件——已经有许久许久都不往来的堂妹，探听一下。自然，从事实上看出来，这突变的起源，又是何等的发展有序，明了而且简单啊。第一，她现在已经回家，不再住在学校里了。第二，据他堂妹说，她在两年以前，即似乎早已变了心，只是因为事实的关系，所以不能不同他勉强的敷衍着。（自然，这于她，也是十分的感觉矛盾和苦痛的。）因为从她的口中，很早的她就听见过，有着这样的一些从她心底里所发出来的抱怨和不满的话。例如，若果一说到他的对于女性的不善于故意去贡献种种的假殷勤时，她便称他为"大傻瓜"；再一谈及他性格的遇事认真，而且遇事执着时，她便称他为"大笨牛"。而且有时，她更明白的对她的朋友宣言过："我不需要这种男人，优柔寡断，不男不女的。而且他所给我的，又都是我并不需要的东西。宁为英雄妾，毋为庸人妻，一个舞文弄墨的烂教员，他对于我的前途，能有多大好处呢？至于他的学问好，有知识的话，那我又不听他的讲，不是他的学生，这对于我更可以说丝毫没有关系！"而第三，她在此刻，已经另外有了朋友了，这即是她所任家馆的主人家里的弟弟，（这些事，在事前，自然他是丝毫不曾知道的）。一个体格魁伟的，某高级军事学校的教官。并且为她自己的将来计，她似乎早就有了打算了，因为她在近一二年来，无论在学校里，或社交上，都是非常活动的，而且也能从各方面得到相当的成功。

此外，他堂妹还告诉他：她实在是个多么不适合于他恋爱的女子。而尤其是在近两年来，她自己本身所起的奇奇怪怪的变化，更非一言之所能尽。甚而至于他所买给她的颜色素净的上等衣料，她都拿来只在学校里打着粗穿，因为当她出外时，她所喜欢的都是那些浅红深绿的衣衫。有时她还同着她一般不三不四的朋友或同班到戏园里捧角去。好像对于某一男戏子，她还似乎曾经很疯狂的着过迷，甚而至于坐在楼上的最前一排，将两只赤裸着的手腕，高高的举了起来，在那里很激烈的鼓着掌，至使得满座都不禁为之哗然。"四哥，死了心罢，如像这样一个趣味卑下，性情凉薄，心里，只一味喜欢矫揉造作的女子，又怎能以同你合得来呢？而且自始至终，都只有她对不起你，你却并不曾有丝毫对不起她的地方。正因为事实如此，所以结局虽然惨淡一点，不过我们也大可以问心无愧了。"这是他的那位思想已经有些倾向于某种主义的堂妹，对他所说出的话；而且到末尾，她又补上了几句说："四哥，你从前对于恋爱，实在是太过于理想，和太过于将女子浪漫化了！你以为天下女子全是如天使般的好人。全都同你一样的，既单纯而又优美天真。而其实大谬不然。自然，从她们所需要的东西说出来，虽是那样的简单，——充其量，只不过是羡慕荣华，贪图一点物质上的享乐，和在这两点上，打着圈子，如是而已——不过自她们的心理上表现出来的，又是那样的复杂。所以若果你一旦误解了她们的嗜好和心思时，无论你是怎样真心的爱她，在她也是毫不感激的，而且甚至于还会恩将仇报呢。因而，一个人对于自己恋爱的对方，有时候也非存点戒备的心眼不行。不然，用你的热情所换来的是甚么呢？只不过落得这样一点苦恼的结局罢了。这一切却都只怪我一人不好，明明知道 B 已变了心，而又始终迟疑着，不曾早早的来向你说明。不过，事在当时，又教我有甚么方法可想呢？我想你一定是不会相信我所说的：譬如说，为着对于 B 批评的不同，你看，到后来，我们不是见面时，连开心见肠的谈话的机会也都没有了吗？不过，不要紧，四哥，你此刻得强硬一点，给她一个一刀两断，因为勉强的要求一个与自己相合不来的女子，硬混在一块，实在是毫无意思的。普天下的好女人正多，何必非她不可呢？而且普天下的女子，也未必尽都如她那样的凉薄，负义而且忘情！……"

是的，说起来虽是那般的容易，"强硬一点，给她个一刀两断！"而且就在沙宾君的心中，于愤怒悲痛之余，也未尝不作如此想，但是为着追念前的种种旧情的关系，所以当时，纵然是自己处在 H 大学稠人广众的客厅之中，他亦不免成为痛哭失声，泪流得不敢仰视，如像那样一个可笑的人物！

三

于是，从此以后，沙宾君便永远地离开了北平。但若果要问他，他是否曾经如一个狂人般的荒诞，苦痛，和于白日间昏沉，于深夜里用眼泪去遍洒过枕头？或者只消失在大道之上，见着一个女子的衣衫和背影时，他便立刻的将 B 的印象唤了起来，而且心中即如被刀刺般作痛过和发晕过？有时纵然在扰攘的街市中，洋车上和电车上，他可也曾如狂病者般的，将骤然遇见了 B 和即将 B 紧紧的抓住不放的心思存想过？此外，他可也曾，甚而至于将一封封充满了血泪，怀恋，哀求和伤心的信函，写好又复撕掉，或寄出去又复后悔；而且在事实上，从来也不曾得到一次回音过？是的，无可讳言的，这一些，于头一二年间，差不多真可以说是，将他自己整个的时光和面容，全都如身处炼狱般的，消耗成苍白，荏弱，和奄奄一息的资料的啊。于是，就在这一二年中，他已觉得无论在他自己的心情上和外貌上，不禁的都衰弱老大了，至少已有十年。

而且有谁曾经由青春期，骤然地跌入于中年的吗？这正如一棵未接受过炎炎夏日阳光的培养抚育，便深入冬令的小树一样，于这种猝然变得寒冷萧条，和荒漠万状的气候之中，在他自己生活起来，又是会觉得何等样的寒颤瑟缩，和空落落的茫无所主呢？所以从此以后，沙宾君是由于苦楚而寻思，由寻思而疲乏，由疲乏而麻木，由神经麻木，而思想竟得有转机，这正是在痛苦的历程中，所必经之路，而且也正是沙宾君对于"自然"，和对于"遗忘"，这两种天然的治疗法，所应当加以感谢的。

"是的，朋友，我觉得我自己是赌输了！我是将我自己所有的全部生命，放在一个不值爱的女子的身上，孤注一掷的，而至于全盘失丧了？你看，在这六七年内，我所耗去的是有多少的心血和光阴！而那些，举凡我所身受过的一切痛苦，还要除外。不过，一个人到自己的灵魂和理想，都已全体破碎时，从那时起，我想身体之余他，才是十分需要的。因为活着固然无聊，而故意的去死掉，或者故意的去折磨自己，使得自己老是不生不死的独自受苦，也是不能让人觉得佩服，所以依我想，在一个曾经饱经忧患的中年人，他才真正的能以明白，自己为甚么要活着，甚么才是他生活的意义，甚么才是人类真正的悲苦和欢乐。而且到那时，他才更能以明白，对于人间的一切，同情与冷静，这两种不同的心情，更确实的是怎样的一种况味的。"自然，到能以用着这样安静从容，半含悲苦半露自慰似的口吻，将这句话对朋友说了出来的沙宾君，那时，他大约是同 B 女士，自从诀别后，已经有三年以上时光之久了。

　　此外，从他的堂妹处，得以知道的关于 B 女士结婚后的情况，又都是一些不幸的消息。因为他知道了她与她的那位伟人似的英雄，性情依然是十分相合不来。而且那个男子，关于性的方面，更是怎样的蹂躏她，使她的身体竟日甚一日的败毁了下去。有时，有从前熟识的同学，偶尔的见她一人在街上步行着时，身体只是摇摇晃晃，好像有些站立不稳似的，此外，因为生育的过繁，也是使她的生活成为不幸的主要原因，于是为着这，益使得沙宾君对于人生，恋爱，结婚，家庭，等等事实，更加幻灭和悲观起来。"人，人为甚么要活着呢？上帝之于人类，岂不是专要使他们受苦受难，而才创造的吗？大约一个自私自利的人，结果也很难于使自己得到幸福的，因为举凡人间所有的最高，最美，和最优良的感情的一部，在一个自私自利者的心目中，大约都早已不复存在了，如像这样的一个人，无论在人群中，家庭里，或者将来就在上帝的面前，恐怕都是很难得到原谅和宽恕的呀！因为一个只顾自己，对于一切责任，一点也不愿负责的人，而其实，在人世间完全孤立着，等于毫无所有；有一个无论怎样，也不能使其自己觉得满足的人，而其实在人世间，等于毫无所得，在 B 之为人，和她自己对人所要求着的态度上看来，岂不是属于这一方面的吗？是的，想起来真正可怜，B 既然使爱她的人受了痛苦，而终归自己不见得能以快乐。到结果来，还同于为她而受苦的人一样，是只落得个痛苦和空虚！"每当他一想到这些时，在他自己的心里，所感觉得的，真是有一种说不出来的哀感和心伤，因为他觉得，这不仅是单属于他个人的，差不多可以说是同属于全人类的。所以代替着他"赌输了！"的思想而起的，除了忍苦，柔和，平静，安分，原谅，和对于人间，事事都抱着无可无不可的心情去接受一切而外，在他，是毫无所有的了。

但若果要问道，在每日中，他可也曾有着最忧郁，和使得他自己最难过的时间的吗？是的，如果说有，那必定是在每当清晨起来，或者黄昏日落，这一些日头日尾，大都可以使得一般任何一个孤独者，感受到"生活日艰，来日方长"的普遍哀感的时候了。"沙宾，你为甚么脸色老是这样苍白，身体老是这样衰弱呢？你不是早就决定着，要忘记一切，原谅一切，和预备着于可能范围内，要尽力的使得自己健康，愉快的吗？现在，一个健康的身体，才于你是何等需要的啊！'心病'，实在是无药可医的。但无端的忧郁，又有甚么意思呢？所以，此刻，你真非得顾全一点你自己，和将过去的一切，全都忘记不可了。'爱情'？固然，每一个人在他的生命中，都应当用一点爱情来作为自己的雨露和润泽，但是这一些，在你现在，岂不早已成为过去了吗？而且为着这，它又曾经何等样的曾给予你一些过度的伤害和摧残呢？所以不仅爱情，就连'女性'二字，你现在也应当完完全全的，将它从你的脑子内，驱逐净尽才好啊！"当他每一想到这些时，他就必得对着自己，如像这样的自述一遍，和自慰一遍，然后才肯罢休，而且有时也曾为之流泪满面过。但他究竟是在为着过去而哭泣吗？或者是在为着将来哀悼呢？自然，这除了正同他面对着面的明镜，和黄昏时行将落土的窗外的血红夕阳之外，可以说是谁也不易辨识的了。

四

"沙叔，妈妈请你开话匣子去。""等一等，就来啊，阿葵。""督督（即叔叔的讹音），快下来，小宝要你！""知道啦，小宝，好孩子，督督就来。"他只记得那是他恢复健康以后，已经在 S 埠的某一中学任课，而正寄居于他从前的同学 L 君的家里，大约已不下半年以上时间的事了。差不多每天都是这样的，若晚饭尚未上桌，黄昏又早已来到，而他还不曾走下楼去时，于是那一对平时为他所喜爱的 L 君的小孩，就会这样高声的在楼下将他呼唤着。自然，这一半固不免为出于他们父母的暗示，而一半却也是出于他们的自动，因为每一到黄昏，当他们的母亲，要到厨房里去忙碌着晚饭时，他们便自会因为寂寞而想念起他来的。若果再一往下延迟以至四五分钟之久，尚还不曾见有他下楼的动静时，接着于"得……得……得得"的一大阵细碎的脚步声，爬上了楼梯之后，于是那一个圆脸大眼睛，微微带着点野蛮气的尚不满五岁的小孩，小宝，即出现在他的面前了。而且他更会立刻极勇敢的跑上前去，拉着了他的两手或衣襟，连扯带拉的叫道，"督督，下去，走！走下去玩玩去！"此外，那一位因身体过弱，而脸色老是带着一种 Sentimental 神气的阿姊，则只是怯生生地站在一旁，好像除了用她所特有的一对惊异和疑问的眼光来望着他外，便别无他法可想似的。自然，无疑的，她实在是希望他能以好好的去抚慰她一下，而且将她的弟弟抱了起来，一同去到楼下去的呀。"乖孩，来来，督督抱你。阿葵，你带头走，真是，谁也不会比咱们阿葵更乖，更懂事的。到礼拜天来，叔叔一定带你们去看电影和逛公园去。"

随后，在楼下的一间小小的客厅里，便有一大阵"Long, Long Ago"，或者"Oh Maria"的唱片声，和着小孩们的跑步声和哗笑声，在黄昏时的沉闷的空气里，欢腾起来了。再随后即是晚餐。而且无论是在晚餐的桌前或食后，他的时间，差不多都是在同主人和主妇的极含有温情和友谊的谈话中，度了过去。是的，这在他又是何等的应当加以感谢呢：为着在这样的一个黄昏中，而又得遇着如斯温存体贴的一对佳主人。不然，他纵然竭力的想恢复他自己的健康，恐怕也绝对不能如此迅速的吧？

而且，在人世间，一个人若果想要于不付代价的，还能以获得良好的报酬时，这样的事，恐怕只有超人间才能遇见的了。所以依照着沙宾君的欲求与主人谋妥协，必先要得有内阁的赞助，然后才能成功的定义。因而，他无论去同任何已有室家的朋友往来时，第一在他所视为重要的，即是在预先研究着，用着何种方法，才能以博得这一家之中的太太们或小姐们的欢心，从这一点上入手去做。自然，这时他的对于 L 夫人的态度和方法，也自是不能算为例外的。而且就事实来说，他觉得他自己此时的对于一切女性的意味和心情，又是何等样的忧伤柔和呢，几乎可以说，忧伤柔和得至于既无所赞美，亦无所反对之境了。他只记得在从前，无论他在任何女性的面前，他都是那样的羞涩，几乎连抬起头去，仔细地看她们一眼的勇气也都没有。不过到现在，可就有些不同了：他觉得无论何时何地，他都敢用着半含悲酸，半含疑问的眼光，去静静的观察着她们，和研究着她们所有的一切举动言笑。而且有时，还更一直的望到她们的瞳孔中去，因为在那里，她们所有的一切情感的表现，是不能撒谎的，"是的，她们需要些甚么呢？一般的男子，所能以给她们的，又是些甚么呢？而我又能以能给她们些甚么呢？人间，可悲，可怜，而又复可惧可怕的人间，难道就只有这样下去了吗？一切古昔的浪漫情调，大都从现代的一般女性的身上，完全死尽了，而只有让'事实'来管理着一切！好，事实！一切都只有事实！"他一面固然不息的在那里观察着，和反问着，为一些莫可奈何的哀感所袭击着，而同时，一种被他人所误认以为和易可亲，和乐天知命的微笑，也就日深一日的，在他的脸面之上，开展起来了。

固然，有的时候，为着一些季节的重压的关系，或者是由于他自己必不得已的，去向着某一位女性贡献过一点毫不沾滞的殷勤之后，而从那里得到，"可怜，如像这样一个温存可意的人，为甚么也不会得到人爱呢？"的那种神气或叹息时，——在 L 夫人方面，他就时常的得着过这样的称赞——在他自己的心里，不免要暗自伤感一阵，和扰动一阵，不过，这一些，从他自己的用以对待他人的如绅士般的表面上的温和的微笑，却依然是毫无妨碍的。而且还可以说，在他的心中愈加哀感，而从他表面上所表现出来的，是愈加温和、礼貌，而且近于自然。

"人不是专为要同人吵架，或者是专为要伤害他人，而才生活着的呀！所以我们非得将自己的悲哀掩藏起来去见人不行。笑，笑，我们为甚么不笑呢？因为笑总是比哭要好一些的。人不能自己幸福倒也罢了，但我们为甚么一定要用着自己的哭丧脸儿去见人，使得他亦都一同为之不悦呢？"真是，从一个曾经在充满冷暖不定，和悲欢莫测的人海中，所浮沉苦恼过来中年人的眼中看来，他自己所有的情感，和由于他自己的经验，以及他自己于思索后所得来的结果，难道不应该这样的吗？因而，此时，沙宾所有的，无论见着甚么人，都一例待之以微笑；而尤其是对于一般也有室家之累或室家之乐的朋友们，他更深深的为他们祝福着，愿意他们永久的得以快乐和安康，这在他，是丝毫无所矫饰的啊。

不过，因为他一向是在大都会中生活着，更因为他自来便寄居在朋友的家里，以及他所教的学校，又常不免有女生参杂其中的原故，所以有一些在当时，就连他自己亦认为莫名其妙的事件，也仍竟至会在他的身旁发生的。自然，那一些只适宜于肥沃土壤的，绝不会在苦寒的气候中开放的花朵，这对于他，从一个热情早已消耗净尽者的眼中看来，又是何等的足以形容出他自己的心情的颓废和老迈啊。而且这差不多也可以说是促成其在不久的将来，即决定了要离开 S 埠的一个主要原因。固然，依照着当时一般青年们恋爱的定律，一篇浪漫故事的起头，常用一封极平常的通信作为开始的。

是的，他是曾经接着过一封如像这样的来信了；而且，这正是出于他所教着的学生中，一个尚梳着两股垂辫的，一见着人脸上便现出有两个笑涡的女小孩的手迹。接着彼往此来的，借着研究功课作为理由，他们的通信，不觉已经有五六次之多了，就到这时，不知为了何故，这位对于人世的险峻尚丝毫不明真象的女孩，竟向他极热烈的抒起情来。"呀，这要怎样办才好呢?"他也能向她作着同样的答复吗？——一个曾经饱览人世沧桑的中年人的悲哀，固然是绝对的不会为一个年纪青青的小孩所能了解的；而且若果要如此作去，这在她幼稚的心灵上，不过使她成为一种极不正当的损伤而已。至于不管一切的去盲目地对她加以热爱呢，那不幸又早已有 B 作为他前车之鉴了。而且来日方长，将来的变化既渺不可测，更何况他此时的自己，又不复再有当年少年时的热情和意趣存在了呢。所以在他私自决定，无论如何，他都是不能这样下去的了；但若果为要避免麻烦起见，他正不妨将那一班功课完全辞去，以免得大家见面时都很难以为情。而其实，在不久之后，暑假即已来到，他更无需去向着那一个比自己的年龄和心情，都相差得太远的，在当时，只不过为自己一时的幻想所激动的小孩，解释他之所以对她冷淡的一切原因了。

其次的一小段 Episode，他所遇见的，那不觉即是在那一年暑假的中间，他已经决定要离开 S 埠以前不久的事了。这一次的背境，完全是坐落在距他们住处不远的一个外国公园里。那时因为游人太多，而 L 君夫妇又必须照料着他们自己的老是跑着跳着，一刻儿也不肯停息的一双小孩的原故，所以，他同着另外的一位女宾，S 女士，在被约定了一会儿再在饮冰室会面之后，他们便被遗落在后面了。不知是出于 L 夫人的故意，或者真正因为人多过挤，但总而言之，这一对同属于 L 君家里的客人们，是完全被孤独着，而且他们也就不得不，在公园水池边的一大丛茂密的刺玫的座位之前，已寻到了他们单独对面的机会。

这时天色已近昏黑，往来的游人们的面目，若非注意的凝视时，已不复可以辨识，只有在水池里的莲叶，尚黑魆魆的在那里簇聚着，愈加现得繁茂。那光耀特甚的长庚星，已从天边升到了树杪，而大熊星座也极其整齐的，有如斗柄一般，静谧异常地在水面上倒映着，交闪着光辉。看起来，几乎令人疑惑，这一些斗星，是从远处的草坪之内，所摄取而来的点点的灯光。这时，虽然微风不动，暑气未消，不过在空旷辽阔，花草林木配植得十分适当的地面上，所能给与人的，却仍为一种清新凉爽的感觉。而游人们复三三两两的，正向着将开始演奏管弦乐的露台的前面，流动以去；所以在水池侧近的座椅上，除了有一二对为爱情所羁绊，而喜欢清静的情人们，尚在那里喁喁情话外，可以说四周围完全是十分的静寂。

"沙宾先生，我不知道为甚么老是这样的不快乐，东转学也不好，西转学也不好。到暑假后还打算往北方去看看，但恐怕北方是会同样的没味，你说，要怎样办才好啊，就在这样优美自然的风景中，我也会陡然的感觉得那般的忧愁……"

这话的说者，S女士，为L夫人的姑表亲，是到暑假时，才从美术学校里搬出来的。而且正如一般江南女子所特有的天性一样，是一个服装时髦，态度活泼，情感不大可靠，然而从外表上看起来，确实不由得令人欢喜的可爱的姑娘。但若果依照着L君，女人们是爱 Always talk nonsense 的说法看起来，她确是这样的一个人物。不过有时候，在她同阿葵小宝们大闹大跳一阵之后，她却又会很颓唐的坐在了椅上，对着他，"若果我能以像沙宾先生那样的快活，那就好了！"如像这样唉声叹气的说着的。自然，在他这一方面，除了只有报之以一笑而外，也自是别无话说。但是在最近期间，她对他的态度，已好像有些改变了，因为不仅"如像沙宾先生那样快乐"的话不再说了，而且还似乎时时都在用着一种严肃和探讨的眼光来望着他。或许，L夫人已经将他过去的一切情形告述了她，也是说不一定的罢？而且现在，好像正泄露着自己灵魂上的秘密似的，她是在向他谈起甚么快乐与不快乐等问题来。

"唔，要怎样才能如意，这实在很难说罢。不过，一个人若果心里痛快时，那无论在甚么地方，都是一样的。"

沙宾君一面含糊的答复着她，一面不禁在他自己的心里，已经有些疑虑起来，因为这仍是"对于如像这样时髦的一个女子，她所需要的是些甚么？一个男人所能给她的是些甚么？我所能给她的又是些甚么呢？"等等的问题，在那里苦恼着他。而同时，从她身上所发出来在一大股紫罗兰香水的香味，又是何等的强烈得刺人鼻息啊。并且还可以说，这也正为他平时所最喜欢闻到的一种香味呢！

"B从前所用着的老是一种玫瑰香水，为着这，我们真不知起过几多次的争辩呢，到后来才改为Cappi，可见得人世的姻缘和趣味，都是丝毫不能勉强的。是的，我们从前，为甚么一定要专为着一些无聊的琐事争吵呢？到现在一回想起来，好像有如一场大梦似的，真乃是于空虚中，更加空虚！"当沙宾君一转念到这里时，在他的心中所动弹着的，有一种说不出的心痛和忧伤。若果挨他坐着的，并非S女士，而为其他任何一位他的朋友时，我想他一定是会伸过手去握着了他的两手，将他自己此时心中所蕴蓄着的哀感，全盘的向他托了出来的。不过他现在，却依然呆如木石般的兀坐着，沉默着，竭力的用眼睛去望着黑暗的远方，想要将他自己早已认为毫无意思的感伤，完全压伏了下去。

"你为甚么老不作声呢？沙宾先生，你可是愿意去找小宝他们去？好，去罢，我们就走可好吗？"

"为甚么刚一坐下就要想走呢，就这样静静的坐一些些功夫，岂不更好吗？你看，暑假不久就快要过去了，若果你真要到北方去的话，我想我一定是可以送你到济南去的。而且人生在世，聚散离合，生老病死，活着是一件多么不容易的事啊！所以我们每个人，都愿当快活一点才行。"

这时从沙宾君的语音中，已可以听出在他的衷心里，所流动着的感情，是何等的柔和而且感伤，而且几乎还可以说，他的音调完全是近于低吟的，和合于音乐的。到此，S女士，也不禁将头转了过来，想要用眼去观察一观察，看在他面上所现露着的，为何等样的一种颜色，不过因为光线过于黑暗的原故，所以她甚么也不曾看见。

"对呀，谁都该快活一点。而且听XX姐（即L夫人）说，你总是愿意别人快乐的，然而你自己呢，好像并不快乐。'将笑当哭'，虽然XX姐平时是这般的说着，不过依我看来，总觉这是有些不大可能。因为在我自己，无论想哭想笑，是一点儿也不能作假的。沙宾先生，你以为这是可以的吗？想要哭时反倒会笑了起来，好像唱戏似的。"

"不要瞎说罢，谁还能比得上你们这一般小孩子呢。真是，一个人在甚么也不知道的时候，那才算再是幸福也没有的了。"

"甚么也不知道？好，小孩子就小孩子罢，正因为是小孩子，所以才希望有一个大人，能以陪她到北平去玩玩才好呢。北平，北平，一想到北平二字时，我的心就好像飞了似的。去，去，沙宾先生，我们明天就起身好吗？"

"……"

只消再一听见她接二连三的一叫出了"北平"两字之后，沙宾君有如陡遭电震似的，不禁的便被痴呆着了。从表面上，他虽然依旧静静不动的，凭着椅背呆坐着，不过在他自己的内心里，却禁不住想要立刻如像这样的叫喊了起来："呀，你这个残忍的女孩啊，你实在是只知道自己，而对于别人的痛苦太漫不经心了！你为甚么一定要接二连三的提起北平二字来，重新的触着别人的可怕的创伤呢？你呀，你真不知道伤心二字是怎样写，和怎样讲的！"不过为着不要太使得别人难以为情起见——这是他历来对人的态度——自然，他不仅不曾将这些话叫了出来，而却只是在私自深深的叹了一口气之后，又另换一种柔和的口吻来回答说：

"好罢，若果你决定了要去时，我一定是可以送你去的。北平太远，不过因为我下年要到 XX 地作事去，所以我纵然不能一直送到北平，但从那里去北平，已可以说是相差无几了。"

"你不能也到北平去找点事情来作作，在那里待上一年半载再走吗？你看，XX 姐总是说喜欢你谈话，我想我自己也是一样的……"

这时，从她一大串的北方音读得不很准确的谈话中，更偶尔的夹杂着有一两声，从水池里所发出来的格格不吐的蛙叫声；而且草根土和水蒸气的气息，混合在了一块；若果不是从远处已透过来一大阵的繁弦急管，纷然大作的管弦乐的序曲时，这夜，这幽凉得几乎令人想要将一切思想全都停顿的夜，会现得何等样的宁静而且幸福啊！

"好好，好好，让我先写信到北平去找找事情再说，若果方便的话，我想，我们真是可以一块儿去玩玩的。"

沙宾君一面喃喃的说着，一面不自禁的已从坐椅上站立了起来，而Ｓ女士也就跟在他的后面，一同向那灯火辉煌的处所走了过去。至于若果要问他为甚么马上就要离开此地呢？是Ｓ女士的语音，在他越听越觉得有些与Ｂ相近，使他着恼吗？或者是因为他陡然的觉得他们的谈话，不觉已经走得太远，逼得他不能不陷入于"撒谎"之途，而使他深感到无聊和不安呢？关于这一些，恐怕就连他自己，在当时，也是不易解答的了。

而且当他们走进了饮冰室内，已经将Ｌ君的全家人找寻着时，他见Ｓ女士还是用着一种疑惑不定，和欣赏好奇的眼光，在那里钉望着他。而且就在大家一地团坐着的，用人造石来作成的石桌面前，好像想要将她自己的注视线，故意的遮掩和避闪着似的，她只是将她一张洒满了紫罗兰香水的雪白的手绢，如挥汗一般的，不住的在她自己面前挥搧着。自然，沙宾君在这种酒绿灯红，光耀非常的，繁华的都市夜景之下，虽然依旧能保持着他平时所特有的，那种温和而且礼貌的微笑；有时也同阿葵，小宝他们斗着玩笑两句，不过在他自己的心内，是多么的沉重忧郁，而且破碎不整。因为他觉得已有一种使得他非决断一下不可的思想，是在他心里悴动着的："真是，所谓伤心二字，从旁人们的口中说出来，虽是那样的轻松，不过，在一个曾经因伤心，而弄得自己对于人世的一切，深觉万念皆灰，生机尽失者看起来，一个人的一小点小点心田，可怜家，真不知又能以经得住几多次的摧残和破环呢！而且，我为甚么一定要去同女人们往来，或侍候着一个女人的色笑呢？为着恋爱吗？不啊，这样的事，除了只能在小说上遇见，和对于一般现代的聪明的青年，仅能有一点情欲的诱惑外，我相信，在人世间，恐怕已经是不会再有的了。为着结婚吗？无论对于任何一个倾向时髦，或者曾经受过一点一知半解的教育的女人，是切不可再以身尝试的。而且一个人纵然不能使得自己快乐或幸福，难道谨守范围的，在生活中，求得一点平静安适，也都成为不可能的了吗？是的，我现在非得马上离开这种烦扰的都会生活不可了，一个心怀悲苦者，而尚长久的戴着假面具，在人丛中胡乱鬼混，这实在是万分无聊的举动。好，我得立刻的就要去应 T 地的聘去，到今晚就得用快信去作覆！而且到那里后，从此一定要立刻关起门来，好好的睡觉，休息，或者读书而且工作；不然，就自己一个人闷着头寂寞，孤独，或者甚至于凄惨悲苦都行，但比起在这里装糊涂，学时髦，总要高明一些！"

沙宾君之所以去到 T 地，正是实行他的决心的一种表示的。

五

计算到此时为止，他之来到 T 地居住，不觉又已经一年以上。固然，这种离群索居生活之于他，在起初，又是何等的使他觉得不便而且深感重压啊；而且他纵然竭尽心力的，想要去与环境适应，不过在他自己天生来即与社会格格不入，而且自己总喜欢一人过活的孤独性格，也还是与人有些相合不来。但所幸的，用着他自己历年教书的一点经验，和他自己不断的对于读书的特殊嗜好，尚能将功课轻轻易易的对付过去；而且于不久间，亦竟能从学生身上，建筑起一些信仰来，因而时间和工作，也都是清闲而且宽松。

但是，因为心情的过度受伤，而至于时时无端的，感觉到一些忧郁和阴霾，这也是一桩难于否认的事实。不过，因为感受苦痛，而至于痛哭流涕，如像这样的傻事，在他现在，是不会再有的了！因为对于过去，他已经夜以继日的，虽至一点一滴之微，也都回味过，追怀过，和极伤心的抚膺痛哭过了。所以他此时，除了为功课而工作外，无论用着一卷苦味极深，和充满了忧伤情调的诗词，或者自将人世的凄惨，欢悦，恐怖，畏惧，以及同情之泪，都描写在纸上的小说，戏曲里，取出任何一种，他都是可以从其中寻到一些享乐，和一些歌以当哭的安慰的。而且，为着对付功课的关系，就教他安安静静的去研究一些干燥无味的文字学和语言学，他也是能以办到的。由于每日里的清闲午睡，和由于一个无家庭负担者所能以得到的，对于金钱的随便和浪费，以及富有充分滋养性食物的获得，这些于他此时的身体营养上，和精神休息上，都是多么的重要，而且日见功效呢。所以自从他到 T 地以来，不特在心情方面，就在他体力方面，也可以说是日趋于健康和强壮之境了。何况身体与心情这两者，又正可以互相影响，互相为用呢。

"重新的生活起来!"不仅他从前自己曾如此的暗自思索着和祝告着,就连他久别重逢的朋友们,若果在此时看见了他,恐怕也是会相信不疑的了。

　　有时因为得着了朋友们的结婚通知,或增添子女的消息时,在他的心里,不免要微微为之震颤一下,和微微的要动着一些漂泊无依的感觉的,然而,这在一个曾经饱经风波,和他从此便自命为,自艰苦的磨难中,已深得了人生的智慧,和高尚享乐的意味的中年人看来,这一些浅薄的悲哀,而其实在事实上又为一种莫可奈何的事实,又怎能以在他的心内,占据有若许大的力量和时间呢? 所以"若果我能以如沙宾先生那样快乐,那就好了!"如像这样赞叹的话,于他到 T 地不久之后,又复在他的同事间,喧扬起来了。而在他自己方面,也仍是那般温和自然的微笑着,好像他自己的生活,仿佛真现得比一切人都要快乐,安康,而且自己满足似的。

　　至于他"独身者"别号的来源呢? 那是在博夫君来到 T 地不久,很快的同 C 女士坠入恋爱,中间插进去的一段小小的节目了。有一次,因为博夫君的邀请,他们三人,于游过了 XX 湖之后,是在 T 地极有名的一家,在院子里即有一湾清泉的餐馆里的餐桌前围坐着。那时学校刚刚开学不久,虽然季节已届旧历的中秋时分了,不过在气候颇与南方有些相近的 T 地,却依然留有不少的暑意;而他那时正将他新才作成的一套薄花呢的灰色西服穿在身上。自然,他之所以如此者,也并非如一般人,于作过了许多恶劣,虚伪,下流,和无耻的丑事之后,而结果还竟至强颜的自认为"人生只不过打扮自己"如是而已;不过在他自己的心中,却时常的暗自被这样一种观念支配着——"人总是不能离开人群和社会而能生活的呀! 所以我们人,实在是不应该囚首丧面的,在人面前,处处都要表现着自己,而使得一般社会上的情感,思想,趣味,都与自己完全不相融洽的同伴者,觉得惊诧和讨厌的。"因而无论在沙宾君自己的心里，是怎样的颓唐或忧伤，不过他在衣冠方面，却总是整整齐齐，件件入时，不肯轻易使人讥为怪诞或者特别的。而现在，却不想因为这，便成为了那位急口急舌，事事都以倾慕维新解放，高自标榜的 C 女士的一些嘲弄的资料了。

"嘎，你看沙宾先生穿得有多么的漂亮！老是这样衣冠整整的，仿佛一会儿就要去赴甚么特别的约会似的。" C 女士说这话时，一半是专向着博夫君，一半又是用脸来在对着沙宾君微笑着。从她的明媚调皮的眸子中，已可以看出有一些半含佻达，半含戏谑的东西，在那里跳动着。自然，在素常即以老弟地位自居的博夫君，虽然一面也随着 C 女士的微笑而微笑着，不过从他对于他有如长兄般拘谨尊敬的口中，却总是说不出一句稍微随便一点的话语来。

"好，现在不是正赴着你们的约会吗？博夫老弟因为恐怕一人侍候不周，所以才特地的邀我来，作为侍候小姐们的一个副手呢！"这是沙宾君于莫可奈何中，临机应变的所想出来的回应。因为虽然他对于那位机伶机伶的 C 女士，平时并无多大好感，不过既然居于客人地位，所以他也不得不如此勉强的对她敷衍一下。

"作为副手？真不敢当！若果是真的话，那到 H 学校去侍候某某小姐时的正手，又让请来代替的呢？老实说罢，沙宾先生，你们的故事究竟怎样了呢？为甚么老是那般的秘而不宣？"因为那时从 S 埠来有一位在 H 学校担任英文的某某女先生，由于朋友的介绍，他们曾经解决功课上的疑难问题，而通过两次信，所以 C 女士此时才能如像推敲般的，向他这样的探讯着。

"不要说故事，这是毫无意思的，我们还是谈谈诗罢；小姐，你看'曲终人不见，江上数峰青，'和'谁见汀洲上，相思愁白苹。'这几句究竟谁好呢？"沙宾觉得有些迟疑起来了，真不知要如何答复才好，所以他才如此一面半喟叹半滑稽的支吾着，一面已不禁将一杯掺和着汽水的啤酒杯端了起来，送到了唇边。自然，在这一刹那间，他的一双不觉已经为忧伤和疑问所浸没着的眼睛，却仍然是极温和的钉放在 C 女士的光彩有加的脸面之上，真仿佛想要从那里，求得一种甚么答复或解决似的。

"得了罢，菜来了，吃菜罢！甚么故事不故事的，闹得真教人有些头昏！来，四哥，Miss C，我们都同干这一杯！"

若果不是博夫，看着沙宾君有些为难，而用着这样微近粗鲁的几句话来，将谈锋拨转了过去时，沙宾君在那一餐饭食中，恐怕是很难以吃得十分舒服的。

饭食，幸而，是如斯痛快的吃了过去，不过到了后来，不知是因为刚才的几杯啤酒，在肚里有些作怪，或者因为其他，但总而言之，关于"恋爱"，"结婚"，等等问题的谈话，复在他们中间鼓荡了起来，而同时那位谨慎小心的博夫老弟，不自禁的也加入了战团。于是沙宾君立刻，便成为一个被拷问和被诘难的目标了。而且由于他人过于诚恳的为着自己而担心，致使他虽欲唯唯否否，亦不可得，所以到了最后，他不能不将金圣叹的水浒序中，"人到三十而未娶，不应再娶；至四十而未仕，不应再仕"的几句话，引了出来，作为他自己对于结婚问题的一个概括的说明。

"为甚么呢？若果依照着孔子的'三十而立'的说法，那吗，即使人纵已到三十，也未可便名为老呢！"这是博夫老弟对他所提出来的诘难。

"沙宾先生，你明白的说说罢，老是在桌子上画些甚么让我们不能认识的字是不行的。你是不是当真以为一个人，若果到已经错过了结婚年龄之后，就不应当结婚了呢？"

因为他此时，不知不觉的，只于桌面上，用指尖在那里画着一些，"老丑"和"伤心"等只为他自己才能了解的字样，所以 C 女士才如此单刀直入的向他劈砍而来。而且在她，这一位平时即将他当作哑谜，而自己更自命不凡的新女性的眼中看来，现在算是已经捉到了一个机会了。因而她便觉得，非趁此时机去很固执的，将她自己一向心中认为不可解的闷葫芦，打开来看看不行。

"这也很难说。一个人固然不能说，错过了年龄就应当结婚；不过在我想，结婚究竟不能算为一件容易的事情——因为这并非如买一双袜子，和一顶帽子可比，不好，或不喜欢时，便可以将它一脚踢在一边。"

这是沙宾君莫可奈何的，只得用一种模棱两可的话，作为答复。

"那吗，沙宾先生，你素来就是一个独身主义者罢？但总而言之，独身与结婚，这两者之间，你二者必取其一。"

"随你怎样说都可以的，反正一个人，只要能使得自己快乐就行。"

"从这一点看起来那不言而喻的，你就一定可以算得是个独身主义者了！"

C女士一边得意洋洋的说着，一边不觉的从她的眼中，放出一种爽然若失的光辉来。这是一个在曾经将好奇心满足了之后的女性心理，才能以如此表现的。

"好罢，随你怎样说都可以，一切我都取无抵抗态度，不过饭吃完了，我们总得早一点开步，不要专因为白嘴便耽误了别人家的买卖才行。"

在当时，沙宾君就用了这样一种无抵抗的办法，才将他们这一次的辩论，告了一个终结。

自然，由于这一位急口多舌的C女士的，当作笑话般宣传，从此以后，一个"独身主义者"的别号，便自行从他的同事间，加在他的头上来了。而且，这不也是一种事实吗？无论其为独身或结婚，这除去了他自己本身一人而外，于别人又有甚么关系呢？所以从心底里，他虽然对于这个名称，觉得有些不大高兴，不过，要教他面红耳赤的，去向人加以一番更正，或抗争一遍的话，他也觉得这是一种不很值得的事情。因而，一提到 Mr. Old Bachelor 一语时，差不多在全校中，都可以说，与提到"沙宾先生"是一般无二的。

而且，真正说起来，这对于他，又有何妨碍或侮辱呢？就在他所最喜欢的外国作家中间，如像这样不娶以终其生的人，岂不也正多着吗？而中外所不同者，在一则视为平常，一则深表惊诧，二者态度之间，各有差异而已。"蠢东西，这一般无论因为一点甚么屁大的小事，都总是爱这样一犬吠形，百犬吠声般怪叫着的蠢东西，他们还有甚么道理可讲呢？不过，那一个机伶机伶的 C 女士，到后来，恐怕博夫老弟，真非得吃她的亏，和倒她的楣不行！"真是，沙宾君除了如像这样的想着，愤慨着，和预先的为博夫老弟感觉着不幸之外，更还有甚么旁的方法可想呢。而且就在他自己，既然生在了这种艰苦的时代之中，若果不提起精神来，对外界加以嘲弄和反抗，对自己加以鼓励和慰藉的话，就连他自己，即使想要好好的生活下去，恐怕也是不免难以为继的啊！

六

时至现在，时间的距离，虽不到一年之久，然而在博夫君方面所起的变化，据旁人看来，是何等的剧烈啊。可以说被沙宾君不幸而言中似的，他，博夫老弟，不仅是为 C 女士而倒楣着，而且她还更如猫弄老鼠般的，在一种忽冷忽热，既不放他逃生，亦不肯将他一口吞掉的情境之下，眼见得他，竟是日甚一日的，精神和身体两方面，都愈陷入于衰弱疲惫之境。自然，这在曾经因恋爱，而将自己的心情捣成粉碎，和因此便将人世的一切生趣，几乎全都丧失的沙宾君的眼中看来，除了衷心为他哀悼着，同情着之外，还有甚么别的话可说呢。而且，"心病无药医"，若果用着一个过来人的口吻来说，关于这一点，也是能以自己明白的。所以自从他们在那一礼拜日当天的下午，于草草的见过一面之后，沙宾君，这一个被旁人所明白宣称的独身主义者，他不仅是触景伤情的，为着自己的过去，和当前的"节日的寂寞"而悲伤着，而徘徊不定着，而且，那一个曾经将他当作自己长兄般看待的博夫老弟的，为着他正在青春时节，便遭逢着了这样剧烈的伤害和不幸，正如他自己的当年一样，他，沙宾君，又怎能以安然的坐在家里，静待着"悲痛"来将他自己的心，宰割和脔胪呢。他自从去轻轻的敲过了几下博夫老弟的房门，而不曾得到一点他的回应之后，他便从学校里溜出来了。

是的，正如同往常的许多假期中一样，差不多每一到无聊时，他即爱钻进了人丛中，和喧闹的街市里去游荡着。因为在那里，真有如投身于巨海的狂潮里，和人世间各色各种的幻境之中似的；而且借着了人间的劳碌奔波，和人世的烦扰不宁的诸现象，这是会使他觉得，他自己的生活和遭遇，纵然已可以说十分的寂寞而且十分不幸的了，但是在人丛中，岂不还有比他自己更为寂寞，和更为不幸者存在着吗？因而，从其中，他也不啻即算对于自己求得了一些慰藉和安宁；而且有时，因为由于刺激，使得他的精神和思想，立时的，都可以奋兴和活跃了起来。然而时至今日，他还能如往常般的，于人群中，将他自己的悲哀遗忘或暂时抛弃的吗？因为他博夫老弟的不幸的遭遇，他昨夜的不曾安眠，以及他自己的因假期而感到的寂寞和空虚，凡此种种，无论用着那一件，几乎都已超出了他担当能力之外。而且，就在当晚，于黄昏后，当他从一家他平时常去的饭馆里走了出来，只消在灯火辉煌的街市中，刚一游荡过了一小会时，于是，不仅在××马路中，××电影院里，老是吹奏着以招徕客人的，甚么苏武牧羊，或打牙牌，以及孟姜女哭长城等极无味极下流的调子，已使他觉得十分的难受，就连这在街心中，去他身旁尚离得很远的车水马龙，烟波尘影，以及穿红着绿的男女们，不觉亦令他大有立脚不稳，和晕眩欲倒之感了。

不过他却依然勉强支持的，在那里且行且停的蹒跚着，徘徊着，和茫茫然不自知其所往的一人向前进行着。

"头脑有些昏沉，四肢无力，大约又是机器出了一点毛病了吧？往后非多喝一点 Palatol 来滋补不行了！而且活着也即是一切，这不是很对的吗？"他一面固然是在马路侧的人行道中，默默无言的独自思量着，和缓步前行，不过到他一想到他自己近来的健康时，于是从他的因疲惫而模糊不清的脑海里，已不自禁的，便将 Pa－la－tol 这几个外国字母，极明了，极光耀的，拼合和放大了起来。而且正有如一般独身者，由于体验中，所得来的结果一样，他更又知道，过暖与过饱，或者过度的伤感和运用心思，无论因为任何一种，在在都适足以影响到他自己的当晚的安眠和睡梦的，因而他又深悔着，实在不应该在晚餐时，因为鸭片冬笋炒得极美，又加上了最后的一大半碗饭。到他一想到了这些时，一种用讽刺与悲苦所混合而成的奇异的微笑，于不自觉的，即已浮现到了他自己的嘴角间来了。而且，在辉煌的街灯之下，所照映着的他的瘦长疲惫的影子，也好像愈加的现得，既伶仃而又孤零似的。

"给博夫老弟买几块火腿饼回去罢，这是他平时喜欢吃的东西。而且在今晚上的晚餐，大约他必定也不会吃饱的罢。说起来真正可怜，老是那样哭哭啼啼的，明明知道这是火坑，而自己偏偏要呆头呆脑的跳了进去。好，他们都称我为独身主义者，我为甚么不独身呢——一个人若果真正独身的话，那才算得是个真正的英雄，而且也只有如此，才能去实行向着女性们的复仇！

"不不，博夫老弟真可怜，不仅火腿饼，就 Palatol 也得一并的给他带一瓶回去。是的呀，健全的精神，常常寓于健全的身体之中，所以我们都非得有个强健的体格不行。反正 Palatol 这种东西，无论其为有病或无病，全都是有益无损的'好，健全的精神……寓于健全的身体之中……Palatol，每日三次，每饭后及临睡前，各服一大调羹。'"

是的，当沙宾君的思潮，再在博夫老弟的身上，打过一个回旋之后，而一转瞬间，于是"五洲大药房"的几个斗大的金字，不觉的便已映入了他的眼帘了。我们更眼见得，他是从药房的门前跨了进去。隔了一会，当他再一往外走了出来，在靠近药房的门前停住的一辆洋车，也就从沙宾君的方面，寻到了他自己的买卖了。

"得回去好好的休息一下呀！一个人活在世上，除去了在年幼无知时，得梦梦然的去追求追求女性之爱而外，难道往后我们用着旁的甚么其他方法，就不能以生活下去了吗？至于生活的艰辛困难，和对于人世事实的伤心绝望，谁说不是的呢！不过伤心也总有个止境啊。怪可怜的，还有博夫老弟，他的'止境'，真不知要在何时才能以来到呢！自然，这是时节使然，真巧是莫可奈何的事情，不过今年的时节，为甚么又会变得如此的变态而且不正呢？现在，眼见得春天不觉就快要滑过了，而天气还是这般的阴沉，完全这是那般不晴不雨的。明天，但愿得明天不要再像今天的阴天，那就好了。"

沙宾君只记得他自己是半含愁苦，半带愿望似的，独自坐在洋车上，一面如此沉思默想的思量着，一面有时又抬起头去望望，四下都现得十分阴郁沉闷的天空：大约因为本年多雨的原故罢，不然，天气是不会如此春行秋令，节季颠倒的。

不幸得很，拉着他的，又适为一个老年的车夫，由于他的迟迟其行，所以等到他们刚得以挨近校门时，已听见有一大阵打珰的铃声，从学校里传了出来。这大约是到催学生们上第二次自修时的时候了。当他再一跨下了洋车之后，那两大瓶的 Palatol，和一小包的火腿饼，此时之于他，现得多么的沉重啊，沉重得几乎已到使他难以提举的程度了。不过，他却依旧将它们紧紧的亲自提携着，仿佛一松手，便要飞去似的，所以才不肯轻轻易易的便让工人们帮着拿进屋去。

自然，这一些举动，假使要让外人观察起来，会令人觉得有多么的奇异而且惊诧呢？但要再一追问他，他之所以如此者，其原因又究属何在呢？这不正是一个独身者的因神经过敏，而至于生活失却常态的一种表示吗？是的，这不仅在他自己会无话可说，即使他自己说了出来，像如此的悲苦心情，恐怕也是非我们事外人，所可晓喻的了。

然而，事实是，临睡前，将两大匙 Palatol 吞了下去之后，在那夜里，他却自幸的竟能以得到了一整夜的酣畅的睡眠。

真是，上帝，若果你真正存在的话，就请你常常的去安慰这一般，就连人生最低的幸福——食眠，也不能以得到相当享受者的可怜的灵魂。

一九三三，五月三十日脱稿，六月廿一日抄改完毕
选自陈翔鹤：《独身者》，中华书局，1937 年

丢 弃

一

黄松亭科长不日就要将他的第四个小孩虎子，送养到余太太的家里去了。将一个初生三月的婴儿，送给旁人，话虽是一句，不过这在松亭科长的一个小小生活圈子里，却须得经过一番不小的斗

争。首先得通过松亭太太的母亲"阿婆"，这老一代坚强的壁垒，其次才是松亭太太的本身。自然，阿婆方面的阻力，在松亭科长的眼底里，是不大会成为问题的，因为至多她不过只会黑着脸进走出，或者唉声叹气的对她的孩子们重复着说："乖，你们的命不好，来得不是时候，如果在国战未起以前，你们到南京来，在你的外婆的屋里，是甚么也都有的。东西，简直是吃不完的东西。我们在乡寨里有三四百挑谷的水田，还有一大片的水湖。唉，你们的爹爹就是那样的牛脾气，可惜我那从箱子里带到XX来的白花花的三千块大洋，当我们刚到XX的时候，田价还不过一白多元钱一亩。那时候如果你爹爹听我的话，将钱通通的买成田地，那里会落得此刻这般的光景！唉，乖，怪只怪得你们牛脾气的爹爹。"但关于这些，松亭科长完全可以视若罔闻，因为在他自己的心底里很是明白，举凡一切失掉"经济价值"的话语，在此刻"物实第一"的时代中，完全就等于多余。当他心里面较为轻松时，听见了这些话，他固然可以不经意的笑了一笑，如果当他心里面发烦时，他便可以端把小竹椅跑到天井里去望望天空，独自个默默地呆坐一阵。不过关于将虎子送别人去抚养的问题，果然要去同他的太太认真地提出来一商量，那却要感到十分的困难了，十之八九，她都是会用拖延或赌气两种方法来作为回答的。"嚇，你怕是疯了，把小孩拿去送人。养不起谁教你要生？小孩又不是一件东西，拿去送来送去的，还有脸提出来对人说！"这就是她生气时的回答，不然，便是这样的说道："随你的便，你去送送看，看谁要你这张口货。小孩又不是我一个人要养的，只要你舍得，我又有什么舍不得……"自然，这后者便是属于"拖延"方法的一种了。

不错，拖延政策确实是为最适合于长久陷入痹麻状态的东方人解决事体的最好方法：而且自从一发现松亭太太生理有些变态时起，他们就使用着了。"该不是受妊吧？"在回答这疑问是："也许是，也许不是，等到是了的时候再说。"然而松亭太太的肚子一天一天的膨胀起来了，一直到行动都有些不便，才不能不使她将培本小学的教员位置辞掉，休假了出来。中间松亭科长虽然也曾鼓着勇气去向医生接洽过，但大都的回答，不是"施行堕胎手术违反法律"，就是说"时间太晚了危险性过大"。但总而言之，这一切都非得松亭科长来自己想法解决不可了。

在处里面，松亭科长不能不说是有相当权威的，这从门口的卫兵每次进出都向他很恭敬的敬礼，以及办公室里的工役，在他喝的一碗盖碗茶内，茶叶放得比任何人都要多这两点，便可看得出来。而且就能力上讲，松亭先生在南京时的十分钟批判一件公事，每天批判公文在七十件以上的记录，也是他当时所蜚声部里的。所以无怪乎万事不管，而只将全部份精力集中在安乐市上的吴处长，要对他另眼相看了。"老兄办了就是，老兄办了就是。我们都是南京时候的老朋友，不是外人。还有甚么可说的，兄弟总一切都拜托帮忙！"当他去向处长请示时，吴处长总是笑咪着脸，把公文一眼也不看，便退还给了他。

就在虎子刚要出世的前五六天，吴处长在这时候恰新娶纳下一位小星，因为近些年来，虽然吴处长同松亭科长是同样的在流亡之中，不管他们的境况是怎样的一个愈变愈白胖白胖的，一个却一天一天的愈加黑瘦了下去，不过关于膝下犹虚这一点吴处长却总嫌有些美中不足。"我们同老吴的情况，实在太不相同了。一个想生的不生，一个不想生的偏偏要来！"松亭科长每每一听到他妻子这样的口吻时，就感觉特别的忧郁而且不舒服。此刻，正当吴处长有纳宠之喜，而松亭先生又筹集生育费毫无着落的时候，于是有一次松亭科长便将他妻子的"一个想生的不生，一个不想生的偏偏要来。"的议论，当面向吴处长感叹起来了。"怎么，大嫂又有了吗，我平时说的话不错吧，坐一个月的办公室，还不如三天两天的跑一趟安乐寺。像咱们这样芝麻大点的机关，真正还不如安乐寺上一个穿草鞋的经纪人的收入。……"他一面说，一面用手从西服的内袋里将钞票摸了出来，随手拈下四五帖，交给了松亭。"给小侄儿添两件新衣穿穿。"吴处长是这样很大方的说着。

二

生育费是这样顺利的解决了，而虎子的降生，比起这些来却还要显得容易，不等到所请的产科医生跨进门来，婴儿便早已经呱呱堕蓐了。不管阿婆是怎样喜笑颜开地说："又是一个儿娃子。"但在松亭先生在心底里，确一星儿欢喜之情也没有的。自然，他的三个大点的小孩——第一个七岁左右的男孩珉，第二个六岁左右的女儿琼，第三个四岁左右的男孩鋆，却沾光地因他母亲的生产，大大地饱吃了几顿炖牛肉或炖鸡汤。他们简直是放大肚皮的吃，同他们的母亲抢着吃，有两个因为吃多了，还竟至拉起肚子来，而松亭太太却放纵着他们，而且还带着怜悯的口气说："孩子们也真可怜，许久都不吃肉了，一看见肉，就好像命也似的。"因为母亲乳汁的缺乏，他们竟不得不用牛奶以作为代替品。松亭科长曾去访问过学医的朋友，据回答说："由于母亲生育的频繁，和营养的不足，每每生育到第三四个小孩的时候，母亲的乳汁总是会感觉不足，这是毫无办法的。"他们因此每个月就非增加一千多二千元左右的牛奶费不可了，这在他们此刻的状况里，不能不算是一种打击。

虎子的体质是苗壮的，从眉眼上看来，比他的哥哥姐姐们还要现得清秀可爱，正因为他啼哭的声音特别宏大，有点近于虎声虎气的原故，所以他们给他取了一个"小虎子"的小名。但自从满月以后，这个小孩虽然每天都吃得很多很多，时常不等到固定的吃奶钟点，他便张大着嘴，东咬西咬的去找寻奶头了，不过在身体发展上，他却并无多大进步。又据学医的朋友说，此刻的牛奶是掺水得过多了，所以纵然是对于婴儿，也不能照已往般的份量去对上开水，最好是用此刻所谓的纯牛奶喂他。因此对于虎子的牛奶又不能不再增加半磅上去。

第二个月的牛奶费是三千元，松亭先生是皱着眉头地付出去了。而同时在他的书桌上也失去一部"汲古阁"本的《宋六十名家词》。这四大函的精本书，是松亭太太对小孩们平时所常常警告着的："不要去动桌子上的那宝贝书啊，那是你爹爹的命根子。他从南京里跑了出来，甚么都可以不带，只专带上这几部宝贝书。你们那个敢去动一动，他是会打断你们的小手的。"在此刻这些书竟至会被松亭用包单提了出去，而且一去不返了，这不能不引起松亭太太的疑问："那些书呢？""被小虎子吃掉了！"话虽是这样颇近于幽默的一句，但从松亭的脸上，松亭太太已很可以看出掩饰在松亭微笑下忧郁的云层来。

从前用两个人的，米将近两市石，钱大约有三千元左右的收入，去养活三个小孩和一个老人。经已是颇为拮据的了，他们几乎每月每月的都不能吃上一两回的猪肉，小孩们馋得简直同馋猫一样。但现在收入既骤然减少一半，而支出则反倒增加三四千元之多，这样的负担，简直是难以想像的。

松亭科长比从前更加沉默了。他们的家里，时常都在闹着缺米少柴的危机。"乖儿些，不要闹了啊！我们已经在吃升升米，烧把把柴了啊！"每当小孩们扭着阿婆要东要西时，阿婆就是这般悲戚的向他们述说着。这使得松亭和松亭太太都更加难堪。特别是松亭先生，在他黑而且瘦的尖脸上，两道浓重的眉毛，也紧皱得更加厉害。

"瑛，我们得想想办法呀，这样的拖，你想是拖得下去的吗？"有一天的夜晚，当阿婆同小孩们都已睡熟了的时候，他终于跑到他太太的床上，睡在她的身边，这样的温存的提出问题来了。因为在平常除阿婆带着最大的一个孩子睡在布帏子后面之外，他是同他的太太各带一个小孩分睡在两架床上的。此刻松亭太太是带着两个小孩睡在一床，銎儿睡在足底下，婴儿则睡在松亭太太的身边。"等一等有机会时，我决定要再出去教书去。阿婆也真可怜，已经是六十多岁的人了，还得整天整夜的做。……"比他年小有十岁上下的太太这样的回答说：

"不，我想的不是这样。……"

"那？……"

"譬如说，一棵苹果树，如果他的果子结得太多了，把树子的本身都压得弯曲下去，那我们最好就得将多余的果子摘去一些，以免得折断了树子的本身。瑛，你看就像这样拖了下去，我想我是拖不长久的，在我的心底里，每天每天的几乎没有一分钟的轻松。而且事实上我们时时刻刻都有挨饿的的危险。"松亭觉得自己得很艺术似的，悠悠的将头靠着他太太的头在说着。

"我知道，你还是那样的一套，说小孩太多了，太多了，想要把小的一个拿去送人。"太太一边说着，一边带着怜悯的眼光，轻轻地连连的去吻着他身旁熟睡着的婴儿："乖儿，多可怜啊，你来得不是时候，也不是地方……"她已将眼睛闭上了。显然地是想将她的眼泪忍了回去。

"瑛，你想想看，顾得大人就顾不得小孩，一旦我们两人之中有任何一个被拖死了，就连那大的三个我想也是会抚养不大的！我此刻简直是觉得生不如死。这不是一句笑话，我时常都在想着死后的宁静。几乎每天每日地一到缺盐少米，而经济又毫无办法的时候，我就想到了死，好像死起来是那般的轻松而且容易。瑛，你试想想看，我的收入还敌不过开支三分之一，其余的就得靠东拉西扯地来度日子了。我想总有一天我是会拖不动的。譬如说，小孩给别人一日带走了，他在别人家里仍然可以照样的长大成人，仍然是社会中的一份子。而且一个缺乏小孩，想要收养小孩的人，他也一定能以爱他，将他好好地抚养成人。自然，这样的事，我们也不能做得过于马虎，一定得别人有固定的物质保障，我们才能以给他。"

"你去找找看吧，只要你舍得，我又有甚么舍不得，小孩又不是我一个人养出来的，看谁要你这张口货！"自然，松亭太太又是在使用着拖延这一宗法宝了。

三

由于市面上一般房租的增加，松亭先生所住着的用布帏子分作两间的一大间寝室，和一小间厨房，房东已通知松亭太太，从下月起非将房金改变为实收食米三新双斗不可了，不然，就得请他们另行乔迁。而且房东又是现役军人，又系属地方势力，是说一句算一句，绝对无人敢加以反抗的。这即是说就房租一项而言，即要费去松亭先生全部收入二分之一。所以此刻已经不是松亭太太肯不肯把小孩拿去送人，而是怎样的将小孩拿去送人的这一种方式了。因为一有了婴儿，松亭太太就不能再行出去作事，那吗一大家五六个的老幼人口，全部得静静的等候着饿肚子。在阿婆方面，除正在上学的大的一个珉儿而外，其余的琼和鏊两个都全靠她一人照顾。尤其是鏊那个孩子，更为刁横不堪，不管你有钱没钱，他整天地都是在吵闹着要买零食吃。一稍有不如意，便会睡到地下去打滚，弄阿婆简直毫无办法。所以再要加上去照顾另一个婴儿，那确实是绝对不可能的事情。而且如果松亭太太一旦出去作事了，煮饭洗衣服等都非得全靠这个已年过六旬的老人去担负不可。因此几乎全家的成年人全部默默地同意于将"小虎子"拿去送人这一原则。现在就只看松亭先生用何种方法能以将婴儿送到一个较好的地方去的这一种手法了。

自然，从松亭先生的性格来说，他是颇有决断而且颇有办法的一个人，更何况这件事在他脑子里所转过的头，正何止千千万遍呢？所以在经他多方的考虑的结果，而认为最好方法之一，便是在报上登出一个匿名广告去，要求举凡要想收养这个婴儿者，先行投函某处某处，由婴儿的父母自行的接洽晤谈。在他所拟就的广告文句是这样写着的：

兹有体格健全，面目秀美之男婴一名，父属学者，母出名门。刻因生活过高，薪津又低，无力抚养。设有殷实高尚人家，情愿收养者，请投函XXXX，由其父母自来接洽。经双方同意后，便可无条件相送。

自从这个小广告一登出不几天之后，松亭先生便接到了三四封回信，而且在某某晚报上，还发表过关于这事的一小段批评，其意亦不过说当今的知识分子，生活是如何如何地困窘，我贤明的政府若不设法救济，便会斯文扫地了，如此而已。

在接到这三四封信函之后，松亭先生便按照着地址都一一地去拜访过，第一家是一间卖香蜡火炮杂粮的小杂货店，老夫妇二人，儿子被抽作壮丁去了，剩下一个年青的小媳妇，所以很想得个小孩来混混时间。第二处，从住宅的外表上看来，似乎颇为堂皇，男的是个发胖的商人，太太带着一副凶像，其胖亦同于她的丈夫。此外还有一位好像是丫头收上房的姨太太，见着大太太总是蹑足蹑手低眉低眼的。据说他们之要小孩，完全是用来"压长"。第三家则在一座大杂院内，系一个卖担担面的主人，男的不曾在家，女的说话时，支支吾吾的，情形甚为可疑。只有第四家所给与松亭先生的印像尚属不恶，因为从那旧家门第旧家风的大门上所挂着一小方"逸园治印"的木牌子看来，主人似乎为一个风雅之士，而他的刻印，亦不过借此以为消遣之具罢了。在一接谈间，据主人的意见是，

"饭倒是不少吃的，只是年纪已经五旬开外了，膝下犹虚，而自己又不愿纳妾，以免扰乱家庭生活，所以才打算过继个螟蛉之子来娱乐晚景。"在一谈起抗战以后，外省朋友，离乡别境的来到四川的艰苦情况，这位清瘦儒雅的老头，似乎颇为同情。末后，在门帘后面偷听着的太太也索兴地走出来了。那一个面色苍白，好像有些患贫血病似的四十上下小脚女人，当他一谈到小孩时，就在嘴角上露出一丝丝欣羡的微笑来："唉，这样乖的一个小娃儿，拿来送给别人，他的妈妈舍得吗？是倒是哦，小娃儿太多了，在世乱荒荒里头，当爹妈的人，也是没得办法的。黄先生，只要你们当真舍得的话，就把小娃娃抱来给我们看看吧，我没有生过，我想我是很爱小娃娃的。只是商量好了，我一定要去请个饱奶来，把他乖乖地带大。……"

松亭先生告辞走了，在临走之前，还强迫地被人请吃了一碗素面。

事情就这样的被决定下了，由松亭先生独自抱了小孩前去。那家人一得见了以后，便欢喜得合不拢嘴来。"一言为定，黄先生，你又不要一个钱，又不肯动纸笔，往后可不准翻悔呀。自然，往后我们依旧是可以当作亲戚般的走动的。可是小娃儿一定得改姓，改成我们的姓。你回去同太太商量好，到小娃儿一变成了我们的了，你们就一丝毫也不能翻悔呀！"女主人抱着小孩，边看边拍边摇着，嘴里急急忙忙不停的同松亭办着交涉，好像恐怕他马上就要翻悔似的。

四

因为要收拾收拾小孩所用过的和必需移交过去的东西，如衣履，尿包布，牛奶瓶……这些大部分是从他哥哥姐姐那里所留传下来的，有些东西还显得相当漂亮——所以原约好一定要在三天以后，方可送交小孩。自然，这一切全部都由松亭先生一人包办，松亭太太简直是不闻不问，只有当松亭先生去同她述叙经过，或商量办法时，才从鼻子里哼哈了几声。不过从她静默的态度中所表现出一种木呆的神气，只消有心人一看见了，就不能不令人感觉得一种深切的悲哀。好像被判决了无期徒刑的囚犯似的，一种沉默，颓丧，疲乏和无望，完全占据了她的全身。

"小弟弟，不要哭，乖啊！小弟弟，不要哭，乖啊！"每当婴儿一哭了起来，那个母性已经颇为显著的琼就爱跑了过去拍着婴儿，像这样反复的说着。若从前到这时，松亭太太也会警觉地去替婴儿换一种尿布，或者用牛奶瓶给他一点开水喝。可是现在，松亭太太已经不再去理会这些了，她只是对琼狠厌烦的叱道："出去玩罢，妹妹，你不要闹了，简直是烦得人要死！"所以在这几天内，婴儿的尿布也常是湿漉漉地，而且啼哭的时候也特别多。

并且好像有些出于故意似的，到夜里来松亭太太竟将婴儿送到松亭先生身边来了，她把琼妹妹换到了她的床上去，放在脚下，又用那个顽皮的鋈来代替了婴儿的地位。据她的口称是："让他的爸爸多疼他一点吧！"自然，关于这一些，松亭先生完全是无话可说，哭笑不得的。而且就在这三四夜内，他更不能不很有耐心地起来替婴儿换换尿布。到一换过干燥的尿布之后，婴儿便在他的身旁睡着了。他睡得是那样的酣密，鼓嘟着小嘴，有时将嘴唇努动了几下，好像是在吮乳似的，有时又微微的将小脸皱缩了一下，正也不能判断他是在笑或者是在哭。这一些于失眠中，松亭先生都已经看得足够的了。自然，这一切不消说也更刺伤着了他自己的心，使他每当清晨在平时总是步行去办公的，到此刻竟至会疲乏得拖不动脚步来，而不能不雇着洋车到处里去。

五

幸而得好，好像出于幸运似的，到约定送婴儿到他新爹妈家里去的那一天，便有一位松亭太太从前的旧同事来约松亭太太去商量替她找寻职业的问题。这可以说出乎意料之外，然而又可以说是出于有计划似的，松亭太太竟将三个小孩全部一同带走了，这在平时是绝不可能的，她至多只能带走鋬儿一人前去。所以也就在这种静荡荡空落落的空气之下，松亭先生便轻易地提着一个大布包——内中共包括了婴儿所用过的小衣服，小鞋袜，小牛奶瓶，等等——坐上洋车，硬着心肠，将小虎子送到了他的新家庭里去，以了结此一笔公案。

即到天已二更的时候，松亭太太才同三个小孩一同回来。鋬儿早已睡着在她的怀里，只有睡意朦胧的珉和琼还来向他爸爸噢噢叨叨地述说他们这一天得意的经过。"我们在 X 姨的家里吃过午饭就到华西坝去玩，看到了很多很多的白花牛，后来又去看电灯影，在电影院里头，弟弟吵着要吃冰激零，挨了妈妈的打，过后 X 姨还是请我们各家吃了一根冰棒。妈妈说，到明天还要带我们出去玩玩。阿姨说要带我们到游泳池里浮水去呢……"末后那个急嘴急舌的琼在揭开蚊帐看了一眼之后，便问道："小弟弟呢？睡着了吗？"

"不，小弟弟走人户去了。要过很多很多天才能够回来，你们以后可不准再提了啊。有人问，就说小弟弟走人户去了就是了。小女孩家不准多嘴多舌的。"松亭先生一边帮助琼脱换着衣服，将她放到床上去，一面这样严厉的嘱咐着她。

屋子里于三个小孩睡熟了之后，现得更加静荡荡空寥的，在五支烛光，不大明亮的电灯下面，更特别显出静寂得有些令人窒息。只有屋角落的老鼠，偶然缩头缩脑地出来窥探了一下，然而也并不能减轻这种静寂和空虚的分量。松亭先生一人在床上翻来翻去地，虽然明知道不容易睡着，然而却仍旧保持着睡眠的姿式。他觉得自己心底里有一种莫名其妙的东西在那里蠕动着，想要哭又哭不出来，想要述苦又无从述起，想要对人复仇而又并无对象。他知道他此刻只有去同他的太太叙说一叙说这一条出路了，然而他却又似乎有些怕她，怕去引燃了她的爆炸线：因为他深知道不管如何说小虎子是安放得极得其所，依然可以由别人家好好抚养成人，然而在一个作母亲的人的心里，要将她从身上掉下来的一块肉割弃给人，这确是一种难堪，一种痛苦，而这种痛苦的来源，又全是由他一人一手所造成的。"既不能养，又谁教你要生呢？"每当一想到这一句话时，他的负咎的心，就不免悸疼了一下。

"瑛，你过来谈谈好吗？"松亭先生经过了一些时间转过了不少念头之后，他终于这样的说了。因为他明知道她的太太也同于他一样的，是在受着种种苦恼的熬煎，而同时，从前在南京他向她求爱时的情境，又复浮上他的心头来了。那时他尚是XX部的一个一等一级科员，瑛女士的父亲正为他的直接上司。因为每到下班时，她就从相隔不远的学校里下了课回来，到科里找她的父亲，以便坐科里的公共卡车，一同回家。于是他们由于几乎每天每天的见面，便十分相熟了。然而如果说要实行所谓恋爱，那确是一种妄想，因为不管他当时的西服穿的是么样的挺直，而且在科里还博得了"诗人"的雅号，不过要去向一位前途无量的漂亮科长小姐求爱，那却有些困难。说不定她将来会到英国美国去，又说不定部长次长的公子会来向她求婚呢。不过在民国二十六年的南京失守，敌人的一颗炸弹，将XX科长在逃难的卡车里，同满车的部里档案同归灰烬之后，这才解除了他们之间的间隔。扶持着瑛女士的母亲，大家一同跑到汉口，又跑到重庆，又跑到XX，于是他们仿佛不可分离的四肢似的，到后来才成为眷属。此刻在经过了抗战八年这样长的一大段时间当中，虽然瑛女士还年未满三十，便已现得有些未老先衰，形容憔悴了，不过当年的风韵，却仍旧保持着一些。这正是松亭先生平时每到一想起当年来，就不能不有国破家亡，往事不堪回首之感。此刻他既然听见了瑛女士也在另一架床上辗转着，所以他才这样温柔地低唤了她一声。

"我不想动，你过来不一样那？"他走了过去，睡在她的身边，将手一伸，自然他们便拥抱在一起了。

"瑛，我知道，你一定很怪我，说我残酷。但是我又有甚么法子可想呢？冬天的衣服都已经完全当光了，可以借得着钱的地方也早都完全借遍，不能再借。眼见得我们的一家就非饿饭不可了，你不可怜可怜这三个无知无识的小东西吗？他们一看见稀饭就放下筷子要哭了起来。现在秋天已经来到，难道我们的夹衣服还可以拿去再当吗？唉，你不能怪我，怪只怪得这个年头。况且小虎子在了人家，也是好好的，那位太太说，明天还要去请个饱奶来，这比起在我们家里来，实在要享福得多了。……"他说罢不住拿脸去抚挨着她的脸。松亭太太听着听着，并无回答，只轻轻地点了一下头，叹息了一声。

"你喝了酒了吗，瑛？"松亭先生已经闻到了一些酒气。松亭太太又点了一下头。依然不曾做声。

"不要再胡思乱想了啊，瑛。就算是我一个人的不好吧，你也得看在三个大孩子的面上，为了要养活他们，我才把小虎子拿去送人的。常言说得好，虎毒不食儿，你舍不得小虎子，我是他亲生的爸爸，难道你以为我就舍得吗？这都因为战争，因为生活不够，完全是出于不得已啊。为了对于敌人的抗战，苦自然我们是应当吃的，不过苦乐也实在过的太不平均了，有的人一方面在穷奢极欲，荒淫无耻，而我们却在丢儿弃女地，为的是想要多延长一天半日的生命。瑛，一想到这些，难道你以为我心头不恨吗？我恨，恨，恨得我自己不想生活，同时也愿意将全世界一片一片的撕毁个他妈的粉碎！"松亭先生说到这里，不禁已掉下眼泪来。松亭太太起初是睁大着眼睛望着他，块然木然地在倾听着，后来她也闭上了眼睛，让一颗一颗晶莹的泪珠，索性从她的脸上直淌流下去。

"你摸摸我的心口看，是不是跳动得很厉害？"松亭太太文不对题将松亭先生的手拉来放在她自己的心口上面。果然她的心脏是震跳得十分激烈。

"瑛，你不要太于难过了，等到抗战完结以后，一切都自然会转变好的。那时，我们回到南京乡下去，作一个自耕农，我甚么也都不愿意干了，只希望将这三个小孩好好的抚养成人，而我们也都还平平安安，康康健健的相偕到老，那就万事都感觉满足了。只是在这抗战快要完结的最后一两年中，是十分难过的。瑛，你不知道，在我这简单的一生中，我觉得除了同你在一起生活之外，就实在别无再可骄傲的事了。瑛，你不要怪我对待小虎子过于残酷，你应当原谅我。实在的，我是想顾全大家，万分出于不得已呢。"

松亭先生边说着，边安慰般的去亲吻松亭太太，只是松亭先生所感觉到松亭太太的嘴唇却原来是冷冰冰的，一点也没表情。

"瑛，瑛，你不会怪我吗？"松亭先生不禁又这样重复着。

"唉，亭，请你不要再往下说了，一切我都知道，我不怪你，我不怪任何人，我不想再听下去了。我觉得很冷，想要盖上被窝。你不觉得冷吗？"松亭太太说罢这话之后，不禁便长长的叹息了一声，好像在发泄着她胸中的积闷。

"不，不，我不。……唉唉，让我算算阴历日子，看，是的，瑛，从昨天起，不觉就已经立秋，算是秋天了。一到了秋天时，天气自然就不免要现得寒冷一些。"松亭先生已顺手去拉开被窝来给他们自己盖上了，而同时也更将松亭太太搂抱的更要加紧一些。

但是在他们的拥抱之中，除了松亭先生胸前的一块衣襟是被松亭太太的眼泪所浸湿得热漉漉地之外，其他的部分，据我们想，是很难以发生温暖的。

三十三年九月

选自1945年《世界文艺季刊》第1卷第2期

转　变

一

慕海君是这样愁忧颓唐的陷入于苦井之中了。虽说是早已越过了"而立"之年，而且近六七载间，由于人世的艰苦的一切——如恋爱，家庭，朋友的离合，以及为职业而东西南北的到处奔波等等，已经将他自己磨练成一个像样的强韧的性格了，然而他仍不免要私自地苦恼着和沉思着。这真与小孩的于正玩弄着的一根绳索上，忽然发现了一个想解，但无论怎样解也解不开的结瘤是有同样的情境：烦躁，疑难，而且悲哀。

在起初，他固然想用着，"嗟，这算甚么呢？这能算得是我自己的罪过吗？无论如何，这对于我自己的品格和良心，都是毫无所损的！"如像这样泰然傲然的态度来敌挡一切，不过到后来，便愈来愈觉得不行了，因为他再往后一想，已感到这不仅是眼前的区区职业问题，而是与他自己往后的处事作人的根本态度密切有关。因而这愁闷的波澜，更愈推愈广的逐渐的在他面前展开，以至于使得他自己也觉得大有非将这事件从根本的思索一下，和决定一下不可了。此刻在他心里所徘徊着的只有两点：即是做虚伪的骗子手吗，或依然如前的做一个诚实的彻底到死的大傻子的两个问题。若果顺从前者呢，则与他自己素来憨直而又迷执真理的天性绝不相容？如果顺从后者呢，则不仅目前，就到了将来，那于人并无多大的补益，而与己却深有损害的烦恼之网，即会在他自己的身上，无穷无尽的拖延着，一直以展开了下去。"这要怎样办才好，怎样办才好呢？"他不住的自问着，而且他愈问也愈觉不自知其所可了。所以近几日来，他只一让那迷茫沉闷的空气来将自己淹没着。

而且这其间，正如一个想要决定终生大事者所应取的方式一样，他几乎将他自己的前前后后，大大小小的事件，都全盘思索了一周，不过到后来，他还是决定了，只有"教书"这一法，可以作他终生的唯一职业。但若果一说到依旧要以教书为生呢，那所余得的，除了以下的两条道路而外，就实在别无他法可想的了。这不禁使他想起了在两年以前，他曾经同着一位聪明而善于处世的，并且于职业之外，还能与有多量精力，以专做着自己创作的朋友，谈起过有关于选择讲义教材时，所说过的话来。

"F君，你所选择的教材，是怎样的一种标准呢？可以开一个目录给我，好作为参考吗？"

他记得那时他是怎样的敬爱着F君，好像以为他们两人的所行所为样样都能以暗自相符，如出一辙似的，所以他才如此虚心下气的，想来同他仔细的研究一下。

"还不是那些已经成为定论了的文章。"F君只是含糊的回答。

"你说的大概是关于文言文方面的吧？"

"是的，我教的几乎全都是文言文。"

"呀，你教的不是初二——初中二可以教文言文吗？"

"管他这些，文言文教起来方便，而且他们也喜欢听。"

他一方面如触电似的，不免吃了一惊，一方面又疑惑F君是在开着玩笑，所以抬起头去观望了他一下，但只见得他依然保持着从前的那种平静而且玄妙的风度，脸上并没有甚么特殊的表情。

"那吗，你的讲义又是从甚么地方选下来的呢?"他此刻差不多已是近于好奇般的在往下试探了。

"嘩，一部'古文观止'和'古文释义'，还不够你讲上二年三年吗? 这真成甚么问题!"

"不行罢，这些都是已经成为烂调了的文章了。"

"文章，只在好，而不在滥……"F君于回答中，仍然是带着那种既玄妙而又近于高雅洒脱的口风。往后他们接着便又谈到了他们自己的文章事业上去了。

自然，从心底里，他当时固然深不以F君的对于功课的取敷衍态度为然，但一想到F君之所以取巧和节省精力者，完全是因为自己苦心孤诣想要从事创作，于是他觉得，F君教课的不肯负责，又自是很可以加以原谅的了。此刻，真不想两年前的私自对于朋友所心诽腹谤着的事件，也竟自会如同波纹般的，来到自己的心头起着回旋。而且觉得更好像在自己的将来，也非得取着F君同一的方略，否则不能生活下去似的。再其次，正同这种倾向成为相反理由的，还更有另一种潜伏力在那里悸动着：这即是在他平时所引以自励，和常常举以告人的，在小泉八云先生的书札中，有着这样的几句话，"当作情绪的表现，人生的描写，我来教授文学。当讲某一个诗人的时候，我努力想说明它所给的情绪的力量与性质。换言之，直诉于学生的想象力与情绪，这是我教授法的基础。"然而因此，他却不断地同一般比老年人并不见得单纯的青年们起着争端了。而且此刻，到已经百病皆发，不能不将前后的总账结算一下的此刻，他一回顾起自从他执教鞭生涯以来，在这五六年中，所经过的，真不能不说是一大串的接连不断的苦战和酸辛。差不多一向总是这样的，因为时局的关系，他不能不每年都得另换一个新地方，而每换一地，他即得用尽全力去同一百，或一百以上的，性情，环境，和教养的来源各不相同的学生从事战斗。单凭着了他的一张红口白牙的空嘴，和坚强诚恳的态度，想要去指摘和改正他们的各种谬误，和各种下流不良的恶习，无论在言行上，在思想上，在文章上，他都要一例加以指摘，然后打算将他们完全改正而且说服。再进一步，也更可以说，他正因为想要唤醒和提高学生们的"情绪"，所以才不得不时时对于中国人的普遍的虚伪，恶劣，下流，自私，以及种种不自觉的坏现象，要一一的加以抨击；又因为想要增加他们的"想像"，所以他更不得不对于中国人的趣味低下，醉生梦死，和麻木不仁，竭力的表示着不满。是的，若果依照着他自己的说法；则是，正如于一个荒山穷谷中，想要建筑起一座像样的房屋来一样，于头一半年间，得尽力的去除残去秽，削平铲通，这是十分需要的；而过此以后，则一平坦途，只需逐渐的去从事于定基，筑墙，立梁，上栋的种种工作，那这房屋即可以算是卒抵于成了。所以若果说，头半年间为一种难以避免的，艰苦的独一难关，那也是绝不为过的。不过他所为最深自痛心的，即是无论在甚么地方，他总不曾呆过有一年以上的时间，以至于地基刚刚辟好，学生们也新近才认识出自己历来的错误和空虚，正打算从此努力用功时而他便必须收拾起行李，又不知要漂泊何所了。这其间，从前对他所视为深仇，而现在更引为深爱的学生们，不仅他舍不得他们，而他们也决不愿同他离开。因此在往后，到他一回想起来，凡他所到过的地方，所教过的学生，几乎无一处，无一人，不引起他一番如回甘般的叹息和惆怅的。

是的，夫如此者，从他自执教鞭以来算起，几乎已经是有六个年头之久了，由于有了以上的种种经验，所以他也就认识了自己的力，那一种一往直前，毫无戒备，而只是去向着中国的"时代恶习"挑战的力。而且终归他还能以决定，这胜利又必是属于自己的。

　　然而，不想这"力"的使用，现时，在一个每一学期内必定闹风潮一次的 H 学校中，竟遭遇着了一次的失败和回击了。起初是因为他在讲堂黑板上发现了"夫好吹牛者，文人之通弊也"这样的一句，到次日又是"某某某者，教师之可恶也"接连的写了出来，因为他那时正在讲章学诚的"古文十弊"，所以那一般因作文的意识下流，而承受过他批改的学生，遂得起而利用。他已经去向教务处交涉过了，因教务处复有既无对象，实在碍难加以阻止或处罚等等表示，于是他便只得暂时的请了假，以静待解决。却不想在其间，竟演出了一出四个代表，一并排的站立在校长的面前那样的滑稽剧来。既然有了"群众"作为后盾，而且学校又新遭因学潮而解散之后，校长因为恐怕学生从同人身上"发端"，于他自己深有不便，于是空气便登时的紧张起来了：主张严办，和整夜的开主任会议，全都主张非得将风潮的萌芽马上压了下去才行。不过到后来，由于调查的结果（自然，一切都需要调查才能明白），知道这不过仅属于局部问题，与大局无关，因而当局者们便又承认，学生方面所持的显然"瞪着眼撒谎"的理由，为大可值得加以考虑的了。不过这些，在专门度着书斋生活，平时对于外事很少注意的慕海君，是丝毫不曾有所觉察的。他完全是在四面波涛汹涌中，被关在一个皮匣子里，以静候"解决"——因为在他以为实在是应该有一个合理的，全凭着各人自己良心裁判的解决。

　　随后又过了两天，有一次他去同一位同他较有情感关系的同事闲谈，从这位先生的口中，他才听到了，"若果学校来转圜的话，我想最好你还是立刻就去上课的好，不然，在一个学期中间，想要转地做事，倒并不是十分容易的；而何况你更有家累缠身，行动不大能以自由呢！"诸如此类的话。这时，在他平时不大以保持位置为意的心中，才陡然的觉得有些疑惑起来。"难道学校当局有什么表示吗?"他问。"不不,这不过是说说我私人的意见罢了。反正人世间的事情都是一样,全不会如我们所想象那样的单纯的,明枪暗箭,在在得防!有用得着你的时候,人家不妨来给你请安磕头,若果一旦于人有利害抵触时,那人家就得立刻来一脚的将你踢出去了!"慕海君的行将成为朋友的那位同事,接着又向他发出了以上的一大阵类似教训似的牢骚。这更使他迷惑不已。而且即在他们谈话后的当晚,H校的校长,复又"飘飘然"的飘进慕海君寝室里,来向他开始谈判了。他第一句很严重的话便是:"刚才召集了甲乙两班的全班,我已很严厉地将他们训诫了一大顿。""为甚么呢?"慕海君依然如被装在鼓里般蒙昧的问。"你说可不可笑,他们竟敢向我提出种种毫无道理的条件来,而且据说还是大多数的意见呢。""甚至是他们所举理由呢?"慕海君此时已由迷疑而转入好奇之境了,他好像并与己无关似的,冷然的问。"还不是如讲解不明,口音不准等等理由罢。反正这是不行的,我们非得将他们压了下去才行!""不不,还是由我退避贤路,向学校辞职的好。不过这倒是怪好玩的,我总不相信世间上竟会有这等瞪着眼撒谎的人们,而且更还是年青人!好,你看看我的讲义底子吧——那你就可以明白我是怎样一个字一个字地在向他们解释了。若果说口音不准的话,那L省的发音也绝不能算为标准的国音呢。"慕海君一面冷然的说着,一面已将一篇从顶到边,用蝇头小楷,一直注释得极其详细的曹子建诗选摆在校长的眼前,他只见得在校长的有着两撇八字胡之上的两个眼珠,不住的只是在纸面上滴溜溜的转动。"辞职?不行,不行,不能这样——他们显然是在吹毛求疵,存心捣乱——看朋友的面子罢,你明天务必还得去上课去。"校长且看且想的说,眼珠仍然不息的在那里转动着。"上课倒并不难,不过若果有人再在黑板上写些甚么难听的话,又有谁能以负责呢?指使瞎子跳崖,这岂不是笑话吗?"慕海君更加冷然起来了,因为这是他的癖性,每当事情越关紧要时——依世俗之见所谓的紧要——苟于他自己的良心无亏时，他总是会加倍的现的冷静倔强，能以用毅然决然的态度去处置一切的。"关于这一层，正是训育处的事，他们现在正在调查着，等调查一有结果时，自会……""正好，我们且等着罢，谁也不能反对李顿的报告书！反正谁是主人，谁有武力，谁就得服从谁，伺候谁！"接着便是一大阵的沉默。校长的两眼不觉得更愈加迅速的在那里滴溜起来了，他已看出了这位老兄现得是那样狼狈而且为难。并且这位"老兄"，近来因为学校的暗礁四伏，和自己因鸡虫得失的过度劳心焦思，似乎他的面容都已现得有些消瘦了。慕海君一面默默地观察着，一面心里遂不能不一让那"人类为着生活，竟至会变得这样的可怜吗？劳心焦思，捉襟见肘，真是所为何来？然而我们又都不免正为其中的一个啊！谁也莫可奈何，这真来所谓世事悠悠将谁问了！"如此等等哀思，在他内里，来将他自己加以袭击。于是他即不免暗暗的立时呼呼的吐出了一股长气，而且心里也似乎不觉便宽大轻和了起来。他觉得他自己已是再也不能如先前般的冷然倔强下去了，因而那种对于一个多年相识者的温柔友谊的口气，才又回复到了他的嘴边来："但无论如何，我们总得想个安全而且合理的方法才行。若果让一年级的学生就这样嚣张跋扈了下去，那学校还能有办好的希望吗？所以我个人的去留事小，而学校的前途却事大呢。"这算是慕海君对校长所贡献的意见。"是的是的，不能这样下去，让我们慢慢想想着，总得有个办法。你，你好好待着吧，我得到前边去看看，你借此多休息两天也行。今晚你不回家了吗？Miss M. 可好？若果家里要用钱的时候，马上就叫人送了过来。"校长一面说着，一面已如松捆般的站起了身来。

"好，再见再见，但愿不要因此便惹起了风潮才好呢。"

"大约是不会的。再见再见，明天有什么消息时，我再来同你商量。"

当他送校长出到房门时，他们是这般的好像闹着玩似的，便将谈判似解决而非解决的作了结束。而且从校长的背影里，只见得除去沉重的脚步声外，他已不复看出再有甚么"飘飘然"的痕迹来。因为想到了人类的命运，人类的非被鞭笞即要忘其所以的命运，这更使他觉得有无限的忧伤。

二

自从事情的真相已在他的面前展开了以后，慕海君的心里是现得那样的迷疑，暗淡而且幻灭。在他此时所引为深痛的，倒并不是属于自己所身受的被侮辱，被污蔑问题，而却是觉得人类为甚么竟会坏到能以如此瞪着眼撒谎，而丝毫不觉惭愧问题。难道，难道那一般在他平时以为正当奋发有为，血气并未如老年人般枯槁的青年们中，他们竟连那在讲堂上，正大堂皇的提出疑问或辩难来，将自己加以袭击或驳倒的一点勇气也都没有了吗？难道他们除了卑鄙可笑的暗箭之外，便再没有别的方法可以使用了吗？难道一个教师的平时对于功课的认真和努力，也竟能以成为他的一种罪过了吗？难道在现在的一般青年中，竟连敢挺身而出，说几句公道话的人也都没有了吗？难道他自己历来的一点理想，一点想驱促青年人向上理想，从此也会完全的归于消灭了吗？难道人类的前途，竟至会如斯黯了下去，而至于无可救药了吗？凡此种种，几乎无一样不使他感到苦痛而且动摇。是的，他觉得他自己已经是站立在两条正当两下分岔的歧路面前，大有非选定一条从此独行独断的走了下去不可之势了。因此他日来的工作，就只是绞脑漓精的在那里焦虑而且苦思。

从学校到他住家的寓所，只不过有十一二分钟左右的路程。从前嫌为过远的，到现在，在他，却又以为过近的了；因为他有一种好在步行中运用思考的习惯。所以每来回一次，在这十来分钟的短促时间之中，他差不多总是爱要将他已往所经过的五六个学校的历程，来回顾一下：甚么一大班的学生，悻悻然见于辞面的，在班上无边无际地来向自己加以问难的情形，他是想起来了；有几次竟至有几个人，将改正过的作文，当他面前沙沙的撕掉，如像那样无礼的举动，他是想起来了；还有因遭人怀恨而谩骂的无名信如雪片般的飞来，这种情形也是不能忘记的。但同这完全相反的，是他依然工作不懈的继续了下去，将学生的一些作文，几乎就连血也都要变黑了的在那里涂改着，而且预备和督责功课也绝不肯一丝放松，所以终归他还依然能打破难关，卒入顺境。并且就当他新到 H 校不久之后，他也曾遇见一个很有头脑的学生，特意的跑到他屋子里来向他劝告说过："老师，你所希望于我们，和对我们用的苦心，也实在太多，而且太过于高超了。你不知道如今青年人的心理，是怎样的复杂，他们所有的全都是些坏心眼，无论怎样变也转不出好道来。以小人之心度君子，所以他们常是爱用他们一般土流氓气息的眼光去观察一切。在他们的面前是最难于说话的，因为本来是一句极好的话，有时在他们也会听出许多无端的恶意来。所以老师，依我看，你还是放得马虎一点的好，何苦既讨人恨，而又自寻苦恼呢！"不过如像这一些，在他都是决定要用他自己的热忱和力量去打了过去的，而且据他以往的经验，他还可料到十之八九能以必定成功。但现在，每当他回顾一次，心里就不免要难过一次，因为他觉得他自己的力量，此次到 H 校来，已经完全使用馨尽的了，但在这种时代的巨流之下，虽然他仍然不息的毫无所惧的，打算要向其中泅泳而且往前挣扎了下去，然而他所曾经得到的结果，却依旧是那样的些微。而现在，在 H 校，或者更可以说是全等于零了。这些，正如一个跋涉远道的旅行者一样，当他刚一从半途中到达了一个可以暂停休止的所在，再一回头反顾自己所从来的来路时，这他才感觉得自己所经过的，竟至会有如斯的辽远艰难，险阻崎岖。此刻，在慕海君的心境里，大约即不免不有这样同一的况味了，所以他整日里，除去了疲乏之外便是深思。到深思过度后，自然随着便是疲乏，但当疲乏稍稍一恢复之后，接着他又是继续不断地去往下深思。

"哥哥，你回来了吗？""融，你今天的脸色有点不大好看，可是冻着了吗？饭食怎样，可能照旧？快去躺下歇歇罢。唉，身体不好，就该好好将养才行，年青人总是爱任性，不加小心！"这是他的一位新从故乡出来不久的妹妹和母亲，每见他皱着眉，沉着脸，有精没神的从外面回来，对他所常说的话。而他却只是勉强的向他们微微的点头一笑，用沉默以当作回答。等到一走到了他妻子的房中时，他随即翻身的倒在了床上，假推有病的以保持着沉默，而且于沉默中保持着自己深深的沉思。若果深思得过于疲倦时，他便昏昏沉沉的让自己睡去，到醒来时，又复苦苦的去从事于深思。在正当昏睡之间，他更时常听见了他的母亲推门进来，轻轻问道，"融可想吃点甚么东西不吃？"或者说，"摸摸他的头上，看是不是有点发烧？"这时他的一位受过高等教育的，多愁善感的妻子，就会用着那种不耐世俗烦扰的口吻，叹息似的来回答说，"没有甚么，让他静静地躺过一会，就会好的。"然而在他自己的心里，却难免不因此便要引起一些愧恶和悲伤了；因为他知道，那满脑筋都充满着买房子置地思想的他的母亲，虽说是爱子之情出于天性罢，然而，这与他的每月都能拿回相当的款子来，以作养家之用，不无关系；至于一说到他的那位已经达到了深知爱美之年，而且还微微的已经变得有些近于物质化的妹妹呢，那更是显而易见的了；若果不是他答应了发薪后，于最近的期间，就要给她缝制两件时样的衣服时，她也绝不会这样"哥哥哥哥"的叫他有如此亲热的。然而这一些，眼见得就要成为画饼了，失业与贫困，这两种，在一个既无财产，而又素无积蓄者，差不多可以说完全是具有特殊的连环性，会向他逼压而来的。不过这一些，又怎能以忍心的去向她们述说明白呢？而且纵然即使说明了，又于事实能得有多少的帮助呢？所以每当他回家一次，或者看见她们一次时，即不免要令他自己觉得难过一次，而且那种极矛盾可笑的思想，也会在他自己的心里起着作用了。"专为人而不为己，这可是对的吗？纵然有了理想，对于事实，难道就不容有错误时候的吗？或许我自己所有的一点理想和力量，全都属于谬误方面的，也是说不一定的吧？但总而言之，我是过于任性的了，要想有回天的事实，总得要有回天的本领才行——然而，大厦将倾，又岂一木之所能支！傻子固然有时现得伟大，和可敬可爱，但有时也难免不现得过于可笑可怜！不过，在现代的青年方面，也实在太难于加以捉摸的了，当面时既然是那样必恭必敬的，毫无痕迹，而背地后却暗藏刀枪剑戟，预备鼠窃狗偷的乘机待发。是的，这真所谓明枪易躲，暗箭实难防了。若果要痛哭的话，这岂不是正当其时了吗？人，依照着自然的定律，是要有饭吃，才能以生活下去的，吃饭，在个人方面固然已经觉得有些无聊了，若果一不留意再一弄得全家都要啼饥号寒时，那人生至此，更又有何意味之可言呢？所以，所谓崇高的理想，和清白的节操者，又岂是空着肚皮的，所得而高谈的吗？是的，往后真非得变个方法生活了下去不可了——皮之不存，毛将安附，没有身体，理想又安所寄托？因此，就在这一瞬间，他不懂是动摇了自己素来的一点可怜的理想，就连在人世间所谓的普遍的是非，美丑，真伪，在他差不多都是觉得应当加以疑问的了。

随后，到他已忍无可忍时，去向他的妻子将这事实的原委诉说个明白，以征求她的意见时，而她的回答，也更是十分耐人寻思玩味的：我平时是怎样的劝你说呢——不要太认真了，不要太认真了！——无论何等样圣贤的人，到一听的人家已指摘出他的错误来时，无论如何，他都是绝不会觉得高兴的。然而何况你所教的那般学生，有的年龄比你还要大，心眼比你还要多的呢？现在弄出事来，好了吗？那我的预言，总算是得以实验了。反正家庭不是我的家庭，娘和妹妹方面，到家计成为问题时，你得自己去说明去。"自然，这比铁锤还要沉重而且更难以口舌摇动的事实，已经降到了他的头顶上来了，用事实来作证明，他除了如做过错事的小孩一样的，将面部极愧恶地低俯了下去之外，更还有旁的甚么法子可想呢。不过正当他羞愧迟疑的难以自已时，而就连他也意想不到，竟至会有两只纤细的胳膊，来将他自己的颈项围绕着了。"阿融，你看你有多傻，难道因为这点小事，就值得如此难过吗？一年半载不作事，又有甚么要紧？只要不冻着，不饿着就行。俭省一点，你向你的朋友借去，我也向我的朋友处去设法，难道还能以将我们饿死不成？嗌，平时只会在我面前吹牛，甚么文学哲学，高深莫测，现在看起来，才简直像个大大的傻小孩呢。"这是他的妻子如雨点般的一面狂吹着他，一边半调侃半安慰似的，向他所解释的话。"是的，这是多的可怜相啊！幸而得好还是在自己妻子的面前，若果让外人知道呢，那可糟了……是的，家庭这个东西，说起也奇怪，有时固然不免要成为行动上的枷锁，然而在另一方面，难道就不能成为增加人类往下生活的力量的吗？但无论如何，往后总得换个样子才行。只知有人，不知有己，毫不布防的便去同一般流氓从事战争，这是多么危险的啊！想起来自己完全是个大傻瓜。往后总不能这样下去了，为个人精力计，为家庭生活计，都非得换个方法才行。"如像这样的思潮，只不绝的在他心内汹涌着，不过他依然还是为羞愧的情感所压服着，一直的将头低俯着，不曾抬了起来。

三

近几日来，他差不多完全是在家里蛰伏了过去，只有因盼望信件，不得已时，才到学校里去兜转一周。是的，他觉得学校之于他，完全是变得十分生疏的了。这一片，平时虽一草一木，一桌一椅之微，几乎都与他自己的生活连成了一气的庞大的房舍，此时陡然间，已与他完全无分，完全隔绝了，这于他应当是何等的寂寞，而且是何等的空落落的茫无所主啊。因而他觉得他自己所身受到，所遭遇着的，完全为一种无可忍耐的苦恼和侮辱。而尤其使他难以为情的，还有那学校里上课或下课时的铃声，以及学生和同事们的如潮水般的，时而涌上又时而涌下的种种形状，但在这其间，他不觉已经变成了一个局外人了，在这一个井然有序的组织得极完整复杂的机关中，他已完全失却了他自己的作用和效力。不过在另一方面呢，举凡从前与他不大来往的一般同事们，到了此时，却好像分外的现得亲热而且关心似的，他们每一见他面时，大概都总得想法的来同他闲话几句。就校长方面也时时用着他所特有的，"嗄嗄……嗄嗄……"的笑声，以来向他表示着亲切，自然，这些有时候虽然使他觉得高兴，但同时间，却又不免使他感到对于一切，全都愈加现得生疏了起来。还有那位同他较有情感关系朋友，更常常皱着眉，瞪着眼，很奋兴的仿佛想要用话去暗示他，提醒他，教他不要过于固执，过于发呆了，在这世界中还要想争一个甚么是非曲直，较短量长。有一次，他竟至直吐了，"得转圜时还是转圜的好，因为你此时已经与一般单身汉大有不同之点在了，一个有了家室之累的人，就得屈辱一点去顾全事实"，诸如此类的话。并且末后更还对他说出了，学校正打算要将两班新招的补习班换给他教的种种消息来。自然，在素常即以光明磊落，忠诚坚强自励的，无论如何也绝不肯让有半毫厘的污点，以沾到自己身上来的，那样倔强性格的慕海君，若果在平时，如像这样区区微末的职业或去或留问题，在他还能以成为一个疑问吗？不过现在，到他只将"一家五口，又将何以为生呢？"这几个字一写在心上时，他便不得不将一声深深的长叹，用来以代替他的傲然决然的远走高飞的志趣的了。所以他终归决定了还是要等待在上海的，从前从事文艺，而现在已改业新闻的一位老成练达的朋友的回信来到后，始能决定行踪。

掉换补习班功课的提议，学校已很开诚布公地向他商议过了，而新从上海寄来的一封回信，也更如像这样的摆在了他的眼前。在上面是那样的写着的："得来书，知道你活到如今，尚在闹着什么因为想寻求真理之梦，而苦恼着等等问题。老弟，现在且听我来谈谈我自己罢，并不是我故意的规避，不肯直截了当的来回答你所指示过的所谓甚么根本问题，而是想，从说我自己的生活状况上，或者你便可以得到一些。老弟，你应当恭贺我罢，因为我现在已经高升一级了，由儿子辈以升到父亲辈。在我之下呢，尚还有不少的所谓儿子们和孙子们。自然，我之对于我的上司，即祖父辈，如总编辑，总经理之类，却总是必恭必敬，一丝毫也不敢粗心的。'上谄者必定下骄'，或许你会这样的揣想了罢，不过不，一点都不，你看我是那样的体惜着和爱护着我的在下者们，为的是我并不曾忘记了我自己从前所身受过的磨折和辛苦。

"而且现在，有一架摩托车，已经成为了我个人的御用物品了。说起来真是怪好玩的，只凭着一纸记者出入证，和一大叠带有头像的记者名片，我即可如蚁附膻，如蝇逐臭般的去向大公司，大旅馆，交易所，火车站，或阔人们的大客厅里钻头进去。就在一刹那的时间中，我也得将我自己的面目变换过好几次：吹捧，喜笑怒骂，叹气或打哈哈，这些全都不是属于我自己的。我既跑进了舞台里去，看看别人演唱，而自己也得加入，然后才能随声附和的，用着手中的一支自来水笔，和一本速记薄，事后将它们迅速的记了下来：这也就是我自己所求得的生活和新闻。

"又在近来，我觉得我找寻新闻的方法，更是愈加巧妙了；这秘诀是甚么呢老弟，我现在告述你吧——只是请你千万不要泄露了出去，因为这实在是大可宝贵的——这即是你所以为深恶痛恨着的所谓"瞪着眼撒谎"之一法！你听了，不会以为大可奇怪的吗？是的，如像这样的事，或者比这还更为黑暗，更为卑劣的事，在人世上，几乎都可以让我们视为家常茶饭般看待的，正多着呢，更有何奇怪之有呢？至于我采访新闻的方法，尤其是关于阔人们的谈话录等类，譬如说，你若果见着一位团长罢，最好你得改称他为旅长，旅长呢，最好你改称他为司令官；明明是一个参谋，若果你故意的呼之为参谋长，那就一定会使他觉更加喜欢。由于这个喜欢，于是新闻的材料，即可从他们的口中，源源不断的吐露和窥探出了。自然，起初你先得耐心地去倾听着他们的一大篇毫无所谓的牢骚——如，当此时局，无论谁也是毫无办法；或者说，除了某某几人外（自然全都是他们的上司），还有谁能以比他们更好的呢，如此云云等语——但你又必须唉声叹气的去附和他们一大阵才行，不然，你所运用的方法，到末尾还是终归要失败的。至若果能不着痕迹的将对方嘲骂几句，或者说在本报所登载过某某等篇，即不啻专为宣布他们的罪状而发等类的话更佳。到拜访一完毕，你回到编辑室里，然后把握着他们谈话的中心点，加上几句想当然耳的话，再以离奇恍惚的文句，用头号字将题目标题出来，那你的因善于访事而得到的"名记者"的声名，即算是从此得以成立了。

"那吗，老弟，现在你已明白了吗？若果你在世界上想要活了下去，也即是鬼混了下去，不至于有冻馁之忧的话，那即使见了一个没字碑，你就得称他为孔圣人，见了一个癞忘八，你就得称他为混江龙；虽然明知当面撒谎，十分不对，但为维持生活计，除此而外，也实在别无他法可想的了。所以你问题的解决，不经心的找我便可回答说——于目前呢，我劝你最好还是忍耐了下去的好，于以后呢，我以为凡事都不可太认真，也不可不认真。运用一点中国固有的老庄哲学的原理，去应付社会，应付人类，无论为青年人，为老年人，依我看，这一些全都绝对适宜。到事情既已顺手，环境既已舒适，而你即可多余下一些时间来，以从事于自己故事的创作，那岂不是一举两得的吗？而你又何乐而不为呢？

"写到此地，我们从前的老同班S君——从前别号胖子的，而现在已变为一个绝对的瘦子了——已从外面踱进我们的编辑室来了。每到星期六的晚上，他就得到我们的报馆里来，找我大谈一顿，而且在此留宿。老弟，望你不要因为看见了我这封不投心意的信，就以为我是已经失却'本性'，成为一个无可救药的社会的人了，其实若果不是S君每礼拜来找我一次，同我闲谈一次，我想我定是会寂寞至死呢。你看，我除了忙碌，工作，和疲倦之外，所余得到时间，就只是陷入于一种莫可拯救的寂寞和苦恼里啊！几乎非得到一个（至少也要有一个）真正朋友的伴侣和安慰不能生活。

"我同S君都很挂念你，时常谈起来，愿意你能来在一个同一的城市里从事工作，我们可以时常见面，进馆子，听戏或看电影，到夜里来一同抵足而谈，不过当我一想到，若果你此时一来到上海之后，那每月五六十元的收入——在报馆里，无论谁，初进来时全都是如此的——你自己一人固然可以勉强的支持着，不过你的家庭呢，你能以让他们喝西北风活下去吗？所以如像那种青年人的只讲'抒情'，不顾事实般的放言高论，我实在是不愿在我的多年相知的老弟的面前发表出来了。

"至关于S君的为人，我想你也一定是能以相信的，'其平如砥，其直如矢'，但是据他说，他教起书来，（他现在某私立大学教书）对待学生也还是那样的'弯弯曲曲'。不过，我们能以因此便疑惑到他为人的品格上去吗？这真是一个笑话啦！所以我劝你最好还是得学学 S 君，以他的意旨为原则，——也就是所谓'弯弯曲曲'——虽然不必过于十分符合了，但只消稍微弯曲一点，这于你也似乎为并非决不可能的。至于一到暑假后，若果你真能来上海时，那情形就会完全的不同了，我定'威逼'着 S 君，教他在他的学校里替你设法。而且我想他也一定是十分乐意的，因为他每到礼拜六和礼拜日来，有你同他作伴，陪他进馆子，看电影，从此他大约也就不会叫苦连天的来向我述说，这样苦闷，那样烦恼了。而且他或许又会'胖了'起来罢。

"你看，S 君的手里，正拿着我刚才写好的一叠信笺，一面读着，一面更在那里皱着眉头呢。自然，这是他的老脾气，可以不用去管他。不过，说起来也怪可怜啊，可怜你们这一对都同是与社会格格不入的人们。

"我很寂寞，有时也想到结婚，不过在这结婚之前，也还是想念朋友，希望朋友来信的。一笑。"

所谓去留问题者，自从得了上海朋友的来信以后，在慕海君的方面，几乎可以说不成其为问题的了，因为他以为可以改换生活的一线光辉，都从这一封信中，完全归于消灭。而那如铁一般冷硬的事实，又复日逼一日的摆在了他的面前。补习班眼见得就要上课了，去呢就呢，虽说是一任他自己的选择，无人敢加以勉强，不过当此一发千钧，得失判于一顷之际，用了清高的空名以换得失业和贫困的实质，这岂是智者所宜为的吗？而且在一个已经有了家室的人，因自己一时的不平，致使得全家都有冻馁之忧，这又岂是自己一人所得而自专的呢？所以慕海君于万不得已中，从此便得到了一个结论了。他非得将他作事的一切方式完全的转变一下不行，不然，无论在甚么地方，只要逃不出地球以外，这一切全都一样，他从此是决不能以往下生活下去的。而且正为着了生活的原故，他更是决定了，决定了再去受时代的车轮的锯齿榨压过一次，将自己碾碎，磨烂，粉齑，而且重铸。要重铸出一个如普通社会上的人们一样的，具有卑劣，虚伪，险诈，下流，无耻，如此种千篇一律的性格来，而且非用了如此般的适合于他们的"模型"的方法，他便不能生活！是的，他现在的转变已经是在他的内心中，私自深深的种下根蒂了，至少他得运用着上海朋友的来信上所说过的老庄哲学，以作为原理，然后再用Ｓ君的教授法，以当作先锋。

四

自从在补习班上课以来，日子不觉又已经滑了有两礼拜之久了。慕海君自信他自己因运用着他转变后的方法，是已经得到了相当的成功。因为第一，他决定了只对着讲义和黑板讲书，决不往堂下望去，或者留心到学生正在做些甚么；第二，他从此再也不指摘出学生有何错误处，第三，他所讲的全都为从诗经，离骚，史记，庄子，荀子，和韩非子上所选下来的文章。他一上讲台就写，写的满满一黑板尽都是重重密密的注解（自然要占去很多时间）。到写完之后，其次就是讲，他唉声叹气，摇头摆脑，一字一字的讲了下去。到讲完一篇后，于是他便这样的发问道："都懂了吗？你们可都全懂？若果有不明白的地方，请尽管不要客气的发问啊！如像这样过于古老，过于伟大的作品，要弄得清清楚楚，本得是很难的。""全懂了。"若果有一个学生随便的答应了一声时，那他就算得到了一种凭据或保障了，接着他又重新地往下另讲第二篇。

自然，这一些，于他的起初，总不能不说是觉得有一种痛苦的，不，也可以说是"十分"痛苦罢。这正如一个母亲发现了自己所生下来的小孩，有着肢体残缺的毛病，想要去将他改造过一遍，而又决不可能时，是有同样的悲哀。所以在刚一上课的头几天中，所给与慕海君的印象和苦恼，他是再也不能忘记的了。因为他觉得自己的当时，真比初出茅庐，第一次登台讲授时，还要觉得羞涩，惭恧，心跳，而且神经恍惚。固然，他知道，实在的，这并不是由于自己的学识有所不充，或品格有所亏缺。他，依然是从前一样的他，不过此时讲台之于他，无论是精神上或形态上，都似乎变得与从前有些异样了。从此以后，他觉得他是再也不能将它当做一个神圣的地方看待了，为的是他已发觉出，它也正如世间上的一切地方一样，在这上面，要想将诚实的话，纯洁高尚的话，讲了出来，那是决不可能的，所以他非得将自己原来的品格，放低下一层去，以将就事实环境不可了；不然，如像这样一座矮小的讲台，实在是不容有如像他那样高大的躯体存在的，他非得再行倒塌了下去不行。是的，为着家庭，为着生活的原故，他便得日日如小丑般的在人前打诨而且撒谎，将自己良心昧掉，而去迎合他人的下流糊涂心理（就说的好听一点，也只能如机械般活动着）这于他又应当感觉到有何等样的苦恼，屈辱，心痛，而且悲酸啊。"我这不是在撒谎，在骗人吗？""不不，非得如此不行。痛苦吗，自然的。不过，慢慢的练习成了习惯时，那就自然会好的。"他只记得每当他到不得已，不能不对学生取着敷衍虚伪手段，而又感觉痛苦时，这两种互相抵触，互相消长，正如潮汐般起伏不定的思潮，就会汹涌到了他的心头来了。

"老师，我们的作文分数，全都及格了吗？"在某一次刚发完作文课卷之后，有一个学生，带着一种鬼祟和滑稽的神气，便如此般的发问了。他一听见这，登时就不禁为之一惊，因为他直觉的已经明白到：这大约不免又是前两班学生们的"暗箭"之一也说不定的吧？或许他们曾经用说他分数打得刻薄，来向新班的学生鼓动过。不然，这位学生发问时的神气，是决不会带着有如斯剧烈的恶意的。所以他也故意用着滑稽洒脱的口吻来回答说：

"起码每人八十分还不够吗？"

"中，只要够满六十分就行。"

"我们班上的作文成绩谁好呢？老师可以告述告述我们知道吗？"这是另一个学生的话。

"全好，依我看，全都不错！"

他一面这样的回答着，一面不觉又想到了那如乱草般芜冗的，几乎可以说无一本可称通顺的，那一大堆作文课卷子的摆在了他面前的种种情形来。因而那一种"我这不是在撒谎，在骗人吗？"的自责自问的老调，又复在他的胸怀间弹唱起来了。

"可是真的？"

"真的。怎么不真，难道当老师的还能哄人吗？"

他此时假装察看黑板似的，已将头回转了过去，想要将他自己的心上适才所描写着的"我已经是无耻的人了，不要相信我，我是在撒谎啊！"这样的辞句，按捺或涂抹了下去；不过同时，他又觉得自己的鼻端有些发麻而且发酸，于是就连他自己也不相信的，有一大股冷冰冰的眼泪，竟至会渗出，而且更滚到了他的火热似的两颊之上来了。自然，幸而得好，他正面对着漆黑的黑板，所以他尽得有充分的时间，去将他自己的眼泪抹干。

"现在还有几分钟？"他转过身来问。

"只有十分钟了，老师，我们下课罢。"一个，两个，三个学生，都异口同声的说。到他再一去看看他自己的手表时，只见得距摇下课铃的时间，尚还有十五六分钟之多。但他仍然昧着良心般说：

"好罢，下次再上罢。"

"下次讲什么呢？老师。"有一个学生在正当杂沓移动着的群众中，如此随便的问了一句。

"下次么，讲什么好呢？文言文已经讲得不少了，现在应该讲点白话了，那我们下次就讲鲁迅先生的《略论中国人的脸》罢！"

这是他提高了声音起来，一边拔起脚步来往台下走去了，一边对学生所说的话。

而且他更眼见得，在这一般学生们的年青的光耀的脸上，所表现着的，全都为一种嬉笑，满足，和喜悦。

选自陈翔鹤：《独身者》，中华书局，1937 年

一个绅士的长成

一

"你们的事情已办完结了吗？"当宋七老爷穿过了公园的紫藤架下，才将手杖轻滑的向身旁挥画了一个小小的圆圈，心里还决不定要往那方面走去时，从他的背后，便传来了这样的一声。再当他将头转了过去一望，于是在他刚才在一面欢送旧馆长宋举人，一面更欢迎新馆长的他自己的宴会席上喝得满面通红的脸上，便不自禁的露出一星星的笑意来了。这发问的正是他的母亲——一位走起路来，就止不着要如母鸭子般向两旁左右乱拐的胖老太太，——而且在她身后，还跟着了七老爷的妻子，琼华，在用人周妈的手中，更抱着有他的"小罗罗"。这即是说，这完全是属于他家里自己的"一支脉"。

"嗯，今天天色还这么早，你们就都出来了？"他说完了这句，又将他手中的手杖挥舞了几下，而同时立定了脚跟，在等候着

他们。

"恭喜馆长，贺喜馆长，今朝真是神气嗯焉的！"七少娘已三步当作两步的首先跨到了七老爷的面前来，更将嘴狠爱娇的瘪了一瘪，操着半下江半四川腔的音调说了这么一句。

"不要乱说，紧防别个听见了笑你。说句真话，这么早，你们就消过了夜了吗！我们刚才下席不一会呢。"

"那里的呢，才五点多钟。罗罗在屋里头闹得很，我们是抱他到兰馨斋去买桃片糕的。罗罗，小么么，你喊声爸爸看。"他的母亲已将话头接了过去。

"爸——巴！"罗罗真的很清脆的叫喊了一声，而且向他将两手开张，预备扑了过去。七老爷乘势在罗罗的小脸上"绷的"亲吻了一下，然而他却并不曾去抱他。

他们一同往前走了几步，那座建立在花圃中心的，为公园中唯一可以正式歇步的草亭，已显现在他们的目前。虽然在那亭子上，因为地势较高之故，可以望见公园中的一切：民众教育馆兼图书馆，陈列室，运动场，漱泉茶社，人行道两旁高高的树丛，以及园内空地里青青的杂草等等，不过他们依旧向前行走着，并不停留。

七老爷独自仰着头在这 XX 县文化中心区内——公园及民众教育馆的所在地——傲然往前直闯着。此刻因时间的关系，来公园里闲逛的人也还只是疏疏落落的几个，而眼前的一片耀的人眼睛发花的阳光，也还是那样的炙热。自然，我们的英雄，新才接任的民众教育馆长，以及附带着管理公园的指挥者，在这种不大热闹的场合中，是显不出怎样"英雄"来的，不过说也奇怪，不知为了何故，那平常从不曾引他注意过的，在花圃中用小麦冬草砌成的，"天下为公"四个大字的花坛上的被一些零乱瘦小的菊苗所互相偃仆纠缠着的旧乱状态，却陡然使他觉得有点不大顺眼起来了。"这成甚么话，有碍观瞻，过上两天，真非大大的整顿一下子不行。那个闰儿子的花儿匠老王，首先得叫他滚蛋，还有其他的人，不，不，还得再缓一步……然后再换周妈的狗娃子前去代替老王，以好让他多赚几个钱，也不枉他妈在我家里辛苦了这许多年！"当他一想到此地，在他戴着白金丝边眼镜，圆圆的现得颇为漂亮的白皙的脸上，已不觉的露出了一丝丝毅然有所作为的表情。而同时，在九月里的尚饱含着盛暑余威的炎热，竟逼得他们不能不就在那个内面早已枯涸，底里正满生着杂草的荷花池旁边的树荫下的石凳上，暂时的坐了下去了。

"说起来也真怪不好意思的，交事情给你的人，不就是节孝巷的那个九公公吗？都是自家人，那里好意思去接人家的手呢。"二老太太一面轻轻的挥搐着她手中的银牙柄的蒲扇，一面感喟似的望了她儿子一眼。

"那个管得这么许多。说句真话，这不是我自己拱翻别人的饭碗，而是钟会计向张县长说了，一定硬要他向省城方面保举，派委下来叫我干的。而且财委会的朋友们又全部主张，非得我出头去干一下不行。九公公，哼，好人！平时眼睛生在头顶上，只晓得自己是前清时候的举人，瞧不起人。全县里的事情，都几乎给他一个人闹酸了，得罪党部，得罪县长，反对这个，反对那个，世间上除开他一人之外，就没有一个好人！去年冬天！他不是把谷子买给我们'合记'碾上了吗，后来谷价涨了，又来自己翻悔，不认黄，狗吃黄糖，吐出了的口水又呼转去。所以钟会计说，我们非得撵掉他不行，不认黄大家都不认黄！而求其实呢，这区区一小点每个月通共只有四五百元的开支的民众教育馆馆长的事情，说句真话，我们那般财委会的朋友们，倒全都满不在意下。要想赚钱嘛，自然另有方法。在这个抗战时间中，要想发财，那一个不是下手就赚他妈个一万八千的……"七老爷仿佛是向着什么人在讲演，而同时又像是向着甚么人在示威似的，边指手画脚的说着，这边不住的用眼睛去对着他正站立在绿荫之下的穿着鹅黄色印度绸衣衫的妻子的娇嫩面庞上，和她娉婷的躯体上去直扫。她虽然不曾言语似听非听的在逗着小罗罗玩耍，不曾言语，不过从她的眉眼间，却依旧有一种深切而满意的神气被传达了出来。不错，她实在太于爱娇了，他，瞧着她，仿佛又重新回到他们尚未曾结婚的时代似的，他觉得她依然有一种吸引他到她身边去那样的力，他实在愿意走过去再靠近她一点。这个女人那里是他曾经结婚了四年多的妻子呢？在她尖尖的脸庞上简直白嫩得完全不像一个生过一个孩子的人。她身体的各部分的轮廓，更完全从她裁剪得极其合适的衣衫下表现了出来，一双微带着黄色的赤裸着的腿干及两足，在白色的高跟鞋上站得四平四稳的，现得既不过瘦也不过胖。这真无怪乎她一来到本县以后，就博得了"标准美人"之称了。

"周妈，你抱小老少到兰馨斋去买封桃片糕，就各自抱他回屋里头去。我们要到城外头去走一走才回来。妈妈，我们走罢！唉呀，今年的天时真有点反常，已经九月天了，还是这样的热。"七老爷，不，应该称之为宋馆长了，还不曾等得到他人的同意，就仿佛满有把握似的，已独行独断的各自领头向公园大门前那座上面刻着有"文教覃敷"四个大字的石碑坊下面走去了。虽然他明知道他母亲是一定不会去的，——因为天气既然那样的热，而她小黄瓜色的解放脚走起路来又是那样的困难，——不过他依然昂着头，挥舞着手杖，向前直闯着，一直到他的母亲已声明要同小罗罗一同回去了，然后他才同他漂亮的同伴，放开着脚步，向南门外走去。

二

如果说小小的狭长形的 XX 城像只小船，那吗，环绕着这城的 XX 江就像一条铁练，而同时在南门外高丘上孤峙着的 XX 城有名八景之一的"南塔"更职司了它"风水上"的责任：那即是说正因为有了这一根铁柱，才将这只在江边风雨飘摇着小舟拴稳着了。所以于通过了一大片碧油油的菜园地，以及到处皆流水成渠的稻田之后，便来到了南门外 X 江的江边。临水一望，除掉了倒映在浅水平沙的澄清江水里面的山上树叶，人家，以及南塔的倒影之外，隔着江，还有如瀑布般冲激着嗯嗯的水碾轮转声，同着江的这面，背后堤岸上一大片的垂柳上的嘒嘒蝉鸣声，遥相应和着。而面对着这满布着平沙小石的江边，于浓绿的柳荫之下，确实的，再也没有比这更适宜于喁喁情话的所在了。不过可惜 XX 城的风气尚未开通至这般地步，一般青年的男女们——少爷们和小姐们——，除掉了在牌桌子上醋战数圈，或者在老太爷和老太婆的烟袋子面前敬聆"庭训"一大阵之外，尚少有单独见面的机会和需要。不然，在这样一个幽静的处所，也决不会让七少爷和七少娘这一对仅有的情侣来坐在江边的石块上，独享其静静的絮谈之乐了。

"今朝侬到民教馆办交代去者，勿晓得为啥事体，老头子同意赵姨娘，总是在那里板着面孔，指东骂西的，真像他两位凶神。希贤格小赤老也跟着他娘哇哪哇哪的，骂罗罗是"小囝儿子"，说周妈是家里厢的老娘姨，不应该用来抱他。阿舜，勿是我挑拨是非，依我看，我们还是早点离开这个触霉头的家庭的好。"依照着平常的习惯，每当琼华一疲惫或同她亲密的人谈话时，她总是爱用着她的乡音来叙说的。

"这有啥子关系呢，你只假装着不看见他们就是了。说句真话，要离开这个讨厌的家庭也很容易，不过我们总不能让赵姨娘那个烂娼材，轻轻易易的就将我们撵了出去。那才好呢，我们一搬起走了，他们便好独霸家业。他们愈加讨厌，我们更给她个愈加不走！"七老爷一面用手杖轻轻的敲击着他身近旁的小鹅卵石，一面用眼睛欣赏似的在瞧望着他妻子撅起的小嘴；他更觉得她做着的这模样，十分爱娇，十分有趣。

汗从他翻领的西服网衬衫的领口中间直流下来，就他衬衫的背后也几乎全是湿漉漉的。不错，近两年来，他确实的显得有点发体了。这虽然是显得颇为有福的好现象，而且在他白皙皮肤，中等身材的躯体之上，再加添二三十磅肉上去，也并不怎样难看，不过汗，汗总是会因此多流一点的。

"侬勿要胡里胡涂的，侬试想想看，——在我们刚刚回来咯时候，是啥光景？是不是随便啥人全都可以给我们苦头吃？好，这搭辰光可好了，那一般人义全都看见我们眼红。铜钿，铜钿在咯辰光是有几个的，不过这不全通是我们自家找起来的吗？所以随便啥人也勿要想来多揩一点油！"她说罢这些之后，便如放过了气的皮球一般，将头软绵绵的靠在了她丈夫的肩上，而且更用她饱含柔情的眼睛去望着了他，从那里面，似乎可以让人读出，"你说可唉是啊，阿舜？"这一句重复的语言来。

不过七老爷此刻，却陷入于沉默的深渊里去了。他用眼睛向辽远处呆的瞧望着，似乎是在倾听着他妻子的轻轻的诉说，又似乎是在注视着离他们身旁不远的正在慢慢反刍着青草的一只温和安静的黄牛，更又似乎是在欣赏着隔江的正向着地平线下冉冉西沉下去的夕阳和晚霞。但总而言之，他此刻是不言不语的，正不知他在想些甚么。

自然，这也十分难怪，每当人一向他提起他的过去来时，而一种久潜藏着的，和使他实在难以忘记的怀恨和切齿的情绪，就会从他的心底里直翻腾了起来：

不用说当地在初中上学的时代，他的那位自奉甚丰，而对于子女却十分悭吝冷酷，顽固守旧的父亲，已使他觉得十分难过，就在他同琼华因抗战的原故，刚一从武汉回到家里来的那种情况，也使得他每一想起，就要咬牙切齿起来。那是他们是被安置在家里的从前本为用人们住宿之所的东厢房内，而希贤那个小鬼却同专门侍候他的女用人占据着正房，死也不肯相让。全家中除了他母亲一人而外，全都是冷冷淡淡的，仿佛谁也不曾注意到这对新婚夫妇的存在。当他们新到家的头几天，吃饭就连菜也不肯多添一味。但总而言之，母亲只知道一意诚心诚意的念佛，万事不管，——不敢管也不能管——所以家里的一切，全都操之在赵姨娘这个老狐狸精一人的手里。老头子一天到晚，除躺在床上吞云吐雾的让赵姨娘牵着鼻走之外，就只是板起面孔来骂人：不是说子孙不争气，光晓得坐在家里吃闲饭，便是唉声叹气的道，如今世衰道微了，就连孔孟之道也没人讲究。而最使得七老爷痛心的，更是在他新才结婚太太的面前，也时常的要受到他父亲冷言冷语的"庭训"；而且这种"庭训"，又常常是以在吃饭时的桌子面前为多。这不仅大有伤他个人的体面，而同时也更彻底的打碎了琼华的一回到在大后方的颇有产业的旧家庭里，便可以安安静静的享一享福的大好迷梦。——而正因为有了这个迷梦，所以才能将他们两人紧紧的结合在一起的。

从前他们在武汉的广播无线电台同事的时候，依形势而讲，他们两人是极少有结婚的希望的：因为他们位置既并不比她为高，薪水也并不比她为多，且论到学殖方面，他由初中毕业后，只住过五个月的无线电专修班，而她呢，则曾经有过两年以上无线电播音的经验。此外，她更还以漂亮著名，在台里面追求她的人就非常之多。不过自从徐州不守，武汉告急，而且更由于日本人的飞机将一颗千二百磅的炸弹正投中在他们作事的无线电台以后，这种种不平衡的阻碍，于是却被它铲除罄尽了。在七老爷自己个人呢，虽然在女人面前，也颇有他不少的优点，但在这许多优点之中，而在大后方有一个家，这个家每年又是有三百多石谷子的收入：关于这一点，于此刻，大家正茫茫如丧家之犬的此刻，即不禁特别的狠鲜明的显现在人们的眼前。而且他还向她保证了一切：除开他对她的忠诚热爱不计而外，还有当他们一回到老家时的那种舒服优异的生活的缩影，确早已从他的口中不止一次的向她描摹出来，使她亦不能不为之动心。

但现在，岂不一切都了如指掌了吗？家里虽然不能不谓之富有，但这并不是属于他们的，老头子将钱捏得紧紧的，一分钱也不肯放松，赵姨娘更支配了一切，他们就连想安安静静的作一个附庸，吃一碗闲饭的希望，也都不易办到，不过在这时，似乎可以说出他意料之外的，便是他的琼华却现得十分的温顺，而且她好像比他都能以忍耐起来了。她恨，但喜怒却不形之于外；她怨，但这却不是对于他个人：她只怨恨他们这一支脉的母亲太过于懦弱，怨恨那个昏愦可恶的老头子不早一点断气，以便使赵姨娘将大权交了出来，让大家好平分天下。

但总而言之，琼华比起在武汉时代来，确实是完全的迥若两人了，——她能吃苦，能耐劳，能忍气，能以在颇为困难的时候体贴丈夫，仿佛如一个旧式女子般的温顺，而且就在这一年中，他们的小罗罗便怀上了身。

三

正如琼华所常说着的一样，"抗战将我们结合在了一起，抗战又使其我们十分的吃苦头；"这是颇为正确的，不过能使他们因此"得救"，关于这一点却是在事前非他们所能意料得到的了。

因为在某一个宴会席上，偶然的七老爷同县政府的钟会计便曾见着了，而且于两场麻将之后，他们更成为知交。"说句真话，这个外江佬确实是满够得上朋友的：大方，不小气，将小钱看得很轻。"不仅七老爷自己个人对于钟会计心里作了如是的估计；就在钟会计方面，也不禁时时要从他墨晶眼镜边沿之上，透过一层赞许的眼光来，暗自思量道，"还要到那里去找寻关系呢，在本地的绅粮当中，再没比这个人更为合适的了。他不仅漂亮，懂事，跑过下江，而且在本城里的亲戚朋友又多，就连解一下小便的功夫，也会碰着一大堆的熟人……"

从时间上来说的他们的会见，那正是在抗战的三周年的春间。如果从钟会计的东家张县长作官履历上来说，则应写道，第二任充任XX县县长，于接事后第二个月以内的事情。

假使依照模样而论，钟会计的那副染阿芙蓉癖甚深，发音很低，瘦骨如柴，还时时要从墨晶眼镜边沿上透出眼光来窥探别人似的尊容，确实是不易令人发生快感的。不过自从通过七老爷的关系，他便结识了当地不少的士绅；而且当他不惜苦口婆心的，明白恳切的宣布过他谠言正论之后，于是一般地方上的人士们对他的印象却大大的改观了。因为他的哲学是，"要找钱么，还得正明公道的将本求利才是正理。那一味只晓得从老百姓身上想法的人，实在为我兄弟个人所不取。而且就以我们的敝东家张县长而论，他也实在最恨那种不值一钱的贪官污吏。所以不是兄弟替敝东家登告白，他虽则已经作过满满三年的第一任县长了，但他还是两袖清风。他所有的几个钱，也还是从正明公道的生意中得来的。不过既然想要谋利呢，那第一步就必须得从繁荣本地市面，活动本地市面，这一点来入手了。不然，同本地的一般士绅们情感一变坏，彼此一互不相了解，那便只有两败俱伤，一无所可了。"

将本求利，天公地道，不错，这种极合于常识的逻辑，又有谁能以反对呢？于是"合记米庄"，"合记糟房"等等字号的组织，便以商会会长王立斋以及县府钟会计作为中心而成立起来了。这是一个为本城里所从来未有过的资金已超出了二十万以上的庞大组织。他们大量的收买稻子，粮食，而且更将附城十里地以内的水碾，榨房，全部包在手中。此外，更兼备有汽车式的橡皮轮子的木板大车三十多辆，以便将本地出产最富而从来不会大量输出的稻米，利用穿城而过的公路，向距本地估有二百来里的 XX 市运输了出去。从 XX 市更带了布匹，绸缎，日常用品，化装品等等回来。在这种一来一往之间，其获利之颇为可观，那是谁也能以想象得到的了。

不过当七老爷将他从取自他的母亲，宋二老太太的手中，用二百多块的"现洋"，和两对一两多重的赤金手镯变换得来的大约有法币三千元以上的数目，交给钟会计，打算加入"合计"组织时，当钟会计却拍着他的肩头，用他从墨晶镜片边沿上投射过来的眼光来钉望着他，对他极诚恳极认真的这样的说了："七哥，你我弟兄的交情非外人可比，我知道，你只有这一点点的活动资本，我们不可以把他放在死呆的地方，所以合记这样的组织，你现在且莫忙加入；等你钱涨多了一点再说。此刻，你只将钱交给我，让我去替你安插好了。我同成渝两地天天都有信电往还，在这种非常时期中，比做米粮生意更加有利的买卖，正多着呢。你听我的话，你我弟兄不是外人，我不会哄你。你的钱放在我的手中，到年底来果不变成两万三万的话，那我姓钟的就是这个！"说道"这个"二字时，他便将两只手掌摊平，掌心压手背的合在一起，只将两个大指头伸到外面，让他摆动了摆摆，这即是象征着乌龟王八等的意思。自然，这一场喜剧的终局，除掉了彼此放怀哄然大笑一阵之外，便再没有别的了。

果然不错，在本年里，从七月到十月，这三个月之间，单只菜油及棉花两样的价格，在 XX 城不觉的便高涨了两倍有余。但钟会计还是说，"不要慌，不要忙，老哥，你得听我的令下：一切都要年底来才能见个分晓，最好是等到明年春排来再说。我们既然买得了，就不要忙着将货卖了出去，横顺棉花和菜油这两样东西，放在家里都不会长虫或者失秤的。管它妈子，一不做二不休，老子这回真非赚他妈一个'到注'不行！"

"等到明明年春排"，话虽如此说，不过他们的账，到了那年的年底来，却依然作了一个结束，——因为因为物价的过度高涨，致使得胸有成竹的钟会计也不能不为之吃惊，而且有些沉不着气起来了。那存放在七老爷厢房内的一挑挑的菜油，比起来价来已几乎高涨至十倍以上，而棉花则八倍有余。这即是说，他们只用了约近万元的资金，便博得了法币八九万元的盈余。

风声所播，昭昭在人耳目，于是自此以后，七老爷和钟会计在XX城的地位，就骤然的高扬起来了。钟会计被邀请到本地的"财委会"里面去兼理会计，七老爷也被选举为"财委会"的常委主席。而最使得赵姨娘侧目，就是二老太爷也不能不对他儿子点头称许的：还有此刻张县长也同七老爷有了密切的往还。县太爷既然不免时常的要来到七老爷府上打几圈"公余麻将"，而随后还更进一步的成为了小罗罗的干爹。

七老爷既身任财委会的常委主席，近来又代替着此刻已颇觉精神有点不济的钟会计，作了合记米庄的经理，而且家里又有三百多石谷的母田，这在本城里是谁个不知，那个不晓呢？自然，从此以后，琼华是再也用不着去忧心"阴丹士林"，或"佛纳佗"之类要卖二元多一尺，而小罗罗也决不会因为一只破烂的小玩意汽车去同希贤争得来打架的了。赵姨娘的威风，虽然依旧可以弥漫着上堂屋，不过在东西厢房和外面的大客厅里，却已成为七老爷们所有的全世界。于是七老爷便不免微微有点"发福"，就西服的衬衫，也因领口变得太小，而必须得上XX市去另制去，而七少娘之日益体态轻盈，面目娇嫩，那更是不用说得的。

合记米庄的水碾，榨房，汽车的轮子，一天不断的飞转着的忙碌着，XX城的米价及粮价也一天不断一天的出乎正规之外的向上飞涨着，有时致惹得一般下愚的"莠民"们，在米市上还要作出一二件类似抢劫的不法运动来。虽然这一些有时也不免要引起一番县府中人的烦恼，但这一些说其到底还是要让"抗战"二字的负责才是正理的，不然，自从抗战以来，在大后方的每一城市里，为什么几乎全都是这样的大同小异呢？而何况合记米庄的经理宋七县爷，以及同他一同来自战区的宋七少娘，对于一切的爱国行动，——如募寒衣捐，请求伤兵之友等——向来又并不后人，譬如说，每当一谈起抗战的重要性来时，那对人从来不拿银子的宋七少娘，便总不会忘记要用她体态轻盈的态度来向你解释道，"侬勿要以为日本人的炸弹掉下来是好白相的，只消一听轰隆的一声，许许多多的屋顶，墙壁都会从你头上倒塌下来。这种苦难，我们在前方的时候，吃过的真正勿少呢。性命吗，到那时才真交交关关。所以我们身住后方的人，必须得主张抗战到底才行。赤老，伊拉啥人反对抗战，啥人就是勿爱国，汉奸！"在说罢这些话之后，她从不会忘记掉要向你嫣然的一笑，以作了结。而且她这种笑法，正同于七老爷平时的笑是颇为大同小异的。其意味即包含着既和气而又天真，致使得对方对之无不感觉得有如吞下一块蜜糖般的舒适，可口，而且了然。

所以，无怪乎张县长平时常常爱对人这样的讲了，"宋七娃那两口子嘛，下江味实在太足了。若果依照我们四川话来说，就是太'水'一点，不过随便那个到他那里去人，总不会使你感觉得不舒服的。而我所最喜欢的，就是他堂客的那股软绵绵甜蜜蜜的下江劲儿。宋七娃个东西有这样的一个婆娘，真不晓是那座祖坟里埋对了龙脉。"

四

就像在这以上的"软绵绵，甜蜜蜜的下江味儿"的条件之下，七老爷自己个人的"私房"储蓄，还未等到抗战第四周年终了的时候，便已变成为二百多石谷的水田。而且依照着他的全部财产而论，还不到这他全数的二分之一呢。若果用这去对他家庭来说，虽不见得七老爷为"孝子"，但"克家令子"四字，他确实是当之而无所愧了。就如这样像一个精明强干的"克家令子"，而他家里的人所给与他的估价和待遇却是那样的不正确，而且失之于太不公平。——尤其是在四年以前，当他初一回到家里时，他家庭内的各份子，上之如二老太爷，钟姨娘，下之如希小鬼希贤以及赵姨娘的用人等等，他们那一支脉的人们，所曾经给与他过的苦恼和侮视，确实是过于难堪的了。所以无论任何人，只消向他一提起当年的情境来时，他便会感觉得有一种如抵触着他新才长成嫩肉，上面却还未曾完全封口的创伤似的十分难过。这种滋味，真也说不清楚其为酸，为痛，为苦，为麻。不过随接着，就一定有"也有今日啊"的想要报复，雪恨，和想要对人发泄的劲儿，确总是不歇的要在他的心胸中动荡了起来。此刻，经他的妻子再一提起起了这些来时，于是正同于往常一般无二的，那种似酸，似麻，似痛，似苦，想报复，想发泄的种种莫明其妙的复杂情绪，即复又将他紧紧地攫捕着，更使得他能不沉入了记忆的渊海里，去漂浮着，思索着从前和现在种种的一切了。因此，就连眼前面的映在水里面的南塔倒影，清澈可睹，天那边的落霞成阵，灿若云锦，这种种的良辰美景，他也都无心再去赏玩。他沉默着，一面不快意的搅动着脑神经，一面对于妻子的种种唠叨，只唯唯否否的随便应酬着。但若果要问他此刻心里所转动的为何种念头，那恐怕就连他自己也是很难以回答的了。这样一直到他已听见他的琼华催促他归去的声音，连连的打入他耳鼓时，他才如梦初醒似的站立起了身来。

"琼，到进城的时候，一定要从经过南味轩的铺门前经过的，我们进去切几样腊味带回去好吗？记着啊，可不要到临时忘记了啊！"七老爷一面向归途上慢慢的转动着身体，一面慢慢的用一种挚爱和亲热的眼光去看望了他同伴几眼，然后说。他们彼此的都在微笑着，似乎更是在表示着他们彼此间的同样幸福和满足。

"啥体呢？可唉是有客人到家里厢来吃夜饭吗？"她问。

"不，不，这是专门给老头子买回去的！"

"你那拉说法，老头子？这才真正的触霉头，鸭屎臭！"

"你们小囝你懂得啥子呢，我是正在打算着把他今年收得的谷子诓过手来。"

"侬勿要打错主意，在那个鬼老头的身上去转念头，恐怕是不大能以成功的啊。"

"那不见得。我们只消说，这是我们亲耳听见张县长说的，县府已经奉到了省府的命令。马上就要调查存谷，实行封仓，平价发售了。这样一下子，我想就会把老头子骇昏。然后我们再加以说词，他一定便会将谷子服服帖帖的交了出来。那是我们在表面上是用合记米庄的名义去向他收买，勿暗地里却⋯⋯吓，琼，到年底米谷价必定是会对本过程的，这三百多石谷的利息，我想我们至少还有四五千块的冤枉钱好拿。"

"好是好的。侬去试试看。可是这回赚得了铜钿，前次我向侬提说过的那堂木器，侬可勿要再来推脱了呀。前回我上 XX 的时候，早就同协昌商行的老板商量好了，我先交上了一半定钱，货色得替我留着。若果这次再要失信于人的话，那就真正的难以为情了。一个人，脸孔得要啊，啊，阿舜，侬说，可唉是呀？"

"是的，是的，晓得者，晓得者，好人。在此刻 XX 正在跌价的时候，就花上两三千块钱去买得一堂上等木器，论价钱本果就不算为多。只消我的生意做得顺趄，对于我的阿琼，这一点点子我倒全不在乎，因为她是曾经同我吃过不少的苦头的。"

七老爷在模仿着琼华的音调，说罢了这些话之后，止不住的他便自己发笑起来了。她听着，也觉得十分满意的巧笑着。而且他们一同行走着，不觉的已走进了城门。于是这一对充满着"下江味儿"的漂亮夫妇，用他们囊囊的皮鞋点地声，以及手杖柯柯的敲击街石声，便穿过了这座正坐落在川陕公路的孔道之上的，正在日渐繁荣的 XX 城。在那里，依联着它平日的习惯，是每当日落黄昏时，沿着街的两旁，即便有灯光荧荧，钥匙之声铛铛作响的消夜正在那里喧闹着的。

不错，XX 城此刻确实的不仅已走上日加繁荣的道路上去了，——而且就从这里新才接任的民众教育馆馆长的宋七老爷，以及他的一般财委会的朋友们之已不屑意去留心于"这区区一小点每月通共只有四五百元开支的民众教育馆的事情，"我们便可以推断出其将来必定会有更加繁荣的一日。

一九四〇，八月，卅日

选自 1941 年《文化特刊》

陈竹影

| 作者简介 |　陈竹影（1903—1973），四川成都人，现代作家，马静沉之妻。代表作品有短篇小说《微笑》，剧本《浔阳江》等。

微　笑

他们俩结婚了。可是他并不知道是怎么一回事；她更是茫然，而且不知道将有什么更新奇的把戏要随着"结婚"来临。他们不过是这样：着起新的衣服，拜了几拜，就算是"结婚"——这是怎么有趣的浪漫事呵！

结婚后的生活，并不与从前有什么不同。她呢，还是一般的生活着，——劳苦地操作着，不过不是原来的地方；而且处处都感觉到是新奇，她的生活，可算是"新生活"了。他更与从前一样，所不同的，只是屋里多添了一个人，心头多怀了一重说不出的恐怖罢了。

他们就这样生活着。一月之后，他收拾行囊，别过家里的人，——自然也有她在内，——坐船到学校去。当他离家的时候，她牵着小兄弟的手随着母亲送到大门外。他走了几步，被迫着似地回头一看，只见母亲还木立在那里痴望着，她躲在背后用绢子揩眼睛呢。他像触了电一般，心上突的一跳，但终于仍然快步走去。

他到了学校，这里的环境又与家中不同，她自然看不见，然而那重说不出的恐怖，毕竟还是不曾去掉。他也就只好这样把他怀着，在学校里一天一天地过去。

他的同学们都取笑他，或问他的妻子有多大岁数，读过书没有，能不能写信，……他都没有回答他们。虽然他素来寡言笑，却是他们看见他这样抑郁不乐的，就以为他的妻一定很好，使他很满意。有一个同学便说："一定满意无疑了！不然，他何以才别离便这样不高兴呢？——我知道他一定是在那儿想念她呵！"

他们喧闹着，不久便也散了。剩了他一个人孤另另地斜倚在那儿渐渐堕入沉思之中去了。

"我真不明白，何以我走的时候，她会落泪呢？她是真心'爱'我吗，还是被别的什么力引诱着呢？她不笑，我还很安静；她那么一笑，我的心竟都跳动了一下，这是怎么一回事呵，我真不明白！

"我的心就是我唯一的上帝。要是我同她就这么模糊朦胧地度过这一生，我的上帝允许我么？但是，假如我抛弃了她，他又能否心安呢？——呵，我的上帝！……

"我不能这样模糊朦胧地同她生活着；却又不忍便抛弃了她独自走开，因为我若这样做了，只有死之国能容留她。——什么是我所能够做的呵？"

最后，他得了个较安全的法子。

他必得要等她明了婚姻的意义时，才明白地和她离开。这样就不至于会出什么乱子了。"幸而她还读过几年书，认得些字；要是不然，那更麻烦呢。"他脸上微微露出了一点笑容。

两年后的一个黄昏，他得着她从学校里来的一封信。他还是照常拆她的信的样子，从容地展开读下去：

云叔吾友：

别时奉读了。我直到今日才明澈地了解你的意思，这不能不说是我的愚和你的智了。

现在我才觉得，你对我种种情形，都是益我的；我从前错了，我以为你那样对我，都是轻视我。现在我可以明白了。我应当感谢你，诚挚地感谢你！因为你使我向"人的路"上走；而且，你一定能够扶助我指示我以后的途径，我相信的。

你去年送我们学校去的时候，你说过几句话："我很愿意我们俩再当几年朋友，然后才说到别的关系来！"这话我是永久不能忘记的，不过我对于你这两句话里有点疑惑的地方，就是"才说到"三个字。我终久相信，你这么诚实一个人，不会竟说出这三个字来。你究竟是什么一个意思？你能告诉我么？在我的私心揣度起来，你当时是没有什么意义的，不过随便这么说出罢了，是么？

你读到这里，也一定知道，我说这话是不会没有用意的。诚然，我实在不无用意。老实说，我是想把你这三个字改成"不说到"。你允许我么？——但这是你的初愿也未可知；若然，那就更好了。

天气渐渐热了，好自保重！家兄嫂一函，盼即转去。

五，十七日，琪

他读完信，没有说什么，只是微微地一笑。

选自 1923 年《妇女杂志》（上海）第 9 卷第 9 期

陈炜谟

| 作者简介 |　　陈炜谟（1903—1955），四川泸县人，现代作家、教授。浅草社、沉钟社主要发起人之一。代表作品有短篇小说集《信号》（收录《轻雾》《烽火嘹唳》《甜水》《狼筅将军》）、《炉边》（收录《PROEM》《破眼》《月光曲》《寻梦的人》《夜》《旧时代中的几幅新画像》《写实主义与理想主义》《寨堡》）等。

旧时代中的几幅新画像

母亲常说她的娘家已没有人，很是难过。照她的意见，嫁出了的女儿，就不应该像别人家的人一般，对娘家的事不闻不问。她很愿意一年回几次娘家，只是现在都绝了香火了。为补偿这方面的缺点起见，嫂嫂回娘家她总是代她打包袱，有时硬逼着她回去，而且每个月总要打发人去接已嫁的姊姊回来，自己是第一人到大门口笑嘻嘻地迎接。堂姊的婆家也是礼尚往来，不是"不闻不问"的。

瑛妹爱问。在晚间她总拉着母亲刺刺不休，问这样，问那样。外祖父死后一年，外祖母也相继去世，二舅和三舅分了家，各奔前程，结果都往死路去了。这一切瑛妹也知道。

"所以，活着的现在就只有你六舅了。"母亲叹息说，"他是个经魁。就在停科举的前一年'中'的。那一年他来我们家，穿着很长的袖子。办好了烧烤席请他吃饭，他只拣了几筷子；第二天就走了。他没有结婚。反正那年听说他削了头发去做和尚，一直到现在没有消息。"

假期中，堂姊的婆家有人来。母亲对我说：

"你到太姻伯家去玩一些日子。虽是堂姊，不会待外你的。像我这样，要想回娘家已没有了家，要想娘家的人来已没有了人。"

我又在堂姊家了，在那所我惯熟的房子里。堂姊是永兴二伯的女儿。那房子很大，母亲她们时常提起，很羡慕的光景。门口有三座石槽门，但总是关着还加上粗大的门杠子。好像当初一建筑就不预备开的；人从西边的一扇小门出入，通过狭长的甬道，才达到外厅。堂姊告诉我，我若要去找她，千万不要在门口叫；她家里豢养的三只狗都很恶，乱咬人。在她的门口右边的土坡上有一株枣树，最好爬在这枣树上去叫喊，狗便不会咬着我了。

她家里的人也都没有变迁。她的大哥叫远志，是一个性情迟缓的人，我每回看见总好像都碰着他刚剃了头。他的弟弟却和他相反，头发留得很长，一块手帕总拿在眼睛上擦；那眼睛也可怪，随时都是红的，有病。他叫什么名字我不知道；恐怕堂姊也不知道；她一提他来就叫"张老二"，她的丈夫却省了一个姓，只呼他"老二"。远志的女人大约有三十岁，牙齿长得不齐，平常不说话的时候也有几瓣露在外面，他们说这是小时候不留心，吃了没有炒熟的生南瓜子所致。他们的父母早死了，在祖父的荫蔽之下。他是一个有钱的，吝啬的土财主，并不因为他的年龄而影响及他的健康，因为他已八十岁了，精神还很好，扶着拐杖能走很远。他是一个爱说话的人，一见我便说：

"来了啊？"像是疑问，又是惊奇。

我用点头代说话。

"还不上学呢，少先生。（他叫我少先生。）听说城里的学堂都快开课，你那一天动身？"

我最怕同他说话。其一，我知道他已上了年纪，耳朵已失了作用，要同他说话是怪麻烦的，你必得把笔拿来写在纸上，或者用指头蘸着口沫在桌上画字给他看。其二，虽则只消写一两个重要的字他便可会意，但接着他的答话是这样的冗长，议论又这样的虚无，飘渺，弄得你半天茫茫无主，好像有什么人在你脑里塞了一大团木匠用刨子推出来的刨花。其三，我最怕听他的统计，那是只消一两个不重要的字便可使他推算出一大张表的。

我仅只微笑，极力避免可以引话的事项。

他抽上一支叶子烟，说：

"近来什么都贵啊，连叶子烟也抽不起。城里怎样？你一年用多少钱，少先生。"

不能再缄默了；堂姊代我在桌上画了三个字，"一百二"。

"一百二十钏还是一百二十块？我看还是住宿便宜一些。譬如说罢，伙食一个月三块，顶好了，要不了这许多，学费一年十二块，宿费十块，衣服，鞋，袜家里自己做好送来，书不用买，抄讲义或借着看。这样，我算——十二块加十块再加九三二十七块……再就是剃头和灯油了……一共不过……"

"唔，差不多……"

"累不累？躺一躺罢？"

他把那客厅里平床上的枕头理一理，便半侧地躺着一只脚跷起，就在鞋底上抖烟灰。

我比较的喜欢太姻伯母。她是太姻伯续弦的夫人，大约在四十岁的时候；现在已有七十岁了。她自己没有生孩子。她一直到此时还是母性十足的女人，非常喜欢堂姊的小孩；对堂姊也很好。她总是愉快地微笑，低声地说。

"你又在那里发焦了。年青人是不行的。"她一看堂姊打孩子总说。她从老祖父那里偷钱来给堂姊；有时在厨房里私自煮好几个鸡子，便走到堂姊屋里。

"你吃罢？家里没有别的东西。"

"婆，你也吃。"

"我不饿，你祖父常说我像一只麻雀，嘴细得很。"

这家里也有些奇怪。无论是刚来或在这里住久了的人，一看就觉得他们太不调和，相差得太远。但他们总不分开。老祖父本有两个儿子，在他的次儿，就是堂姊的姊丈的父亲死的那年，他把财产分成两半；自己的老夫妻却不提"养膳"，仅只在长子和这边三个孙子处吃"零供"，每边一个月，轮流掉换。他自己就管掌着他的孙子们的财产，这在他那没有缝隙的手里确是一天比一天增长。

我常诧异着他们吃饭的情形，以为老夫妻倒不如提点钱财，自己请人弄饭吃的好。在客厅里摆着一张可以坐十二个人的圆桌子，但只有四五个人吃饭。这家里的规矩女人吃饭是在里边，男子呢，就是厨子和仆人也是和主人一桌吃的，在外边的客厅里。

在饭桌上，老祖父总是问厨子：

"大少爷呢？怎不来吃饭？"

"他病了，说是头里不舒服。"

这一回是大少爷"病"了，赶下一次：

"三少爷呢？"

"先前还看见在那里洗脚，怕是跑上场去了罢？"

再下一次就该是二少爷了，他刚在别处吃了回来，不能再吃；或者脾胃不开，扒两口饭就跑了。

这原因就是他们都怕见祖父；他爱骂，好发议论；而且菜也很难吃，倒不如在自己的房里弄点东西，反正五更鸡的火熊熊的响，祖父也是听不见。他就难看见他们！有时他有事要找他的孙子，在院子里用着沙喉咙叫，也总没有回声。听见他的拐杖在地上橐橐地敲，愈来愈近；他咳着嗽，还吐了一口痰，这时堂姊就把门帘放下，门也半掩着。

"老三！老三！"

他在门上摸了一会，又拖着拐杖走了。堂姊静嘿半晌，叫我：

"你把那门依还开着，屋里闷得很。"

我笑着把门开了。坐在床沿剥着堂姊递给我的焙干的荔枝。我诧异什么呢？祖父最省钱，他哪里看得惯忍得住不骂呢？我从不曾看见一个像他样爱惜金钱的人。人们为着某种目的爱钱，倒是常有；钱是人总爱的，就因为他有用处，能满足我们的欲望。但他的爱钱并不如此，他爱钱就因为它是钱！再没有比他更仔细来藏放金钱的人了。一文一个的小钱他不像别人样用串子来穿，把它们都打散来放在柜子里，这样即使有人来偷，有贼来抢，任你把衣袋的荷包都塞满，还加上两手，一个怀兜，至多无非拿去两钏！每年把仓谷换来的许多银两，他不用来买地，只把它们都埋在地下。谁知道他埋在枣子树下或毛房侧边呢？他是不让人知道的，甚至就是那"老婆婆"他的妻子；他这样称呼她。

堂姊对我说：

"将来祖父死了分家，反正谁分得这所房子谁发财！"

"没有人看见他把银子埋在何处，怎能发财呢？"

"傻的！那还不容易！你不听见母亲说过吗？祖父要死那些天，总是乱嚷，叫家里人打兔啊，打死那只白兔！它到处乱跑，打死它！嚷得久了惹起好奇心，大家随着他的手指处用锄头在地下剜，就剜出一千两银子。银子埋在地下就会看见白兔的。真像活的白兔，到处跑来跑去。"堂姊有些出神，仿佛在眼前已看见白兔跑，真像活的。

在这样家教谨严之下，自己挣"私房钱"是何等艰难，但堂姊的大哥却很有钱。那"和尚"真有钱，他们说。他从祖父那里偷来的钱，或是自己经手卖谷的"赚项"，都存放在他妻子的娘家，用他娘家的名义来买田地；他们诅咒他，说将来总有那一天，娘家全盘不认账才好。到那时只落得活该，一个也捞不着，那捞什鬼！

我住在这家里，心想着学校快开学了，有些焦急；堂姊却留住我。我在这里也不少事做：堂姊总拿起她的家庭百宝全书来问我些不认得的字；晚间她的丈夫又要常常像是考我：

"那物理学讲的是什么呢？是不是讲人身上的心肝脾肺肾？听说有这样的科学的。"

堂姊把话岔开，说：

"又在那里不三不四地问了，好意思！"

"问不得，只许你问！"

"现在的学堂出来能做什么官？"他又发问了，"像你这样勤学将来能做什么官？"

"我不知道。"委实是不知道的。

这时他误会了我的意思，忽地兴奋起来，以为我不屑答辩他的话。他笑着向堂姊说：

"好，我们也念书做官去！"

"蚱蜢官！韭菜的'韭'字都写成'酒'字，还做什么官啊。"

因为这样的开头，他们常常争吵；堂姊说话很尖利，弄得她的丈夫喉头有些吃格，有话出不了口，常要披起衣服往外跑。堂姊一把将他拉住，说：

"我总要打一根铁链子来把你套在马桶角里！看你往那儿跑？"

"说了就松，不用请端工！"

有时并不因了争吵的开头他也要到外边去。这时堂姊也拉着他：

"你又要往那里去挣白塔！"

"你管不着！"

"管不着？去罢！去！把老人家用挖耳掏进来这几个钱都输完才好。好，去罢，用耙耙掏出去，用扫帚扫出去，往人家那里送。你怎样开交啊——你这报应！"

她总叫他"报应"。

"我问你，那回那一张白押是怎样画的？你这报应，怎样得了。人家指你的背脊骨！一点点事你就昏了，人家用圈套你也不明白；坐在桌子上打牌，有女人来给你烧烟，那才惬意呢！叫你画一个十字在一张白纸上你就画，我叫你把那堆屎吃了你没见听？！幸喜还写得少，五百钏，这样，人家会要你的狗命！"

常是这样争嚷，把我的耳朵都弄昏。

堂姊住的是中院的西房，一共三间，在顶外间的窗上有一个大洞，他们好久就说要裱糊，但总也没有裱上；从这洞里可以看出到她红眼睛的二哥的房的窗子；那是北房东头的一间，面积比堂姊的房子大，外表也来得更新，更好看，人会要疑心那房子是近来油漆的。她的二哥的女人是死了的，尚未续弦；许是这原故，他睡得很早。堂姊在黄昏时总不点灯，要等到天全黑，或者说，"撑手不见掌"，才把灯油加上；这时候，她二哥的房里已熄了灯火了。

一天夜里，过了他的照例的睡眠的时候很久，从我那窗孔上还发现他的房里有灯火，虽然那火焰是很小，看来就像没有一般。

这是例外。我向堂姊说：

"奇怪，他今晚还没有睡。"

"又喝了猴三尿罢！"堂姊说。

话很快就证实，堂姊的贞妹也例外的走来了。我知道她已有二十四岁，但还未嫁人，这是在乡村不常有的。我见她还是初次，羞怯罩上她的脸了，在灯光下我还看出她脸上有这样阴沉的表情，仿佛谁骂过她。

"怎样？又要发母猪疯了么？婆说有一点影响，快要干成了。"

"又醉了！"她说。"他来看罢。"她拉着堂姊的手走去，我也不怕堂姊禁止我，跟去。

窗下，灯火是比先前更小了，声音却大着：

"啊，谁害你了！冤家！我从来不曾……那个守一辈子寡的！呜～～哟！

"呜～～哟！

"呜～～哟！呜～～哟！

"喔——喔——喔！"在哭声中他喘不过气。

祖母也听见跑来；大家都在窗下听。堂姊叫她的祖母进去劝。

"哎，小，小～～啊！怎的门也关着。打开，我来。要喝糖水罢？"祖母叫他是"小"，声音有点变，有点像英文的"Shire"了。

我问堂姊是怎么一回事，她用摇手代答话，叫我听。

在转回堂姊住室的走道上，我才听出了。那红眼睛的二哥死了女人，他很伤心，或者为了这伤心他才去喝酒，或者是喝了酒更伤心，这因果我不明白。他总说他的女人是贞妹给他害死的，为了这原故，他千方百计阻止贞妹的字人，所以她现在二十四岁了，我说过。他是要看她"守一辈子寡的"。

到了堂姊的住室，贞妹也先在，很是难过。

"贞妹怎样又不高兴？"堂姊劝它（应为：她），"过些日子他就会好的。婆说有点影响，不久他就要干成了。"

"他总要说他的女人是我害死的！"

"由他说去罢，只求问心无愧。"

"她病的时候我替他端药，那倒是真的。药是医生开的，又不是我出的方子，这还要怪我！呵，我受的气也不少了。"

"是呢，谁不知道。"

"那回她在的时候，一个人在房里，不知做什么。我想，姑嫂间平时有说有笑，就好玩地把门给她反扣上了。她出不来，就大生气，说是谁要来替她那一角，就请来罢，不用讨厌！这话我实在受不了！她不知还对她的男人说了些什么，他就疑心说我要害她！"

这扰攘到第二天还没有休止。在客厅里我看见厨子和老妈交头接耳，好像在议论昨夜的事；不一会小丫头也走来。

"说是要抓油锅，我不怕！做人就做个干净。我帮人二十年了，从来没人说我半句坏话。"老妈说。

"我陪他到观音庙赌咒！"气罩上了厨子的脸了。

小丫头插嘴说：

"太太说，叫我们想一想，哼，早一点拿出来，不追问。抓油锅不是玩的，手都要烫脱！叫在哪里拿出来呢？又不是我……"

"随她便！真金子还怕火来烧！"老妈子说过就走。

"嘿～～！这事情怕我也还有份罢！"我在堂姊的房中听见她的丈夫说。他把那毛蓝夏布短褂抖一抖。"我真是水清鱼白，腰包里半个也不捞。疑到我身上来了！"

堂姊告诉我：那和尚大哥有五百两银子私自放在堂屋外边的匾里；是初三那天下半夜月黑头一个人亲自放的，连鬼也没有看见，现在不知给谁偷去了。凡是这一家的人除了他们自己两夫妻外都有嫌疑。他要叫他们陪他去赌咒，不然就抓油锅。

这时外边院子里又听见脚步声；人声也嘈杂，饭厅里那一伙大约又走来了。

"大少爷，你再找一找罢，没有别人，谁偷你的！"厨子的声音。

"这房子里从来针都没有掉过一颗！"老妈说。

"我这些天就跟着太太，半步也未离开！小少又麻烦，哪里动得了。"这自然是丫头。

"再找一找！我手臂都摸断了！"

无疑的这就是大少爷在那里申诉了。

"我去拿楼梯来，再试一试，再看那匾缝里有没有？"说着，厨子走了。

我看那匾倒真是一块大匾，就安置在堂屋外的两檐下，距地很高，人的手是摸不到的。上边镂的四个大金字是"百尺盈楼"；署款姓黄，是他们的表亲送的。记着光绪二十二年的时日；大字倒还清楚，小字已有些模糊。

楼梯安置好，老妈和丫头在下面扶着，厨子一级一级地爬上。他用手到匾后身去摸。

这时听见咳嗽声。大门口出现一支拐杖——祖父忽地走来了！他这一月该在隔壁长子处吃"零供"，此刻正饭后到这边院子小憩。小丫头赶忙把手离开楼梯。在各人的面上都有一种奇怪的表情。厨子摸了一下，掉过头来，又像做贼一般急忙缩回去了。这时候，如果从各人想藏躲的脸面，和偷偷摸摸的举动证明，说他们个个都偷了那五百两银子，就是不用到观音庙赌咒，他们大约也承认的。

"你们又在那里弄那鸽蛋了！"祖父看着匾叹气说。

大家松了一口气。

"我早就说过，叫把那鸽子放了，总不信！弄得它到处拉屎，又不擦桌子，满桌都是。你们造什么孽！总要吃那眼屎般大的东西，一百个还装不满了一碗。你们也不蠹牙齿！那鸽子多可怜！就让它在那匾里也够受，还要吃它。前几天听见吱吱的叫，许是蛇又在那里吃小鸽子了。你们这一般东西，什么没吃尽！快点把鸽子放了，有耳朵没有？"

他老人家回头看见我，问：

"又来了？少先生。几时来的？"

这弄得我很难答复，我也不知道我几时"又"来的。幸喜他说过这几句话抽身便走了。

太阳还未沉没，院子里靠南面一带的石板上还满洒着阳光，老人走得很慢，拐杖一颠一拐地。他的背影看来像画上的土地菩萨——不，像母亲曾经说过的管人的生死簿的白胡老者"南北斗"。走几步，他又停住。

地下有两三团破纸，上面写得有字迹。

老人很困苦地伛下去拾起，叹了一口气，嘴里喃喃地：

"只晓得吃！……这时候谁还惜字纸。都不怕瞎眼睛。"

这才又咳一声嗽走了。

第二天晚上堂姊叫我一桩事，弄得我很难办：她要我替她写几张请客帖子。我虽然在中学校里念书，知道物理学不是讲心肝脾肺肾的；但没有学过写请客帖子，学校里实在没有这一门功课。

我开始推口了。

"那写来有什么用？你又不请客的。"

"哪里不请客呢？趁着祖父这几天在隔壁吃零供，我要在家里请一回客。大哥不见了五百银子，还疑心我们都有份。其实他的钱从哪里来的？是掏自己的腰包呢？哄鬼！那'报应'偷着在外面瞎赌钱，拉的账很多。时常有人来问，弄得我也难对付。我要请一回客，把一切都说清楚。吃人口软，债主的利息可以少，有时还可减点老本，反正又不是什么正经借来的钱。而且，谁不会揩油呢，趁机会我也捞几个还账。"

有人来要账，堂姊又要出去挡塞。外面下着小雨，她从衣柜的下层取出钉鞋，坐在椅子上很用力地穿。我看她好像很有把握阁—阁—阁，很快的走了。

一路她喃喃地说：

"不是没有钱，总要好好的说。那些圈套我都懂得。打牌钱，认这么多的真呢！"

灯下她自己拿起笔来写字：

"月之二十日正午十二时蔬酌候

驾

       张陈氏裣衽

座设舍下西花厅"

这是堂姊给我最深的印象；第二天我就离开他们家。我觉得堂姊很有趣——聪明，伶俐，能干，算盘比我熟，字比我写得好，她若是读书男子官一定比我做得大。

选自陈炜谟：《炉边》，北新书局，1927 年

破　眼

(My friend's story)

春天的午后，翊生来，约我去看西城某女校的游艺会。没有风，街道上没有一点尘土，不妨去试试看，翊生这样说了之后，随手夺过我正读着放下的一本史特林堡的《结婚集》来。我把一只手向袋里一摸，随即取出，又在胸前一画，乞儿似地摊着说："没有。"

"钱？我有，有。"

我踌躇了一会："不是。"

"什么？"

"没有什么。"

"真的是什么？"

"心气!"

他打量了我一下,便即无言,那手里拿着的史特林堡刚翻页,便坐在我的座位上乱画。于是我们又到了那一礼拜要遇着几次的不见面时想见面,一见面又无言的情状中去了。但不一会,他便站起来,露出皮夹的一角,略看一看,—— 一只脚便向门外跨。

我顺手夺过皮夹,扑在胸前说:

"借给我。"

"做什么?"

"买书。"

"什么书?"

"Mlle de Maupin. Aefred A. Knopf 的精装本子。"

十分钟以后,翊生开门出去了。

"我为什么不和他一起去了呢?"一个人回到房里,我有些懊悔起来。

是呢,从前也是一起的;在春天,北京的游艺会就实在多,我亦常置足于这广大的社会里。有一回,是 D 大学在中央公园开游艺会,报纸上早三天就吹播起来,引动了我的好奇心,就同我的弟弟去看。我去看的目的不是去看那无变有的魔术,坚硬的腿的跳舞,只是想看看所谓新剧。然而事情却异样,当我们走到那新剧场的时候,谁知也如旧剧场一样的水泄不通,挤不下一个小苹果;我早就想要走了。弟弟说,那靠向墙边脚安置的长凳上还可以"劳驾"出两个座位来,不妨试试。座位是有了,但戏台上的声音于我们好像在这公园以外,一字也听不见。只见那脚色的口唇有点动,但一遇掉转头,便连这一点也看不见。耳畔响着的是浮漾的人声,板凳倒地的声响,还有一群不知从哪里来的小孩在戏台边的栏杆上呐喊助威。……在我旁边的走道上来去地踱着一个人,好像是在那里构思什么难重的题材似的,后来我走出去的时候,把眼镜往鼻梁上一挪，才看见他马褂上还系着一朵绢花，下垂一长方形的红绫条子："纠察股主任！"

此后我对于游艺会也不敢试试看了。

但是也有一回例外——就在这一回呢！时间是十一月的那一天，地点是Ａ大学的大礼堂，事情是第几周年会，记不清楚了。我同Ｎ已等不及吃饭，草率的吃一点面包，便坐车到Ａ大学去。距开场的时间还有四个钟头，然而前十余排已没有座位，只得落在后面。在这礼堂中，密密的放着，前十排是有靠背的长椅，每张可坐三人，但后来却坐了四五个，有些只占了很狭的地方，一只腿还无可归依的悬吊在外面。后面的几十排，因为经济空间的关系，却换了两掌宽的长条凳，末后那些来得迟一点的人，因为隔得太远，又忘了带望远镜，目力实在达不到戏台上，不知玩些什么把戏——虽是听不见，看总要看一看的！——竟在这长凳上站着，又怕摔倒，偷偷的把一只脚伸开，踏着前排人的衣角。我们坐的地方是靠椅的终点，长凳的开头，把手伸到前排的椅背上去，还可以休憩一下；地又居中间，总可以敷衍了。

等了两个钟头，这大礼堂已挤得满满的了；再等两个钟头，居然开了幕……

起初是音乐，其次是跳舞，其次是魔术，再次是双簧，末了才是新剧。

人却愈来愈多了。连长凳与长凳相隔间不过一尺宽的距离内都挤满了人，台上的声音不用说是听不见。耳旁响着的是嗡嗡的闲谈的声音，还时而夹着人从长凳上绊下的声响，和长凳自身跌倒的声音。有时西南角上发生了口角，大家便集中视线在西南角上；有时这口角又变到东北角上，目光自然也转换了方向；有时忽而特大的响着骂"混蛋"的声音，和非常嘹亮像演说似的没有找着座位站处的人的诉苦的独白，便都不约而同的举目搜索，像精明的侦缉队一般，要搜出这声音的发源地：是东角？是西角？是中间？或东北，西南，西北，东南角？

因为有别的事情，且礼堂内空气太混浊，窒塞，N早已在新剧还未开幕前，从人丛中挤出了他的道路，翻窗子——门是水泄不通的！——跳出去了。我还停留在那里，大半是想看看热闹，一年来我的脑筋差不多给寂寞弄昏了，小半也无望的希望着看看新剧，因为今晚演的是一出我心爱的史特林堡的剧本。……我抬头向东边一望，在人丛中看见我的旧同学D君，站着；他向我扬手，眼睛里含着希望的表情，显然是问我要座位。

我把右手的食指向顶棚直指着：表明我身旁尚有一个不曾为他人夺去的狭小座位。

但D君还未挤到我身旁的时候，却先闯入了几位姑娘。"借光"一声，那大的穿可可茶颜色的大衣的姑娘，将一位年青的姑娘安置在我身旁狭小的座位上。还有两位，年纪都在二十与十八之间，一个是旗装的长袍，一个却系着虾青的裙子——都站在我面前那狭小的长凳与靠椅距离之间。

这在我生平还算是第一次的遭际。

我的骄傲比往常一个人在公园中的假山上，仿佛成了盖世的英雄，仿佛拥抱了北京城的时候，大得多也着实得多了。这长凳与靠椅间的距离本来只有一尺宽的样子，我的膝踝，两腿差不多即占去一半，剩下的一半容留这美的模型，当然是很局促的；正在我前面的穿着旗装长袍的那位姑娘的腰干差不多挨到我的胸脯了。我感到了一种热的气息。赤热的气息呢。她的头发是蓬蓬的拖到后面，没有束辫子，仅是用一玳瑁的上边镶嵌珠石的S形的箍发夹扣着。地方是太窄，头发！又太长，往往要披拂到我的脸上。她似乎也觉得有点不好意思，不时的把这纷披的柔丝拖过肩膀，拉到她的前面，但不时又无意识的飘过来，披拂在我头上。每当她感着不好意思而把这束黑发拖过肩膀去的时候，我心中便有一种奇异的感觉：仿佛她用头上的发针刺了我一下。

在我旁边的梳着双鬌的年青姑娘似乎有了倦意，睡眼惺忪的，使我想起软绒绒的草地上蜷缩着身子睡着的小白猫。

"回去罢！"她说。

"还早呢。"穿可可茶的颜色的大衣的女子掉过头来，"怎的？……你看，多么有趣！"

她牵着那小姑娘的手，小姑娘站起身来。她代她坐在我身旁，那小姑娘倚在她的怀中打盹。她的大衣本来很占地位，加以地方又窄，我又故意不肯多让，她的身体已触着我的右腿了。又来了一股赤热的气息。愈来愈热了。还夹着一阵阵从她衣服上头发上吹散的香气……

旗装的姑娘的头发又披拂到我的脸上。她羞怯怯的拖过她的肩头。但不一会，她又掉转头来，手里握着她的披散的头发。她看一看那穿大衣的姑娘，又看一看我的怀中，把头低下，一直到快要触着我的怀里；看一看地下，地下是黑沉沉的，看不见什么。

"掉了！"她说；她的脸不知是看着我还是看那穿大衣的姑娘。

"什么？"穿可可茶颜色大衣的女郎问。

"箍发夹子！"

穿大衣的女郎也帮着找。两个头全俯下来。我把两腿向后一缩，让出一点空间；地下仍是黑沉沉的，看不见什么。

"有一盒洋火多么好呢！"

全没有一点意识作用，我从衣袋里摸出一盒预备抽烟用的洋火划上一枝，两腿更束拢来让出一些地位，也帮着找。接连又划第二，第三，第四枝，终于没有……那长袍的女郎的头发更长的披拂在我的头上，我的洋火险些把它烧了！

那梳着双鬌的女郎又惊醒了；前面系着虾青裙的女郎领她到她

身边。长袍的女郎与穿大衣的女郎相对无言，显然有点懊悔。啊，这两对懊悔中的眼珠！

"回去罢！"小女孩又叫喊了。

她们一齐预备着；我身旁的女子也站起身来。她们走了。我目送她们；看一看她们蓬松着的头发，看一看那修短合度的女子那张荷叶似的裙所卷起的涟漪——她们走远了。我还疑心我的脸上有黳黑的头发披拂着。

"拾起那S形的箍发夹罢！"我的心不免动了一动。

终于怕逃不出邻近的视线，我不敢大胆的尝试。也终于禁不住这诱惑。我摸出洋火，也从烟夹内抽出一支烟，划上一枝火柴，将烟卷头的左半点上，将我的大腿缩了一缩，佯作掷火柴的样子，往地上照了一照，没有！偷偷地把烟卷在凳上碰得熄灭了，又划上第二枝将右半点上，再向地上一照，接连第三枝，第四枝，——但也无效！

她们走了！什么也不留的走了。我曾经看见过燕子飞掠过空中，过后空中并无半点痕迹，这时我往往要起一种茫漠的感觉，快快若有所失。深夜，剧院的门静静地关着，这时谁还想到半点钟前，一点钟前，或两点钟前，这地方是万千灯火，丝竹管弦？四周是浮漾的人声，我却似投身于汪汪洋洋的大海了：白茫茫的广阔的空间，那儿系我颠荡的心船？她们燕子似的掠过我的眼前，燕子似的不留痕迹；走了。在我的身旁虽没有她们的衣香，但她们的语音，动态，尚在我脑中起伏着。前浪赶后浪似的……至于她们呢？这真就难说了！或者说："今天剧场的空气太坏，人又拥挤，掉了我的S形的箍发夹了！"

在黑铅般的沉压中，我把头伏了下来，伏在前一排的椅背上……

不知伏了多少时候，我觉得左臂上有什么东西扑拍的样子，我抬起头来：我的朋友 S 君立在前面的走道中，旁边还站着一个人，他的同伴；再看前面，仍是一样地拥挤不通，只在那长凳与长凳中间的人已退出了；后面也一样，仍然在长凳上站着许多人，高矮不一。

"有座位没有？" S 君问。

我又把指头伸出一个向天花板直指着。

"你去坐下罢！" S 君叫他的同伴；但那个人倒同他客气起来，你推我，我推你的。

在我的前排，邻近走道那一张长椅上，右边，坐着一位女子，她穿着一件黑丝绒的外衣，闪烁得像一只黑狐狸的柔毛。她的左边有两个座位，不知什么原故，空着；看见走道上站着的 S 君同他的同伴，她把帽子除下来，露出她荡（应为：烫）得很美丽的头发，占一个座位，又把怀里一个精致的钱包放在更左面——又占了一个座位。

"就在这里坐下罢！" S 君的同伴瞧见了。

"怎么——坐下了？"黑衣的女郎惊讶的问。

"坐下了——怎么？" S 君的同伴答。

他不再答话，只不住的催 S 君坐下，他还闯生的站在那里，局促不安的样子。

"不行，不行，不行。"黑衣女人一面说，一面不住地向招待员挥手。

同伴又把女帽推开一点。

"怎么？"——黑衣女人。

"没有什么。"—— S 君的同伴。

"你别骂人！"招待员过来了，女人又接着说，"他骂人！"一连三次。

"谁骂你？"又把女帽推开一点。

招待员笑眼迷离的劝说几句，走开了。

台上的剧本虽是听不见，但我能从书本中一一忆起来。

黑衣女人的尖脸掉开了，向着右边的窗户，那上边现已不拥挤着人。

S君也坐下——

我伏在桌上：沉思起来了。

选自陈炜谟：《炉边》，北新书局，1927 年

寨　堡

I

熊震东近来忽地有些不快，这是不常有的。自从他到这里以来，他还能保持着一种极平静的心境。——现在却忽然有点异样，他很不安。莫非有什么不幸的事要到临么？

他诧异着，这忽然袭来的不安与那每天上下午都要走他的窗前踱过手里持大叠书信的号房有点关系，于是便决计每当听见橐橐的号房的足音时不再期待，连头也不抬。

埋着头，肘下挟着簿子，号房果然走过他的房前也不进来，拐角去了；他生得一副顽壮的身体，还套上大袖马褂，俨然就是一个"候补道"。

但熊震东立刻又自己明白，关于他的信早已送过，不会再有的

了。三天前他的妹妹就从N城的女子师范有信给他，信里说长兄怕人家麻烦，打算秋收她毕业后就给她择期，叫他赶快替她设法；就在同一的晚上又接到一封母亲的信，是托他的表兄写的。就是号房不再在门前经过，邮政从此停办，但你总没有办法使熊震东不知道他的母亲正在和嫂嫂闹气，而在秋收后人家就要派人来把妹妹抬走。表兄代母亲写的信中已隐隐地暗示过他了。

他想："不会再有信来，才接到三天呢。"于是便抬一抬头，看号房从门前经过没有。

他的同事郑炀谷古正从门外向屋里走来，熊震东把门打开放他进来，便又随手关上了。

郑炀谷从怀里掏出手巾，取下眼镜来擦，随即戴上；把头差不多都要触着他的桌面，眼睛从左自右在桌面上画一弧形，问："有什么信没有？"

熊震东没有回答，看了他一眼，说"有"，随手推开抽屉，取出一封洋式信套来说，"泣雨寄来的，你拖他的那个事又不成功。他在那边办的交涉真糟，始终只承认百之二〇——杂志白印。诗和戏曲要卖上五百部才付版税。他似乎有点不好意思向你回信，把信直接寄我了。"

看完了信，郑炀谷叹了一口气，这才说："还是去还一还那路债罢。"

熊震东推却说："今天不去了，要在家里想点事情。"

他把门打开让郑炀谷出去时，他回过头来对他说："我希望我以后再能帮你们一点忙，我还有一位朋友在——"

II

熊震东到这里来已有一年；他是在这里作国文教员——教国文

这还是初次，但他教英文却有五次。三年之内就换了五个地方。这大半是他自己看得不适宜，地方太偏僻，接触得很少，又连太普通的饮食起居也想不到，有一回学校里不要他，那地方倒很好。后来才找到这地方，他决心要平平静静地住两年，再要离开这里时，便不再去执教鞭了。

在这学校里，教员就不多。本地的人都教完课就回家，留住校里的只有几个人，他却连这稀少的人名字也不全知道。有一位姓"朱"的他倒认识，但从那一天以来，便没有关系，还似乎成了仇敌：那天他正没有事，自己站在门口，姓"朱"的迎面走来，他就问他："有课没有?"自以为很带有"寒暄"的意味。姓"朱"的答说"没有"，他就顺便说了一句"你顶陡"——不料姓"朱"的脸陡然红了，似乎很生气，接着便你一句我一句的互相争吵起来。他哪里知道呢，姓"朱"的不是自己没有课，是学生不要他；他从四年级被赶到三年级，又被赶到二年级，一年级，还没有课。还有一位他倒知道他的名字确乎是"李宗师"，但他就知道这一点已没有用处，因为大家都不那样称呼他，大家都叫他是 David Copperfield——许是因为他老是念这本书，到现在还未念完罢。这书自从他在大学时候被选作教本以来就在他的手里，一直到现在，书的前半部的缘边上已被指头接触弄得很脏了，后半部还是崭新的，没有指头阅读过。他是北京 A 大学的文学士，戴着银丝眼镜，小瓜皮帽，青色的马褂；这马褂的袖口及各边缘，并不像别的马褂一样，是缝在里边的，只是毛参参地，缝线就针定在在距边缘四分之一寸的地方。

有一位就住在熊震东隔壁的同事倒很有意味，他的年纪与他所教的课本一样地古老。他一个人在房里也是照镜子，有时熊震东进去，说一声："李先生，你今天气色很好。"他就很高兴，脸上泛着差不多同每个礼拜六晚上他的孙子来同他一起住时那种喜色。那小孩住在一种寄宿的教会学校，每土曜日晚上便来同他的祖父煮鸭粥吃。

而熊震东就同郑炀谷去还路债，他们俩人平常也散步的，不过这一天走得更远些——要到学校对面一里许的古刹，间或亦过江到城市里去，待到在临江的城市都炫耀着辉煌的灯火，他们俩人在黄昏的天空下归来，学校的饭厅桌上正热热地在冒气。大家并不动手吃。就趁正全校的教员每天可见面的机会来享受半刻钟的杂谈。学校有几个月不发薪，每人只每月给四十元"维持费"；伙食的不好那是不用说的。大家由批评饭菜，进而研究那目前在各人心上都成为问题的事。

开首总是一位任理化的说："督办发的那六万元什么时候领下呢？"省教育厅已没有定款给学校，发薪成为督办的恩惠。

这时候教务长便接下去说："好久就说发，终于发不下。早先是听说有六万元的消息。随后说，已经签字了，便没有影响。这还有什么问题，但他们偏又忙着研究一个方法来公平地支配。"

青马褂的 David Copperfield 在这时候也开口说："我看倒真是问题。怎的，究竟是以学校为单位，以教员的人数为单位呢？这样咱们顶不合算，咱们共总不过十个人。"

熊震东也知道，他在路债之外还欠别人许多的债。但在各地混迹几年，到处受人排斥的他，也没有功夫留心这类的事。别的思想苦恼着他。他正计划着要回去一趟的事，而那没有交涉成功的出版的事也苦恼的忆起；三年前他同他的朋友们曾办过一个文艺杂志，后来停刊了，一直到现在他还无法继续，而又时移势异，天下作文章的人已经不多，冷落的所谓"文坛"，除掉极少数的例外，仅只靠着大家的短文来支持，而从前风行全国的刊物大抵绝版，有时又连不成篇的短文也难看见——所以他很想继续。

他想："无论如何，我还得回去一次。难道看着秋天大哥把妹妹送给人？还有母亲呢，老是让嫂嫂同她斗气。"

III

熊震东五年不曾回家了。追溯起来，还是五年前的夏天他回去过一次，那时他想在大学里差一年便可毕业，不如趁着此时回去，到时还可以借着学业未满为名跑了出来。此后一年他便持着学校的文凭作保票到外地求食。

他对于故乡的印象有些朦胧，记不清楚了。

三年前的春天他自Ａ地的学校退了职，到Ｐ城去看朋友，商量出那杂志时——那杂志出了一年就停刊了——路过Ｃ城，心里倒动了一动，差不多回去了。Ｃ城距他的家乡只有八个钟头的火车。这样顺便回去一次比起时地由Ａ地或Ｐ城动身时，路费要轻省得多；比起后者来要省一倍，比起前者则省两倍有半。

啊，那旅馆中熬煞的一夜！现在想起来还有一世纪那么长久。他为了省钱，在下车后便在车站附近的旅馆中要了一间一块二角钱一天的房子。他自以为他是得计，因为他一看那两块五角钱一天的比起来竟大不了多少。但一睡到床上，他才发现自己的大误；他哪能睡得着呢，既然他遍身都给臭虫围攻了！一个人点好了灯，在床上预备去捉时，他才发现了自己倒不如多花一元三角钱去替代这不胜其烦的工作。但是在另一间屋内的床上，他又是辗转反侧——

一个人半夜爬了起来，卷着被子坐在床上。在墙上的光影里就瞧见了自己的影子。

远地一声火车的汽笛，这像是天乐一般，唤醒了他的迷梦；他猛地跳下眠床，大叫了一声伙计！还是搬回那一块二角钱一间的屋子！

这时候，他忽然发觉了他不能睡觉的原因了。从这里只消有八个钟头的火车，便到某一站，从那里到他的家乡不过二十里路远。

但是他不能回去！这叫他自己怎样解说呢，他也渴望见着他的母亲，兄嫂，妹妹，在灯下和他们闲谈他的遭遇，计划和工作，在倏忽间故乡在他便似一座寨堡，可是一凝神想去，这座石城便在他脑中消灭，或者紧闭着门向他拒却，好像他是一个闯入者，要夺去他们的不幸。他顿时觉得眼里一胀，便听得被上轻微的莎莎一声，他疑心外面在下雨。抬头望去，月光正从窗间射进来——

第二天他就在 P 城一个朋友的屋中谈着别样的事。他是一个自信的，具有同情的朋友；熊震东把昨夜的景象告诉他。

朋友把眼睛望着天花板的极角，又复垂下头来，好像并不是对他说："是啊，你看这蜡烛。他旺盛地燃烧着，没有一点蔷。这多么悠游自在呢。快乐就像它。快乐就是一支蜡烛，它燃烧着，它震荡着，它就能耗尽我们，用着它那鲜红的火焰。但是不行。还得工作——燃烧亦是一种工作啊。像一座寨堡一般，工作可以防御我们。所以，有一个法国诗人就说，快乐烧尽我们，工作防卫我们。"

熊震东静静地听着；以后故乡的影象便不时从他的脑里出现，好像是在那边已经给他筑好一座堡垒，要张着两臂欢迎他的加入，可是一凝神想去，便没有了——踪影全无。

这时节，他便想到郑炀谷和他天天还路债的事；想到他们每天在一路的情景，一路上他再听不见火车的汽笛——那地方只通轮船——只在暮霭茫茫中荡漾着军队里的喇叭。有一个从 P 城来教书的女士时常带着她的学生在这时路遇见他们；但熊震东已不再注意她，他只留心着有经过的丐妇；他很担心着他的母亲。

现在，他想，我可以归去看看他们了。

IV

他带着极大的希望让火车一站一站地带他走近他的乡村去，火车像一匹战马，风驰雷掣地向前奔去，这时候他也觉得他成了一位勇士。本来这回归去就是预备救他的妹妹，伊在他父亲在世的时候就订了婚，现在师范学校毕了业，人家要迎娶了。但伊极不愿意。还有嫂嫂同母亲间的纠纷——啊，这也得解一解，但是伊们为什么纠纷呢？他想了又想，极像是辩护士努力要搜寻证据。

火车开到他最后的一站了；他下了车，换路到他的故乡去。从这里到他的家，只有二十里的路程，他决定步行回去。经过兵灾，一路上的情形与从前都不同；他倒也不在意，这样没有一个熟识的面孔映入他的眼中，没有人向他点头，于他倒更合宜。但何以连镇上的茶馆也稀少了？那般地痞村绅，恶少们莫非都有了职业？他忽然忆起那边寄来的信曾说过，这地方出了三个师长，人们都群起附骥，连耕田的人也稀少了。他想，如果顺利，就辞了职，在这里住下去；故乡于我都生疏了。本来从前家居的时候就太少，现在若重新观察一番，也是应该的。

他到了家了。但是他的足刚一跨进自家的院门口，就觉得有人拆掉了他堡垒的一半，那地方与从前两样；人在外面院子中堆积着干草，还有一匹耕牛在墙边吸水。他诧异着，莫非家里自己种地吗？真的连耕田的人也稀少了。但他家里并没有下田驱牛的人。屋外的乱杂是他从来未见过的事——从前他住在这里时，屋外还有一道短篱，篱边还种着花，红的，绿的，紫的都有。现在，只有家里饲养的那只狗对他是依稀认识。它最初在墙角吠，一会便奔来，但并不咬他，又摇着尾到墙角——吠。

家里的清净！一进门限，他就后悔他要像武士一般救人为多事了。原来他家里并没有事！母亲和嫂嫂她们正在斗纸牌，从她们的神气上看不出她有一点冲突；就是妹妹，也好像从先写信给他的是另一个人。

他有些不快；他想他家里并没有事，有事的还在自己，自己的神经病，倒不如想法救出自己。

灯下，他问母亲："怎样，我们家里自己种地么？"

母亲苦皱着脸："不是的，谁去种呢？你三哥不是在外面做事没有回来么？你贤哥天天在家里嚷他的小孩要吃饭——意思是指你同妹妹多花了钱。我也没法，由他吃去。他现在住在镇上的老屋。可是也不在家——是什么王参谋请他做事去，一月有一百块钱，比你三哥还多。"

他问："那么，隔壁呢？"

母亲复问一句，"哪个隔壁"，随即会意说，"是自己的佃户，并没有隔开，就只一道门可通。平时那门就闩起来——啊，现在还锁着。那一回，不知是谁，——是佣人罢？——把那门打开了，你嫂嫂刚起床，正在屋里梳洗，只穿一件汗衣，隔壁的胡二嫂就偷偷地跑来，在窗外看。还不觉的笑了。你嫂嫂就大不高兴说，要用鞋底去打她。她说她没有给人家看不得的事，但要明看，何必偷偷摸摸的呢。你三哥又不在家，谁要人这样看她。闹了一大早晨，她总要打她，给我挡住了，但她总要人家搬家，还同我斗气，第二天一天不吃饭，把小孩扔在家里哭，自己跑回娘家去打牌。"

熊震东说："搬了不好点吗？我们自己把屋子整理起来用。"

母亲比即说："哪里成，家里没有男子，自己也住不了这么大的房子。而且没有一个下力人，不怕强盗呢。并且有事喊动我亦方便。"

熊震东坐了会，退回他自己的屋子；他从前有过的一间书斋，他们把用来给塾师住了——那塾师就教他三哥的小孩英明，是一个师范学生，也许没有毕业。现在他只得退回另一间住室，那里面久不住人，有点发霉了。他坐在一张木凳上尽用力地想。那一回他路过一场镇，轿夫要吃午饭，把轿子停放在一间贫民住屋的门口。从那阴暗暗的门道看来，那堂屋似乎就是地府，神龛上供的也似乎不是"天地君亲师位"，而是"恶魔"的神主。几个妇人在这堂屋内谈话，还是正午，但屋内总昏暗，阴黑中的一点光，便是妇人抽水烟的纸捻子的火。伊们是有了什么纠葛罢，因为传来的总是妇人的声音——"你说句话。"他懂得"说话"就是"赌咒"的意思。

熊震东埋着头在桌上，尽想。他的神志有些昏朦，意志有些不清，思想也便紊乱了。但他从这紊乱中忽又整理出一些线索来，而且一条线系着的一端就是母亲，一端就是嫂嫂。

他看见一张母亲的脸，一对嫂嫂的眼睛。

一对沉定的眼睛说："你说句话！"

一张辛苦的脸也抬起来："你说句话！"

他自己反清醒了。

V

他忽然看见嫂嫂，他想这回归来大半就为解决这事，倒不如向她说明了好。但是，何等的琐屑呢，——这纠纷！

他看见嫂嫂正站在那里，她首先看见他了。他走上前一步，叫出了，正说不下去，嫂嫂却问他："震弟这回可在家多住一会？我想呢，一个人离乡背井，总不方便，还是在本地方好。"

他只好说："哪里，我在外面倒习惯了。"他的大侄儿正在那里，手里拿着方块字，但并不练习念，只是看上面的图画玩。他接过来，顺手取过一张，上面写着正楷的"玫瑰"二字，他用手指了一指，问："这是什么字？"

小孩儿的清晰的口音说："Wen Koei。"

他疑心他听错了，再问还是一样，声音却大些：

"Wen Koei。"

他皱一皱眉，问："谁教你的？是弟弟教的罢？"他笑了。

小孩说："先生教的，毕先生。"

他拉着小孩的弟弟，正要去抱他，要举起来戏弄；嫂嫂却止住他。她说：

"你别要动他，他有病。"

"什么病？"

"胡三那东西吗！喂罐头牛奶给小孩吃，她总是多给他。她觉得吃多了，把小孩的肚里摇来摇去，很好听，铛铛地响。日子一天一天过去，成了习惯，小孩胃的扩张力大，吃饭就吃不饱，不叫他就不知止住。"

熊震东把话止住了，对那小孩说："东叔叔带你去，到很远去，同着姑姑。"他的妹妹震寰便把小孩接了过去。

他退回自己的屋子，从窗上看见妹妹正在逗小孩子玩；她知道她不久就要离家，到 P 城念书去，似乎有些依依不舍的样子，想在这最后的居留的几天内尽情地在家里领略那风味。熊震东在晚间虽也同妹妹一般与母亲格外的多说话，似乎也有一种黯然的神气——但每当他立在窗口瞥见妹妹的影子，他的眼光不禁准向很远的那边去。

VI

一月之后，熊震东把他的妹妹送到 P 城进入女子师范大学校，仍回到这里来。

但他的房子里渐渐热闹。有同事的教员在他的房里闲谈；这并不是因为他自己门户洞开，他们谈的大抵还是那六万元的问题。说发薪有这么久，到现在仍然无着落。

教务长提出办法："我们干脆组织一个委员会去索罢！"

教理化的首先赞成："好，明天我们赶紧想办法索去。"

连 David Copperfield 也放弃主张，说："就是不以学校为单位，按人数派，我想也是不要紧的。"

谈话声渐渐地响亮。David Copperfield 的目光随时都注视着门旁；忽然，他大叫说，声音有点惊讶：

"来了!!!"

"什么?"屋里的人都问。

"送薪水的!"David Copperfield 说。

进来了一个人，不是"送薪水的"，是新聘来的教公民学的教员。他穿着一件浅蓝色的华丝葛长袍。大众便都把注意力集中于他，说那衣服很有"美术上的价值"。

郑炀谷把眼镜往鼻梁上一挪，目光在靠书桌右边放着的一张躺椅上自上至下画了一条直线，大家随着他的目光转去，都笑了。

教务长也不像对学生点名时那般谨严，拉一拉 David Copperfield 的袖子说：

"你看，真快!"

David Copperfield 微笑说："真的，刚才还在说话嘞。"

原来那教理化的因为午饭后疲倦，已在椅上睡着了，他的鼻孔打鼾，腹部一上一下的起落。

郑炀谷拿起帽子说："还是去还一还那路债罢。"

这是他所看出熊震东唯一的变迁，他不再应允他的邀约——故乡的影象在他的脑里愈加朦胧，他在眼前立刻看见一座新的寨堡。他预备开秋辞了职，到 P 城去。

有一个可以住下的乡村，倒也好，他想。

选自陈炜谟：《炉边》，北新书局，1927 年

段可情

|作者简介| 段可情（1899—1994），四川达县（今四川达州达川区）人，笔名有白莼、锦蛮等，现代小说家、诗人。代表作品有中篇小说《巴黎之秋》；短篇小说《火山下的上海》《绑票匪的供状》《过磅》《十八号的梦》；短篇小说集《铁汁》《杜鹃花》；译著《新春》《海涅诗集》，显尼志劳的《死》等。

铁　汁

"哦！到了，那不是海关的大楼么？"站在我身边，一位商人风的青年，欢呼着。他那风尘满面的容颜上，充满了一团喜气。两只乌睛，不住向那华屋高耸的黄埔滩上，瞧来瞧去，好像有无限的快乐，要去享受一样。自然哟！他在外国经商多年，所得的赢余也不少，家里又有母亲和妻子。（是我在某一天，同他谈话中所知道的。）但是我怎样，十年来异国飘零的我，依然如故，所带回来的是甚么？惭愧，惭愧。自己倚着船栏，低头不语，心里只盘桓今后的生活问题。他满腹的欢快，恰反映着我一腔的宿愁，愈使我牢骚满腹，无精打彩地呆立着。让这无情的船轮，把我送回疮痍满目的中国来。

　　轮船慢慢地移到码头来了。各人携箱提笼地，向着自己的目的地走去。我也提着一只破筐，踏上岸来。十年前虽然上海住过，但是现在，却像一个陌生的人，走到了异乡一样。码头上虽是停着许多人力车，他们看见我衣履不周的样子，面上都露着失望的颜色，只淡淡地说了一声"去呀"。然而回头看见他们，飞奔快跑地向着穿华服的人们，去揽生意的热情的时候，又不禁使我倒抽了一口冷气。慢无精神地在马路上，踉跄地走着。

　　七月末的天气，在上海正是炎暑逼人。才走不好远，已经觉得衬衫全湿透了。也无怪乎，这们热的日子，还穿着一件翻黄褪色的哔叽夹衣。不看见那些老爷太太们，虽是穿着葛衣绸衫，然而他们还是挥扇不止。航了几十天的大海，真是疲倦极了，只好在附近一个小客栈住下。进门后，就倒在床上，呼呼地睡去了。

　　一觉醒来的时候，已是黄昏了。勉强把晚饭吃过，就跑到马路上来。满街的电灯，灿烂如初秋夜的星辰一样。尤其是那替外国人作广告的灯光，鲜明得夺人眼目。从那电灯光中所发出来的凶焰，看来好像是贪狼的眼睛一样，不知道腹内吸过多少弱小人们的血汗哟！然而他们还不满意，现在依然用他们那无厌的贪眼，射着一般弱者，准备吞噬，以好满足他们永远不会满足的欲望。可怜这些已经成了口中肉的人们，犹是醉生梦死般活着，还不起来，赶走这般禽兽一样的外国人，以图生存哟！我正在埋着头，深沉思虑的时候，一架如风驰电掣般的摩托车，从我面前侧身过去了。好险！好险！几乎我这一只瘦羊，又被猛兽吞去了。

　　十年没有见面的上海，依然没有许多变迁。只有资本家高大的建筑物，却增加不少。因之一般供给有钱人们的享乐的场所，甚么咖啡馆，跳舞场，大旅馆，戏园子，游戏场，等等，也是应有尽有，如雨后的春笋般滋生出来。在我旅馆附近的一条小街上，从前是冷僻不过的，现在居然有两家咖啡馆，一所跳舞场。这是甚么道理，哦！明白了，这就是二十世纪的文明的表现。可怕！可怕！上海这个地方，欧化得太利害了。我再看那些有闲阶级的人们，依然悠哉游哉地在马路上闲逛着。与十年前没有丝毫不同的地方，不过数量上却更加进步了。一般人力车夫，依然是跑得臭汗淋漓的，结果他的衣履，与坐在他的车上的客人比较，刚刚成了一个反比例。这就是他所得的报酬。我一个人在这里胡思乱想，恐怕别人看见我这个样子，也一样地在猜想，说我也是一位有闲阶级的朋友。并且比人力车夫都不如。是的，这些贤人虽是闲不过的，然而他们的衣履，却比我华美得多。人力车夫，虽是衣履不周，但是他们有固定职业，一天的辛苦，在包内的银角子，就是微薄的代价。我怎么样了，真是比他们更加不如。衣履既不周全，又没有固定的职业，想到此地不觉低着头，惭愧地在闲人们当中，混游一回。觉得无趣，又跑到最热闹的南京路去。还没有到时，远远地就看见一片红云漫天，好像失了火一样。走拢去的时候，却是有名的三大公司的电灯，所放出来的光辉。依我计算，这一月的电灯费，恐怕我们穷人的一家，拿来作一年的生活费，还有余呢？玻璃窗内陈设的货品，真是五花八门，百样俱全。但是我们穷人需要的东西，一样都没有，又不禁吐了一口气走开，转过身来，看见那些红男绿女，手中提着从公司所买来的各色的包裹，他们那种富贵骄人的样子，又使我愤恨非常。一会儿好像默默中有人告诉我一样，繁华的所在，不是我们穷措人久留盘桓的地方，请你回到穷乡僻壤去过活罢。我于是乎放开脚步，依然跑回我的寓所去。在将到门时，又听见从对面粉红窗幔中，透出来一阵迷人的音乐声，与乎男女清婉的欢笑声，不禁使我心中微微地跳了一跳，慌忙地三脚两步，踏进门去。

第二早晨醒来的时候，已经是东窗日红了。弄内的音乐队，在木樨香中，正奏着马桶曲，恐怕又是在那儿欢迎哪位伟人吗？这种特别音乐队，我想一定是上海的特产，因为旁的地方虽有，也没有这样整齐。享受过西方式的物质文明的我，回到我们精神文明的古国来，第一件过不惯的，就是这马桶生活。多谢洋大人的厚赐，替我们把马路修平，让我们沾一点物质文明的光。但是房内不安洋马桶，而允许华马桶在街上大奏其凯旋曲，却真是滑稽极了。他们真会玩戏法骗人，在他们本国，到处都能出卖美女裸体石膏像，也许在中国亦能买来陈设，因为它是洋货。而中国人用粘土所烧的磁器玩意，却加上一个伤风化的罪名。是哟，现在才知道，中国人哪配享受西方的物质文明，只能安分地保守着自己的精神文明罢了。我偎在被窝里，来胡想这样的大事体，真是所谓杞人忧天了，自己也忍不住笑起来。梳洗后，就跑到公园去了。

清晨的公园，真是清爽极了。从花木中喷出来的清香，悠悠地送到我的鼻端来的时候，顿然把我在马路上所嗅着的臭气，全盘都忘去了。我今天沾了这套滥洋服的光，居然能跑到外国人用中国人的钱所开关的，而不许中国人进去的公园里面来了。园中静悄悄地，只有一些中国奶婢，服侍着天之骄子般的洋娃娃，在草地上，跑来跑去地跳跃着。此外还有园内的工人，使劲地扫落叶。准备管理我们的碧眼主人来游玩的，真是"花径不曾缘客扫"了。园中的游人，只有我一个，恐怕那些太太老爷们，还在做他们的好梦吧？我在园周游了一圈，结果在一颗洋梧桐树下坐着。面对着水莲盛开的小湖，碧艳艳的湖水，随着一阵晨风，起了一些微波。婷婷的水莲，也随着风势，摇曳她的丰姿，好像踏波的江妃一样。像这样干净而清闲的地方，恐怕在上海市内，是唯一的所在了罢？虽然有几个私人的花园，我们这些穷光蛋，哪里配进去玩赏，只好隔墙望一望，花木葱茏的景象，楼台亭阁的富丽，如斯而已。我歪着头，闭目遐想，兼之受着晨辉的暖气，几乎又将我送到黑甜乡里去了，若不是听着公园旁边，外国兵收队的喇叭声的时候。肚中吼起来了，赶快回寓，早餐去罢。

正午的太阳，蒸得人好像立在火炉旁边一样。兼之我又穿着这样厚的一套夹衣，在路上走着。额上的汗珠，好像夏雨一样，密密地滴了下来，黑而且脏的手巾，已经完全湿透了，简直可以绞得出水来。我因为去访一个朋友，（一个在外国留学时代要好的朋友）。所以不辞辛苦地跑到这们样远的路来。因为节省钱的缘故所以车都不坐，要知道一来一往的车资，就可以供我整天伙食的费用。哪能因为图舒服而饿肚子哟！只好让两只脚，吃点苦头罢了。缓步当车地走法，居然也走到目的地了。周身的汗渍，湿透了衬衣，并且浸到外衣上面来了，真使我难受已极。但是还不错，也是个经济办法，免得再花钱去洗澡了。实行这趟运动，而兼日光浴后，使我非常疲倦。暂且在街树荫下的木椅上面坐着，乘凉休息，不久元气也就慢慢地恢复起来了。

这个幽谷里，真是大极了，足足有三千多号门牌。我又没有十分记准他的号码好像是三千八百六十九号；又好像是八百六十九号；还像是二千八百六十九号一样。偌大一座弄堂，教我怎么去找，我觉得微微地有点失望。但是因为借钱的关系，也就忍耐着性子罢。听说我的朋友在一个外国洋行里做事，现在地位也渐渐地高了。存储的钱，我想也一定不少，因为他是十分节省的。或许能借得若干，来维持现状吧。那吗，才不致于白跑一趟冤枉路。一面想着，一面把自己的勇气鼓舞起来，开始跑到八百六十九号去。门上并没有贴着我朋友的名字，和其他字条。又想敲门，心内又怯，恐怕不是此地，惹起人家的不高兴。有些人客气，到没有什么。有些人粗暴，他看我这样的装束，就会给一顿不客气的恶语。我踟蹰了好久，终归敌不住借钱的热心，所以只好硬着头皮去打门。叩环数下，呆立在门外边等着。而内面好像是没有人理会一样，心内异常慌乱。想再去打门，又恐怕引出人家一些难堪的语言出来，自讨没趣，才真不犯着。想不再去敲门，又恐怕刚刚是这个号码。结果很坚决地，再去轻轻地敲了两下，等一会儿，里面依然还是静悄悄地。无法，只好跑开，去寻找第二个号码。绕了一个大湾，走了几进巷子。才发现二千八百六十九号。门上依然没贴着任何样的字条，我这次乖觉了，不走前门，到后门去问，恐怕要方便得多。跑到后面去敲一下，就有人来开门。出来的是一个像娘姨样子的女人。我问她"有没有个姓吴的住在此地"。她答应说，"有的"，我当时心中非常高兴，赶快又追问一声："是不是浙江人？"她摇头说，"不是的，他是本地人"。这真使我好像一炉正燃烧着通红的炭火，被一桶冷水，淋熄了一样地扫兴，只好没趣没趣地走开。这一来，真使我无勇气去找第三个号码了。一来，第一家是没有叫开门的，恐怕他是住在那里，也未可料。二来，第三家的号码，未必就是他的寓所，别要再白跑一趟，才冤哉，下一次打听了确实地址后再来罢。但是心中虽是这样地想，两只脚早已把我送到八百六十九号门牌的石库门来了。抬头一看，真使我欢喜极了，好似在沙漠中的行人，得着清泉一样地快活。那门板上，不是明明地钉着一块浙江吴寓的铜牌么？恐怕我的眼睛，在日光中晒得太久，有点昏花了，所以更进一步去瞧，确实不错。这一来，真使我畅快极了，好像漱漱的清泉，向我口中在流一样，把我过去的渴望，都解了。因为我今后的生活上一切的问题，都要靠他才能解决，暂时维持现状，以及以后觅事的问题，种种都在我心中盘桓了。用劲把门环敲一下，里面有一个轻脆而用宁波腔发音的女人声音答应着，"就来哉，等一些些"。这样细软而柔媚的音调，使人有点沉醉。一方面心中想着，恐怕是老吴结了婚罢？是的，他现时在社会有了位置的人，名利也双收了，自然最需要的是讨老婆。想起他的夫人，一定是自由选择的，一位婀娜多姿的江浙女子。回头想起自己，不但位置没有，连维持现状的方法都没有想好。家中又有个没知识，而又无爱情的妻子累赘着，恐怕我这辈子，永远没有人来开笼放鸟，使我飞到大自然的花园去，任意向着各色娇艳的花朵，啼诉罢。想到此地，真使人心灰意懒，就有了事业和位置，又怎么样，在家中的时候，有没有心爱的人儿，来安慰我哟……幻想未终，门已开了，现出一位二十三四岁光景的少妇来。面孔确生得不坏，犹其是那一对大大的杏眼，活泼玲珑，使人和蔼可亲。但是又觉得，她不大像一个有知识的女学生，怎么老吴会找这样一个女人。心里虽是在想着，口上一方面却在问话："对不起，此地是浙江吴先生的公馆吗？"她答应："是的，请进来。"我见了这位绫罗满身，香气射人的太太，使我现出局促不堪的样子来。勉强再问一句："吴先生不在家吗？"她回答说："到轮船公司去了。"这一句话，又使我疑惑起来了。不禁说出"吴先生，不是在一个外国洋行做事体么？"这一句问话来。她说："不是的，他是在招商局里面办事的。"我心里想到，恐怕又弄错了。复行向她说："我问的是绍兴的吴先生。"她听我说出这句话来，脸上顿时现出不好看的颜色来了，笑容也好像一片青天，被云霓遮着了一样。扳着一个如冰霜一般的面孔，手指着门口，嘴里吐出鄙俗的腔调，说道，"此地是宁波的吴先生，要会人，请你把门牌认清楚"，等等，一大堆不客气的话。我红着脸，说着一些抱歉的话，忸忸怩怩地走了出来。刚跨过门限后，就听见大门咚的一声，把门关着了。

　　一场没趣使我难堪极了。我不怨自己的命乖时衰；生活在资本制度下的社会的人们，也没办法。谁教经济是畸形的发展，使贫富悬殊起来。富贵者，哪里知道贫穷人的苦楚，看见衣履褴褛不堪的人们，就歧视起来，总觉他们是生成贱种。也难怪受他们有钱的绅士淑女们的鄙夷，满身污浊不洁的臭气，怎么好同芬芳馥郁，浓艳醉人的香气相比。虽然我之没有钱，与乎他们有直接或间接，从劳苦的群众身上，剥削下来的钱，这都是受经济制度之不良的影响所造成的。但是谁又来原谅与了解。总之我们要铲除这座筑在人类当中的阶级，才能使人类有互相亲爱的机会。我埋着头走着，心中不住这样地胡思乱想，想到愤激的时候，不禁磨拳擦掌，好像真要一拳把世界打翻一样，一时不留意，把人家撞了一下，自己不觉得好笑起来了。自己肚内像牛叫一般地吼着，还在无聊地想这些社会问题，真是有点像演了一出喜剧一样了。

太阳快要西沉了，斜阳映在初秋的江上，使人感觉到秋意的快感。好一幅秋江夕照的图画，极目在远处碧玉的天色中，点点的归帆，顿觉涤尽了尘俗万斛，添助诗兴不少。可惜我是个穷人，不是诗人，不然这也是很好的材料，可以用来发发牢骚，感感身世。若是写多了，弄一册诗集出来，也许能加上挂冠诗人的嘉号。虽然就是穷一些，自己也好把诗人少达而多穷这句话来解嘲。然而我是没有病态的，也不便装腔作态地呻吟起来。还是希望我们的诗人，多跑到贫民窟中，去走走，用听得来的群众呼声把它抒写出来，也会引起绵羊般的人们，骚动起来，或许有点道理。我想这种悲壮的呼声，绝不会把诗神吓走，或许在其间，做得出比较好的诗来。这个人伤感，及微弱者失望的呼声，虽能在艺术上表现得很好，但是我终感不出好处来，虽然这些东西，在现在是很流行的。青年们，我等着你们，发出代表群众的呼声来。说不发牢骚，又想出这一大堆的废话。一个人靠在江边公园铁梳椅上，又在发痴想，自己不禁也是哑然失笑，为甚么我的脾气，老是不能改掉。也不怪，今天下午，又跑了无数的冤枉路，结果又是一个朋友会不着，就是连一个熟面孔，在人群当中都碰不见，怎不教人不发牢骚呢？

我从一个小酒馆出来的时候，街灯已灿烂如星光之明了。一阵晚风，把我遍体的汗液都吹干了，很觉得畅快，这套夹衣，也正适合这样的时节。我今晚觉得很坦白地，在马路上闲步着，虽然一摸，我包内，只有十几块钱的光景。一个人在闲人当中，又悠闲地浪游了一会，不觉信步跑到大世界的门口来了。五色电灯的光彩，好像美人的媚眼一样，把我摄住了。虽然不想来浪费这最后救命的命根钱，然而敌不住一些着艳服的姑娘们的诱惑。心里想着，跑进去，或许有嗅得着她们脂粉气的机会，来饱一饱我嗅觉，和视觉官能的欲望吧。并且大世界，和我也有相当的历史的关系。在我未出国以前——这是十年前的事了。——曾经沉湎在像魔窟一般的游戏场中，使我几乎堕落到死之渊内去了。这是我很可纪念的地方，那得不去凭吊一番。何况古人说的秉烛夜游，良有以也的话，也是明明叫我们及时行乐。这一来便把我的胆壮起来了，腰包内掏出三角钱，拿着一张门票，昂然气壮地走进去。偶然回头，看见门外还有许多朋友，没有钱立在那里，看人家进去游玩，脸上露出羡艳的神色的时候，又不禁使我更加趾高气扬了。

进门后第一接触我眼帘的，就是当门的一座戏厅内，后排椅上，陈列着，并排坐着的艳妆浓抹的肉体。她们好像陆稿荐的肉品一样，任你们择肥而噬。这种现象，在从前是没有的，虽有几个淌白女子，也不过在各地跑一跑，有相当的客人，就一同家去了。现在却不同，居然占据要津，列阵成一个肉屏风，以邀客人之青睐。我望着她们，看了一眼，不禁叹了一口气。可怜我们的一些青年的女子，沉沦在地狱中。不知有多少哟！又不知她们，甚么时候才能回到人间来。我感慨一会，又把社会问题引起来了。没有别的办法，结果只有把现社会根本推翻，另建一个新社会，方才有效。无聊，无聊，在游戏场内谈革命，真是与抱着妓女，做一场改造社会的大梦，一样地滑稽不过了。但是教我看见这些可怜的女子，又不得不使我生出这样的感触来。台上演唱的扬州戏，我也不知他干些甚么玩意。总觉动作肉麻。无论如何，再也引不起我在此地，多留一会儿的勇气，只得无情无绪地跑开了。

在游戏场中，比较使我满意的，是大鼓书。因为他们所说的是官话，很容易听得出字句来，并且腔调也不俗。将来若是利用这般人，到乡下去宣传一种事业，我想很容易引起一般人的同情，而受感动的。我从前是非常爱听这种说书的，犹其是京音大鼓，所以我到此地来，第一就要到说书场去，上楼来，就听着音节杂错，如珠走盘的三弦的声音来。并且夹着一阵清脆的歌声，使我微微地生出一点无名的快感来。一步一步地走近台前，第一排的椅上坐着，眼睛瞧着台上正在歌唱的少女。看她那娇小无邪的面庞上，老是露着天真的笑容。犹其是两颊上的梨涡，所表现出来的，更觉得妩媚动人。她用那如春葱一般的小手不住地敲着鼓儿。薄薄的樱唇，衬出一个小嘴来。所吐出来的字句，好像蜂房内的蜂儿，一个一个地从圆孔内钻出来一样，听起来，觉得清晰异常。有时歌到激越的时候，她那两片薄唇，上下翻飞，又活像那花间飞舞的蝴蝶一样。真使人感着如听霓裳仙咏一般地快乐。可惜我刚听完一小段，就完了，在一阵喝采声中，把她送下台去了。接着换上来的，就是我从前每次来听的那位歌者。他原来是一位丰度翩翩的少年，现在他那曾博得人人喝彩的面庞上，却已现出苍老的颜色来了。虽然他的轮廓，依然无恙。但是无情的岁月，却把他催到憔悴之乡去了。他温雅的态度，丝毫没有变更，而歌喉则更加到了炉火纯青的地界了。在悲壮激昂之中，却加上一些苍凉的腔调，这也是年龄的关系。但是他那少年气盛的调子，可惜永远不会恢复，只有一天一天地消灭下去了。听了他全段"漂母饭信"之后，不禁又使我感怀身世，含泪欲泣了。是的，人到日暮途穷的时候，又生在中国这样的社会当中，就是漂母，也难得的。今夜多谢他，用那样悲壮慨叹的音调，唱出这样动人的歌词。使我们在落魄途中的穷汉们听着，有人替我们尽情地吐出不平之气来，这是何等的痛快哟！

出了大鼓书场后，跑下楼来的时候，下面的游人也渐渐地增加起来了。人群当中充满了粉白黛绿的太太，小姐们。我好像到了宝山一样，琳琅满目，美不胜收，只好效过屠门而大嚼的故事，自己一个人，远远地快快意罢了。在这其中，浪游了一会，偶然插身在脂粉队里，嗅着一些香气，引起我一刹那的快感与沉醉，也就非常满意，达到我今晚来玩的目的了。虽然明知她们这些香艳的肉体，只是预备公子少爷们的赏鉴，于我们穷汉是没分的。然而无聊的我，偏要远远地跟着，好像铁屑遇着磁石一样。随着她们，走到姨太太大小姐们趋之如鹜的新戏场来。台上的人物，正演着本地风光，吊膀，幽会的拿手好戏。也难怪她们都要来看文明戏，因为是上海人学上海的文明，那得不会生出比吃饭还要加倍的热心来哟！白话剧之不发达，都是这般专会迎合人心的演员，及编剧家的罪恶。然而哪里怪得着这般东西，难道叫他们不吃饭穿衣吗？在社会没有根本改造以前，甚么也说不上。又何必像绅士阶级中的伪君子们一样呢？他们所说的，那些不彻底的话头，甚么海盗海淫，有伤风化，等等无聊的禁语，又有甚么益处？这种挖肉补苍底办法，结果只有把社会弄得更糟糕就是了。不要发牢骚，你不看那台上一位演员，正在讲演一大堆世道人心，爱国忧民的话吗？但是一会儿，又现出他们的狐狸尾巴出来了。我只好忍痛跑开，让他们那些红男绿女，享受着灵肉一致的快感罢！

一个人正在垂头丧气的时候，不觉得又跑到所谓上海文化结晶的地方来了。这是甚么，就是能吸引一般作茶房，姨娘，及一些孤男旷女的观众的滩簧书场。他们所演的虽也不外乎调笑式的吊膀子，轧妞头。然而更是彻底，较之文明戏场所表演的，更加通俗。因为他们所演的，不是公子小姐们的故事，而是日常在马路上和弄堂内所看见的一些香艳的事件。就是流氓和浪女们所做的甚么钉梢，打捧，等等活戏。把它拿在舞台上来，用更胡调的眉眼手法，表演出来。所以更加有吸收一般庸众的魔力。不见台下黑压压地坐满了穿短衫裤的朋友。甚至于两边及门前，也堆满了后来向隅，没有寻着座位，而又热心来赏鉴的观众。大家都凝神注目地，钉着台上那一对狗男女，形容不出来那样肉麻的表情，口中哼着一些下流的淫词滥调，为要使观众满足欲望起见，所以故意装出更浪骚的样子，好像是真真在那里，挑拨性欲一样。使一般永没正当娱乐的下层男女，个个都现出如醉如痴的神气来。他们整天的辛苦。筋肉已经疲倦极了，偏又来到这使神经兴奋的地方，那得不像如发狂一般，生出兽欲来。可怜又没有发泄的所在，结果弄出了一些出轨的事体来，自然把社会的秩序扰得一塌糊涂。他们绅士阶级的先生们，有他们私人的亭园可供游玩。另外还有什么俱乐部，跳舞场，等等地方，可供他们尽情地享乐。哪里还管得着这般穷人，有没有公共娱乐的地方。所以游戏场的生意。也就日有进步地扩充起来。那吗，自然这些地方就是他们唯一的安慰所。上海穷人多，富人少，而能够使穷人能玩的，只有游戏场，才比较便宜。而其中的滩簧场，又是他们最欢喜的地方，这种滩簧的玩意，就好像成了上海大多数民众，所要求的艺术。而艺术乃是民族性反映的构成，所以我说，此地是上海文化结晶的地方，该不为过咧。我没有资格，来赏鉴这样惹人欢迎的民众艺术，只好废然而返。我走了出来的时候，看见门前，坐着一排一排的滥肉，比较门内，那座戏场内，还要多几倍。这恐怕是预备作那些从挑拨性欲场所，出来的青年们发泄的机器吧。这到是一种投机的好买卖，可惜设备不周全，为甚么不预备一些雄伟的俊男，以供给那些女人们的需要。中国男女之不平等，就是这一点，也不使女人占点便宜。

还没有到京剧场的时候，就听着一阵锣鼓喧天，恐怕又是在神出鬼没地，演些不可思议的故事吧。我很想进去看，一来因为时间还早，二来也很想进去看一看旧日的一些相识的女伶。若是尚在时，或许我的神经，受一次刺激后，能得着一点回忆的快感，也不枉来大世界一趟。一阵女人底曼长的歌声，又把我吸引到这荒唐的地方来了。我厕身在这弥漫了炭气，与汗气的人群当中，一个人无情无绪地孤坐着。场中充满了糟杂的谈笑声，和零星食物的叫卖声，远远地看见台上的演员，不知他们唱些甚么，简直被些刺人耳鼓的声音掩护着了，连一句也听不出。无怪外国人一到中国戏院，就要跑出去。这一来又使我想起在外国时，听戏舒服的光景来了。座位是有一定的号码的，绝没有争夺位子的事件发生，只要幕启后，场中素净得如像一个人在荒山野寺内，静坐参禅一样。就是一颗针坠在地上，也佛仿听得着。由此可知道外国人对于公众道理，是何等尊重哟！我打起精神，耐性地坐着。一会儿台上，另外换了一出戏，不知叫甚么，只见台上有几个人，在那里狂喊乱跳。锣鼓也随着他们动作，在惊天动地般敲着，使我乱杂的心情，更加如夏雨后的泥沟一样的混乱了。不知为甚么，我自从看过西洋的歌剧后，对于中国的旧戏，总不感觉兴趣了。总以为中国的演员，一举一动，都是非常肉麻的。使我很不想看下去。我也不知我从前为甚么那样地沉醉在京剧的世界里。音乐既简陋异常，而唱戏者的调子也是那几个老谱子，从没有创造出过新的腔调来。兼之布景的单纯，剧情之荒唐等等，都引不起人感觉一点艺术的趣味来。而且他们所唱出来的音调，大半都是靡靡之音，好像使人坠入到一种幻梦般的世界里去了一样，再不会感觉到戏场以外的事了。只觉得使人的精神日趋到萎靡之乡去了。哪里能像西洋雄伟的音乐，悲壮的歌声，那样地动人，而使精神焕发哟。虽然这是关乎国民之气数，与乎社会之环境，而形成这样的保守和原始底歌戏来。但是外国和本国的统治阶级，用一种消极的方法，来销磨一般人民的意志，使他们得看一点不快意的娱乐后，就自然地维持在萎靡不振的状态中，永远地屈服在少数人的铁蹄之下，而不起来作一种反抗的斗争，就是他们所收的效果。这样地受经济压迫，就是形成艺术永不进步的主因。然而一般被统治的人们，也太不争气了，为甚么不奋起直追，打倒这维系旧社会的恶劣艺术，而另外创造一种崭新的社会艺术，使大家听着热烈激昂的歌声，而引起人们参加改造社会之热心来哟。一个人无聊，坐在这热闹的剧场内，又在这里想些不负责任去实行的话来。真是可笑，亦复可怜。赶快把不平静的心，收拾起来，注意到台上去。今晚又是失望了，从前那些认识的女伶，一个都没有。虽然所演的戏，依然是那一套旧玩意。场中的空气，恶劣极了。兼之锣鼓之喧闹，与乎人声之杂沓，都扰得人头晕口燥，再也不能久坐了。好容易从密密的人群当中钻了出来，才呼吸着场外露天花园的新鲜空气，好像释了一担重负一样。

露天电影已经演了好几幕了，好像快要收场的样子了。不看见那银幕上的男女演员，快要接吻了。因为美国电影的收场，没有亲嘴，就不成为一出好影片。黑压压地坐满了全场，只有天上微微的星光，照着那些男女相偎的肉体。仿佛看见他们，也在学银幕上亲吻的光景。园边四周的菩提树下，密密地排立着，一群一群的雏妓。只听见她们发出"去呀，到家里白相去呀，"一派凄惨的声音。因为时候已经不早了，而尚未拉着客人，为要避免鸨母的毒打起见，所以不得不发出那样动人怜哀的呼声来。我一时的侧隐之心发了，想去可怜她们一次，但是一摸不行，包内的钱，拿来救命的，若是因为一刹那肉欲底快感，而来断绝饮食，那真值不得。何况雏妓的本身，又得不到钱。到了明天饿肚皮的时候，又有谁来怜悯你，想到此地的时候，很坚决地离开这伤心惨目的地方。好像远远地还听得出那些带桎梏的女子的可怜声音来。

今晚在大世界玩了一晚上，依然连一个熟人也没有碰着。想起来，真使人丧气哟！真不知我最近的将来，把袋内所剩的钱用完后，如何生活法。虽然家里可以回去，但是有几个原因，是不可能的。一来，我自己也不愿意回去，家庭因为我在外读书，担负过多，而且弟兄们也在说闲话，所以后来家里也不兑钱来了。只好把所有的东西，卖当无余，结果才能一个光干，乘着四等舱跑回国来。既然家庭与我为难，哪还有脸面回去哟！自己在外边做一番事业，再说。又况家中还有一个毫无爱情的妻子，这就是我不回家的主因。我一个人在外边多自由，无挂无牵地过活着，再也没有人来打麻烦，真所谓天空任鸟飞了。我又何必自己钻进去，作一个笼中的鸟儿咧。但是一想到茫茫前途的时候，又不禁使我打了一个寒惊，也许将来要成一个饿殍，也说不定。想起来，若是现在我在这落魄的境遇当中，忽然遇着一个多年没有见面的老朋友，那真是说不出的快活。并且他又把我引到酒楼去，沽饮话旧，谈到我的身世和近状；他又非常受感动，慷慨地送了我许多钱，并且替我谋一个优等的位置。在那时，盛衣华服地重跑这里来玩，那是何等的风光。不禁手舞足蹈起来，一不留神，把手掌撞在铁柱上面去了。一阵剧痛的结果，才把我一场大梦扰醒了。回过神来，自己跑到镜子旁边一看，憔悴不堪的面孔，和污秽不洁的服装，还有谁来理你。即有当年的老朋友，看见你，也未见得来打招呼和你亲切谈话。金钱万恶的世界里，哪还寻得着雪里送炭的人。自己拼着这条铁一般的肉体，和钢一般的意志，与命运之神宣战吧，或许可以杀得出一条生路来吧。

　　大世界真可算是个中国的缩影，十年来虽是换了许多新人物，但是所演的各种玩意，依然是那些旧东西，丝毫没有进步。我和此地虽有十年没有见面，然而总看不出它变迁的痕迹来。就是从前一点有益于身体的各种游戏，如跑冰场，大车轮，秋千架，等等都废除了，更加添了一些戕贼身心的东西。这真是和中国的社会一样，只有一天一天的腐化下去的。我今晚特意来视察我从前失足坠下的深渊，不知又有多少冤魂在内，助长它的成绩哟。我想黑暗无底的深渊，只有增加堕落人的骷髅的，我站在深渊的旁边，眼看着黑洞洞的里面，好像有无数的魔鬼，伸出它们硕大无朋的巨掌，来捉人下去一样。我急忙抽身就走，经过门口那座戏厅的时候，故意侧身向着这些肉屏风底当前走过。然而他们连睬我也不睬一下，虽然已经到了最晚的时候。回头只看见她们，向着穿华服的人们纠缠不清地谈笑着，使我好不忿气，我这个人真是成了世人厌弃的东西了，连妓女也瞧不起我了。出门后一阵深夜的寒风吹来，使我打了一个冷惊，慌忙地跑回寓所去了。

清晨起来，连早饭都不用，就跑出去寻人问友。我也明知这个时候，即或找着他们的住所，也是不在家的。因为这时间，正是办公的时间。但是我想最要紧，就是第一步要把他们的确实地址打听清楚，以后就有办法了。无论甚么时候，都可以去会他们。所以我不辞辛苦，自朝晨到中午，拿着他们给我的地址，按门索骥地去找寻，也就是这个缘故。结果，依然一个人也没有会着。我真不料事情这样凑巧，在这三四年中，他们个个都搬了家。哦！这有甚么可怪，自然是因为他们的地位增高后，有些已经讨了老婆和添了小孩，与乎其他的从家乡把家族搬出来，那是一定需要广大房屋的。出于幽谷，迁于乔木，也是他们幸运人儿高升的佳兆。可是我这否运人儿，连在幽谷中，觅一个栖身之地，都不可能，那样还作非分的妄想，只好自叹晦气罢了。我在外国留学多年，虽没有学得拍马吹牛的手腕，像博士一般的本领。但是回国后，连一个小小啖饭之地都寻不着，社会底待遇，未免太冷酷吧。然而回头一想，我的思想太错误了。在这样的黑暗社会里，你还教他们自己寻上门来吗？自己装成一个傲骨棱棱的样子，自然是该饿肚子的。如要一般人，将所学能得所用，不去奴颜婢膝地去钻营运动，而政府自然地量材施用。那吗，除非把这个世界翻转过来，变成一片光明灿烂的景象，那才能实现我们所希望的一个理想的社会。就是有真本事去作工，才有饭吃的社会。

一个人在马路上，失魂丧魄地走着，好像在一片茫茫无涯的大海中的一只燕子一样，不知究竟何处是我的归宿的地方。现在肚也走饿了，脚也走酸了，再没有勇气往前走去，让他死于沟壑罢了，低着头一步一步地蹒跚地走着，——好像是犯人快到杀场，挨命一样地走着。又像是一个人在沙漠中，迷了途一样，眼前只是荒凉一片，指点行人的道路，早已全被挟沙吹来的狂风掩埋了。再没有生存的希望，看着快要接近死之域了。但是一刹那，福至心灵起来了。因为发现一个很熟的名字，叫镜花里的地方。这是我十年前的老巢，是一个很可纪念的地方，那得不去拜访拜访，何况那个地方，从前是四川学生的大本营，尤其是我们一府的人更多，或许会得着几个老朋友，虽然他们不能解决我目前的一切的事件，但是我十年来没有见着故乡人，设若见面时，听着他们用乡音说出一些故乡的故事，那是何等痛快。于是我的勇气，又恢复起来了。眼前却明明白白地现出一个面团团的大胖子，与乎永远莫有收敛过的笑容，而老是和霭可亲的华先生来了。

我走到镜花里的大门口，看见那附近一些小店子的人们，好像旧相识一样。尤其是那风雨无阻，每天必来卖面者。我看他更苍老的脸上，依然露着笑容，殷勤地与客人周旋。十年的时间，虽是能使沧海变成桑田，可是我这位老朋友的事业，依然没有长足的发展。好像是中国底社会一样，老是维系在不进步的状态中。但是他能安分守业，不去作冒险和投机的事业也是他的长处，所以十年来，他虽没有特殊的进展，然而一身的温饱，却是不缺的。我本想和他打招呼，又恐怕他看见我风尘满面的容貌，或许有点不认识了。并且又在不得意的时间，连温饱二字都还说不上的我，真有点愧对故人了。我低着头，侧身走过，慢慢地在弄堂里面缓步着。看见一些将成年的青年，尽都是从前跳跃活泼的小孩，手摩着我唇边的胡须，不禁摇头叹息，口中呢喃地自语，说道，老了，老了，真真老了，我们的时代过去了。

华先生是我的二房东，我从前在上海时，就住在他家里，足足有两年之久。我同他的感情甚好，且常有通财之谊，所以我和他更与旁的房客不同。他亲切的待遇，好像把我算作他家庭中之一份子一样。他家里，差不多大半是住的四川人，而他好像特别与四川人要好一样，所以同乡人，一个介绍一个，后来完全住的四川人了。他在弄内，租的是两幢房屋，除了最少的一部分，住他的家族外，其余一些房间通通都分租与人家去了。他虽没有干别的事业，然而他的一家人温饱，专靠租金和包饭，赚来的钱，也就绰绰然有余了。他对于我们这些青年的学生，从没有用过一次急言厉色来对待我们。并且有些人欠他的钱，他也不十分催迫的，很能原谅我们从山遥路远的家乡，兑钱出来的困难。但是若有人不务正业，专事游荡的人，他却不大喜欢。时时用些言语来劝导，说上海是罪恶的渊薮，一不谨慎，就坠到堕落之渊的。你们跋涉了千山万水出来读书，若是荒弃学业，怎么对得起你们家里的父兄呢。因为他正直和霭，所以我们也乐得在那里住着。因之他的境遇，也非常顺遂的。

他过去的历史，我不大十分知悉，但是有人对我说他在光复后，曾在南京当过一次甚么标统。后来因为他人太诚实，被一般专事钻营，迎合大老的恶人们挤掉了他的位置。结果他灰心仕途，携着他的爱妾，跑到上海，就来干这个事体。他常常对我说，中国的军政两界，简直是堕落人格的深渊。我现在清闲得多了，只要不愁饥寒，也不想乱去要人家的钱，不过藉此可以销磨这桑榆的晚景罢了。所以他有时对于我们同乡人里面，若是这人经济拮据，而又非常勤学的，他不但不催收房租，并且有时还帮助一二，以舒他们的窘境。华先生真不愧是一个忠厚长者，待人处处用诚恳的态度，真所谓肝胆照人，丝毫没有上海滩上滑头人的习气，充分表现他们江北人，淳良朴质的个性出来。他那比他小十几岁的如夫人，尤其是和霭可亲，真可算一个温柔谦让，而有大家风范的女主人。与上海的时髦姨太太比较起来，真有天壤之别。他们俩虽说年龄相差太远，但是感情却非常融洽，并生有子女各一。所以他绝然同他的大妇，有点合不来。因此他把他的发妻，安顿在家乡，另外在上海，组织一个充满和风的小家庭。我永远不会忘去他们俩的态度，脸上的笑容从没有收敛过。我也祝福他们，永远在快乐之乡住着，一直到地老天荒的时候。我想到此地时，好像把我近日来心上罩着的愁云，一扫而开，现出青天白日一样了。

镜花里在这十年中，不知起了多大变化，我深怕华先生家里，也发生了甚么变动，或者另外迁了居，也未可料。心中有点忐忑不安的样子，好像把我最后一点希望之梦，都要打破一样。虽然他的门牌号码，也有点模糊不清楚，但是因为我在此地住得太久，印象很深的原故，觉得毫不费力就找着了，在未到门之先，心里砰砰地跳个不休，只感觉得热狂的快感。我相信华先生看我落魂的样子，一定要说出一番同情的安慰话来，虽然得不着对于我的近状的帮助，但是一点同情的心意，已足以慰安我受创甚深的心情了。并且在那里，还可以打听一些同乡的消息。若是他家中住有我的同乡的时候，便可以马上会得着面，那岂不是把我近日来急于找朋友的事件，也达到了么。何况华先生也是我比较有感情的老朋友。

走到后门，就看见在厅房里那边桌前，坐着三个人，在那里用午餐。一位十五六岁的少女，和一位十二三岁的后生，另外是一位中年妇人的样子，她是背着身子坐着的，她的后影好像华太太一样，我不禁冒失地喊了一声，此地是华先生的公馆吗？这位中年妇人，掉头过来，大眼地瞧着我，似乎有点诧异，我这个陌生生的客人。我急忙追说一句，"华太太，你不认识了吗？我从前在此地，住过好几年。"她凝一会儿神，才把我认出来了。"哦！是的，你不是白先生吗？几时回国来的？"她忙忙地吩咐她的女儿，"瑞华，快去给白先生拿茶来。"她一面又殷勤地招呼我坐，并且连饭也不吃了，就来陪我谈话。她那个小儿子，瞅起一双小眼，定睛把我瞧着。我向她说："光阴过得真快，瑞华长得这样大了。"我一面想着，还记得瑞华小的时候的活泼的样子来，现在居然成了一个安娴幽静的少女，也无怪我要老了。她一面露着笑容回答我："是的，我们差不多快有十年没有见面了，白先生，你想必发了大财回来了。"我听着这句话，使我惭愧极了。莫说发财，连现状也不能维持下去。一面留意观察华太太的面容，简直憔悴不堪了。十年前白皙细腻的皮肤，与乎容光焕发的丰采，现在都完全变成粗糙苍老了。尤其是她那满脸的病容，使人更生出同情心来。我很诧异她为甚么会变成这个样子来，恐怕有甚么意外的变化吗？我急忙追问一句："华先生到哪里去了？"她听见我问到华先生，眼眶内不住地掉下清泪来。她呜咽地，才把华先生在两年前死去的消息告诉我，并且申说，自从老头子死后，一个人要操持家政，又要设法来教育子女，简直把我身心两方面的精力，都耗尽了。经过这样的忧患后，自然而然地会弄出一身病来，白先生你看出我憔悴的样子么？她叹息了一会，又洒了许多泪。她又说，老头子上了年纪的人，所以得着病，就没法医治，他不是快到六十岁的人么？我的先生真好，对我是非常怜爱的，我们俩的感情，是再融洽没有了。虽然我们的岁数，相差有十几岁。我现在虽是过着寂寞生活，我要打起精神来过日子，把我一双儿女养大了，就尽了我的责任，并且也对得住死者了。我听她说完过后，我心中非常空虚，怅怅然好像失掉了一件东西一样，感觉得空寂的悲哀来。我摇头叹息一会，很想用些语言去安慰她，但是笨拙的我，只说了一些无聊而肤浅的应酬话。然而我心中热烈的同情心，总是没法表现出来。后来我又问她"此地还住的有四川人么？"她说"没有了，因为我的先生死后，我成了孤孀，就不便把房间租给单身的客人，虽然他们是我家最好的客人。但是恐怕人言烦啧，说出不好听的话来，所以辞掉了他们，此地只租有家眷的客人"。我又问"弄内住的轩辕先生,是不是还在此地?"她说"听说已经到外边做事去了,眷属到还在此地"。我今天来的目的,又成了一场幻梦。我不好久坐,就辞了出来,她还殷勤地向我告别,说有闲常常来玩。我点点首,就跑了出来。仿佛有一个肥胖的老头儿,露出满脸的笑容,殷殷咐咐地说出"白先生快些回来晚餐,不要让我们久等"的话语来。这是我从前住在他那里,每次出门时,听惯了的亲切的语言。

走出弄堂门口时,方才觉得外边在下雨了。一阵风来,把街树上的黄叶,吹得满街都是,我微觉得有点凉意了。满天的愁云密布,顿现出一个肃杀的景象来。兼之心中充满了不如意的事件,觉得天地都变窄了,几乎使我茫茫然不知所适了。就是找一个容身之地,也好像无处寻觅一样。虽然我这如铁汁般流着的热心,结果依然是成了一块冰冷冷的顽铁。但是我不灰心,还是要捧着这块顽铁,走向大火炉的旁边,将它投下去,使它放点火花出来,仍然变成液汁流动着。我紧皱着两道愁眉,在愁人的秋风秋雨当中,向着那无穷尽的渺茫的前途走去。

一九二七,十一,二,上海

选自段可情:《铁汁》,启智书局,1935 年

观　火

沪西区是上海最幽静,而又清洁的住宅区域,那些富商达官,与乎有钱的外国人的 Villa,通通都会萃在这些华丽的街市里。两傍的街树,整齐繁茂,那翠滴滴的绿叶,掩映出一条平滑光洁的马路

来。若是驭着一辆马车经过时，真令人忘去这也是那尘嚣满市的上海之一角，浑疑是置身在那柳明花暗的乡村一样。

那些大小的别墅式的住宅，并立在马路两旁。虽说赶不上那黄浦滩上的崇楼杰阁的壮观，但却另有一种美妙动人的好处，为那呆板的高楼大厦所不及。而且那公司银行式的巨屋，又在人烟稠密的地方，而又缺少树木的点缀，所以那些有钱的人，除了办公以外，不得不另外寻那远隔尘寰的仙境，去安置他们的家小，和最适宜于起居睡眠的所在。所以他们不惜用他们从劳苦群众榨取得来的金钱，去图他们私人的安逸。虽是地势偏僻，然而那风驰电掣般的汽车，却使他们一点儿也受不了徒步的痛苦。

他们不但只是建筑一所房屋在清静的地方而已，并且还要钩心斗角，把他们的住所，装饰得更惹人适意安乐。除去了起居的房屋以外，差不多每所房屋都经营一个花园。虽然有大小不同，但是一样地有绿草如茵的草地，红绿相间的花光树影，和那供人休憩的小亭和铁梳椅。在清晨和薄暮的辰光，就能看见那些老爷太太小姐少爷们，两脚踏在轻软如毡的草场，往来回还地散步着。自然是因为他们有钱，所以应该占着那最优美的区域。而且市政当局，也好像特别同那些出入车马的人们要好一样，在这区段内，把马路更修得光洁广阔，街树也培植得更整齐繁茂，使他们有清鲜的空气呼吸着。

但是隔着那一条污秽的小河，情景就大不相同了。

这是所谓平民窟的区域，没有广阔的马路，与乎高大的洋房。只是一些污秽不洁的小巷，和那狭小不堪的茅棚。若是风稍微刮得大一些，就会把它卷起来，吹到半空中去跳舞。再是到了下雨的天气，那就更糟糕了。那些无情的雨滴，会从那稀薄的茅盖穴中，渗点下来，滴在那石头一般硬的被头上面。打湿过后，更加重了分量，使那被头下面睡着的小孩们，有压死的忧患。一间小小的茅屋，一家人都生活在里面，卧房，灶房，饭厅一齐都在这一两方丈宽阔的面积内。除了人住以外，还有家畜，尤其是和他们一样污浊的猪儿，差不多每家都要养个一两条，预备喂到年底去卖，得着钱来过年，这是他们唯一的希望。除此以外，还有鸡，狗，鸭，猫等等动物。若是到了夜来，大家酣睡过后，有人经过，就能听见人畜的酣声，一齐交鸣，真分不出是人住的房子，或者是畜牲的圈巢。恐怕那些有钱人家的马厩，还要比穷人的住所，华美得多。

在这如蜂房相连的茅屋当中的主人翁，大半都是劳苦的工人，尤其是黄包车夫，和在附近一个纱厂作工的工人。他们的男子，白天一齐到外边去作工去了，只有家里的妇女，孩子们，终日里在卑屋陋室里过日子。女的除了替人家洗濯衣服外，还要去管理这简单的家政。虽然家政是简单，但是一不如意，那在外边作工的人们回来后，遇着生意不好，或是在厂里受了工头的气的丈夫，就会把妻子当作散气包。小孩子们稍为大一点的，可以去照料家畜，或更大一点的，就去当童工挣钱。虽然以他们的年龄，是不应当作工的，而资本家因为贪图工资低贱，所以乐得去雇用。还在他们也不能蹲在家里享福，因为他们的爹爹，根本就没有好的东西，留给他们。除了作工得点工钱来帮助家用外，还想像那些有钱的子弟，挟着书包，到那高楼大厦的学校去读书吗？不能，那是富家公子专利去享受，穷儿是没有福分的。那些在社会里做事情的人，就从没有想到替那下层的苦力人们的子弟，盖一所精美的学校。所以他们在未成熟的年龄，就只有在那些茅屋，和煤烟薰炙的工厂里过日子，一直到两脚一伸，睡到薄薄的棺材当中为止。

这是一个晴朗可爱的冬日，一轮鲜红的太阳，用它温暖的光流，照遍了大地。不管是华丽的洋房，或者是简陋的茅屋，都是一律地蒙着光泽。世间恐怕也只有太阳之神，才有这样平等待遇人们的精神，而能同时照顾着那两个不相同的世界吧。

那鲜明的日光，射在霜花满铺的红瓦上面，闪闪作光。这时睡在帘幕重重，炉火温暖的房间内的鸭绒被，钢丝床上的人们，因为受着从窗帘隙缝内穿进来的日光，也把他们正在流连甜蜜之乡的梦境内唤回来了。只得懒洋洋地从轻缓的被头里面爬起来，在一群奴隶伺候当中，他们盥洗后，走到饭厅去用早餐去了。

那鲜明的日光，也射在那白如雪般的严霜铺着的茅草屋顶，一样地闪闪作光。但是睡在那空穴来风，泥墙剥落围着的屋内的旧棉被下木板床上的人儿，在太阳之神的胭脂娇面，尚未出来窥人的时候，已经在马路上拖着空车，战栗地与寒威之魔相敌了。已经在那机声轧轧的工厂内，手不停息地工作了。已经在木盆内用冻裂了的红手，在替那些人们穿脏了的衣服洗涤了。

在鲜红的太阳，移到天心来的时候，那些住在洋房的太太小姐们，已经把逍遥椅移到满受着阳光的露台，和枯黄的草地上了。很惬意地沐着和暖的光流，靠着椅背养神。那茅屋的门前，却依然也能受着温暖可爱的阳光，虽然在炎炎的夏日，这可恶的太阳之神，是与他们相敌的。但这时在屋内永远得不着暖气的妇人小孩们，看来愈觉得亲切可爱了。他们虽然在天然的大火炉的旁边享受着不用钱买煤，而能得着暖气的快乐当中，却更使他们双手不停地，在做缝纫的工作。一方面妇人们命令她们的小孩们，去照顾那些喂肥的猪儿。这是她们一年来辛苦的工作，把一个不盈尺的小猪，养成能变卖成很多雪白可爱的大洋的成绩。在一个月之后，她们就可以从猪儿身上，得着漂亮的棉衣，和过年时的可口的酒肉。所以她们时常叫小孩去管理着它们，勉得有逃逸的事件发生。

太阳渐渐地偏西了，在彩霞的余晖，挂在天末边的秃枝的树尖的时候，晚风起来后，把暖气吹到富人屋内的火炉去了。这时天然的炉内，好像没有添煤的原故，已经把暖气消失殆尽了。屋内虽然也是冷，到底比外面要好得多，究竟有土墙可以遮风。所以那些穷人，一到晚来，就通通钻进如鸟巢兽穴般的窟内去了。在一灯如豆的光线下，依然做她们未竟的工作。让小孩们去睡在床上，自己在做针线，等着他们辛苦的丈夫回来。在这冷冰冰的空气中，虽然觉得比睡在床上的如铁般的寒衾当中，要更难过一点。但是丈夫一回来的夜饭工作，是她们应当伺候的。这也无法，到底多做一点工作，要多挣一份钱，那也说不上辛苦了。何况还有更辛苦的丈夫，尚未回家。只好等着，一到丈夫回来后，把夜饭用完，两个人就可以到床上去，互相偎抱，取得暖气，恢复那僵动不灵的身体。然后就可以甜蜜蜜地，去做他们的黄金之梦。

一到晚间十点钟左右，那蜜蜜排着的茅屋当中的大小人们，都是鼾声微微地酣睡着了。他们不管外边有没有甚么事件发生，觉得这七尺睡眠之地，是一个神秘的乐境，不但可以恢复他们整天的疲劳，而且又能得着整个冬天，在旁的地方从未得着的暖气。那自然使他们无忧无虑地，到梦乡去寻快乐。

一个严寒的冬夜，那些枯枝上栖着的寒鸦，也冷得发抖，大家互相偎着，不住地发出凄凉的叫声，兼之挟着狂暴的风啸声，使人不觉得打了一个冷噤，这真是个恐怖之夜。街上的行人，都赶快地逃回家去了。就是那些黄包车夫，也耐不着这样的寒威，各自拖着空车，向回家的路上走去。因为根本就没有人，在这样的天气当中，还在街上行走，除了那有职责的警察以外。

一座精巧的洋房，矗立在湿云重重，寒风凛凛的暗夜当中。屋外小花园的秃树枯枝，被强劲的北风，吹得嚓嚓作响。屋内各处都灭了灯光了，只有二楼的一间房内，从沉沉厚幕掩盖着的玻窗中，透出一点光线来，这是屋中的主人尚未就寝的表示。

一间华丽的卧房，内面的陈设，完全是欧式，尤其是那英国式的壁炉，更现出泰西的风味来。主人卧在逍遥椅上，一动一动地摇着，时而把手中的雪茄烟，向着口中吸着，在吸完一口之后，就吐出白雾般的浓烟出来。主妇挨着床边坐着，但离火炉也近。在粉红绸罩的座灯下面，缝着小孩的衬衣。小孩不宁静地睡在床上，时而发出咳嗽的声音来。小白猫睡在和暖的炉边打盹，室中的空气，异常甜暖而静寂。

坐在炉边的主人，时而向着坐在粉红绸罩的座灯下缝纫的主妇瞟看。被放出粉红色的电光所掩映着的容貌，更增加上了主妇几分颜色。主人在最后就目不转睛地瞧着，他突然翻了身起来，走到床边，挨着她的身傍坐下。用手把她的腰身围着，放轻他的语调，很柔和地说道：

"亲爱的，休息一会罢，不疲倦幺？"

"等一些些工夫，我把这一只袖口缝完了再说，请你回到那边坐一会罢。"她回头嫣然一笑地说着，说后依然手不停息地缝着。

主人无精打采地，依然回到炉边的逍遥椅上坐下，向着炉中的火焰出神。但是不宁静的心情，却支配他又回头把她瞧着，他觉得她今夜分外露出好看的颜色来，不自然地向着她哀求着：

"来哟！亲爱的，到这边来坐，你看这边多暖和，我有话告诉你。"

她经过他再三地催促，只好把针线及未完功的衬衣放下。起来把身上的线屑拍掉，转过身去，曲着身子，去看那睡得很甜的小天使，情不自禁地向小孩亲了一个嘴。然后才将小鹅绒被把他裹得紧紧的，免得透着风，而使到小孩着凉。再转过身去，把座灯灭熄，才摆动她苗条的身裁，娉婷般地向着炉边走去。

主人等她走拢来的时候，把她拉到他的身边坐下，很亲密地互相偎抱着。这时房内的灯光全熄了，只有炉内煤炭放出来的火焰，照着他们俩陶醉的容光。空气沉静极了，只有桌上的座钟，发出有规律的机声，与乎小猫儿很微弱的酣声，是一个神秘的幻境。在炉中摇摇的焰影，好像印第安人跳舞一样，更使人堕入一种不可思议的境地去了。他们俩尽量地去享受这样迷人醉人的瞬间，忘去了这是在一个严寒的冬夜，忘去了户外有刺人肌骨的北风，在狂啸乱吹，更记不起在一河之隔的那边，有茅檐破床睡着的苦力。因为他们生活在这样舒服的环境中，也根本不让他们发生那悲天悯人的思想。何况这温暖的小室内，只充满了肉的气息，与乎那诱人沉醉的特有的香气，所以他们只默默地一声不响地享受着。这样地沉默了一些辰光，终归男子先开口，把这静寂的幻境打破了。

"明天晚上陈公馆的消寒会，去不去参加？听说还要开跳舞会。"男子很温柔地抚摸着她的柔发说着。

"但是那一件最新巴黎式的晚服，还没有完工，我是去不成的了。谁教你不早一点同我到世界服装公司去做，现在也来不及了。"主妇抱怨般地说着。

"那一件纽约式的晚服，也还漂亮，前两个月新做的，不是一样地可以出风头么？"主人反驳的神气回答她。

"你愿意丢脸，我却要顾面子。昨天到张太太家里去，就看她在试穿刚从公司取回来，那一件像皇后穿的那样华丽的衣服，真像个巴黎交际社会中的贵族太太一样。张太太人本生得美丽，而又衬着这样一件时髦的新装，恐怕称赞她是上海第一个漂亮人，也不为过吗？我人本来就生得丑，还要叫我穿着那不合时的衣服，那不更难看了么？何况在这样热闹的宴会当中，哪一个不是穿着时新的装束？你们男子照例只穿一件 Smoking 就完了。可是教我难过，是不愿意的，就是你的面子，也不好看。"主妇絮絮不已地说着。

"那吗，我明天一早就到公司去关照，多把他们几块钱，叫他们无论如何在午后五点以前赶完送来，那吗不是我们就可以双双去赴会了吗？"主人安慰式的样子说道。

主妇微笑地点着头，一声不响，心中表示是满意了。这时床上的小孩，又咳起嗽来了。主妇急忙从那主人紧紧抱着的手中，挣扎出来，急急地跑到床边去。熊熊的炉火，把小孩的面孔，映得非常之红。因为太暖的原因，所以小孩把小被头蹬开后，就受了一点凉，因之又咳起嗽来了。主妇把被头替小孩盖好后。就呆坐在床沿上，好像对于小孩的咳嗽，是大病来了一样，做出非常焦心的样子。

主人也离开炉边，跑到床沿边挨着坐下，低声地问道："怎么样，亲爱的，为甚么又闷气着不快活。"

"你自然是快活，一天到晚都在外边，眼不见心不烦。小宝宝病了几天了，咳嗽总是不停，我叫你把他送到英国马医生那里去看，你总不相信，你偏偏要送到那倒霉的中国医生那里去。你看他那里的房子，和诊金那样便宜，就不是个好医生的样子。你看马医生那里，有的是大洋房，并且出去看病，就是坐的汽车。哪个有钱的人，不找他看病？虽说看一次病要花十块钱的门诊费，但是我们也无须乎去减省那几个钱。何况是我们最钟爱的小宝宝生了病！平常你替他买的玩具，几十块都在用，为甚么儿子生了病，反而吝惜起来了？若是早送到马医生那里去，恐怕老早就全愈了。中国医生的本事，哪里赶得上那外国的博士。若是小宝宝明天还是咳嗽，那我会也不去赴了。"主妇絮絮不已地抱怨说道，脸上又显出不高兴的颜色来了。

"你又生些闲气做甚么？我因为小宝宝不是甚么重大的毛病，所以才送到中国医生那里去的，既然他还在咳嗽，那么明天我陪你一道，亲自送到马医生那里去好了。"主人低声下气，很柔和地说道。

主妇虽然对于丈夫的答覆满意，但是依然在脸上显出悻悻的神气，这是她故意做出来的撒娇的样子，要呕她的丈夫来同她玩笑的表示。经过主人一番温柔，拥抱，接吻的把戏过后，她脸上才恢复春风满面的笑颜来。

主妇的鬓发蓬松的脑袋，搁在主人的肩头上，鬓发贴在雪白的额上，更显出娇艳可爱的姿态来。兼之炉火的光辉，射在她那两颊蒸得绯红的嫩白的脸上，更使主人爱到了极处了。频频地向着她那红如胭脂般的芳唇，亲吻不已。主人抱着主妇的细腰，站起来依然向着壁炉那边走去，坐在炉边的沙发上，他们更偎抱得如两人合而为一的样子了。炉火的暖气，把他们更蒸得春心荡漾，比饮了醇酒，还要沉醉。这时屋内又充满了和煦的春风，他们俩就留连在这温柔的世界里。

外边的风势，更加发起威来了。虎虎的啸声，把玻璃震得怪响。那些枯了的脆弱的树枝，敌不住勇猛的风势，经过嚓嚓的响声过后，就从那树干上掉下来了。这时街上黑暗得这边看那边人行道上的人面，都有点辨别不出是老年或是少年了。街灯上的瓦斯火焰，经大风吹得一闪一闪的，只能把它的光辉，照着那灯上的四块玻璃。灯光的闪烁，把那些黑邃的小巷，弄成一个鬼影憧憧的世界，到处静悄得如像荒山的坟园一样。就是一个狗子都看不见了，只有呼呼的北风，挟着寒威，向着到处撞击，这是一个可怕的冬夜。

对岸的平民区域，更显出荒凉消沉的景象来。那风神的暴怒，好像要把那些冻僵的茅屋，吹到半空去跳舞一番，取得一点暖气一样。那些乱杂综错的茅屋陋室的附近的，那座如庞然大物般的工厂，黑压压地，蹲在那里。那些大小高低的烟囱，好像张着它们那血盆大口，准备那怒吼如狂的大风，把那些茅屋，一一地吹到它们的口中，去满足食欲的愿望一样。

一些疲劳了的工人，都在这样可怕的午夜当中，睡得鼾息停匀，酣适已极。虽然那刺人的寒风，如水银泻地一样，会从那些隙缝当中，钻到你的被头来。但是因为那倦极了的筋肉，是要等那甜蜜的睡神把它慢慢地经过了若干时之后，就医治得新鲜活泼，准备明天一天的销磨。

这时在这些黑暗得如像地狱一样的区域中，却从一家茅棚的小屋内露出一线的灯光出来。这是一个黄包车夫的家庭，只有他们夫妇俩，及一个有三岁光景的男孩。为甚么在这样深夜当中，他们还不吝惜油钱，点着灯睡觉吗？不是，不是，在他们的经济状况看来，那能让他们来耗费那辛苦挣得来的宝贵金钱。那盏灯除了吃饭时点一会儿以外，就从没有燃过。不怕冬日天黑太早，他们都是不用去点燃的。甚么事情都如瞎子一样，去暗中摸索。此外除非是女的接了哪里来的缝纫工作，而又限定日子要交出去，那就无法，只好点起灯来赶夜工。但是这是有代价的，并不白费膏火，然而顶多在十二点以前，必须灭灯就寝的。因为明天一清早，就要起身去操作各种惯例的工作，如像替丈夫熬稀粥，与乎洗浆旁人的衣服，及家畜的饲养等等事件，都要她去料理的。照她平常的生活看来，那吗今夜一定有特别事情发生，不然哪里会在午夜以后，万籁俱寂的时候，还点灯夜作的。

虽然夫妇俩劳碌半生，勉强可以把半温半饱的生活，敷衍过去。然而有了这个小孩，更使他们努力工作，去扶持这个未来的劳工的长成，在几年之后，就可以帮助他们去找钱了。何况他们还有更远大的期望，就是设若他们俩不在能够作工的年龄当中死去，而生存到那衰飒的残年，还依然活着的话，那吗他们既没有存蓄，岂不要活活地饿死吗？所以他们把这中年所得的小儿子，更视为是他们俩将来唯一无二的靠山。所以他们把他也宝贝似地去扶养，使他能顺顺遂遂地长成一个精力强健的男子，去替那些锦衣御食的人们，作牛马奴隶。虽然没有像富家儿女般给他穿好的吃好的，与乎好的玩具供他玩耍。但是他们俩总是自己情愿穿吃得坏一点都不要紧，从自己名下节省出来，务必使孩子得到充分的温饱生活，所以他们的小儿子，也长得肥胖可爱。

虽然夫妇俩钟爱他们的独生子，无微不至，但是以他们收入之微末，与乎大都会的生活之昂贵，而形成他们在这样简陋生活之中，挣扎和奋斗，而终归是陷入在粗衣糙食，卑室陋巷的状态当中。有时在那寒风凛冽的冬天，因为生意的清淡，而使他们得不着温饱的时候也有。所以他们的孩子，偶然因为饮食不匀，冷暖不适的关系，就会生出病来。但是究竟是贫人的儿子，没有富人的公子哥儿那样娇弱。所以有时不去看病吃药，也会自然而然地好起来的。

　　但是这一次孩子的病，就与往常不同。开始还不十分去留意，以为像平时一样，拖延过几天，就会好的。哪晓得因为天时的不正，饮食的不好，把他的病，拖到深沉的地界了。虽说是抱着孩子到那些大医生施诊的地方，去看过几次，无如那些沽名的慈善医生，哪里对于不出钱的平民，在用心仔细去诊察，不过奉行故事地，开些不负责任的药方，聊以塞责而已。所以孩子的病势，就陷入在一种不生不死的状态当中了。

　　近来天气的严寒，那刺人的北风，把人们都赶走到屋内炉暖衾温的地方去了。街上的行人一少，黄包车的生意自然就坏下来的。所以他们夫妇俩，不但对于生活发生困难，而那躺在床上的病孩子，更使他们比饿饭还要难过。妇人一天到晚坐在床沿上，呻吟哭泣，事情也懒得去料理了。男子垂头而出，丧气而回。这几天简直把他们磨得神魂颠倒了。

　　今天妇人又抱孩子，把到哪位大医生的贫病送诊的地方，去看病了。虽然不出诊理钱，但是挂号金，却要二角。外面说是某大医生亲手来看病，然而大医生贵忙得很，就是坐起汽车到那些富贵人家，去医治那些在社会上，吸贫人的精血，杀劳动者的刽子手般的富商和达官，都来不及，哪里把这些供牺牲的牛羊，看得上眼！所以依然命那些徒子徒孙，代替他的职务。到底一次十块八块，和那只有号金二角来比较，那当然不值那戴富贵眼镜的大医生的玉手，来握那污秽瘦黄的穷骨头。所以那黄包车夫的妇人，把孩子从很远的地方，坐着她丈夫拉着的车子跑来，等了两个钟头以上的时间。才得那些初上杀场的年青医生，不到三分钟的诊察，就胡乱在白纸上面，涂些黑字。然后拿起方子，跑到那些大慈善家所开的施送药材店，又等了许久，才得到一包草药，跑回家去。虽然耗费了她丈夫半日的工夫，少做了几趟生意，但是只要孩子的病好，就是少赚几个钱，那也说不上。

晚上孩子吃了这一帖药，好像稍微松了一点的样子。妇人把孩子放到床上去躺着。然后把这几天所接来的缝纫活计，在灯下坐着，一方面等丈夫回来晚餐，一方面还可以照看孩子。虽然她在近几日以来，被病孩子把她弄得萎靡不堪，自然是疲倦极了。照说她应当有一次酣适的睡觉去休息，来恢复她过劳了的精神。然而她的责任未了，所以依然在这冷得如像冰窖地狱般的茅屋中，勉强提起精神，抖抖颤颤地做她的工作。

差不多是十一点钟的光景，丈夫才回来，他今天的生意真不坏，得了不少的钱，不过他的精神也就够劳顿了，所以他回家后，把不十分热的饮食，赶快吃完过后，就钻到那寒衾似铁般的被窝中，蜷伏着一下子就睡着了。不一会就打起鼾息来了，妇人等把一件汗衫做完把灯灭后，也就爬到那小床上，去挨着孩子睡下。等她正睡得酣甜的时候，孩子一阵咳嗽声，又把她弄醒了。她用手去摸孩子的两颊，感觉烫得来如像那富人们所用的铜手炉一样。她赶快披衣下床，手里拿着火柴，想去把灯点燃，然后才去生火，去把药煎好，让孩子吃。她刚下床的时候，从窗隙边吹进一股子刺人的冷风，使她打了几个寒噤。她瑟瑟缩缩地把灯点燃，那如豆一般的灯光的火焰被寒风吹得一闪一闪地，勉强可以照得到一方尺宽的面积。她把火生好，把药罐放在泥灶上面，她本想等药煎热后，就端去给孩子吃。无如睡魔把她纠缠得太紧，她也实在是过劳了，恍惚地又倒在床上熟睡过去了。

这时屋内是静下来了，只有酣畅的鼾息声，来冲破这沉寂的空气。棹上的瓦灯，快要油干灯草尽了。那一星的残光，还挣扎着最后的光亮。若是有一阵风来，就会把这快要消灭的颠巍巍的微焰的光辉，提前几分钟熄灭。那药罐底下的泥灶内的柴火，因为风钻进来的原故，更把它的火势，助长得熊熊地大燃起来了。它的火焰，渐渐地蔓延到旁边的干柴上去了。兼之风势助长火势，更而蔓延到低矮的茅草屋顶上去了。好像火蛇蹩在这卑屋里，是太沉闷了，所以要穿过那屋顶，到露天去透一透气一样。一到火焰燃透了屋顶，然后那些冷僵的茅草，正等它来暖一暖身，所以借着风神的助力，更使它们如火添油般地狂燃起来了。

妇人正在睡得迷惚的世界，开始到觉得有点僵脚，后来忽然觉得温暖起来，好像被头内的败絮换了丝绵和鹅绒一样；并且渐渐有点热气炙人的样子了。最后那火神的咆哮声，把她从梦中唤醒了。刚她挣开了半眼，被那火焰的红光，眩耀得又把眼帘关着：去避那刺人的光线。但是她的心中忽然有点觉悟起来，知道这恐怕是不幸的事降临来了。所以她才勉强从被中，颤抖地爬起来，用手揉着眼睛，定睛向那红光一团的地方看去。不禁冲口而出地惊喊了一声，虽然那时的暖气，在增高，室内的温度也很适宜，但是她依然被这不幸的事，骇得抖抖索索地，目钝口迟地，再也喊不出第二声了。因为她震动得太利害的原因，把睡在她侧边的小孩也弄醒了，哭起来了。因为孩子的哇哇之声，才依然使她的神智，回到清明的境界来。也不顾甚么，跑下床去，急得拿起那还剩不有一半水的水桶，向那火焰淋去。但是杯水怎能淋熄得了那车薪之火，一点也不生影响，不过那红光中黑了一团地方而已，但不久又恢复原状了。

妇人急得无法，忙忙地跑到床边去，把她的丈夫摇醒，等丈夫醒来后，才把床上的病孩子抱起，一边扶着妇人，向门口冲出去，因这时火焰快要封住门口了。在那时妇人还想跑进去，拿一点重要的东西出来，但是已经来不及，火势借着风力，快要波及邻家了。

他们开始呼喊救火，才把紧邻的人们唤起来了。这时只看见那些人们，携老扶幼，背箱提笼地，从房内钻出来。警笛也在乱吹，人声糟杂极了。也有哭声，也有叹息声，也有咒骂声，尤其那些小孩们，紧紧地贴在母亲怀里，哭个不休。鸡也在飞，狗也在跳，还有那些笨猪，在室内跑不出来，烧得叫起来了。对岸林中的宿鸦，看见火光冲天，把黑漆的天空渲染得如像朝霞一样，以为是天亮了，所以也呱呱地叫个不停。

这时火势趁着风力，逾燃逾广了，等救火车来到的时候，已竟把茅屋区内，燃烧了三分之二了。等他们慢慢地把橡皮管子接好，因为寻找扎源，又担延了一些工夫。在这样严寒的冬日，小河的水，与乎井内的水，都冻成了冰的。只有对岸的富人区域内，才有自来水龙头，可以接上喷出水来。等到把管子接到对岸去过后，已经又担搁了一些辰光。这时几百间茅屋，因为风大及干草易燃的关系，那其余的三分之一的草房，也变成灰烬了。

这时火的势力，已竟迁移到那矮小的铺房去了，再隔一条小巷，就要到那伟大的纱厂了。这一下那些救火队员，就着忙了，急急地将喷水的橡皮管子向着火中射去。虽然几条粗大的龙头，喷出来有如人臂一样大的水势，但是总敌不住那咆哮的风势，助火的力量，依然熊熊地燃得更加起劲了。瓦房比草房燃起来的火势，更加凶猛得利害几倍。因为草房一燃就过了，那瓦房要燃完一座房子，必要经过相当的时间。并且那火焰冲天的势子，把黑暗的天空，都染红了半边。兼之砖瓦的爆裂声，和屋梁倒塌的声音，如像战场中的枪炮声一样。兼之风声的呼啸，人声的喧嚷，警钟的狂鸣，儿童的哭声，家畜的叫喊，形成这样一个可怕的冬夜。街上奔跑的人们的脚步杂踏声，把那些别墅中暖被内的人们，都惊醒了。

那一对在炉边拥抱的夫妇。留连在甜蜜的温柔世界，有些时候了。主妇的双颊，经过了一种肉欲的感觉，和温暖的空气，并且又从炉中的火光反射在她的娇面上的原故，更显得比苹果还要红了。主人频频地向着她的颊上，亲个不止。这时他们俩消失了一切旁的知觉，恍惚地只沉溺在一种肉香的世界中一样。那冲天的火光，和呼喊的声音，把他们从神秘之境唤回来了。

主妇离开她丈夫的身边，立起来跑到窗边去，而那主人还用着柔媚的音调，向着她说道："不要管闲事，就是起了火，也烧不到这里来，还是回到我的身边来好了。"但是主妇不听他的话，各人跑到窗边去，把软帘拉开，一阵火光，把玻窗映着，如像晨晖和晚霞映上来了一样。"就在对面草屋上燃。"主妇战战兢兢地惊呼出这一句来。"不要紧，不是还隔一条小河吗？"主人还是幸灾乐祸的样子说道。

"来看哟，我的天啊，快要燃到爹爹那座纱厂去了。"主妇更加惊惶的样子说道。虽然屋内的温度很高，但是把她吓得来如像穿着一件薄纱的衣服，站在露天的寒风里，冷得发抖一样。上下的牙齿，不住地互相地击撞着。

这一下才把斜躺在沙发上的主人，唤起身来了。他也忙忙地跑到窗边去，挨着他的夫人立着，两眼不住向对岸瞧着。

这时各处的消防队，及救火车也赶来了。东路西路，及南北各路的救火车，都陆续地从四方的黑暗处出现了。车上的红灯绿灯，及警铃声，都使这位主人先生感着一种快活的兴趣。掉头过来向着他的夫人说道："这不像国庆日的提灯会一样好看吗？"

"别要在那里幸灾乐祸，万一波及了我爹爹的纱厂，你不见得有甚么开心的。"主妇狠狠地说道。不睬她的丈夫的样子，很关心地瞧着外边的火势。

主人碰上了一个软钉子，讪讪地苦笑地向她说道："别要动气，哪里会把岳父的纱厂烧得着。不说别的，那砖石和水门汀的建筑，就不容易着火。何况那些消防队，要拼死拼活地不教那火势蔓延到那边去，因为把那工人的住宅烧掉了，算甚么一回事，只要他们的身体还健在，还可以去作工挣钱。若是把岳父的工厂烧掉了，他们还有地方吃饭吗？所以那些工人也要努力去救火的。你看那边不是在把挨着工厂那一排房屋，在拆火巷吗？我们只看那火蛇冲天的样子，与乎那些瓦砖柱梁的爆裂之声，不是像放焰火和花炮吗？并且天老爷也可怜他们那些穷人，莫有钱可以设法去御寒，所以特别为他们安设一座大火炉，让他们烤个兴尽。"说后笑个不止，并且用手把她抱着，腻腻地同她调情。

"你们这些少爷，看见人家受难，自己还在说风凉话。"主妇的心肠到底要慈悲些，所以向她丈夫责难地说道，并且态度也没有先前那样愤恨了。"你看他们那些工人，明天又到甚么地方去找栖宿的地方。并且他们所有家具也烧光了，而所养饲的家畜，恐怕大半也烧死在那里面了。尤其是那些肥笨的猪猡，是他们唯一的赚钱货。他们过年所需要的东西，都靠在它们身上，这一下年也过不成了。可怜！可怜！"说后叹息不止！

正在这时，床上的小孩被窗上的火光，和那边的糟杂的声音弄醒了。口中不禁地喊道："妈妈，我要起来，天不是亮了吗？"主妇赶快离开窗边，回到床边去，抚摸着孩子温存地说道："不是天亮，外边在烧房子，还早咧！各人睡觉好了。明天早起，给你买饼干吃。""不，我也要看烧房子，爸爸也在那里看。"孩子哭着说道。这时对岸的火势已经快要熄灭了，窗上的火光也跟着销逝了，主妇哄着孩子使他睡去。

主人看见火势消灭下去了，只有一股一股的乳色的浓烟，还在黑暗的天空里盘桓缭绕，没有甚么好看的了，各人把软帘放下，依然回到炉边的沙发上坐着，这时他也有点疲倦了，闭着眼睛，在那里打渴虫。等到他的夫人，把小孩移到小床去了过后，再把床上稍为整理一下，夫妻俩才双双去就寝。

这时外边一切都渐渐消沉下去了。只有无情的北风，还呼呼地吹个不休。那些无家可归的苦人，眼睛睁看见自家的房屋，被火烧得干干净净，一点也不存留。一家人只好偎坐在一个石块上，在那里叹气哭泣。损失了许多东西，哪一个来替你赔偿，比不得那些有钱人，就烧了房子也不要紧，有的是保险公司，来赔偿他们一切的损失。那些妇人一想到她们一年来辛苦去饲养的肥猪，现在眼看着靠它过年的希望，都销逝了，不禁又惹起她们的伤心，而又低声啜泣起来了。

眼前只看见一片焦木烂砖的瓦砾场，那刺人鼻官的余烟，还一冒一冒地从那水淋过后的朽木中，发散出来。他们只好坐在黑夜的寒风里，等着那早晨的曙光的到来。

一九二九，九，二八脱稿
选自段可情：《杜鹃花》，现代书局，1934 年

过　磅

接着父亲的死耗，伴着一个得了肺病的友人蜀魂，匆匆地从北京搭车赴汉口，又从汉口趁轮西上，到了宜昌，就把我们陷在逆旅之中了。因为在那时从宜昌到重庆的中国轮船，因为在川河被军人强逼去运兵，所以一只也没有下来，虽然有挂外国旗的商轮，但是当时川河的航业尚未发达，船只有限得很，有时必需要等一个礼拜

以上，始有船开到。蜀魂因为回家养病自然希望早些到家，而奔丧回家的我，不消说更是归心似箭了。在当时我们被困在一个陌生地方的逆旅中，其狼狈情形，那是可想而知的。我每天到几家外国川轮公司都要去几次，急欲探听有没有轮船开下来，本想坐白木帆船，可是不但上水费时太久，而且还要冒许多危险。好容易听见有一只法国商轮开到，然而必需要等三天才能往上游开，因为上货下货是要耽搁这些日子的。我们在旅馆里枯等了近十天了，此地又没有甚么可游玩的地方。而且我同蜀魂心绪又不好，真是度日如年了。幸得从北京动身同路有许多同乡的川籍学生，与乎在汉宜轮船上会见一位留法的同乡元君，大家谈谈尚不寂寞。尤其是那位元君给我无数的关于留学方面的知识和经验，因为我在那时正预备到欧洲去留学，所以我对于这位留学法国十多年的元君分外亲近一点。在谈话中我知道他是一位用功苦读而得很丰富学识的人，这一次回乡预备在本省新成立的大学去任主任教授的。他随身除行李外，带了几大箱笨重的法国书籍。

在船开的先半天我们就去占铺位，安顿的行李，忙得来如搬家的蜜蜂一样。同时因为元君的行李太多，我也去帮他的忙。可是有一个困难的问题来了，就是说从宜昌开到重庆的川河轮船，因为河浅，所以轮船不能过大，而排水量也很小。于是有一种新的规则，凡是行李过了公司所订的一定的重量以外，是要照行李的超过重量计算另外给钱的。元君那几大箱西洋书籍是太重了，若依公司的规定算来，必需要付出很大一笔款项的。但是元君当时所带的旅费有限得很，决没有能力去担负这一笔意外的支出的。而船上的职员又不通融，每件必需要拿去过磅，过了重量就得给钱。元君无法只好跑到上面船主那里去试试，或许可以减少若干也未可知。元君上去的结果，得着意外的圆满。船主因为他是法国留学生，而且所带的行李又是替他们大法兰西宣传文化的书籍，所以特别通融，只让他付五分之一的过重费。

在我们大家把一切安顿好了之后，我们躺在那双层床架上面休息。这时到开船的时候没有多久了，因为最后一批货物，只剩下少数没有装进货舱了。我们看见送客的人和来趁船的客人，小贩和苦力都是忙碌得如蚂蚁搬运食物一样，来了又去，去了又来。码头上这种忙乱的情形，在我们这些暂时得着休息的人看来，特别感觉得一点悠闲的趣味。

在码头上一切的人渐渐稀少的时候，这表示要开船的征兆了，忽然从大马路那面来一大群车马，行李，人堆，向这边汹涌来了。而且人群之往还夹着许多穿灰色军服的人们，在其中有一位穿着马裤长衫，戴着博士帽，粗眉大眼，嘴上留着威廉式的八字须的人。从他那种气宇轩昂的态度看来，一定是一位职较高的军官。他同那些送行的人们拱拱手之后，就各人走到舱中来坐在一把临着舱舷放着的藤椅上，在指使一大群勤务兵去安顿他带来的，约有二十多口的皮箱。我想这里面一定是装的老百姓的脂膏所换来的物品和银钱，因为每口箱子都是沉重得很的样子。那些勤务兵正在忙忙搬军行李的时候，那位两颊瘦削的职员走来了。他用着满口四川腔的话语在阻挡那些着灰色军服的人们，把行李搬到舱里去，说他们行李太多，必需要去过磅。那些兵士在同他吵闹。一会儿那位军官走过来了。他去询问到底是怎么一回事。他的奴隶们据实向他报告。他顿时就大大地鼓起他那一对牛眼用着北方人特有的口腔向那瘦小的职员吼叫道：

"放屁，咱们的行李都要过磅吗？你也不访问访问？老子是甚么人"。说后在口袋里取出一张有官衔的名片给那位职员。

但是那职员很镇静说道：

"公事公办，我们也作不得主，这是外国人订下的章程。"

"洋奴！老子不懂甚么叫着章程，我是奉命公干去的，就从来没有所见说过，行李搭船，还要过磅纳费。忘八蛋，狗占人势！"

"不要开口骂人，"那瘦小的人也发起火来了，"洋人吩咐下来，不管你是甚么人的行李，都得要过磅的。"

"狗屁！"那位军官气呼呼说道，"老子偏不过磅，看你把老子怎样"。

"那吗，我要去报告船主了，"那位职员说后就转身上着那到上层去的钢梯了。这位军官跑到楼梯边向那瘦小人咆哮道：

"洋奴！兔崽子！你怕洋人，老子不怕洋人，走狗，真替中国人丢脸哟！你上岸去，老子要枪毙你！"

说后回到他的藤椅上，面红筋胀地还在那里生气。他以为这样一来那位职员不敢去报告船主，事情自然就阴消了。

一会儿我们就听见一阵笨重皮靴声音从上面响下来了。一位法兰西型的矮胖子船主，穿着金饰耀目的船主制服，同着那位瘦小的职员说着法国话向着军官那面走去了。

那位军官一看见法国人真正来了，他有点惊慌失措的样子，赶忙从藤椅上站起来，对着洋人走去。走到船主面前的时候，他满脸堆着笑容，伸出他那粗大的手，想去和洋人握手，表示他也是懂西洋礼节的。但是洋人没有睬他，洋人用着极生硬的中国话，用手指着舱面说道：

"这里是法国地界，行李不过磅就替我滚到岸上去"！

说后用手指着岸上，同时吩咐水手们去搬那位军官的行李。

军官这一下更慌了，赶快用着温和的话语向那位职员央求道：

"咱们都是中国人帮帮忙，我承认行李拿去过磅缴费好了"！

那位职员脸上堆着胜利的微笑向洋人叽喽咕喽地说了一阵，然后洋人才点头走了。大小二十多件行李结果一一地拿到那一架铁制的磅称那里把重量去秤了。那位军官忍痛地拿出来一卷钞票，不折不扣地也把过重费缴付了。

这一幕我亲眼看见的活剧也闭幕了。船在这时恰恰也开出了，那汹涌的江水好像在替他鸣着不平的音响，他垂头丧气坐在藤椅上，夕阳的红光射在他的头上好像在安慰他一样，中华的健儿，不要丧气你起来去反抗那压迫你的洋人吧！

选自1934年《创作与批评》创刊号

十八号的梦

立春后的南京，天气是使人发愁般的坏，夹着雪花的春雨，整天地下着。虽然这如酥的丝丝春雨，在渐渐地把那些枯黄的野草，润回成浅绿的颜色，但是怜秋心田中正在怒发的爱苗，被春雨中的雪花不断地浇打，已经摧残得毫无回生的希望了。

怜秋新年从上海转来，心情更加变得比现在时的天气还要坏得多了。现时这雨雪纷飞的天气，虽然阴霾得使人可怕，但是它还有光明闪耀的希望，只要那重叠漫遮的云层，被一阵和风吹散了的时候，不看见那高悬着一轮红日的春天，就出现在这充满欢笑的大地之上了吗？然而怜秋的心情，近来被层层的暗云更遮掩得毫无透露光明的缝隙了。而且那和煦的春风，在向旁的地方去吹拂了，永远不会转向它的风势了，那吗，他的心情，不就永远被这惨淡的愁云所笼罩着了吗？他怀着这样凄苦欲绝的心情，又逢着这样愁人的天气，那是如何使人难熬的痛苦，有甚么方法可以来排遣这时的烦恼呢？

坐了一夜的火车，身子疲倦得如像褪了皮的蛇一样，简直摊下来溜不动了。然而怜秋还强打起精神，一下火车，就跑到部里去销假办公了。在部里他还把一切在请假期中所堆积下来的琐事，料理得清清楚楚。然而精神是更加不济了，所以他没有等到下办公室的钟点，自己就先跑回寓所去了。

相隔十多天的寓所的屋子，好像更显出荒凉寂寞的景象来了。他回到屋子里就把如棉花一样软的身子，放在卧榻上，等他还想起身去把衣履卸掉的时候，可是睡魔已经把他引到那甜蜜蜜的睡乡去了。

一觉醒来，已经是上灯的时候了。茶役把晚饭端进屋来摆在桌上，他懒洋洋地站起身来，走到桌边坐下，胡乱地吃了一点，然后吸上一枝香烟，靠在软榻上去休息。这时外面的雨，还在淅沥地下着，冷天旅馆靠近花园这一带的房间，住的客人，是如晨星般的疏落，所以分外显得幽静寂寞。平时他的屋子里永远是不断地有朋友来玩的，而且常常有人在这里借榻安眠的，今天因为他刚从上海回来，朋友们全不知道，所以屋子里只有他一个人。又兼之在上海是整天都在那些纸迷金醉音乐悠扬而又充满了红男绿女的热闹场中游逛的原故，所以更感觉这屋子是死一般的静寂，何况他胸中还怀有一颗受创的心儿，而又置身在这样凄凉的境地当中，又焉得不教他酸凉凉地把那眼眶中所包含的泪水，尽量地洒下来哟！

他真失悔不该这一次到上海去，不但他那受创的心儿没有受着一丝儿春风的温暖，反而更加上一条更深的创痕。那滴滴的心血在向外进冒，使他精神上受着一种不可抵抗的刺激，一个人好像一个从那非常激烈在血战的疆场败下来的战士一样，带着满身的创伤，很狼狈的样子，偷跑回来了。然而一方面他自己私下却又在庆欣，就是说他在这一次到上海去的经历中，更证明自己的能力不充实，而自己所急要追求的宝物，是跑到那有实力的敌人阵营中去了。这样一来，虽然自己受了巨大的创伤，虽然眼睁睁看见宝物跑到别人的怀抱之中在取悦他人而觉得非常痛心，但是自己所构成的要想夺取宝物的幻梦，突然毫不留情地破灭了，而自己从这满布着烦恼之网的梦境中醒转来，摆脱那束缚他心灵的桎梏，而变成一个毫无挂累的自由之身，那也觉得这一次的上海之行，给他的前途一种伟大的转变，免得在这情思所织成的网里被束缚着去挣扎，是有很高的代价了。不过他总觉得琴姑娘之不了解他向她所施放的伟大的爱，是一种不可填补的缺陷。这种不可磨灭的遗憾，将随着他生命的完结，才能消毁的。

在最近两三月内，他听见琴姑娘有了爱人的传说，又兼之她新近这一次从上海转来对他的态度更加冷淡得如北极园内的冰山一样，教人有一种说不出来的难受。他感觉他的一切都快到了绝望的地界，而把他坚决的追求勇气，都完全丧失了。所以他终下了一个伟大的决心，不同琴姑娘见面，因为他知道自己所走的道路的尽头处，是一座高大的悬岩，应当是勒转马头向来的地方回转的时候了。但是在这两三月没有同琴姑娘见面的当中，他所过的怎样一种痛苦的日子，只有平日和他亲近的几位朋友才知道而又同情他的。在这故意想些方法去忘掉伊人的情影的期中，比如另外和一些女郎去亲近等等法子，依然没有多大的效力，还是在苦苦地悬念着她，因为其他一些姑娘无论哪方面都赶不上阿琴的优点。但是为着避免前途的危险，那也只好咬紧牙关去忍受这不可言宣的痛苦。新年到来了！他想利用换掉一个地方去转变一下自己的心情的方法，于是他悄然一个人就溜到上海去了。

到了上海会着许多旧日的朋友，大家一块儿在那些刺激神经的热闹场所，尤其是那充满了粉香酒冽，乐声笑语的跳舞场，去尽量地追欢取乐，想把眼前一刹那的快活，去换回那装满了牢骚的愁肠，才好销去那蚀人健康的块垒。一年多没有到过这富有刺激性的大都会，开始的时候到还处处感觉新鲜奇异，好像把满腔的愁云都一扫而尽，而换上一颗欢跃而又愉快的心儿一样了。但是有一天突然在报纸上看见一家舞台的戏目上印着阿琴的名字，他真不相信自己眼睛有甚么错觉，那乌黑的大铅字，很显明地摆在他眼前，三个大字的姓名丝毫没有错误。他在南京就从没有听见阿琴要到上海来唱戏的消息，这也难怪，他在最近有两三个月是没有和阿琴见面的，又焉能去晓得她的行踪呢？阿琴这三个大字的好像飓风一样，使他刚要平静的心潮，又掀起波涛来了。他心中不住在交战，到底去不去见阿琴呢？不去，心里实在难过，因为他从没有在上海和她一块儿玩过；要去的话，又怕把勒马回头的前功尽弃了。思维了再三，结果是为着自己前途的危险和免惹烦恼起见，只好坚决地不去见她的面好了。自从知道阿琴在上海而又下了这样一种决心之后，一切的娱乐都使他兴奋不起来了，好像到处都有一种莫名其妙的缺陷一样。

怜秋自从知道阿琴在上海，兴致顿然降低了很多，整天都是怅然如有所失的样子。朋友们一点也不知道他之所以改变态度究竟是为的甚么。他们看见他忧闷的样子，想些办法来使他开心，但是一点也不中用，那快乐的欢笑一点也不在他的面颜上出现了。他们只觉得他是用着强颜为笑的苦脸，在对付一切的酬应。有一天一个朋友挪他去听大鼓，他依然是如呆如痴的样子坐在稠人广众中，那些动人的乐声和歌喉，一点也不能引起他那快活的心情来。散戏的时候，他一声不响地跟着众人走了出来。在出大门的地界，他突然看见阿琴的弟弟向他打招呼，他心中虽然在想去避免，可是他那两只脚却不听他的支配，自然而然就迎上前去了。

他同阿琴的弟弟谈了一些普通的寒暄话，这聪明的孩子却非常坚决地邀请他到他姐姐家里去，并且这孩子还说他回去就要告诉姐姐的。奈不住人家苦苦地邀约，只好答应着。怜秋回到寓所躺在床上，心中不住地在盘桓，到底明天去不去看阿琴呢？人家说阿琴在上海有了爱人，他又何必在这新年中去搅扰人家的高兴呢？并且见了面难免不把旧情勾惹起来，尤其是像我这样一个对女子永远是意志薄弱的人，能把我所下的决心把握得住吗？但是我不去见她的面，镇日价又受着难于避免的痛苦，这何必去自讨苦吃呢？我对阿琴的心，已经是和死灰一样了，虽然里面还藏着有星星的残火，不见得去见她一面，就能把如往日狂热般的情火熊熊地燃烧起来；或许能在她家里碰见阿琴的爱人，而又看见她对他是如何的好法，到是这一瓢最后浇来的冷水，能把这死灰中所藏的最后的残火淋熄，也是一件痛快的事。一夜的反覆沉思，把明天去会阿琴的事件决定了。

是一个凄风苦雨的午后，怜秋从寓所走了出来，埋着头在那夹着雪片的雨丝中步行着。在到阿琴家里去的途中，他心中感着一种说不出来酸苦，设若阿琴这时同他是在热恋的情况之中的话，这种远远地从南京跑来会自己的情人，那是如何使人感着欢欣而又愉快的事件哟！可惜他自己现在如像一个判了死罪的囚犯去赴最后一次的法庭一样，经过这一次手续后，就要绑赴杀场去执行死刑了。他虽然心中还在作赦免的希望，但是这虚无飘渺的希望，怎经得铁一般的事实来证明，已经到了无可挽回的地步了。

怜秋的来拜访，这使阿琴有点诧异，他们虽然没有经过破裂而断绝往来，但是两三个月没有见面，而他又从没有向别人说过他在新年要来上海的，自然有点出人意表的突然。阿琴依然是很淡漠地在招待他，只有阿琴的姐姐蓉姑娘，永远是亲切的样子在同他交谈，她家里的人也还情致殷殷地留他吃晚饭。饭后他本来约她们俩姊妹出去跳舞，可是阿琴因为戏院的事情，把他冷落地丢在那里，自己扬长而去了。到底她还回来不回来，也没有听见她留下一句话，怜秋只好一个人孤另另地坐在那里呆等。一会儿阿蓉的爱人来，他们俩很亲热的样子到亭子楼谈话去了。这一来怜秋在这种对比的情形之下，更显得是孤寂了。他在百无聊奈的心情之下，只好同阿琴的母亲和她的小侄女去说些不愿意说的话。倒是阿蓉看不过意，时而从亭子楼走出来敷衍他。时间是午夜十二点钟了，阿琴还没有转来，这时那些小人已经睡觉去了，阿琴的母亲坐在炉边打盹，室内清净极了，时而从亭子楼内传出亲昵的笑声。外边各种车声渐渐地销歇下来了，只偶然听见一两声新年中所放的花炮的音响，来冲破这静寂而沉闷的空气。怜秋在无聊的等候当中，屡次都想起身走了，阿蓉还在宽他的心，说她的妹妹不久就要转来的。可是过了十二点钟以后，阿琴的影子也没有看见。怜秋知道无望了，虽然心中是十二分的不快活，但也只好忍着，他已经晓得再无法去挽回阿琴那颗有所属的心儿了。当阿蓉送他出来的时候，还千万地叮咛他明天务必要来约她们姊妹出去玩。怜秋依然在寒夜的雨雪当中走回他的寓所，孤独旅客的凄凉滋味与乎一种失恋后的绝望心情，使他受了一夜失眠的痛苦。

第二天午后，怜秋才起身下床，一看室内的座钟，已经是五点钟了。当天晚上的约会，使他有点踌躇，不去，又恐怕辜负了阿蓉的盛意，去呢，不又依然像昨晚一样地去受罪吗？他想起阿琴，他的心酸痛极了。他只怨自己太没有能力去博女人的青睐了，一颗诚实的鲜红的赤心，在这种社会当中，是不值得惹人垂青的。各自把妄念收拾起来罢！怜秋虽然明知道阿琴是不会了解他。但是她的美丽的丰度吸引他非去再见她不可。他决定再去受一次罪罢！

怜秋走进阿琴的家，恰巧阿琴坐在那里和她的小侄女在斗牌，阿蓉同她的爱人出去了。阿琴对他依然是用着冷冰冰的态度来对他，但是她却很关心她所爱的那位先生，时而喊她的弟弟去打电话问他来不来。结果在那位先生说今天没有工夫明天才能来之后，她才答应同他一道出去吃饭和跳舞。出去的时候却并不是她一个人，而是一家大小六个人。在这时怜秋并不感觉怎样的失望，因他现在是完全了解阿琴就是单独和他在一块，也不会同他表示亲昵的。阿琴现在是一位顶时髦的姑娘了，那些漂亮的衣履和阔绰的装饰品，都完全为她所使用了。那虚荣的意念在她的心田中发出枝叶而又生根地牢不可拔了，但是他自己没有能力去供养这朵鲜盛的花儿，那也只好看着别人去享受罢了。阿琴艳装起来比起从前的素装却另有一种风韵，然而这种秾丽的风韵一样地能吸引怜秋去爱她。他此时心中更加难过起来了，他恨不得一个人不顾一切，单独跑到旷野荒郊去痛哭一场，才能销得尽他胸中的积郁哟！心里虽然像这样在想，然而他表面上还装起毫不在乎的样子陪着他们走了出来。

在酒馆，在跳舞场，他还是尽量地去殷勤他们，使他们舒服快畅。然而阿琴处处却依然是用着一种回避的态度来使他难堪，比如在任何地方不同他一块儿坐，而且很显明地去拒绝别人特意使怜秋去挨近她的举动，甚至于到了跳舞场，她申明不愿意同怜秋跳舞，结果虽是经怜秋用着哀怨的请求，也不过是开始和最后同他跳了两次。他虽然置身在这种使人沉醉而又兴奋的场所之中，但是他好像死囚到了刑场般的难受。他几次想从这种室人呼吸的地方逃走，免得去受这不可告人的秘密隐痛，然而他又不好去催促他们离开他的身边，虽然他们一样地也是强打着精神在敷衍他，在应酬他的。过了十二点钟，他们要求回去，他送他们上车，当他转回舞场中来的时候，他好像囚犯在刑满后，从牢狱里放出来一样的快活，满身都觉得是轻松而又自由了的样子。但是一方面又觉得脑子里有点空虚，好像把甚么重要的东西丢掉了一样。本想同其他的舞女去跳几转，然而兴致再也提不起来了。阿琴在这里的时候感觉难受，一到她走了过后，又非常之想念她。矛盾，矛盾，人生无处不是充满了矛盾的，尤其是他，永远是在这种矛盾的生活中痛苦的。

怜秋躺在软榻上反覆地在咀嚼这一次所受的苦味，前几天的热闹，反衬着现时的寂寞，一阵阵使人难熬的无聊和痛苦，不断地向他袭来，使他再也不能在这荒凉得如像囚房一般的旅馆卧室中蹲下去了。他想到住在离此地很近的小铁家中去，谈一谈最近的经过，好去解除这时充满了悲哀和无聊的心情。

　　小铁和他一样，也是一个充满了神经质的孤独者，遭遇也和他差不多，所以他们俩来往得比较其他的朋友要亲密得多。当他冒着风雨走进小铁房中的时候，恰巧小铁吃完了晚饭，一个人在炭盆边看着那鲜红的炭火出神。他也走到炭盆边去坐下，大家吸上卷烟，啜着苦茶，谈着彼此别后的近状；他把在上海的一切经过告诉了小铁，大家叹息了一会，彼此又在这静寂的夜里沉默起来了。在沉默当中，双方都沉溺在各人的脑海里，去回味自己所经历的幻梦。

　　所住的旅馆名字叫着新新，这房间里的号数是十八。房间后有一个大的池塘，塘旁长堤的四周密排着无数的垂柳，不管是月夜或雨天，在这里都有一种幽渺的画意诗情。特别是在夏天有月色的夜里，若是你扶在窗槛上极目到那些烟柳长堤和那起着微波的池水中去的时候，会使人的脑子里时常起着一种美妙的幻梦，但是这梦境是带着忧郁的气味的。这旅馆恰巧是阿琴第一次来南京所住的地方，更巧的是，阿琴的房间就是这间非常精致的十八号。虽然时间是相隔二年之久了，但是这屋子的一切陈设还依然是没有多大的变动，只不过那乳白色的家具，稍为有点显出褪了色的样子。那墙上的一盏粉红纱罩的壁灯，是当时阿琴自己装置的，现时还吊在那里，只可惜那纱罩上已经蒙上一层黑灰了。

　　怜秋认识阿琴，恰巧就是她住在这里的时候，她当时的年龄恰巧也是十八岁。这两个十八的数字。他永远不会忘去的，那时是阿琴的黄金时代，也是她有一颗纯洁的处女心的时代。当时正是她的姐姐阿蓉走红运的时候，她虽然也在唱戏，一家人不过把她当着一个附庸去看待。整个的家庭负担，都落在她姐姐的肩上，所以她落得清闲自在，可以尽量发挥对于鄙视一切男人的傲性。又因为她无需乎到应酬场中去交际，而且她家里正用着整个的力量去培植阿蓉，使她尽量去出足风头，让她这个无足轻重的人各行各素，就是得罪了人家也不要紧。并且她的阿姐也不让她从低下的地位爬上来同她比肩，所以她这位不是亲生的姐姐用着一切高压的手段去对待她。而她也明白她自己所处的环境，对于甚么都用着与世无争的态度去应付一切。因之在她所处的地位和环境来看，那爱慕虚荣的心理，自然不会蕃殖滋生起来的。她在那时真是一位流露着一片天真的纯洁女郎，保持着她处女的尊严，对于那些用着金钱和其他的卑鄙手段来侮辱她，或者来玩弄她的男子，都用着极严肃正大的态度去防御人家的。

在怜秋刚认识阿琴不久之后，就知道她是一位不平凡的姑娘，不但了解她所处的环境，而且还深悉她在那样的环境中所养成的个性，所以他就从没有把她当作一个风尘女子去看待。他对她的身世和环境，表着十二万分的同情，永远是用着尊敬和温存的态度来和她周旋。因此阿琴把他也当作一个风尘的知己，彼此互相在尊重自己的人格，从没有嬉笑怒骂过。他们虽然没有谈到情爱上去，但是大家都觉得像这样的人，是应当多去亲近的。

于是这精巧绝伦的十八号——阿琴的闺房，就成了这位作客他乡的孤独者，怜秋的唯一的能解愁排闷的慰安之处了。他们俩时常在这环境优美而又充满了画意诗情的地方，设若是一个春秋佳日的话，彼此就来促膝清谈，谈着彼此过去的遭遇与乎将来的计划，一谈到自己所做的得意事情上面来了的时候，大家就相互地作一种会心的微笑。

因为他们彼此互相了解各人的性格的关系，所以他们只在友谊的范围中周旋，并未越出友谊圈外的轨道上去。但是为着阿琴给怜秋的印象一天一天地深刻起来了的原故，于是怜秋不能在这狭小的圈内保持得住了，他想越过这一道圈子，踏上第二道的爱情圈子中去。他明知道一钻进这第二圈子中去的时候，一定要给他去尝苦味的。因为爱情就是一杯苦酒，若是有人伸手端去吸饮时，那滴滴的苦汁就要浸润到心儿的深处，起着酸痛的作用的。但是从阿琴的外形和内形的优美点那里，发生了一种伟大的吸引力，非教怜秋钻到那苦痛的圈儿内不可。然而他看见阿琴那方面在外表上永远好像是保持着原有防他的样子，虽然他心中老早就想伸出手去把那一杯含着苦味的爱情圣水端过来，如长鲸吸海般地拼命狂饮起来。但是表面上他一样地去矜持着，装起不敢越雷池一步的样子。他知道在女人没有暗示之前，男子若是冒昧地想去勾引人家一块儿踏上另外一道圈子里面去的时候，那一准要遭遇着碰壁的悲哀的。他更明瞭阿琴的家庭，是不允许像她那样年青美丽而又有伟大的前途的女子，在未给他们巨大的代价之前，就容易放松而使她自由的。而且像阿琴那样心深而对于来和她亲近的男子有怎样一种心肠，是有相当的认识的女子，也不能孟浪地把这最重的宝物去送给人家。怜秋虽给她无数关于求爱的暗示，但阿琴却装起不懂得的样子，用着种种巧妙的方法去回避他所施放出来的请求。在当时怜秋虽然微微地感觉有点失望，然而在这一时期内，到底给他去作了无数甜蜜的香梦。

　　他想到这里，抬起头向这屋子，投了一种环视的眼光，想在这里那里任何一种物件上，去寻着一点过去所留的痕迹，来重温这值得令人回味的香梦。但是这小小的屋子已经不知换了若干的主人，而从前住在这里的女主人，已经不是同那时候一样的心情了。他知道阿琴自从她的姐姐抛弃了唱戏生涯之后，那无情的千钧重担已经移到她的肩头上来了。为着供养一家人的生活，不得不教她随着环境的支配，而去转变她的思想，她应该穿起华丽的衣履，涂上香郁的脂粉，去向在她身上来花钱的客人面前，作一种强颜的笑容。因此她在歌唱界内的身价也就渐渐地抬高起来了，于是生活上的物质需要，也更加精益求精起来了。起初虽是勉强，但后来由勉强已经变成自然了。拿最近在上海的一切来证明，他知道阿琴的虚荣是随着年龄的增长，而更加扩大起来了。虽然那种去享受精美物质生活的虚荣，是一般女子的弱点，而且还是受着那丑恶的环境所支配而去变更从前的态度，把那虚荣的恶花蕃生起来的。但是对于像阿琴那样可爱的女子，不应当被这种含有毒汁的恶花，而去毁坏她光明的前途，这无情的造物未免太为残酷了一点罢！

怜秋想到痛心的地方，内心酸痛起来了，那眼角内所包含的泪水，在溜溜转地要向下掉落着。他为避免小铁去知道他又为阿琴在伤心起见，他站起身来，跑到窗边去，眼看着窗外那黑漆的天空，耳听着那淅沥的雨声。在这凄凉的情境之中，他的眼泪如像外边的雨丝一样在漱漱地流个不止。他想起这时在上海的阿琴，不知道同谁一道在那些使人堕落的热闹场所高兴哟！一想到这里，他更酸心起来了。他既然爱护阿琴，不应该眼睁睁看着她向那无底的深渊掉下去，但是那有甚么办法，他没有这样大能力去拯救她，那也只好听天安命好了。

小铁知道他在想念阿琴又在那里望风流泪，所以走过来把怜秋扶到炭盆边来坐下来。他埋着头看着那鲜红的炭火，一阵阵暖气向他袭来，把他的脑子薰得有点昏昏然了，他觉得有点支持不住的样子，于是他站起身来到软榻上去。在小铁把那温暖的俄国毛毡给他盖上之后，怜秋就迷迷胡胡地睡着了。

怜秋正睡得甜蜜的时候，觉得鼻孔有一种香蓬蓬的气味钻进来了一样，他睁开朦胧的睡眼向身边一看，瞧见有一位艳装的女郎坐在他的旁边，他再定睛去瞧一次，却原来是他一日想念千遍的阿琴姑娘。他把身子半斜半卧地抓住她的手，目不转睛地把她那涂着胭脂而又被一点酒精浸润得更加鲜红的脸颊瞧个不休。阿琴站起身来笑笑地说道：

"这个人睡得胡涂起来了，连我也认不得了！"说后把她的手从怜秋的手中挣脱出来，把右手向旁边伸了出去，向他鞠了一个五十度半的躬，媚笑的样子继续地说道：

"我就是阿琴小姐哟!"

话刚说完,就马上仰面朝天地放声大笑起来,那头上蓬松的蜷发不住地在乱颤。

怜秋从软榻上翻身跳下来,依然把阿琴的双手去捉住,向怀里一挪,她就趁势地倒在怜秋的怀抱之中。他把她那如弱柳般的纤腰抱着,一块儿坐到榻上去。

他装起生气的样子,亲密地向她说道:

"你把人家一个人丢在这里,说马上去敷衍人家一下就转来,但是一去就这半天,让我等得不耐烦,只想倒在榻上去休息一会,哪晓得躺下去就睡着了。"说后向她傻笑,并且还做了一个鬼脸。

"我原来也想早一点转来,怕把你冷落了。哪晓得那些死鬼不放我走,等我说了多少好话,他们还灌了我三杯酒才让我走的。"她说后把那涂着鲜红的樱唇向他吐着气,"你不信,我嘴内还有酒气哟!"

他乘机抱着她的头,就不住地向她亲吻。阿琴斜靠在软榻的靠头上,把一只手臂让怜秋枕着,两个人用着低微而又亲昵的语调,很亲密地谈着。

他们仿佛地在谈着婚姻的问题,而阿琴在半羞的态度已经允许他的要求一样,怜秋能够同阿琴结婚,那是人生中第一件称心的事。他已经是沉醉了,而又是沉醉在这样一种美满的环境之中,他好像在这时被一种粉脂和肉体的混合香气薰得又沉沉地睡去了一样。

一刹那间,这间小小的屋子,又仿佛变成了一间新房一样。房中陈设着崭新的奶白色的家具,这光洁高雅的屋子,恰配住着这样一对称心如意的佳偶。这时好像是春天的样子,窗外的草地上开着各色各种的花朵,那围绕着碧滟滟池塘的堤上的翠柳,枝头上有一两个美丽的黄莺儿,在放开它们的娇喉,唱着清脆的调子,这调子是一首充满了诗意的恋歌。这巧啭而又委婉的歌曲,像是在庆祝他们的新婚一样。从打开了的窗子那里，送来一阵夹着花香的春风，把这一对新婚的夫妇薰得来是这样的舒适畅快！怜秋好像坐在一张靠着窗户放着的书桌边，在埋首写文章；而阿琴坐在离他不远的沙发上，在刺绣一件很精致的小活计。当他们听着黄莺的歌声，嗅着花草的香气的时候，大家抬起头来，互相微笑地看了一眼，然后各人把工作放下，携着手走到窗边去，他们肩挨着肩地向外边那花团锦簇的世界瞧着。好像这可爱的春天，只是他们这一双快乐的新婚佳偶所专有的一样，因为旁人在这桃李斗艳的三春天气当中，也绝没有像他们这样称心如意的心情。

怜秋这时候的心理真是"愿做鸳鸯不羡仙"了。他不禁纵声大笑起来了。

这梦里的笑声，把坐在炭盆边看书看得入神的小铁惊着了。他把书放下，站起身来去把怜秋摇醒。

怜秋醒来坐在榻上，很奇异地把这屋子的四周不住地去瞧着。他明白这屋子不是从前阿琴住的那时代了，也不是刚才梦的屋子了，而是他的可怜的朋友小铁的凄凉的寓所了。是的，这十八号的房间，不是旧日的房间，而阿琴也不是她十八岁年代的阿琴了，一切都变了，把一切都抛到那粉红色的梦中去罢！是时候了，醒来罢！再不要留连在惹人烦恼和痛苦的幻境中罢！一切都是虚空，一切都像那飘渺的梦境一样，终归是要到幻灭的，根本人生就是一场大梦哟！

这时窗外依然是黑漆一团的天空，那恼人的春雨还淅沥不断地在下着。怜秋从榻上跳下来，向小铁打了一声招呼，头也不回地走了出去，在那风雨交加的深夜里，向着前边那黑暗道中一步一步地走着。

选自 1935 年《新小说》第 1 卷第 2 期

高世华

| 作者简介 |　　高世华（1901—1980），四川涪陵（今重庆涪陵区）人，字兴亚（又作新亚），现代作家、教授。代表作品有小说《沉自己的船》，译著《求婚》（剧本）、《小沙弥》（诗歌）等。

沉自己的船

几月来秋儿居然少笑容了！因为他一心一意想水手们抱他到大城里去看戏，买果子，现在可办不到了！北洋兵打人，他是不怕的；他听水手们说过，他的爸爸，就像北洋兵，他想道："北洋兵也是人，——像爸爸那样的人——打人也不过像爸爸一样么？爸爸的打是挨过的，我哭，他还会给我果子呢！"但是北洋兵偷小孩，他是害怕的，怕离开了他亲爱的爸爸，妈妈，和那些好玩的水手们，以及常抱他到大城去的余哥。

在太阳衔山的时候，江上的微风习习，红霞的余光，斜映在半清半浑的波里；水手们一个个赤条条的在水里游泳，秋儿站在尾舱靠着船壁，不住的叫道："给我摸鱼哟！"水手们想使少船主欢喜，齐齐答应："摸鱼吗！秋哥儿，我们在摸咧！"烧火的阿二，——是最开玩笑的——悄悄浮到余哥后面，忽然一下，把他抱着，"秋哥儿，我给你摸着了一只大鱼！"众人都笑了。余哥不住的用手向后面拍，雪白的水花，溅满了阿二一脑袋。一会儿全体都加入了这场水战。只听着渐渐的水声，见着白银似的水光，全体的人，都被遮着。秋儿也嘻嘻的，露出了几月前的笑声。

有一天，听说北洋兵把大城的船封完了，快退了。秋儿的妈妈，微笑的说道："阿弥陀佛，好了！"

"怎么好了？"秋儿的爸爸，含着旱烟管，疑问式的说。

"他们要走了，想来不致于再作孽了！"

"说不定，兵就是匪，打了败仗更利害，受了匪害，还可以告状出气，遭兵害了，话都不敢说。况且他们语言不通，情性不合，习惯不同，常常以打人杀人示威；他又不是乡土中的人，他是退走，更无所顾忌，你以后又找不着他，我最担心是他们下乡来封船，他扎在上流，甚么地方我们也躲不了，恐怕又难免……咳……"

"你太多虑了，我们离城多么远呢？这个地方多僻静呢？难道我们的命运那么坏？只要他真退得一个不留，就再打一次苦差也算好！"

他不置可否的静默着，只吸他的旱烟，两眼不转的，望着自己口里呼出一缕一缕的青烟。

这个消息满船人都知道了。个个都是一则以喜，一则以惧的；不过他们的损失，至多不过一个生命，反正有船主供给口食，肚子是不怕饿的；所以他们怕的成分，比船主要少几分。

过了几天，船主的恐怖，竟至实现了。几个背着杀人利器的北洋大汉，拿一张封条，来找船主。船主在尾舱听见北洋兵的吼声，不觉望着他的妻子发怔。她失望的说道："真的吗！又来了吗？"

他本来不愿出去，但是又不敢不出去。前次出去迟了一步，吃了几个耳光，还打滥儿几块船板，幸得是来的只有一位丘八。他受过一次教训，所以这次急忙出去狠谦恭的说道："请示，老总们要哪天开船？我好预备。"

"你船上有载有货吗？"一个丘八说。

"不多，有几百桶桐油。"他很谦和的说。

"全抛下河里去，咱们今晚就开船！"另一位恶狠狠的说。

他听说把桐油抛下河去，不觉失惊的说道："老总，这是客货，不说我们不敢抛；这么大的船，要是莫有底载，船身是晃的，我且不能张风。开船的期，请改在早晨的好；夜里行船，我们不敢，沿江的石滩太多！就是轮船，也不敢夜行！"

"放屁，我们长官的命令，不要载有货的船，有了货不轻不快；你是不是想船走慢些，后面的敌人，好赶上我们？什么夜里不敢开船，我们在宜昌，不是开夜船吗！"一个大汉用枪作势的向他说。

"老总，宜昌一带，水性不同，河里又没有石头，只要入了彝陵峡，就不敢走夜船了。老总，你们不懂水性，船碰坏了，大家性命要紧。"船主狠恳切的说。

"混蛋，你欺负咱们，说咱们不懂水性吗？"话还没说完，拳足早到了。铁筒的枪身，也尝了船主的血味。一般水手，全跑来向老总们跪着求情，答应抛油下水，又答应开夜船，他们方才停了打人的工作。

秋儿的妈妈，在尾舱里听着，只是眼泪像珠儿不断的落，又不敢出声，恐怕老总们知道了；她的面庞儿虽生得不算好，还不致像那六七十岁以后的鬼脸。上次船被封的晚上，悄悄的用菜划子送她同秋儿到对岸去了。

秋儿不知道甚么，只听得前舱的一些复杂的声音；可是他那天真的心灵里，还不懂人类的残忍，万猜不出是爸爸无辜的挨打；不过瞧着妈妈在隐泣，他的眼泪，也自然而然的流出来了。他的小嘴儿动了又动，快要出声，被他妈妈的手，轻轻一拍，细声的说道："不要哭，外面是北洋兵！"他也就不敢哭了。

不多时候，两个水手把他的爸爸扶进来了。脑袋上伤了两处；他的空手，当然抵不住武器，但是武器来时，又免不了去挡他一下，所以手上也受了狠重的伤。鲜红色的血，热腾腾的从颤动的肉里流出，使秋儿活泼泼的心，收缩得不能再收缩了，忙把莹莹的眼睛闭着，倒入妈妈的怀中，他妈妈的珠泪儿，一点点滴入他的发里。

她觉得有许多的话，堆上心房来了；可是一句也说不出来。他躺了半晌，忍不住叹了一声"嗳哟"。这一声才惊醒了他的默态，用一些棉花与布，将他的伤痕裹好。

他们本想商量一个好方法，可是不知道从什么地方说起，相守了一个钟头，还依然呆坐着；仿佛什么事体，不管也过得的。后来一个水手跑进来说："他们报告官长去了，只留了一个在船上。秋儿们要走，这就是时候了，要不然，三四个钟头以后就难走了。"他俩听着这话，也是着急。她恳求的说道："天哟！怎么办哟！"他向水手说："小余，我们的心乱了，请你给我们定个主意罢！"小余蹬足说道："有什么主意呢！他们快走的好，他们走了，少了两个累赘，以后我们再想办法罢！"小余能再想什么办法呢？他不过这么说，可以把秋儿俩早送走，也少两个受危险的。

"我们驾船的人，上了岸，到哪里去呢，怎么能够生活呢？况且她是一个妇人，还带一个小孩！"

"没有法，只得上岸去，总比在船上受他们的辱，并且生命难保的好！"小余一面说，一面催她收拾东西。她的心碎了。她怕丈夫还要受苦，又怕伤痕难好，又怕后会无期，以及财产，自己以后的生活，无一件不可怕。她把所有的东西，都搬出来，舱里被凌乱的东西搁满了；但是她那普通穿的几件衣服，也没有收拾得清楚，她向他的丈夫哽咽的说道："我走了，谁看护你呢？你的伤须得医治哟！"他正低着头在看自己胸前动脉的跳跃，仿佛他心里面许多事件，都涌在跳跃的地方来了，一件件不住的在那里旋转。他想这一次打差，一定是直到宜昌，到宜昌一个钱没有！怎样办呢？船卖了吗？卖不起价；并且丘八不是顾惜人家的东西的。他们仿佛能损害他人，便是表示勇敢一样；虽是打仗的时候比鼠子还弱，可是在平时比老虎还恶。常常喝醉了，拔刀起舞，无论是桅，是篷，是壁，他毫不关心的乱砍，船坏了更卖不出。并且许多水手伙夫，还得供给口粮，几千里外，人地两疏，能向谁祈怜呢？何况宜昌也是一个多兵的地方，宜昌的人，也免不了像我一样，哪有能力来救我们呢？想来想去，怕到宜昌后，就没有转乡土之望了！况且北洋大汉残忍极了，万一他途中遇着匪，或是他们有不高兴的时候，遭不遭惨杀，也说不定；还怕五脏免不了作他们的下酒菜吗？哎！弄兵的只晓得弄兵，他们全不想他们随便下一个命令，便要演出许多惨剧，他们只知道为个人争地盘，盗政权；哪晓得他们的地盘，政权，是许多人的血肉，许多人的眼泪堆积起来的哟！当兵的只知道自己有枪，便可欺负人。全不想自己的责任，一个月得几块钱，便去为一般魔鬼卖命！他的神经失次了，他妻子同他说的话，全然未听着；只眼睁睁的望着秋儿。见着她上了划子，小余再来抱秋儿，他才流下泪来，忽然怪声叫道："到哪里去？岸上吃甚么！……"他若断若续说就道："也好，秋儿还可卖几个钱……"他发狂似的大叫，紧紧的抱着秋儿咬了一口，"秋儿，你另去找一个有饭吃的爸爸，你长大了去当匪，当匪才可以免兵祸……"他昏迷了，倒在舱上。伤痕上的血，流得更多了。秋儿被咬一口，本来在哭。忽然看见他的爸爸倒了，反吓得不敢哭。他的妻子，想再上大船，被水手们挡着，急把秋儿抱过划子，便向对岸开去。差不多快到扬子江的中心，还隐约听得着秋儿母亲的哭声，与流水相和得不分明。

黄昏时候，北洋兵的官长来了——几位黑胖的汉子——带了几位娼妓式的女子，上船便嚷，总说不好，有时说家具不好，有时又说水手坏，船主傻，嚷骂不绝，直到天黑尽了，他们吃饭，方住了声。船主想到，他们败退的时候，强迫坐他人的船，又不给钱，还有这样的恶，又恨又气；想到他的妻子同秋儿，不知道上岸去又怎样办。想到自己的危险——不能生还——又觉得伤心。

日光落尽了，月儿还莫有起来，船在中流，清风徐来，遥望两岸的树荫山影，黑森森往后奔去，不见一点灯火。这种景致，向来是看惯了的，但是在这个时候，四围的寂静，愈增了船主的凄凉。

月儿上升了，丘八们的晚餐毕了，摇橹的水手们也疲倦了，把棹横在桨上，坐着憩息；可是军官们不高兴，立刻骂起来了。说他们懒惰，要是明天拉着夫，有了替代的，把这些懒人都拿来枪毙。以绝对服从自诩的丘八们，就打起来了！烧火的阿二，几乎被推下水去。

月儿升高了，满江照得如雪似的；水的吼声，渐渐大了，远望一段石梁，亘在前面。小余回头向后叫道："小心些呵！石滩来了。"阿二带着伤躺在大舱里赌气的说道："关你什么事，怕甚么？又不是你一个人！"

船主听见阿二的话，把愁苦的心房惊动了！想道到宜昌还有十几日，两岸遍地是匪，要受多少危险呢？就不遇匪，在这些残忍的丘八势力之下，也难得活命，并且旧有的伤痕，也没有地方医治，就幸而得活命，到了宜昌，他们不给钱，也得饿死；与其流死异乡，不若与他们同归于尽！他这样一想，不觉伤口的痛苦，也减了几分，喊道："阿二的话不错，我们唱个歌罢！"水手们说："你唱，我们和！"

"昨夜一家团圆哟，……嘿嘿喝合，

"今儿后，生死哪得知……嘿嘿喝合，

"到宜昌，莫饭吃，⋯⋯嘿嘿喝合，

"滥船板，卖不出，⋯⋯嘿嘿喝合，

"何况两岸老二①多。⋯⋯嘿嘿喝合，

"这些柳叶②恶又恶，⋯⋯嘿嘿喝合，

"不若就地齐下灰③，⋯⋯嘿嘿喝合，

"拿棹板，搬浆脚，齐向死里去求活，⋯⋯嘿着；嘿着！⋯⋯"

船主的歌，水手的和声，惊破了空间的沉寂。恶狠狠的丘八们，听不懂他们的隐语，还耀武扬威的摩着枪，彼此谈笑；他们只见水手用力的划，船行得如飞似的，非常快活，一会儿便到了石梁，碰的一声，一般大船，变作了几块碎板；水中隐约浮着一些黑的东西。明明的月儿，不知苦恼的，依然照着。

选自 1923 年《浅草》第 3 期

---

① 老二即匪。
② 柳叶即兵。
③ 灰即水。

郭沫若

牧羊哀话

一

金刚山万二千峰的山灵，早把我的魂魄，从海天万里之外，接引到朝鲜来了。我到了朝鲜之后，住在这金刚山下，日本海上，一个小小的村落里面。村名叫着仙苍里。村上只有十来户人家，都是面海背山，半新不旧的茅屋。家家前面，有的是蒺藜墙围；更有花木桑松，时从墙头露见。村南村北，沿海一带，都是松林，只这村之近旁，有数亩农田，几行桑拓。菜花麦莠，把那农田数亩，早铺成金碧迷离。那东南边松树林中，有道小川，名叫赤壁江，汇集万二千峰的溪流，暮暮朝朝，带着哀怨的声音，被那狂暴的日本海潮吞吸南去。

我初到村里的时候，村里人疑我是假冒的中国人，家家都不肯留我寄宿，幸亏这村南尽头，有位姓尹的妈妈，年纪已在五十以上。一人孤居，长斋礼佛，她听明了我的来意，怜我万里远来，无亲无眷；才把我留在她家中住下了。尹妈门首，贴付白色门联，——朝鲜风俗尚白，门上春联，也用白纸，俨然如同国内丧事人家一般。联上写的现成诗语。进得门去，小小一个中庭，薄有几多花木。正面家屋，是一列三间；中间堂屋，两边住房，堂屋里有层隔壁，隔成前后两间，有户相通，前堂上首，有座神桌，当中供尊玉磁观音，左手有尊牌位。从户口望去，屋后似有菜圃一方，直接金刚山麓。尹妈叫我在这右手房中住下了。房里别无他物，只有一张短檠，两面推窗，像是久无人居，早变就灰尘世界。

　　住在尹妈家里，不知不觉的一个多星期的时间瞬已过我而去。我每日里，无论天晴落雨，从早起来，便去游山探胜，抵暮始归。一个多星期之中，除了村后的九仙峰外，这偌大个金刚，快要几几乎被我踏遍了。毗卢、弥勒、白马、永郎，凡这万二千峰的朝容晚态，雨趣晴姿，已深深印入我脑海之中；我只一闭眼，一凝眸，便一一如同活动电影一般，呈来网膜之上。只可惜我不是文人，又不会画画；不能把它完完全全的写了出来，画了出来。送给我兄弟朋友们看看呢。

二

　　独坐九仙峰顶，仙人井畔，西望那夕阳光里的金刚，色相庄严，云烟浮动，我的灵魂，早已陶然沉醉，脱壳优游。忽然阵阵清风，从前山脚下，吹来一片歌声。哀婉凄凉，分明是女儿声息。侧耳听时，只听道：

　　太阳迎我上山来，

太阳送我下山去，

太阳下山有上时，

牧羊郎去无时归。

羊儿啼，

声甚悲。

羊儿望郎，郎可知？

歌声中断，随闻羝羊悲鸣声。铃声幽微，几不可辨。

羊儿颈上底铃儿，

——是郎亲手系，

系铃人去无时归，

铃绦欲断铃儿危。

羊儿啼，

声甚悲。

羊儿望郎，郎可知！

声浪渐行渐远，荡漾在清和晚气之中，一声声澈入心脾，催人
眼泪。

非我无剪刀，

不剪羊儿衣。

上有英郎金剪痕，

消时令我魂消去。

非我无青丝，

不把铃儿系。

我待铃绦一断时，

要到英郎身边去。

听到此处，我已潸潸的吊下了泪来。我忙立起身来，站在山顶西北角上一颗松树脚下。往下看时，只见那往高城的路上，有群绵羊，可十余头，带着薄暮的斜辉，围绕着一位女郎，徐徐而进。女郎头上顶着一件湖色帔衫，下面露出的是绛灰裙子，芒鞋天足，随步随歌。歌声渐远，渐渐要不能辨悉了。

羊儿！羊儿！

你莫悲哀；

有我还在，

虎豹不敢来；

虎豹它纵来，

我们拼了命，

凭它衔去哉！

羊儿！羊儿！

你莫悲哀！

女郎的歌声，早随落日西沉。女郎的影儿，也从前山拖去了。我的灵魂。在清冷泪泉中受洗礼。我立在松树脚下，不知过了几多时辰，早已万山入眠，群星闪目，远从那东海天边，更飞上了半规明镜。

三

——客人，那是我们闵家佩荑小姐呢！

我同尹妈二人，坐在堂檐边上，谈说田间所见。尹妈把那牧羊女郎的姓名告了我。

——既是位名门小姐，为何在此亲自牧羊呢？

我这一问，似乎打动了她无限的心事。她紧紧的望着空中皓月，半晌不曾回答我。我从月光之下，偷看得她的眼儿，早成两个泪湖。我失悔我不应该盘根究底，这样的苦了她。我正屏息悬心，搔摩不着，尹妈渐渐拭了眼泪，从新转向于我。

——伤心往事，本想绝口不提。客人既是下问殷勤，我不能辜负你的盛意。但这万绪千头，我不知道该从何处说起！

停了一会，她又才往下说道：

——佩荑小姐本不是这里的人，十年以前，家住京城大汉门外。小姐的父亲闵崇华，本是李朝的子爵。只因当时朝里，出了一派奸臣，勾引外人结了什么合邦条约。闵子爵一连奏了几本，请朝廷除佞安邦，本本都不见批发。子爵见大势已去，不可挽回，便弃了官职，携带一门上下，才从京城里迁徙而来。

子爵前配夫人金氏，十六年前早已过世。继配夫人李氏别无生育。金氏夫人死时，佩荑小姐，年才五岁，子爵怜爱异常，命我一人贴身侍奉小姐。我们尹氏门中，先祖代代，都是闵府家人，我的丈夫尹石虎，也是闵府中司事。我从前本有一个小儿，……

说着说着，尹妈的声音便咽哽了起来。

——我的儿子名叫尹子英，是闵子爵替他取的名字。子爵十分爱他，常叫他作"英儿英儿"。英儿比佩荑小姐长得一岁，小姐常叫他作英哥，英儿也僭分着叫小姐是荑妹。他们两人儿你怜我爱的，倒真正地如同同胞骨肉一般。

李氏夫人也是名门小姐，从小时便到日本留学，毕业之后，又曾经游历过纽约，伦敦，巴黎，维也纳。算来是在国内的时候少，在国外的时候多呢。归国的时候，年才二十二岁，恰好金氏夫人下世后，已经满了三年。李府请人说合。不久便做了子爵的继室。子爵未弃官以前，李夫人在京城里社交场中，要算是数一数二的新新巾帼。客人，你试想想，这样个聪明伶俐，有学问，有才干的新夫人，怎么能自甘淡白，久受这山村生活的辛苦呢？

闵子爵迁到这儿来以后，便住在那高城静安寺中；摒去一切浮华，不干世务。只因寺里住不下多人，小姐已渐渐长大，便叫我们夫妇二人，来这仙苍里安身；只把英儿留在寺中，买了二三十匹羊儿，叫他看管。那时候我那英儿已经长到十二岁上了。白日里每逢天晴，他便赶着羊儿在山前山后去放。有时佩芳小姐也同他一路去。他们两人到不知迷了多少回数路途，惹得我们受了多少回数的虚惊呢！

我记得他们有一次到了半夜里还不回寺。子爵以为是在我们家里耍着了，叫了几个寺僧来接。他们是并不在我们家里的。我们大家惊惶起来，忙分头去四处寻找，找到海金刚，远见得一群羊儿睡在海岸上。英儿靠着一个岩壁，佩芳小姐靠着英儿的肩头，他们俩早都睡熟了。那天晚上，也是有这样的月儿。月光儿照着，海潮儿摇着，他们俩就好像睡在个大摇篮里面的一样。他们那时候的光景，我是再也不会忘记的呢！

每逢落雨不能放羊的时候，英儿便在寺中随着住持僧众们操拳学武，晚来便同小姐两人在子爵面前读书写字。无风无浪地过了四年，我那英儿已经长到了十六岁，佩芳小姐也长到了十五岁上了。子爵常说，不久要带他们到你们大国去，使他们长长见识。唉！谁知天不从人，我那英儿，他就在那年，……

尹妈很伤心的哭了起来。我也觉得有种大不幸的先兆来逼迫我；我只一阵阵的不寒而栗，恰巧那天上的月儿，也被一朵鹊黑的乌云遮了去，愈觉得令人凄楚不堪。我又不敢往下问，只得等尹妈哭住了，才听她含泪说道：

——他——他就在那一年，被他的父——父亲——杀了！

说着又哭了起来。我也禁不得心酸透鼻。我想寻句话来安慰她，但连半句也寻不出。我只得起去倒了杯茶来请她呷。她接在手中呷了几口，说道：

——以下的话还长，等我去把英儿的遗书取了来再往下说罢。

四

夜分已深，外边天气甚凉；尹妈叫我进房中坐去。我同她进了我的居室，同坐在地板上面——朝鲜人席地而坐，席地而寝，还存着我们古代的遗风。尹妈取了封书信来，我接在灯下看是：

> 母亲！儿今放羊回家，在这羊栏旁边，拾得一封书信，明明是父亲遗失的。因为是已经开了封，儿便把那内容取来一看——呀！母亲！儿不看犹可，看了之后，早令儿魂飞魄散！
>
> 母亲！儿今已决意救我子爵——莫妹——父亲。儿不忍我父亲犯出这样大不义的罪名。儿想父亲定已来在寺中。儿却四处寻之不得。母亲！儿想此事声张出来，不仅父亲一人的攸关。儿今夜里要在寺中巡逻，能私下的把父亲吓退，最为上策。
>
> 母亲！倘若儿万一是死了的时候，母亲！你切莫悲哀！儿想生为亡国之民，倒不如早死为快。
>
> 母亲！时间已迫，不能多写。密书阅后，请火化之！抽屉中有日记二册请交莫妹惠存。
>
> 　　　　　　　　　　　　　　　　　　儿子英跪禀

另外还有一封是：

石虎鉴：

　　十日不得见矣。君可于今夜来寺，我在房中内应，能一网打尽最好。诗笺一张，明明是首反诗，成功之后，快拿到长安寺中宪兵队去自首。有此一诗，便是赎身的符箓，急切勿误！

闵李氏六月十一日

怨日行

　　炎阳何杲杲，晒我山头苗。土崩苗已死，炎阳心正骄。安得后羿弓，射汝落海涛？安得鲁阳戈，挥汝下山椒。羿弓鲁戈不可求，泪流成血洒山丘。长昼漫漫何时夜，长恨漫漫何时休。

大韩遗民闵崇华挥汗书

尹妈等我一一看完，带着一种很沉抑的声音向我说道：

——这其中的情节，客人，你可明白了。——我那英儿，他便在那年六月十一的晚上（朝鲜人便是现在也大概是用阴历）死的。那天午饭过后来了一位静安寺的沙弥，面交石虎书信一封。石虎随即出门去了，我只以为是子爵有事叫他，等到半夜过后，他才踉踉跄跄跑了回来。不多一刻，又听得有人叫门。我出去开门看时，两个寺僧向我叫道：

——尹妈妈！不好了！你的令郎被人杀了！

我听了这最后一声，便如晴天里一个霹雳，石虎他也像听见了；从房里跳了出来，叫着"杀错了！杀错了！"飞也似的跑出了门去。我也一直跑到静安寺去了，我先到英儿的住房里去，看见桌上有一封信，上写着"母亲亲启——子英"六个字，我把来抄入怀中；忙朝人声嘈杂处跑去。待我找到英儿的时候，只见他满脸都是血；他的心窝儿早已冰冷。我立即昏倒了去，不省人事。

我醒来的时候，已是晴天白日，我疑我做了个恶梦。待我定睛一看，我才睡在佩羮小姐的房里。小姐坐在我的旁边，已哭得两眼通红。我才伤心痛哭起来。我待要起身，我的四肢手足就同瘫了的一般，再也不能动颤。小姐见我苏醒了转来，忙俯身来安慰我。我越法伤心，小姐也哭倒在我的身旁。

不多一刻，子爵夫妇走进房来。子爵说道：

——英儿不能不就殓了，石虎总不见个影儿。

我听了，才知道他并不曾来寺。我忽然才记起英儿的遗书来；请小姐从我怀中取出，递上子爵。子爵拆开看时，另外还有一封落出——便是那李氏夫人的密书了，李氏夫人随即走了出去。等子爵把英儿的遗书读完了之后，佩羮小姐也走了出去。我想来他定是去取日记的了，后来倒果也猜着，李氏夫人的密书，我不曾火化得，颠转请子爵看了。子爵气上加气，是不消说的。子爵闷了好半天，叫了几声英儿，哭道："我只望你早早成人，好替国家出力，谁知你才替我父女而死。唉！我还有甚么心肠，再……?"

子爵话犹未了，佩羮小姐从外边跑了进来，报说李氏夫人在英儿房中自杀了！

五

灯心将尽，惨淡不明。尹妈抽簪挑灯，息了一会，再往下说道：

——李氏夫人同英儿的坟墓，都在静安寺中。我在寺里足足睡了七日，到才也漫漫的好了起来。我那石虎他自从那晚去后，便永无消息，不知他到底是疯了，还是死了。我好了起来，本想留在寺中服侍子爵和小姐，是子爵万分不肯。子爵已经落发为僧，倒亏得佩羮小姐立意留在寺中，一面侍奉晨昏，一面又把英儿生前所看管的羊群，一手领承看管。客人！这便是我那佩羮小姐亲自牧羊的缘故了。你说可怜不可怜呢？小姐常对我说，自从英儿死后，大小羊儿，总是不肯十分进食。几年之内，早已死了一多半了。羊儿每死一匹，小姐总要伤心一场，还要在英儿的墓旁，替它作座羊冢。我想我那英儿，他在九泉之下，定会不十分寂寞的呢。

<h1 style="text-align:center">六</h1>

听了尹妈一夕话，翻来覆去的，再也不能睡熟。好容易才一合眼，恍惚我的身子已在静安寺中。寺中果有尹子英的坟墓。前有墓道碑，上题"慈悲院童男尹子英之墓"十字。恍惚墓的周围果有无数的羊冢。又恍惚我日间所见的那佩黄小姐正跪在墓前哀祷。——

坟台全景，突然变成一座舞蹈场！场之中央，恍惚有对妙龄男女裸身歌舞。两人的周围恍惚有许多羊儿也人立而舞。又恍惚还有许多狮儿、豹儿、虎儿……也在里面。——

恍惚之间，突然来了位矮小的凶汉，向着我的脑壳，飒的一刀便斫了下来！我"啊"的一声惊醒转来，出了一身冷汗；摩摩看时，算好到不是血液。灯亮已息了，只可恨天尚未明。我盼不得早到天明，好拜辞了尹妈而去。似这样断肠地方，伤心国土，谁还有铁石心肠，再能豰多住片时半刻呢？

这篇小说是民国七年二三月间做的，在那年的《新中国》杂志第七期上发表过。概念的描写，科白式的对话，随处皆是；如今隔了五年来看，当然是不能满足。所幸其中的情趣尚有令人难于割舍的地方，我把字句标点的错落处加了一番改正之外，全盘面目一律仍旧，把她收在这里——怪可怜的女孩儿哟，你久沦落风尘了。

1922 年 12 月 24 日夜志此

选自郑伯奇编选：《中国新文学大系·小说三集》，良友图书印刷公司，1935 年

残　春

一

壁上的时钟敲打着四下了。

博多湾①水映在太阳光下，就好像一面极大的分光图，画分出无限层彩色。几只雪白的帆船徐徐地在水上移徙。我对着这种风光，每每想到古人扁舟载酒的遗事，恨不得携酒两瓶，坐在那明帆之下尽量倾饮了。

正在我凝视海景的时候，楼下有人扣门，不多一刻，晓芙②走上楼来，说是有位从大阪来的朋友要面会我。我想我倒有两位同学在那儿的高等工业学校肄业。一位姓黎的已经回了国；还有一位姓贺的我们素常没通过往来，怕是他来访我来了。不然，便会是日本人。

我随同晓芙下楼，远远瞥见来人的面孔，他才不是贺君，但是他那粉白色的皮肤，平滑无表情的相貌，好像是我们祖先传来的一种烙印一样，早使我知道他是我们黄帝子孙了。并且他的颜面细长，他的隆准占据中央三分天下有其二的疆域，他洋服的高领上又还露出一半自由无领的蜻蜓，所以他给我的第一印象，就好像一只白色的山羊。待我走到门前，他递一张名片给我。我拿到手里一看，恰巧才是"白羊"两字，到使我几乎失声而笑了。

---

① 博多湾：东京海滨地名。
② 晓芙：郭沫若娶的日本夫人。

白羊君和我相见后，他立在门次便问我说道：

"你我虽是不曾见过面，但是我是久已认得你这人。我的同学黎君，是你从前在国内的同学，他常常谈及你。"

几年来不曾听见过四川人谈话了，听着白羊君的声音，不免隐隐起了一种恋乡的情趣。他又接着说道：

"我是今年才毕业的，我和一位同学贺君，他也是你从前在国内的同学，同路归国。"

"贺君也毕业了吗？"

"他还没有毕业，他因为死了父亲，要回去奔丧。他素来就有些神经病，最近听得他父亲死耗，他更好像疯狂了的一般，见到人就磕头，就痛哭流涕，我们真是把他没法，此次我和他同路回国，他坐三等，我坐二等，我时常走去看顾他。我们到了门司，我因为要买些东西，我便一个人上岸去了，留他一人在船上，等我回船的时候，我才晓得他跳了水。"

"哦！跳了水？"我吃惊地反问了一声。

白羊君接着说道："到幸亏有几位水手救起了他，用捞钩把他钩出了水来。我回船的时候，正看见他们在岸上行人工呼吸，使他吐水，他渐渐地苏醒转来了。水手们向我说，说他跳水的时候，脱了头上的帽子，高举在空中画圆，口中叫了三声万岁，便扑通一声跳下海里去了。"白羊君说到他跳水的光景，还用同样的手法身势来形容，就好像逼真地亲眼见过来的一样。

"但是船医来检验时，说是他热度甚高，神经非常兴奋，不能再远洋航海，在路上恐不免更有意外之虞。因此我才决计把他抬进就近的一家小医院里去。我的行李通同放在船上，我也没有工夫去取，便同他一同进了病院了。入院已经三天，他总是高烧不退，每天总在摄氏四十度上下，说是尿里又有蛋白质，怕是肺炎、肾脏炎，群炎并发了，所以他是命在垂危。我们在门司又不熟，很想找几位朋友来帮忙。明治专门学校的李君我认得他，我不久要写信去。他昨天晚上又说起你来，说是'能得见你一面，便死也甘心，'所以我今天才特地跑来找你。"

白羊君好容易才把来意说明了，我才请他同我上楼去坐。因为往门司的火车要六点多钟才有，我们便留着白羊君吃了晚饭再同去，晓芙便往灶下去弄饭去了。

好像下了一阵骤雨，突然晴明了的夏空一样，白羊君一上楼把他刚才的焦灼，好像忘在脑后去了。他走到窗边去看望海景，极口赞美我的楼房。他又踱去踱来，看我房中的壁画，看我壁次的图书。

他问我："听说你还有两位儿子，怎么不见呢？"

我答道："邻家的妈妈把他们引到海上玩耍去了。"

我问他："何以你能找得到我的住所？"

他答道："是你的一位同学告诉我的。我从博多驿下车的时候，听说这儿在开工业博览会，我是学工的人，我便先去看博览会了，在第二会场门首，无意之间才遇着你一位同学，我和他同过船，所以认得。是他告诉了我，我照着他画的略图找了来。你这房子不是南北向吗？你那门前正有一眼水井，一坐灶神，并且我看见你楼上的桌椅，我就晓得是我们中国人的住所了。（日本人一般不用桌椅。）不是你同学告诉我的时候，我还会到你学校去问呢。"

我同他谈了一阵闲话，我告了失陪，往楼下去帮晓芙弄饭去了。

二

六点半钟的火车已到，晓芙携着一个儿子，抱着一个儿子，在车站上送行。车开时，大的一个儿子，要想跟我同去，便号哭起来，两只脚儿在月台上蹴着，如像踏水车一般。我便跳下车去，抱着他接吻了一回，又跳上车去。车已经开远了，母子三人的身影还伫立在月台上不动。我向着他们不知道挥了多少回数的手，等到火车转了一个大湾，他们的影子才看不见了。火车已飞到海岸上来，太阳已西下，一天都是鲜红的霞血，一海都是赤色的葡萄之泪。我回头过来，看见白羊君脱帽在手，还在向车站方面挥举，我禁不住想起贺君跳海的光景来。

——可怜的是贺君了！我不知道他为什么要跳海，跳海的时候，为什么又要脱帽三呼万岁。那好像在这现实之外有什么眼不能见的"存在"在诱引他，他好象 Odysseus① 听着 Sirens② 的歌声一样。

——我和我的女人，今宵的分离，要算是破题儿第一夜了。我的儿子们今夜睡的时候，看见我没有回家；明朝醒来的时候，又看见我不在屋里；怕会疑我是被甚么怪物捉了去呢。

——万一他是死了的时候，那他真是可怜！远远到得海外来，最终只是求得个死！……

——但是，死又有甚么要紧呢？死在国内，死在国外，死在爱人的怀中，死在荒天旷野里，同是闭着眼睛，走到一个未知的世界里去，那又有什么可怜不可怜呢？我将来如想死的时候，我想跳进火山口里去，怕是最痛快的一个死法。

——那他悲壮的态度，他那凯旋将军的态度，不知道他愿不愿意火葬？我觉得火葬法是最单纯，最简便，最干净的了。

——儿子们怕已经回家去了，他们回去，看见一楼空洞，他们会是何等地寂寞呢？……

---

① Odysseus：希腊神话中人物。
② Sirens：希腊神话意大利海岸附近岛上三美女神之一。相传以其歌声蛊惑经过之航海者，而使之灭亡。

默默地坐在火车中，种种想念杂然而来。白羊君坐在我面前痉挛着嘴唇微笑，他看见我在看他，便向我打起话来。

他说："贺君真是有趣的人，他说过他自己是'龙王'呢！"

"是怎样一回事？"

"那是去年暑假的时候了，我们都是住在海岸上的。贺君有一天早晨在海边上捉了一匹小鱼回来，养在一个大碗里面。他养了不多一刻，又拿到海里去放了。他跑来向我们指天画地的说，说他自己是龙王，他放了的那匹小鱼，原来是条龙子。他一放了下去，他一放了下海去，四海的鱼鳞都来朝贺来了。我们听了好笑。"

"恐怕他在说笑话罢？"

"不然，他诸如此类疯癫识倒的事情很多。他是有名的吝啬家，但是他却肯出多少的钱去买许多画幅，装饰得一房间都是。他又每每任意停一两礼拜的课，我们以为他病了，走去看他时，他才在关着门画画。"

"他那很像是位天才的行径呢！"我惊异地说了。又问道："他画的画究竟怎么样？"

白羊君说道："我也不晓得它的好歹，不过他总也有些特长，他无论走到甚么地方去，他便要检些石子和蚌壳回来，在书案上摆出那地方的形势来做装饰。"

白羊君愈见谈出贺君的逸事来，我愈觉得他好像是位可以惊异的人格。我们从前在中学同学的时候，他在下面的几班，我们不幸也把他当作弱小的低能儿视了。我们这些只晓得穿衣吃饭的自动木偶！为甚么偏会把异于常人的天才，当成狂人，低能儿，怪物呢？世间上为甚么不多多产出一些狂人怪物来呢？

火车已经停止过好几站了。电灯已经发光了，车中人不甚多，上下车的人也很少，但是纸烟的烟雾，却是充满了四隅。乘车的人都好像蒙了一层油糊，有的一人占着两人的座位；侧身一倒，便蜷卧起来，有的点着头儿如像在滚南瓜一样。车外的赤色的世界已渐渐转入虚无里去了。

三

"Moji！Moji①！"

门司到了，月台上叫站的声音分外雄势。

门司在九州北端，是九州诸铁道的终点。若把九州比成一片网脉叶，南北纵走诸铁道就譬比是叶脉，门司便是叶柄的结扎处，便是诸叶脉的总汇处。坐车北上的人到此都要下去，要往日本本岛的，或往朝鲜的，都要再由海路向下关或釜山出发。

木履的交响曲！这要算是日本停车场上下车时特有的现象了。坚硬的木履踏在水门汀的月台上，汇成一片杂乱的噪音，就好像有许多马蹄的声音。我当时以为日本帝国真不愧是军国主义的楷模，各地停车场竟都有若干马队驻扎。

我同白羊君下了车，被这一片音乐，把我们冲到改札口②去。驿壁上的挂钟长短两针恰好在第四象限上成一个正九十度的直角了。

出了驿站，白羊君引我走了许多街道和侧巷，彼此都没有话说。最后走到一处人家门首，白羊君停了步，说是到了；我注意一看，是家上下两层的木造街房，与其说是病院，宁肯说是下宿③，只有门外挂着的一道辉煌的长铜牌，上面有黑漆的"养生医院"四字。

贺君的病室就在靠街的楼下，是间六铺席子④的房间，正中挂着一盏电灯，灯上罩看一张紫色包单，映射得室中光景异常惨淡。

----

① Moji：门司的日本译音。
② 改札口：日语车票谓之"札"，改札口即车站的检票口。——编者注
③ 下宿：日本的普通客栈。——编者注
④ 六铺席子：日本住房以席面计算，普通有四席半、六席、八席等。——编者注

一种病室特有的奇臭，热气、石炭酸气、酒精气、汗气、油纸气……种种奇气的混淆。病人睡在靠街的窗下。看护妇一人跪在枕畔，好像在替他省脉。我们进去时，她点头行了一礼，请我们往邻接的侧室里去。

侧室是三铺席子的长条房间，正中也有一盏电灯，靠街窗下有座小小的矮桌，上面陈设有镜匣和其他杯瓶之类。房中有脂粉的浓香。我们屏息一会，看护妇走过来了。她是中等身材，细巧的面庞。

——这是 S 姑娘。

——这是我的朋友爱牟君。

白羊君替我们介绍了，随着便问贺君的病状。她跪在席上，把两手叠在膝头，低声地说：

"今天好得多了。体温完全平复了。刚才检查过一次，只不过七度二分（摄氏三十七度二分之略语），今早是三十八度，以后怕只有一天好似一天的了。只是精神还有些兴奋。刚才才用了催眠药，睡下去了。"

她说话的时候，爱把她的头儿偏在一边，又时时爱把她的眉头绉成"八"字。她的眼睛很灵活，晕着粉红的两颊，表示出一段处子的夸耀。

我说道："那真托福极了！我深怕他是肺炎，或者是其他的急性传染病，那就不容易望好呢。"

"真的呢。——倒是对不住你先生，你先生特地远来，他才服了睡药。"

"病人总得要保持安静才好。……"

白羊君插口说道："S 姑娘！你不晓得，我这位朋友，他是未来的 Doctor，他是医科大学生呢！"

"哦！爱牟先生！"她那黑耀石般的眼仁，好像分外放出了一段光彩，"我真喜欢学医的人。你们学医的人真好！"

我说："没有什么好处，只是杀人不偿命罢了。"

"呵啦！"她好像注意到她的声音高了一些，急忙用右手把口掩了一下。"哪有……哪有那样的事情呢。"

四

辞出医院，走到白羊君寓所的时候，已经是十一点过了。上楼，通过一条长长的暗道，才走进了白羊君的寝室。扭开电灯时，一间四铺半的小房出现，两人都有些倦意，白羊君便命旅馆的女仆开了两床铺陈，房间太窄，几乎不能容下。

我们睡下了。白羊君更和我谈了些贺君的往事，随后他的话柄渐渐转到S姑娘身上去了。他说他喜欢S姑娘，说她本色；说她是没有父母兄弟的孤人；说她是生在美国，她的父母都是死在美国的；说她是由日本领事馆派人送回国的，回日本时才三岁，由她叔母养大，从十五岁起便学做看护妇，已经做了三年了；说她常常说是肺尖不好，怕会得痨症而死……他说了许多话，听到后来我渐渐模糊，渐渐不能辨别了。

门司市北有座尖锐的高峰，名叫笔立山，一轮明月，正高高现出在山头，如像倒打一个惊叹的符号（¡）一样。我和S姑娘徐徐步上山去，俯瞰门司全市，鱼鳞般的屋瓦，反射着银灰色的光辉。赤间关海峡与昼间繁辏的景象，迥然改观，几只无烟的船舶，如像梦中的鸥鹭一般，浮在水上。灯火明迷的彦岛与下关海市也隐隐可见。山东北露出一片明镜般的海面来，那便是濑户内海的西端。——山头有森森的古木，有好事者树立的一道木牌，横写着"天下奇观在此"数字。有茶亭酒店供游人休息之所。

我和S姑娘登上山顶，在山后向着濑户内海的一座茶亭内坐下，对面坐下。卖茶的妈妈已经就了寝，山上一人也没有。除去四山林木萧萧之声，甚么声息也没有。S姑娘的面庞不知道是甚么缘故，分外现出一种苍白的颜色，从山下登上山顶时，彼此始终无言，便是对坐在茶亭之中，也是互相默默。

最后她终于耐不过岑寂，她把她花蕊般的嘴唇破了："爱牟先生，你是学医的人，医治肺结核病，到底有甚么好的方法没有？"她说时声音微微有些震颤。

"你未必便有那种病症，你还要宽心些的好。"

"我一定是有的。我夜来每每出盗汗，我身体渐渐消瘦，我时常无端地感觉倦怠，食欲又不进。并且每月的……"说到此处她忍着不说了。我揣想她必定是想说月经不调，但是我也不便追问。我听了她说的这些症候，都是肺结核初期所必有的，更加以她那腺病质的体格，她是得了这种难治的病症断然无疑。但是我也不忍断言，使她失望，只得说道：

"怕是神经衰弱罢，你还该求个高明的医生替你诊察。"

"我的父母听说都是得的这种病症死的，是死在桑佛朗西司戈①。我的父亲死时，我才满三岁，父母的样子我不记得了。我只记得一些影子，记得我那时候住过的房屋，比日本的要宏壮得许多。这种病症的体质，听说是有遗传性的。我自然是不埋怨我的父母，我就得……早死，我也好……少受些这人世的风波。"她说着说着，便掩泣起来，我也暗暗伤心，无法可以安慰她的哀切。沉默了半晌，她又说道：

"我们这些人，真是有些难解。譬如佛家说：'三界无安，犹如火宅。'② 这个我们明明知道，但是我们对于生的执念，却是日深一

---

①　桑佛朗西司戈（San Francisco）：美国的旧金山。

②　"三界无安，犹如火宅"：佛家以凡夫生死往来之世界，分为三：一、欲界——淫欲与食欲；二、色界——有形之物，如身体、宫殿；三、无色界——无物质的物，无身体亦无宫殿国土。火宅，三界之生死譬如火宅也。《法华经》譬喻云："三界无安，犹如火宅，众生充满，甚可畏怖。"

日。就譬如我们喝葡萄酒一样，明明知道醉后的苦楚，但是总不想停杯……爱牟先生！你直说罢！你说，像我这样的废人，到底还有生存的价值没有呢？……"

"好姑娘，你不要过于感伤了。我不是对着你奉承，像你这样从幼小而来便能自食其力的，我们对于你，倒是惭愧无地呢！你就使有甚么病症，总该请位高明的医生诊察才好，不要空自担忧，颠转有害身体呢！"

"那么，爱牟先生，你就替我诊察一下怎么样？"

"我还是未成林的笋子（日本称庸医为竹薮）呢！"

"呵啦，你不要客气了！"说着便缓缓地袒出她的上半身来，走到我的身畔。她的肉体就好像大理石的雕像，她躯着的两肩，就好像一颗剥了壳的荔枝，胸上的两个乳房微微向上，就好像两朵未开苞的蔷薇花蕾。我忙立起身来让她坐下，她一对双子星，圆睁着望着我。我擦暖我的两手，正要去诊打她的肺尖，白羊君气喘吁吁地跑来，向我叫道：

"不好了！不好了！爱牟！爱牟！你还在这儿逗留！你的夫人把你两个孩儿杀了！"

我听了，魂不附体地一溜烟便跑回我博多湾上的住家。我才跑到门首，一地都是幽静的月光，我看见门下倒睡着我的大儿，身上没有衣裳，全胸部都是鲜血。我浑身战栗着把他抱了起来。我又回头看见门前井边，倒睡着我第二的一个小儿，身上也是没有衣裳，全胸部也都是血液，只是四肢还微微有些蠕动，我又战栗着把他抱了起来。我抱着两个死儿，在月光之下，四处窜走。

"呵呵！呵呵！我纵使有罪，你杀我就是了！为甚么要杀我这两个儿子？呵呵！呵呵！这种惨剧是人所能经受的吗？我为甚么不疯了去！死了去哟！"

我一面跑，一面乱叫，最后我看见我的女人散着头发，披着白色寝衣，跨在楼头的扶栏上，向我骂道：

"你这等于零的人！你这零小数点以下的人！你把我们母子丢去！你把我们的两个儿子杀了，你还在假惺惺地作出慈悲的样子吗？你想死，你就死罢！上天叫我来诛除你这无赖之徒！"

说着，她便把手中血淋淋的短刀向我投来，我抱着我的两个儿子，一齐倒在地上。——

惊醒转来，我依然还在抽气，我浑身都是汗水，白羊君的鼾声，邻室人的鼾声，远远有汽笛和车轮的声响。我把白羊君枕畔的表来看时，已经四点三十分钟了，我睡着清理我的梦境，依然是明明显显地没有些儿模糊呵！这简直是 Meada[①] 的悲剧了；我再也不能久留，我明朝定要回去，定要回去！

五

旅舍门前横着一道与海相通的深广的石濠，濠水作深青色，几乎要与两岸齐平了。濠中有木船数艘，满载石炭，徐徐在水上来往。清冷的鲜气还在市中荡漾，我和白羊君用了早膳之后，要往病院里去，病院在濠之彼岸，我们沿着石濠走去，渡过濠上石桥时，遇着几位卖花的妈妈，我便买了几枝白色的花菖蒲和红蔷薇，白羊君买了一束剪春罗。

走进病室的时候，贺君便向我致谢，从被中伸出一只手来，求我握手。他说，他早听见 S 在讲，知道我昨晚来了，说了些对不起的话。我把白菖蒲交给他，他接着把玩了一阵，叫我把来插在一个玻璃药瓶内。白羊君把蔷薇和剪春罗，拿到邻室里去了。

我问贺君的病状，他说已经完全脱体，只是四肢无力，再也不

---

① Meada：希腊 Ewripieles 底悲剧。

能起床。我看他的神气也很安闲，再不像有甚么危险的症状了。

白羊君走过侧室去的时候，只听得S姑娘的声音说道：

"哦，送来那么多的好花！等我摘朵蔷薇来簪在髻下罢！"

她不摘剪春罗，偏要摘取蔷薇，我心中隐隐感受着一种胜利的愉快。

他们都走过来了。S好像才梳好了头，她的髻上，果然簪着一朵红蔷薇。她向我道了早安，把三种花儿分插在两个玻璃瓶内，呈一种非常愉快的脸色。Meada的悲剧却始终在我心中来往，我不知道她昨晚上做的是甚么梦。我看见贺君已经复元，此处已用不着我久于勾留，我也不敢久于勾留了。我便向白羊君说。说我要乘十点钟的火车回去。他们听了都好像出乎意外。

白羊君说："你可多住一两天不妨罢？"

S姑娘说："怎么才来就要走呢？"

我推诿我着学校有课，并且在六月底能试验。所以不能久留。他们总苦苦劝我多住一两天，倒是贺君替我解围，我终得脱身走了。

午前十点钟，白羊君送我上了火车，彼此诀别了。我总觉得遗留了什么东西在门司的一样，心里总有些依依难舍。但是我一心又早想回去看我的妻儿。火车行动中，我时时把手伸出窗外，在空气中作舟楫的运动，想替火车加些速度。好容易火车到了，我便飞也似地跑回家去，但是我的女人和两个儿子，都是安然无恙。我把昨夜的梦境告诉我女人听时，她笑着，说是我自家虚了心，她这个批评连我自己也不能否定。

回家后第三天上，白羊君写了一封信来，信里面还装着三片蔷薇花瓣。他说，自我走后，蔷薇花儿渐渐谢了，白菖蒲花也渐渐枯了，蔷薇花瓣，一片一片地落了下来，S姑娘教他送几片来替我作最后的决别。他又说，贺君已能行步，再隔一两日便要起身回国了，我们只好回国后再见。我读了白羊君的来信，不觉起了一种伤感的悽怀，我把蔷薇花片夹在我爱读的 Shelley① 诗集中，我随手写了一张简单的明片寄往门司去：

> 谢了的蔷薇花儿，
>
> 一片二片三片，
>
> 我们别来才不过三两天，
>
> 你怎么便这样憔悴？——
>
> 呵，我愿那如花的人儿，
>
> 不也要这般的憔悴！

1922 年 4 月 1 日脱稿

选自王梅痕编：《注释现代小说选》，中华书局，1935 年

漂流三部曲（节选）

歧　路

一种怆恼的情绪盘据在他的心头。他没精打采地走回寓所来，将要到门的时候，平常的步武本是要分外的急驰，在今朝却是十分无力。他的手指已经搭上了门环，但又迟疑了一回，回头跑出弄子外去了。

静安寺路旁的街树已经早把枯叶脱尽，带着病容的阳光惨白白

---

① Shelley：雪莱（1792—1822），是英国热情的革命的抒情诗人。

地洒在平明如砥的马路上，洒在参差竞止的华屋上。他把帽子脱了拿在手中，在脱叶树下屭走。一阵阵自北吹来的寒风打着他的左鬓，把他蓬蓬的乱发吹向东南，他的一双充着血的眼睛凝视着前面。但他所看的不是马路上的繁华，也不是一些砖红垩白的大厦。这些东西在他平常会看成一道血的宏流，增涨他的心痛的，今天却也没有呈现在他的眼底了。他直视着前面，只看见一片混茫茫的虚无。由这一片虚无透视过去，一只孤独的大船在血涛汹涌的黄海上飘荡。

——啊啊，他们在船上怕还在从那圆圆的窗眼中回望我呢。他这么自语了一声，他的眼泪汹涌了起来，几乎脱眶而出了。

船上的他们是他的一位未满三十的女人和三个幼小的儿子，他们是今朝八点五十分钟才离开了上海的。

他的女人是日本的一位牧师的女儿，七年前和他自由结了婚，因此竟受了破门的处分。他在那时只是一个研究医科的学生。他的女人随他辛苦了七年，并且养育了三个儿子了，好容易等他毕了业，在去年四月才同路回到了上海。在她的意思以为他出到社会来，或者可以活动一回，可以从此与昔日的贫苦生涯告别，但是事情却出乎她的意料之外。他回到上海，把十年所学的医学早抛到太平洋以外，他的一副听诊筒因为经年不用，连橡皮管也襞塞得不通气息了，上海的朋友们约他共同开业，他只诿说没有自信。四川的S城有红十字会的医院招他去当院长，他竟以不置答复的方法拒绝了。他在学生时代本就是浸淫于文学的人，回到上海来，只和些趣味相投的友人，刊行了一两种关于文学的杂志，在他自己虽是借此可以消浇几多烦愁，并在无形之间或者也可以转移社会，但是在文学是不值一钱的中国，他的物质上的生涯也就如像一粒种子落在石田，完全没有生根苗叶的希望了。他在学生时代，一月专靠着几十元的官费还可以勉强糊口养家，但如今出到社会来，连这点资助也断绝了。他受着友人们的接济寄居在安南路上的一个弄子里，自己虽是恬然，而他的女人却是如坐针毡。儿子也一天一天地长大了，愁到他们的衣食教育更使他的女人几乎连睡也不能安稳。因此他女人也常常和他争论，说他为甚么不开业行医。

——行医？医学有什么！假使我少学得两年，或许我也有欺人骗世的本领了，医梅毒用六零六，医疟疾用金鸡纳霜，医白喉用血清注射，医寄生虫性的赤痢用奕美清，医急性关节炎用柳酸盐……这些能够医病的特效药，屈指数来不上双手，上海的如鲫如蚁的一些吮痈舐痔的寄生虫谁个不会用！多我一个有甚么？少我一个又有甚么！

——医学有甚么！我把有钱的人医好了，只使他们更多榨取几天贫民。我把贫民的病医好了，只使他们更多受几天富儿们的榨取。医学有甚么！有甚么！教我这样欺天灭理地去弄钱，我宁肯饿死！

——医学有甚么！能够杀得死寄生虫，能够杀得死微生物，但是能够把培养这些东西的社会制度灭得掉吗？有钱人多吃了两碗饭替他调点健胃散；没钱人被汽车轧破了大腿率性替他斫断，有枪有械的魔鬼们杀伤了整千整万的同胞，走去替他们调点膏药，加点裹缠……这就是做医生们的天大本领！博爱？人道？不乱想钱就够了，这种幌子我不愿意打！……

他每到激发了起来的时候，答付他女人的便是这些话头。

他女人说：在目前的制度之下也不能不迁就些。

他说：要那样倒不如做强盗，做强盗的人还有点天良，他们只抢的是富有。

他女人说到儿子的教育时，他又要发一阵长篇的议论来骂倒如今的教育制度，骂到如今资本制度下的教育了。

他的女人没法，在上海又和他住了将近一年，但是终竟苦于生活的压迫，到头不得不带着三个儿子依然折回日本去了。他的女人说到日本去实习几个月的产科，再回上海来，或者还可以做些生计。儿子留在上海也不能放心，无论如何是要一同带去的。他说不过他女人坚毅的决心，只得劝她等待着一位折返日本的友人，决计在今天一路回去。

为买船票及摒挡旅费，昨天忙了一天。昨夜收束行装，又一夜不曾就睡。今晨五点半钟雇了两只马车，连人带行李一道送往汇山码头上船。起程时，街灯还未熄灭，上海市的繁嚣还睡在昏朦的梦里。车到黄浦滩的时候，东方的天上已渐渐起了金黄色的曙光，无情的太阳不顾离人的眼泪，又要登上它的征程了。孩子们看见水上的轮船都欢叫了起来。他们是生在海国的儿童，对于水与轮船正自别饶情味。

——那些轮船是到甚么地方去的呢？

——有些是到扬子江里去的，那些是到外国去的。

——哦，那儿的公园我们来过。到日本去的船在哪儿呢？

——还远呢，到汇山码头还要一会儿。

他同他的大儿对话着，立在他的膝间的二儿说道："我不要到日本去，我要同爹爹留在上海。"

——二儿，你回日本去多拣些金蚌壳儿罢，在那海边上呢。爹爹停一晌要来接你们。

——唔，拣金蚌壳儿呢，留下好多好多没有拣了。

他一路同他儿子们打着话，但他的心中却在盘旋。一个年轻的女人带着三个儿子到日本去，还要带些行李，上船下船上车下车，这怎么能保无意外呢？昨天买船票的时候，连卖票的人也惊讶了一声。"啊，别人都还要惊讶，难道我做人丈夫做人父亲的能够漠然无情吗？我是应该送他们回去。我是应该送他们回去。从上海到长崎三等舱只要十块钱，送他们去耽搁几天回来，来回也不过三四十块钱。啊，我是应该送他们回去。在船上去补票罢。是的，在船上去补票罢。……"但一回头又想起他同朋友们办的一些杂志来了，"那些杂志每期要做文章，自己走了之后朋友们岂不辛苦吗？有那三四十块钱，他们母子们在日本尽可以过十天以上的生活了，日本的行旅不如中国艰难，想来也不会出什么意外。好在同船有 T 君照顾，我还是不能去。唉，我还是不能去。"——辗转反复地在他的心中只是想的这些问题。他决下心不去了，但又按想到路上的艰难，又决心要去。从安南路坐到汇山码头他的心机只是转斡。他的女人抱着一个才满周岁的婴儿坐在旁边，默默不作声息。婴儿受着马车的震摇，起初很呈出一种惊诧的气色，但不久也就像在摇篮里一样，安然地在他母怀中睡熟了。

坐了一个钟头以上的光景，车到汇山码头了。巍然的巨舶横在昏茫的黄浦江边，尾舻上现出白色的"长崎丸"三字。码头上还十分悄静，除有些束手待客的脚夫外还不见乘客的踪影。同路的朋友也还没有来。上了船把舱位看定了之后，他的心中还在为去留的问题所扰。孩子们快乐极了，争爬到舱壁上去透过窗眼看水，母亲亲手替他们制的绒线衣裳，挂在壁针上几次不能取脱。最小的婴儿却好像和他惜别的一样，伸张起两只小手儿，一捏一捏地，口作呀呀的声音，要他抱抱。他接在手中时，婴儿抱着他的颈子便跳跃了起来。

——日本的房屋很冷，这回回去不要顾惜炭费，该多烧一点火盆。他这样对他的女人说。

她的女人也抚着她自己的手，好像自语一般地说道："这回回去，自己挽水洗衣烧火煮饭，这双手又要龟裂得流出血了呢。"

——这回回去，无论如何是应该雇用女工才行。十块钱一个月总可以雇到罢？

——总可以雇到罢。女人的眼眶有点微红了，——听说自从地震以后，东京的女工有的不要工钱只要有宿食便来上门了的。但是福冈又不同，工钱以外还要食宿，恐怕二十块钱也不够用。

——我在上海总竭力想法找些钱来，……他这么说了一半，但他在内心中早狐疑起来了。找钱？钱却怎么找呢？还是做文卖稿？还是挂牌行医？还是投入上海 Zigoma 团去当强盗呢？……

——福冈还有些友人，一时借贷总还可以敷衍过去。我自己不是白去游闲的，我总还可以找些工作。

——放着三个儿子，怎么放得下呢？

——小的背着，大的尽他们在海上去玩耍，总比在上海好得多呢。……

船上第一次鸣锣催送行的客人上岸了。他的女人伸长过颈子来，他忍着眼泪和她接了一个很长的接吻。他和孩子们也一一接吻过了，把婴儿交给了他的女人。但是同行的 T 君依然不见，他有几分狐疑起来了，是起来迟了？还是改了期呢？动身的时候，悔不曾去约他。他跑出舱来看望。

T 君的船票，是他昨天代买的，现刻还存在他的手里。他一方面望 T 君快来，但一方面也想着他不来时，倒也正好用他的船票送他的妻儿们回去。走出舱来，岸上送行的人已拥挤了，有的脱帽招摆，有的用白色手巾在空中摇转。远远望去，一乘马车，刚好到了码头门口。啊，好了！好了！T 君来了！车上下来的果是 T 君。他招呼着上了船，引去和他的妻儿们相见了。船上又鸣起第二次催人的锣来。"我怎么样呢？还是补票吗？还是上岸去呢？"他还在迟疑，他女人最后对他说："我们去了，你少了多少赘累，你可以专心多做几篇创作出来，最好是做长篇。我们在那边的生活你别要顾虑。停了几月我们还要转来。樱花开时，你能来日本看看樱花，转换心机也好。"

他女人的这些话头，突如其来，好像天启一样。七年前他们最初恋爱时的甜蜜的声音，音乐的声音，又响彻了他的心野。他在心中便狂叫起来："哦，我感谢你！我感谢你！我的爱人哟，你是我的 Beatrice！你是我的 Beatrice！你是我的！长篇？是的，最好是做长篇。Dante 为他的爱人做了一部《神曲》，我是定要做一篇长篇的创作来纪念你，使你永远不死。啊，Ava Maria! Ava Maria! 永远的女性哟！……"他决心留在上海了。他和 T 君握手告别，拜托了一切之后，便毅然走出舱来。女人要送他，他也叫她不要出来，免惹得孩儿们流泪。

几声汽笛之后，黄浦江面已经起了动摇，轮船已渐渐掉头离岸了，他等着 T 君的身影渐渐不能看见了，才兴冲冲地走出码头。"啊，长篇创作！长篇创作！我在这一两个月之内总要弄出一个头绪来。书名都有了，可以叫着'洁光'。我七年前最初和她相见的时候，她的眉间不是有一种圣洁的光辉吗？啊，那种光辉！那种光辉！刚才不是又在她的眉间荡漾了吗？Ava Maria, Ava Maria……永远的女性！……Beatrice……'洁光'……"他直到走上了电车，还隐隐把手接吻了一回，投向黄浦江里去。

长期的电车把他心中的激越渐渐缓和，给予他以多少回想的余暇了，他想到他历年来的飘泊生涯，他也想到他历年来的文学成绩。"啊，我的生活意识是太暧昧了。理想的不能实行，实行的不是理想，逡巡苟且，过混了大好的光阴。我这十年来，究竟成就了些甚么呢？医学是不用说了。虽然随着一时的冲动做过些诗文，但那是甚么东西哟！自己的技能有哪一样能够足以自恃！自己的文章有哪一篇能够足以自慰？啊，惭愧！惭愧！真是惭愧！我比得什么 Dante！我比得什么 Dante！我是太夸诞了！太无耻了！啊，我是……"他这么想着，又好像从灿烂的土星天堕落下无明无夜的深渊里。他女人对于他的希望，成了他没大的重担。他自己对于他女人的心期，又成了精卫的微石了。他的脑精沉重得不堪，心里炽灼得不堪，假使电车里没有人，他很想抱着头痛哭了起来。

这种自怨自艾的心情本来是他数年来的深刻的经验。他从事文笔的生涯以来，海外的名家作品接触得愈多，他感觉着他自己的不足愈甚。他感觉着自己的生活太单纯了，自己的表现能力太薄弱了。愈感不足，他愈见燥烦，愈见燥烦，他愈见自卑。直到现在，他几乎连笔也不能动了。"自己做的东西究竟有甚么存在的价值呢？一知半解的评论，媒婆根性的翻译，这有甚么！这有甚么！同情我的人虽说我是天才，痛骂我的人虽也骂我是天才，但是我有甚么天才在哪儿呢？我真愧死！我真愧死！我还无廉无耻地自表孤高，啊，如今连我自己的爱妻，连我自己的爱儿也不能供养，要让他们自己去寻生活去了，啊啊，我还有甚么颜面自欺欺人，忝居在这人世上呢？丑哟！丑哟！庸人的奇丑，庸人的悲哀哟！……"他想起John Davidson 的一首诗来。诗中叙述一位贫苦的音乐家，因为饥寒的缘故把他最爱的妻孥都死掉了，他抱着皮包骨头的他妻子的残骸，悲痛地号哭道：

> We drop into oblivion,
> And nourish some suburban sod：
> My work, this woman, this my son,
> Are now no more：there is no God.

这节的意思是：

> 我们滴落在忘却之中，
> 同去培养那荒外的焦土：
> 我的作品，我的妻，我的这个儿，
> 都已没了：谁说有甚"天主"。

他应着电车的节拍，默念起这节诗，他觉得好像是从他心坎中自然流出的一样。但是他又一回想，他自己究竟没有这音乐家的真挚。音乐家有他的作品足以供人纪念而世人湮没了他，他可以埋怨世人，埋怨上帝，但他自己有甚么资格足以埋怨人，足以埋怨一切呢？自己的妻儿是由自己抛撇了的，怨不得天，怨不得人！音乐家有抱着他妻子的残骸痛哭的真情，悲痛之极终竟随他的妻儿长往了。而他自己不是和他的妻子背道而驰，妻子向东，他自向西，妻子在飘渡苦海，他自己却是留在这儿梦他自己力所不能逮的掀攫吗？他一想到这儿，他又失悔不曾送他的妻儿回去。"我为甚么不在船上补票？我为甚么不去和他们同样受苦呢，啊，我这自私自利的小人！我这责任观念薄弱的小人！……

一种怆恼的情绪盘据在他的心头。他尽滚滚的电车把他拖过繁华的洋场，他就好像埋没在坟墓里一样。他没精打采地走回他的寓所，但他的寓所好像一座死城，好像有甚么比死还厉害的东西埋伏着在的光景。他掉头跑出弄子来，跑到这静安寺路旁的街树下屦走着了，他的充着血的眼睛仍然直视着前面，街面上接连的汽车咆哮声都不曾惊破他眼前的幻影。他走到沧洲别墅转角处便伫立住了，凝视着街心的路标灯不动，这是他的儿子们平时散步到这儿来最爱留心注视的。他立了一会，无意识地穿过西摩路南走，又走到福煦路上来。走到圣智大学附近，他又蓦然伫立着了。去年夏秋之交的时候，有一次傍晚，他曾引他的两个大的孩子散步到这儿来，一只瓦雀突然从洋梧桐上跌下，两个孩子争前逐捕，瓦雀终竟被他们捉着了。他那时曾经做过一首诗，此时又盘旋上了他的脑际：

> 橙黄的新月如钩，已在天心孤照，
>
> 手携着我两稚子在街树之下逍遥；
>
> 虽时有凉风苏人，热意犹未退尽，

远从人家墙上，露出一片的夕照如焚。

失巢的瓦雀一只蓦地从树枝蹴坠，

两儿欣欣前进，张着两手追随。

小鸟曳立悲声，扑扑地在地面飞遁，

使我心中的弦索也隐隐咽起哀鸣：

"娇小的儿们呀，这正是我们的征象，

我们是失却了巢穴，飘泊在这异乡，

这冷酷的人寰，终不是我们的住所，

为逃避人们的弓弹，该往哪儿去躲？"

无知的儿们尚未解人生的苦趣，

仍只欣欣含笑，追着小鸟飞驰。

我也可暂时忘机，学学我的儿子，

不息的鸣蝉哟，为甚只死呀死呀地悲啼？

　　他倚着街树讴吟了一回，念起昔日清贫的团圆远胜过今日凄切的孤单，他的眼泪如像喷泉一样忍勒不住倾泻下来了。在这时候，他真觉得茫茫天地之中只剩了他孤另的一人，四面的人都好像对他含着敌意，京沪的报章上许多攻击他的文章，许多批评家对于他下的苛刻的言论，都一时潮涌了上来。一种亲密的微笑从面前飞过的一乘汽车的轮下露出，暴尸在上海市上，血流了出来，肠爆了出来，眼睛突露了出来，脑浆迸裂了出来，这倒痛快，这倒痛快。"那时候尽一些幸灾乐祸的人们来看热闹，我可以长睡而不恼。……但是妻子们的悲哀是怎么样呢？朋友们的失望是怎么样呢？她怕我受累赘，才带着儿子们走了，她在希望我做长篇呢。每周的杂志，也好像嗷嗷待哺的雏鸟一样，要待我做文章呢。这是我死的时候吗？啊，太 Sentimental 了！太 Sentimental 了！我十年前正是拖着一个活着的死尸跑到日本去的，是我的女人在我这死尸中从新赋与了一段生命。我这几年来并不是白无意义地过活了。我这个生命的炸弹，不是这时候便可以无意义地爆发的。啊，妻儿们怕已经过了黄海了，我回去，回去，在这一两个月之内我总要把'洁光'表现了出来。……"

他的脚步徐徐移动起来了。他如何抱着旧式结婚的痛苦才跑到东洋，如何自暴自弃，如何得和他的女人发生恋爱，如何受她的激励，……过往十年的回想把他运回了寓所。客堂里的挂钟已经一点过了。一位老姨娘问他吃饭不吃，他回答着不用，便匆匆上楼去。但把房门推开，空洞的楼屋向他吐出了一口冷气。他噤了一下，走向房里的中央处静立着了。触目都是催人眼泪的资料。两张棕网床，一张是空无所有，一张还留下他盖用的几条棉被。他立了一会，好像被人推倒一般地坐到一张靠书台的藤椅上。这沉重得令人窒息的寂寥，还是只好借笔墨来攻击了。他把书台的抽屉抽开来，却才拿出了他儿子们看残了的几页儿童画报，又拿出了一个两脚都没有了的洋囝。在这些东西上他感觉着无限的珍惜情意来。他起来打开了一只柳条箱子，里面又发现了他女人平常穿用的一件中国的棉衣，他低下头去抱着衣裳接了一个很长的接吻，一种轻微的香泽使他感受着一种肉体上的隐痛。他把洋囝和画报收藏在箱子里面了，又回到桌边，才展开一帖原稿纸来，蘸着笔在纸端写下了"洁光"两字。——他的笔停住了。怎么样开始呢？还是用史学的笔法从年月起头呢？还是用戏剧的作法先写背境呢？还是追述？还是直叙呢？还是一元描写？还是多元呢？还是第一人称？还是第三人称呢？十年的生活从甚么地方起头？……他的脑精一时又混乱起来了。他把挟着笔的手来擎着右鬓，侧着头冥想了一会，但仍得不出甚么头绪。一夜不曾睡觉的脑精，为种种彷徨不定的思索迷乱了的脑精，就好像一座荒寺里的石灯一样，再也闪不出些儿微光。但是他的感官却意外地兴奋，他听着邻舍人的脚步声就好像他自己的女人上楼，他听着别处的小儿啼哭声，就好像他自己的孩子啼哭的光景。但是，他的女人呢？儿们呢？怕已经过了黄海了。"啊，他们怕已经过了黄海。我只希望他们明日安抵福冈，我只希望他们不要生出甚么意外。"他一面默祷着，一面把笔掷在桌上。"唉唉，今天我的脑精简直是不能成事的了！"他脱去了身上的大衣，一纳头便倒在一张床上睡去。……马蹄的得得声，汽笛声，轮船起椗声，……好像还在耳里。抱着耶稣的圣母，抱着破瓶的幼妇，黄海，金蚌壳，失了巢的瓦雀，Beatrice，棉布衣裳，洁光，洁光，洁光，……

凄寂的寒光浸洗着空洞的楼房，两日来疲倦了的一个精神已渐渐失却了他的作用了。

1924 年 2 月 17 日

选自郭沫若：《沫若小说戏曲集》第三辑《漂流三部曲》，新兴书店，1929 年

孔夫子吃饭

孔夫子和他的门徒们困在陈蔡之间已经有七天没有见饭了，不唯没有见饭，甚至连菜汤水都没有见过。

大家都饿得来不能动了，东倒西歪地在一座小村落外的山林子里睡着。

他们在七天前初到那儿的时候是傍晚时分，因为走得疲乏而且口渴得难耐，有几位弟子便满不客气地从邻近的瓜田里偷了几个香瓜来让先生和大家解渴。他们当晚便在那儿露宿。但不料第二天清早醒来，他们却为当地的农民包围着了。偷瓜的时候是被人看见

了，故尔惹出了这场乱子。

纯朴的农民以为他们是伙盗，只是把他们包围着，却不敢更进一步怎么他们。他们师弟们却又没有胆量足够的人敢跑去向农民疏通，就因为没有胆量，因为怕死，孔子那样的大圣人固不用说，连最勇敢的子路，最能辩的子贡，都毫没中用了。

就这样一群人便不能不干饿下去，饿了足足七天，还能走动的人实在就只剩下一个颜回了。

颜回究竟不愧是"其心三月不违仁"的大贤，饿到了第八天上的清早，趁着孔子还在睡觉的时候，他鼓起了他的仁者必有的勇气，把一张白布片来拴在孔子的拐杖上作为投诚的旗号，他拿在手里走出林子去向农民军投诚。

纯朴的农民究竟是好说话，看见颜回那个慈祥的和农民的愚鲁相差不远的面孔，又听着他以朴讷的言辞说出了他们的来历，他们才晓得是出于误解，便立即把围解了。而且还敖怜他们，送些白米给颜回，让他拿去煮给他的先生和同学们吃。

颜回真是喜欢得什么似的，他在心里真真是给了农民以无限的祝福，无限的感谢。他把米拿着回林子去，见了先生，把详细的情形说了，不用说我们的圣人和他的大贤们也是喜欢得什么似的。孔夫子心里想：究竟颜回是不错，他这人是在我之上。但他没有说出口来，他说出口来的是：

"我不是早就说过吗？我是有天老爷看承的呀。"

好在林子里的柴火方便，颜回回头便去一手一足地把米淘好，搬了几块石头来做成灶孔，便煮起稀饭来。因为他想到，肚子饿久了的人，顿时吃硬饭是不行的。

孔夫子和一群弟子们不用说仍然是没有动，但他们都安了心，没有什么焦愁的了。有几位稍微还有点焦愁的，是看着颜回的一举一动太纤徐，好像故意在和他们的肚子作弄；又怕的米太少，稀饭不够吃。

这样淡薄的焦愁，在我们圣人心中也在所不免。我们的孔夫子睡在一样大树下一段高的地方，看着同样饿了七天的颜回在那儿有神没气的煮饭。看他煮了好一会，把锅盖揭开了来，但使他感觉着了很大的不快。他看见颜回揭开了锅盖来，便把另一只手在锅里掏了两指的饭来送进口里。这下便很伤了孔子的尊严。因为孔子是一团人的领袖，连我领袖都还没有吃的时候，你公然就先吃！这是孔子在肚子里斥责颜回的话，但他没有说出口来。

颜回把稀饭煮熟了，先掏了一碗来陈在孔子的面前。孔子这时候又存心来试验颜回一下，看这人究竟虚伪到了怎样的程度。

孔子说："回呀，我刚才梦见了我的父亲。（不用说是圣人临时扯的谎。）有饮食要先敬了长上，然后再吃。你替我在露天为我的父亲献祭罢。"

颜回赶快回答道："先生，今天的饭是不好拿来敬神的。"

"为什么不好拿来敬神？"

"我听先生说过'粢盛必洁'，今天的稀饭不干净，不好拿来祭神。"

"为甚不干净呢？"

"刚才我揭开锅盖的时候，飞了一团烟渣进去，我赶快用指头把它拈了起来。但丢掉又觉得可惜，我的指头也烫了，所以我便送进了口去。……"

孔子听到这里，才突然"啊哦"地叹了一口气。他赶快抢着说：

"好的，好的，回呀，你实在是一位圣者，连我都是赶不上你的。"

他说了又对着弟子们把自己的一片疑心和对于颜回的试验，和盘告白了一遍。

孔子藉着这一番的告白来和缓了他自己良心的苛责。但他同时更感受着一种下意识的安慰，是说：

我的领袖的尊严，并没有受伤。

1935 年 6 月 3 日草此，此故事出处，见《吕氏春秋·审分览·任数》篇

选自郭沫若：《沫若杰作集》，全球书店，1946 年

月光下

一

孩子已经埋在土里了。

帮忙埋葬的两位百姓荷着锄头已经回去了好一会，天空一片暗黑，只有东边的地平线上有增涨着的光潮，预告着月亮在准备出土。

丝毫风息也没有，也没有什么声音，四围的林木和稻粱在整天的炎热之下刚好渡过了来，依然还不敢喘气，炎热的余威明明潜伏在近处，说不定那月光的前驱怕还是太阳的残晖啦。

只有逸鸥的耳里时时听着凄凉的孩子的呻吟，那呻吟好像从远远的卫生所里面传来，也好像是从近近的小土堆里吐出。——这小土堆，这把孩子的尸骸掩藏着的小土堆，恨不得一抱抱回去，就和孩子裹在毛毡里那样的呀！

——真是奇怪，自己总以为会比孩子们早死的，怎么这个被结核菌已经烧枯了的身子偏支持了一年多，活鲜鲜的嫩苗仅仅五天工

夫就死掉了呢？

逸鸥坐在那小土堆前面的草地上，头垂复在两只撑在膝盖上的手里。大小不相应地成了小土堆前的一个石狮。

二

月亮从云头迸出来了，差不多快要整圆的一个月亮。但有一朵稠黑的云头从相对的一边天壁涌起，微微的在闪着电。

虫子的声音胆怯地在草丛里开始晚奏了。

几条粗细不等的光线，筛进了竹林来，投射在这人形的石狮头上。

假使没有另外的几条更粗大的，眼却不能见的线，同时来牵引着这石狮，他怕始终是不会动的吧。但那戴着英国式的米色盔帽的头，终于是抬起来了，正受着透射进来的月光。洼陷着的两眼有点发红。两面的颧骨突露着很明显的轮廓。脸，呈着暗灰色，菲薄的嘴唇在痉挛。

右手探寻着旁边的一条竹根杖，逸鸥终于站立起来了。中人以下的小巧身裁，穿着一套米色西装和那米色的盔帽一样，记载着五年来的抗战的历史。它们是在五年前和它们的主人一道流亡到这陪都郊外的乡下来的。

逸鸥背着月光，向着新起的小土堆静立着。

——你这小坟堆，我真想把你抱着，一抱抱回去呀，就给在毛毡裹着我的仪儿一样。他心里又起了这个执扭的想念，以下便发出了声来。

——也好，仪儿！你安静地睡吧。我想你睡在这儿，比睡在你肺结核患者的爸爸旁边，比睡在你劳瘁得和纸扎人一样的妈妈旁边，总要舒服些吧。没有蚊子再来咬你了。……也不会再有什么病痛和饥寒来苦你了。……你安安静静地睡吧。

——仪儿，你爸爸反正不能长久保护你们的，不仅不能保护你们，反而害你们。你妈妈也的确是太劳瘁了。抗战以来一年一个地生育了你姐弟三人。由南京武汉而重庆，不断的在烽火中流离，衣食住都赖她一个人料理，现在还要服侍着我这个痨病的爸爸。仪儿，你是疼惜你妈妈的。你现在安安静静的睡，也用不着再要你妈妈替你打扇了。……

似乎有想流眼泪的意思，但只如那人人都在望雨的天空，却仅空空地闪了几下电。

像浓烟一样涌起的稠云，也像浓烟一样，消散了。

月光在唱着胜利的歌。

三

瘦削的人拖着一条很瘦长的黑影在稻田埂上移动，黑影似乎很重，就好像一匹瘦削的马拖一尊平射炮上坡。

竹根杖很义侠地在回答着青蛙们的鼓励：对的，对的，对的。我一定要帮助他到底。

从稻田拖到了一条小河边上在被水冲坏了的岸边上拖，好容易拖过了一条长长的石桥，又经过了一段稻田，折进一座坐西向东的农家院子里去了。

黑影掉了头，拖的人好像是嫌其太重，又在向前推，推到了院落右手的一间厅堂前面，月光没有照到的地方，黑影也卸下来了。

四

这儿便是逸鸥的家。

他喘息了一会，左手把头上的盔帽揭了下来，顺便用袖筒拭去了额上的汗。

厅堂里没有点灯，待他一跨进门限，却又有微弱的呻吟窜进了他的耳里。

这呻吟不是从卫生所那样远的地方来的，也不是由那卫生所旁边的竹林里来的，而是来自厅堂右手的房里。

他匆匆地走进房去，房里更加黑暗，在他眼前差不多什么都没有看见。进门不远处横着一把竹造的睡椅，虽然离着手等他去磕，却没于被他磕着。

呻吟是从那后首的一间大木床上发出的。他从逼窄的隙道走向床边，在黑暗里习惯了的眼睛看出了眼前的景物来。他看见他的夫人坐在一个小竹椅上，伏在床沿一面在替他睡熟了的大女儿抓背。床的这一头，大字形地睡着病了的第三个孩子。他把竹根杖倚在床柱边，连忙去抚摸孩子的额部，烧还没有退。孩子只穿了一件薄薄的坎肩，露骨的两腿和腹部都袒露着，他顺手把旁边的一个布片拖来掩在他的腹上。

——他要给你揭开的，他不盖。母亲带着哭泣的声音说。

果然孩子的左手一伸下来便把布片揭掉了。

逸鸥无可如何地伫立了一会。

——你怕还没有吃饭吧？他问他的夫人。

——什么也吞不下啦，哽咽着继续说：刚才珍儿闹着要去看她阿仪弟弟，我拿了一个烧饼谎着她，把她哄睡着了。

他的夫人在卫生所看护仪儿，看着孩子死了，在下半天又才把逸鸥换去办理了掩埋的事体。

逸鸥也是连中饭都没有吃的，但他并没有感觉有这样的需要。

有蚊烟香的熏人的气息。

——你上床去睡吧。这蚊烟香熏着，俊儿也会难过。逸欧这样说着，把帐钩上挂着的火柴匣取来，擦燃了一枝火柴。接着把床头的一个书案上的菜油灯点燃了。

逸鸥夫人默默地移上了床去，用葵扇扇了一下蚊子，把蚊帐放了。罗纹的方形蚊帐，和主人的脸色一样呈着灰暗的颜色。

逸鸥把自己的竹根杖和盔帽挂在了床前靠壁的衣架上，把米色上衣也脱了下来挂好，顺手又把床下燃着的蚊烟香灭了。

书案上有七零八落的书籍和文件，也有小儿吃的药瓶和豆浆瓶。一束信件和报纸吸引着了他的视线。这是每天上午他所服务着的一个机关里要给他送来的。

平常他唯一的渴望是要看傍晚才能看到的陪都的报。他最关心的是欧洲方面的战争的消息，其次是他喜欢的文艺。他把绳子解开了，但把报推在了一边，却先取起了两封信。

一封很厚实，他连忙地打了开来，里面却抽出了一束钞票，外边裹着几张信笺，粗大的字迹。

逸鸥：

今天城里送了一千块钱来，是文艺奖助金保管委员会送给你做医药费的，望你收下，把收条写好寄去。

此事望你不要固执。朋友们都很关心你，保委会也完全出于诚意。这对于你家的清高是丝毫不会损坏的。望你千万不要固执。

祝你阖家都好，小朋友们的病好了吗？

佟烽　七月廿七日

这事情他早就知道的。为他请求奖金的事情本酝酿了很久，但因为顾虑着他的洁癖，友人们颇为踌躇。最近因为两个孩子病了，朋友们也就打破了一切的顾虑，替他把这一件事体办妥了。

佟烽说的话，在逸鸥感觉作有不得不依从的义务。他是逸鸥的畏友，也是所服务着的机关里面的主管。逸鸥虽然卧病了一年多，但机关里面并没有要他离职，他的业务由朋友们替他分担了。因此他特别爱他的机关，也特别对于佟烽怀着敬慕，但他还是在踌躇，他把信和钞票推在一处，又把第二封信取起来看。

这是一座大学的图书馆催缴书籍的信。两年前了，他曾经向那图书馆借了六本书。不幸在城里的机关被炸，那些书连同自己的书物一道烧毁了。

这信引起了他的极深重的责任感。信上说："该项书籍目前在坊间无法购置，急望缴还以便参考。"——这怎么办？无法购置的书，怎么缴还法呢？他把眼光移到那钞票上去了。

又是一阵孩子的呻吟声。他把头掉过床那边去，突然看见映在蚊帐上的他那瘦削的黑影，连他自己都不免吃了一惊。

一种危险的思想像闪电一样在眼前闪了一下。

他看着床栏上套着一根麻绳，捆行李用的，不十分粗。他起身去抚摩了它一下，随着走到床前把蚊帐揭开来，看见他的夫人坐在床的正中，抚摩着孩子的肚腹，依然在流眼泪。

他又把蚊帐放下，退转来了。

倒在睡椅上躺着，开始在考虑一千块钱的用途。

五

一千块钱！可来得真好，接受了吧。

六本书本来是并不怎么名贵的文学书，在战前的价格顶多不过十块钱吧，但在目前怕要管两三百块钱。是的，这是应该偿还的。就赔偿三百块钱吧。

书实在值得宝贵，自己就因为不善利用书，误过一批小朋友，"江南可采莲，莲叶何田田"，我前年在儿童剧社讲过这首诗，把

"田田"两个字讲错了。后来无心之间翻到《辞源》，才发现这是形容荷叶之多。这是应该向小朋友们赎罪的。就送他们一部《辞源》吧。小型的，正续两编三册，时价怕要值两百块钱吧。好的，我就送他们两百块钱，让他们买一部《辞源》。

仪儿在的时候本来是说好了要送到保育院去的。现在仪儿是已经死了。我多谢保育院的厚意，答应我的仪儿入院，替他置备衣物至少怕要费五百块钱吧。我就作为仪儿还在的一样，把五百块钱寄付在保育院里吧。

六本文学书三百，小型《辞源》一部二百，寄付保育院五百，这已经一千块了。但怎么办呢，今天掩埋仪儿的用费，向房东借了四百块钱还没有偿还！

一切都只好拜托佟先生了。一千块钱的处置只好拜托他，四百块钱的偿还，也只好拜托他了。

我现在只有拜托他，除此以外没有更好的办法。

六

他从睡椅上又撑起来了。走到书案旁边，找到了一张旧的原稿纸。只有插在铜套里面的一只小楷鸡狼毫保持得十分润泽。笔蘸在墨盒里了，一点一画地写出了秀丽的字与行。

佟烽先生：

我感激你。一千元，我就照你的意思领受了，可我要恳求你几件事。

（一）我前年借了××大学图书馆六本书，不幸在城被炸，焚毁了。今受该馆来函催缴（原函奉阅），无法缴还。我恳求你由这一千元内拨三百元寄去，以作赔偿。

（二）未病前曾为儿童剧社讲书，讲错了"江南可采莲，莲叶何田田"的"田田"两个字。误了小朋友们，至今耿耿在心。我恳求你拨二百元寄付该社，以作购置小型《辞源》之用。

（三）仪儿已于今午夭折，仅仅四年的生命便夭折了。生前承你关心，已约好送往保育院，可不幸已经夭折了。我作为仪儿还是在生的样，恳求你拨五百元寄付保育院，并以报答保育院允我寄托仪儿的厚谊。

（四）仪儿死去，掩埋费用了四百元，系向房东告贷。我现在手中不名一钱，恳求你用你自己的钱为我偿还，我是感德无量。

以上种种请求，我相信你一定能够原谅我，你也一定能够答应我。

祝你永远康乐。

逸鸥　廿七日夜半

他把信写好了，把钱和各种文件同装进一个大信封里，把信封面也写好了。

封面上写着："留呈 佟烽先生。"

危险的想念不断的在眼前闪电。他在信中虽然一字也没有提到，可那想念就和他投射在蚊帐上的黑影一样，是十分鲜明的。

他是想踏进那未知的世界里去，而且不仅是他一个人，还要连同着他的妻，他的还活着的一对儿女。

麻绳诱惑着他，他又掉过头去，但他的黑影使他吃了一惊。

七

——珍儿的爹，你睡了吧。他的夫人从蚊帐中叫出，你的病再闹翻了，又怎么办呢？

他又想哭了，但眼睛却很干涩。

把信来揣在裤包里，率性把菜油灯吹熄了，退在睡椅上躺着。

他是在等待，等待他的夫人睡熟，但他那疲倦不堪的身体却没有听从他的意志。

月亮从后壁的顶窗上照进了房里，斜射在衣帽架上，就给活物一样，在慢慢地移动。

逸鸥好一会都没有动静，等他的夫人下床来，替他把头上挂着的小圆帐轻轻地放下来罩着的时候，他丝毫也没有觉察。虫子的声音不断地在四处叫。

1942 年 7 月 29 日

选自 1942 年《人世间》第 1 期

含沙

天国平定堡

一

"你这人，真够缠！我不止说一百遍，无论你说上天，全是废话！我再告诉你说吧，要去就在明天！你不去别人就去，不能空着地等你；说句真话，还有好些人看着眼红呢！哼，你还不愿意！你的儿子归了主，你是不能在这儿待下去了；天国不只是平定堡，天国就在你的心；况且，这里面的房子也没有白给你住的！给你这样一条生路，你又嫌不保险，你这人真是！"红鼻子二爷的一张嘴真可以，一席话说得老溜子哑口无言。

六月炎天的太阳，一跑到塞外来却完全失掉了它的威力；照在平定堡，更显出它的慈和；射在蜂房似的二爷的鼻子上，透过蒙着一泡清水的老溜子的眼，金晃晃地在打闪。

还没有跨出门的时候，老溜子在家里想得头头是道；走了出来，心里还使劲一硬，企图在脸皮上做些笑纹，以免二爷看到那副哭丧脸，又要骂他不是善类！善类是不违背主的意思的！走到高大的土围脚跟，禁不住双腿就软了下来；远远地望着玻璃窗里的二爷，心里好像有什么东西在撞似的勃勃乱跳；满腔的道理，被二爷的话打得粉碎，呆呆地坐在窗外的木凳上，等着空隙再申述他的苦处。

"你自己也得摸着良心想想！"二爷一边说一边走了出来，站在房门里，望着廊下的老溜子，"你的儿子又不是谁把他打死的，造房的不止他一人，自不小心，这能怪谁呢？况且，什么事情都是主的决定；无论怎样都应该忍受的！你们这种没智识的人，真难说；你看你！又做起那个样儿！你这样的人，是永远不能归主的！"二爷越说越上气，忽他伸出双手来，好像要拥抱谁似的一摊，"阿门！"

二爷的两眼一闭，根据老溜子的经验，知道没有他说话的余地了！好像立刻宣布了死刑似的，一切希望都成了泡影！止不住眼眶内的一泡清水涌了出来。

"我也不怨谁！只怪我自己的命！"他一闪一闪地挣扎着站起来，"二爷！只求求你老说句好话，保全我一家老小的命！我的'大小'① 侍候他老人家这几年，如今没了，我又这样大的年纪，没有人管，恐怕误了庄稼，如今这点小生意，哪里能够拿出这么多的房钱来！二爷！……"

"谁在要你的房钱！"二爷的眼忽然一睁，"你简直在做梦；房子就白给你住你能出保安费吗？谁不图安全？谁不想在这里面来享福，不出钱办得到吗？你的儿子死了，教堂里替你埋，几月的房

---

① "大小"，口外农人对大儿的通称，二儿称二小，称呼久了即成他的名字。

租，完全给你免了，现在又给你这几亩好地去种；你还不愿意！好吧！明天过了再说！"翻转身，来二爷竟昂头阔步地往里去了。

老溜子依然退到那木凳上坐住，默默地望着那灰色的土墙出神；他想到他的大小，神父都常常夸奖的大小，二爷也说他有出息的大小，唉，出息？

"他现在是归了主了！"

他想，二爷骂他："这样的人，永远不能归主！"没有出息的人，死了时入地狱，"永远不能归主的！"不能受委屈忍苦耐劳的人，也不能归主的！可是，老溜子现在担心着的不是死后能不能归主，而是生前的这一副重担子！大小在的时候在大小的肩上；大小不在了，归了主了，如今放在自己的肩上来了！

已经过了一度甲子的老溜子能够担起这样重的担子吗？一家子都是"开口货"！① 于是，与他年纪相仿的瞎老婆，双脚如钉的儿媳，未满周岁的奶娃，一下子都涌入他的脑际。这样的重担子，大小给他放下了；大小归了主，主就不管他了！

"主是普救众生的！"二爷曾经给他解释过，"主也绝不因为你不信教就舍弃了你！"

然而，现在却舍弃了老溜子！他知道假如自己信了教，他们是不会赶他出堡的！

可是，大小呢？他也不信教，二爷说有出息！老溜子的脑筋虽简单，他知道大小合了神父的意，所以有出息！

"有出息的人，主才不舍弃的！"

只要出得起房租，保安费，公益捐，……也可以待下去！

"有钱的人，主才不会舍弃的！"

"有钱的出钱，没钱的出力，都是一律要受主的保护的！"这也

---

① "开口货"，就是只能消耗不能生产的人。

是二爷向他们说教的时候随时带在嘴上的。

老溜子的生意倒了霉，没钱了！大小死了，没力了！所以主要舍弃了老溜子！

但是，二爷说来，这也是主的意思，这是主的恩惠，要他去种地！这是他的生路，这是神父赐给他的！

忽然，从里出来了一个团丁，面很熟，但是老溜子却记不起他的姓名来。

"喂！老家伙，二爷的意思怎么样。"

这使得他一惊，立时站了起来，"我想求求二爷。"

"别说了！"打断了他的话头，团丁的右手拍在他的肩上，露着很和蔼的面容说："这样给你算是很好的了！趁你的房还有点押金，地还有做的；生意现下是做不得了，到处的路不通，什么生意也没了！出去种地多么好！你这想一月来出堡子的有好多家？你也是知道的，他们想还不到这些地来种呢！二爷想到你的大小，想到你一家子，所以给你这点好处，你还嫌东嫌西的，你想他怎么不生气！你快些吧，赶快来把契的换过，明天就搬去。"

"地里的活，我实在干不下来！地里的'杆子'① 又多，做出来恐怕也是替别人做的！我想求求二爷给我说句好话，我在堡里随便做什么都行！"

"白说白说！"团丁只顾摇头，"谁肯用你一个老家伙来供养你一大家！"

说去说来，老溜子实在是无可说的了。垂着头被团丁把他送了出去。

"你回去漫漫地想想，明天来还来得及，迟了就派给别人了！"

这时教堂的钟声正叫的起劲，警醒了茫然若失的老溜子；望了

---

① "杆子"，口外人称土匪都叫"杆子"。

望高高的钟楼上飘扬的三色旗，教堂正中屋顶上的十字架反映出灿烂的光芒，眩耀得老溜子的眼掀起了一团团的花纹打转。

老溜子的弓形的背隐藏在土墙那面去了以后，站在门首的团丁心里忽儿吹进了一种异样的感觉，——"谁就该出堡呢？谁又该进堡呢？"——但一刹时，被消在深深地潜藏在脑海里的信条中去了，"人生就是赎罪，这又算得什么呢？"

二爷得着团丁的报告以后，他想到又算解决了一件事情了。但二爷总要算平定堡里天字第一号的忙人！他是修道会的总管，他又是白大伯爷的老管家；他一支手刚把教堂的户口册放在一旁，已经出堡几天还不见回来的大伯爷霎时又闯进心头！各种不同的报告，搅乱了二爷的心；有的说大伯爷因为刚同县里总指挥部的参谋长"拜把"，所以要多待几天才回来；有的说这是城里的驻军要想堡里的一千多条枪，所以用调虎离山的方法来把大伯爷赚去，现在是被扣了。精明的二爷想去想来都是将信将疑的；他想大伯爷自"收手"① 以后十几年来没有出过堡子一步，这次出去他的"把弟"参谋长还有不能保险的吗？可是，怎么这几天了还不见回来？

他现在是忙着要回"白家炮台"去走一趟，照例是一支手把着"打狗棍，"一支手腕上搭着夹大氅，大摇大摆地踏出了修道会的土围楼。

大的身躯在街上移过去，随时飘荡的大衣襟，和摆来的"打狗棍，"远远地就射入人们的眼帘里。

"二爷真是太有能耐了！也要有他老这样的劲头才担当得起！"这是一位商店老板的赞美。

"谁说不是呀！"这是账房先生的答话，"教会的堡②，白家的土

———

① "收手"，即"洗手"，谓匪人改邪归正的意思。
② "教会的堡"，堡里的房舍都归教会纳租，堡子是教会与住户征收捐款来筑的。"堡"字音口外读若"补"。

都由他老一人经管！"

"他一人？你说得这么容易，谁不知道：'快马一日夜，难跑白家地'他一人就管好了?！他下边不用那些人就管好了?！我才不信呢！"

凡是二爷经过的地方，掀起了人们的议论；可是，并不妨碍二爷的前进，只是一些不相干的人们的招呼，每每使得他厌烦，有的还哼哼气来应付，有的只是点点头就过去了。

二

大伯爷在县里被扣的消息，现在是已经证实了；不但各方面的报告完全一致，就在堡里公然也发现着"总指挥部政治处"的宣言了！宣言上给大伯爷戴上了"大土豪"的头衔，这在堡里实在难找半个人能够了解这种意义的；他们在圣经上莫有发现过这样的怪名称，他们在神父和牧师宣讲的时候也莫有听到过像宣言上那些鬼话；他们是为了求安全才进堡里来，他们是为了要赎罪才信教的；他们只是从二爷接近的人们传出些堡外的"乌烟瘴气"底消息出来，这些消息既不是堡内的"自己的武装"，就是堡外的"杆子！"本来，城里的驻军在总指挥部的参谋长和大伯爷拜把以后才脱去了"杆子队伍"的称呼，不料大伯爷现在竟上了这样的当！什么叫"土豪"？这并不妨堡里的安全，现在是"宣言"要"打倒土豪"的"杆子队伍"要危害堡里的安全了！

男人们在街上走，一打招呼后接着就是大伯爷被扣的事情：商店老板一面在忙着他的生意，一面在向他的主顾们打听县城里的情形和大伯爷的消息；饭馆酒店里只要提起大伯爷的事情，这桌和那桌的谈话马上就打成一片；甚而至于这深藏在屋里的女人们也聚在一块儿谈论大伯爷长，大伯爷短；白家炮台更不消说，除了二爷在外跑去跑来而外，全家的男女老幼都由大伯娘带着跪在十字架面前，从昨天起就祷告到现在，当中是很少有间断的时候。保安队长徐大炮现在更忙得不了，他不但整天整夜地巡查城楼上的警备，他还要赶着两天以内把全堡的"青丁"①调来检阅一遍，准备着将要发生的防御战。

队长徐大炮是著名的炮手，他放"土台炮"的工夫是远近驰名的！因为他有这种惊人的技术，一般人都只知道徐大炮，莫有谁能够说得出他的真名来。就是那身躯也是名副其实，全堡里找不出第二个高过了他的！他同神父一块儿走的时候，简直分辨不出谁高谁矮了；满脸的黑丛丛的络腮胡更增添了他的威严，一对突出在眼眶外的眼珠尤其令人害怕！大家说，徐大炮的眼是"神眼,"只要一发红，准定就有匪警，这是十靠九稳的！

今天的徐大炮特别惹人注眼，大家都在留意他的"眼色"来揣度警耗的虚实；徐大炮巍然的身躯从街当中经过，两旁的视线都集中到那对眼上去了；只要他在那儿稍一停脚，去来的人们都向他包围起来了；无数的带着惶恐的脸向上望着，许多的擅抖着声音问着：

"队长！现在怎样了?"

"没有什么！"这是照例的，队长的脸向着远远的屋顶，样子是满不在乎，并不是专答复谁的，"大家不必大警小怪的!"

"城楼上加双班了吗？队长，有什么消息没有?"

"防是随时都应提防着的，不必一定要有多大的事情，你们家家户户也要提防着才行，有什么事情会里自然有通告！现在听说县里来了一股杆子队伍，但也不"嗏"②！队长在街当中大踏步地走

---

① "青丁"，在堡内的人们，十四岁到二十岁即须受军事训练，此时为青丁。
② "嗏"，土语；不嗏，就是不利害的意思。

着，嚷着。大家的眼把队长的影子送完以后，都默默地在那儿玩味刚才谈话。

"你们看到没有？大炮眼红得血浸！"

于是，一传十，十传百，这种风声登时就搅乱了整个的平定堡。

小孩们都忙着在自己家里擦枪，大人们都上望台去检查自家的"防御工事"。

只有"白家炮台"下的大街两侧，是堡内和堡外交易汇合的场所；堆集在那儿各色的人群，仍然在忙着他们的买卖。这时，炮台的影子已经横压过了大街，搭在对面的屋脊上；剧烈的阳光正射着钟楼，市场上的人们只要掉头一望，就很清楚地望着这时钟面上的长短针正排成直线，短针早已移过四点。时间逼得人们手忙脚乱，顾客们匆匆忙忙地穿去穿来，菜摊的侧边放大声浪地叫着，市面上正泛起最后的潮涌。

可是，今天进堡来办给养的教导团的特务长赵蛮子却还不慌不忙，他好像忘却了他的职务似，仍然同他带来的四个伙夫围坐在草棚的地下畅饮；臃肿的"风衣"①把小小的草棚塞满，土灶内喷出的草和粪的烟一股股地从草棚的四角冲出来；"风箱"在不停地抽吸，火声在阵阵地咆哮，玩皮的苍蝇堆集在人们的头顶上打回旋；但赵蛮子却失却了知觉似的睁睁地望着对面的钟楼出神。

"快了！伙计！"赵蛮子粗糙的脸皮上忽然堆起了笑纹，声音是低得来一出唇就消失在蝇群中去了。

大家都互相回答着一笑，一支手同时伸入自己的风衣内在腰间摸索，心境里越跳越快，面皮上更涨得发慌，几对睁睁的眼都射在街上搜索。

———————

① "风衣"，即军人穿的外衣。在塞外，虽夏日，朝晚亦须着风衣。

"你看！那不是小何！"拌伙夫的刘矮子用肩膀给赵蛮子一拐。

"他妈的；"赵蛮子噗哧一笑，"那个样儿！"

"啊，"刘矮子又是很惊诧低声地说，"团长也来了！伙计！准备着听响声吧！"

小何的一身穿得像毛狗似的，上下都是羊皮，肩上扛着一挑白菜向"白家炮台"踱过去；陈团长握着一幅招募旗，后面跟来了二十几个褴褛的"老百姓"，也向着"白家炮台"那面走，但一到草棚对面就停着了。

小何的白菜担子一直走草棚对面的当门，站岗的团丁扛着步枪在门首来回走着，望着前面的褴褛的一群，他也停着了站在那儿张望。

"老总！这是吗地方来的？"小何的菜担子一格，很胆怯地向着团丁。

团丁慢慢地回过头把他一望，"不知道！"

草棚的后身忽然转过了几个握着招募旗的军官，停在炮台门首望着钟楼。

"快要五点钟了，"一个高大个子的军官，双手擦在军衣底荷包内，回转头来望着一个满脸像蜂窝似的同伴说："王连长！我们回去了吧？"

莫有回答，大家都在张望。

"喂！老乡！"那位大个子军官向着站岗的团丁走过来，"这是什么地方？"

"白家炮台。"团丁的双脚立刻一并。

"啊，"团丁胸前的十字章在他们的眼中光灼灼地打闪："你是入了教的？"

"是的！"

"你这玩意儿拿来干吗的？"大个子笑着，伸出来摸那十字章。

团丁很局促地往后一退："这是不能轻易给人拿的！这是表示普救众生的意思。"

团丁的面皮上充满了红润的得色，围聚在当前的军官们却露着满脸的鄙屑的笑容："主说过的'打你的右脸你给左脸给他打！'现在我要打你，你愿意吗?"

"你打吧！"团丁更得意得眉色飞舞起来了。

大个子叹息着摆头，王连长又抢上前来："我问问你：主说过'如有人脱你的外衣你把里衣一块儿脱给他！'现在的脱给我吧！"

团丁只是站在那儿嘻嘻地笑，大个子面容上充满了感伤的色彩，回转头来向大家一望：

"这是没有法子的，这不是一朝一夕能够办到的！"接着就是脸色一沉，大家的眼彼此打了一个招呼。

"我现在要你的枪！"大个子的铁掌蓦然间落在团丁的面上，打得他的两眼火花乱进，手中的枪被王连长拦腰一腿就夺了过去；站在街门口的小何立刻把扁担一扔，一支手在衣包内掏出哨子来拼命地吹，另一支手在腰间抽出手枪来两步就跳上大门首；草棚内的那一群，像野兽似的奔过来；招募的那批羔羊般驯服的"老百姓"刹时疯狂了，包围着炮台大门一带散开；爆裂着震耳的巨响，消灭了市场上的各种嘈杂声；人的海中，猛然间袭来了天主都料不到的这一阵狂风暴雨冲散了人们的一切希翼，只顾往四下里乱窜；地面上布满了无数的杂物，一些担子和箩筐倒在大街上；草棚登时踏成平地，市场倾刻变成白坝；震耳的枪声爆着，尖棘棘的哨子叫着，人的呼号杂着犬的狂吠；一股怒潮向着炮台的大门冲进去。

"抢上炮台去呀！同志们！"涌进二门的大坝，王连长撕破喉管不住地乱嚷。"散开！"

一进二门的右侧小巷就是上炮台的孔道，哨楼上迎头还来了猛烈的射击。

地面上的尘土在一团团的跳舞，大坝里的人们在往四面的团房奔跑。

"冲上去呀！同志们！"贴在墙脚根的王连长撕破喉管叫着，当面的土墙立刻破他的枪托撞了个大窟窿，"上去掩护前进呀！上去呀！"

大个子由墙脚下跳上了靠墙的拴马桩上，散在四面的人们风快地集在墙沿下。"上去！上面只有三个人！上去呀！"

堆集在墙下的人们霎时间往墙上涌，人站在人的肩头上立时就高过了墙头；王连长的前面底大窟窿坍成了一个大缺坑，人们跟在王连长的后面爬了过去；大个子一翻身踪过土墙。

"缴枪呀！缴枪呀！不要送掉你们的狗命呀！"

刚经过了密杂的枪声，呼声接着又鼎满起来了。尘土飞扬起来掩着对方的动静，伏在墙内的土堆侧的王连长觉着台上没有射击，到使得他怀疑起了。

忽然间，一阵风带去了空间的尘土，除去了他们之间的烟幕，发现了对面炮台的后边沿上横扑着一个团丁，头上的血不住地向台下流。

王连长面前的土堆倏地一下钻进了一个炮弹，激起来的尘土扑了满面，他望着台上的团丁还有一个正伏在炮架下针对着他射击。

"好的！送你这兔崽子回老家！"

在尘土濛濛中望着台上的影子向前一扑，几支枪忽然堕落到台下。

人们一涌都向炮台的土梯上冲，没有震耳的枪声，只有机声，步声和呼声。

关上了炮台，"土台炮"下跪着了五个团丁，头不住地往下碰着，嘴在不住地叫着：

"主啊！主啊！……"

"去你娘的！"当前跪着的团丁应着王连长的枪声扑下，血在不住地涌，四肢在微微地战悚，口里冒出的唾沫杂着血泡仍然在挣扎着最后的抽噎。

王连长的"盒子炮"正响得起劲，后面忽然伸来了一支手往上挡，"倏"的一声一个炮弹向空间射去；带着怒睁睁的眼回转头来，原来是大个子。

"不要打了，他们并不犯死罪罢！"

"管他妈许多！"

王连长的手一劈，剩下的两个团丁霎时间又倒在地下挣扎。

奔上了炮台的小何掏出了哨子望着包围在大门外的"老百姓"乱吹，大家都带着欢欣的呼声登时集合着排在大门外的街上。

炮台上的人们忙着在死尸身上解弹带，大门外奔进来的徒手"老百姓"急忙忙地往身上缠。

教堂内忽然传来了紧急的号声，四下的锣声也跟着狂吼起来。

"同志们，"站在大门外的陈团长高举起他的手枪在空间一挥，"占领城楼去呀！咱们的外应已经来了！"

密集的枪声和"土台炮"的吼声传来了城门上紧急的消息，大门外的一群向着城门口奔去。

"陈团长！"站在炮台上的大个子狂吼起来了，"掩护着前进呀！人们都上屋顶了！"

大街两侧的枪弹密集着向街中打来，石子上钻出火花乱迸，泥土上打得沙砾飞扬。街当中的一群忽然向两旁散开，剩下来了已经完全失掉了活动力的战士们静静地躺在血泊中。

"团长！冲上去呀！"坐在街心的赵蛮子撑着枪在往上挣扎，猩红的血已经把风衣襟浸透刚要站起来又是一跤跌下去，"冲上……"头顶上倏然间血花飞溅，一翻身横躺下，最后的呼声也跟着消逝了。

紧贴着挤在街门边的陈团长向屋顶上望去只望着正在吐烟的枪口，连人影也莫有一个。

"他妈的，这不是地方！"

两面的弹着点跟人们也分到阶沿上。

"把风衣脱下退进炮台去呀！"

一个个的风衣都挂在枪尖上蹲着身向炮台奔回去。

刚要跑进炮台的大门，陈团长忽然一跤跌倒了，他感着大腿上软了下来，立刻就麻木了。

"团长挂采①了，赶快抬进去呀！"

警戒在大门侧的大个子和小何把陈团长拖进去：可是，团长的手不停地摇着，头不住地摆着：

"你们不要管我的呀！"团长好像生起气来了，"王连长呢？王连长！赶快把队伍集好去占领城楼呀！占领城楼呀！"

"占领城楼呀！外应已经到了！"大个子也跟着在下面叫王连长在炮台跑了下来。

"这是死地呀！赶紧冲上城楼呀！"团长的双手按着正在冒血的大腿拼命地叫。

于是笛子在二门内的大坝当中发出怪叫，人们都应声集合起来：

"我们在这儿不能再停留一刻了，假如城楼不占领我们都没有活命的！"王连长喘着气向着大家吼着，夕阳照在他的脸上每个麻子孔穴都涨得透红，"现在他们都上了屋顶，我们要准备着冲锋！"

恐怖渐渐地浸入了人们的心，沉默锁着了每个人的嘴，大家的眼饱和着感伤的情调互相望着，一种不可揣测的神秘的意想在人群中交流。刚才冲出去的情形，大家都是有目共视的，那样着的魔鬼

---

① "挂采"，军人忌说"带伤"，故言"挂采"。

般的枪颠针对着，纵然是一个小雀恐怕也难在街当中飞过去！这样的枪林弹雨之下要去冲，这不是明明去送命吗？冲到城楼去还有人存在吗？然而这是军令！这是革命的军纪！况且事情已经弄到这种地步，送命也得去，不冲出去也得送命，不去送命，也就是等死！

"同志们！"王连长的吼声在大家听起来是凄切的怨嘶，"咱们拼命就是这一下呀！要完成咱们的任务就在这一下呀！"

站在后排的刘矮子拉着小何的手紧紧地一捏，传达了无限的情意，"我早说，他们要是准备好了我们就完了！"

"只要外应得力还有希望。"这是小何的答话。

"外应早已到了城楼，咱们赶快冲出去呀！"

团长和带着留下来的两人把守炮台，王连长和大个子领着队密集在大门内等候冲锋。

口笛声忽然间忽剌剌地悲鸣起来，王连长一步踪出大门。

"冲过去呀！同志们！冲过去！"

人们弯着腰跟在后面奔跑，震耳的枪声，悲壮的吼声，响应着四面的锣声，闹成一片。

"杀呀！杀呀！同志们！"

炮弹打在土地下，激起了一团团的浓烟扑面；可是人们仍然不顾一切向前冲去！

"喂！连长！我的眼怎么看不见了？"王连长回过头望着小何的眼珠直往上翻，胸前的赤血不住地冒着，一翻身横躺在街沿边。

"冲过去呀！同志们！"王连长翻转身来把小何的枪拾起，在他的腰间把手溜弹取下，又抢步向前去奔跑。"冲过去就到城楼了！"

城外的炮声很清晰地刺入他们的耳鼓，给与了极大的兴奋：

"咱们的外应已经来了呀！冲过去！"

蓦然一下震天动地的巨响，从城楼上轰出去。

"他妈的！土台炮干上了！"

对面紧闭着的城门里，突起了两个土堆；掩护在土墙角的王连长紧紧地拖了大个子一下，"喂！伙计！那大概是机关枪吧？"于是，回转头来，"把手溜弹取出来，冲过去！"

手溜弹爆炸在平地，"轰！轰！"的巨响掩护了密集的枪声，激起的泥土和烟雾屏障了鲜红的夕阳。人声，枪声，乱成一片，机关枪却在这吼声震天的情势中偷偷地密密地接连不断地爆着，他好像很镇静似的在那里张着他的大口，等待着冲去的这一群送命鬼！

吼声渐渐地变成了呼叫和呻吟，烟雾和尘土也被一阵狂风带到不知什么地方的天国去了，金红的霞光反映在城楼上飘扬着三色旗，悠然地显示出胜利的光荣；大街上的血泊中静静地躺着这一群英勇的战士。有的还微微地颤动，有的还不住地呻吟。

队长徐大炮从城楼上跨下来，走到了死尸的当前。

"娘的！来送死！"

队长的血红的眼泛起火光，射到呻吟着的人们身上，"老子送你回天国去！"

"拍！拍！"又是几声巨响，消灭这一群的声息和活动。

团聚在跟前的团丁和老百姓有的在骂，有的在叫"主！"，有的在划十字。

三

平定堡的恶浪波动了附近的乡村，"老乡"们有的赶着牲口往县城里跑，有的带着家小往麦地里钻，所有的村庄只剩下灰色的土房，还有就是在屋顶上跑的狗，和土墙上跳的鸡；举目一望，渺无涯际的青青的草原，杂着微黄的一方方的油麦地，和彩色相参的鸦片花；没有人，也没有树，四方八面任你老远老远地望去，望着的只是乌云笼罩着的天边。

县城和平定堡相隔约莫有二十多里地的光景；名义上虽是县城，其实与平定堡比较起来只能算是小小的村落；包围在四周的矮矮的土墙，这就叫城墙。站在城的当心，四城的门洞就在目前；城内除了稀疏的土房，就是一片片的荒地；所有的房舍当然只有县公署堂皇了；——大门前有高高的牌坊，当中的屋顶完全是泥瓦盖成的，还有与众不同的，就是差不多每间屋内都有木制的窗户，和瓦砖砌成的炕；这样好的地方，现在没有大老爷，改成了总指挥部了。县公署的左侧，就是现在的总指挥部政治处。县公署的当门的空地，就是县城里最繁华的区域；在这儿会集着各色各样的地摊；尤其是最近几天，大家都觉得时局渐渐地平静了，地摊上的生意更有了起色；自从老总们开来以后从来没有见过的糖和酒，现在也出现在小摊上了。大家都说，就照这样下去，市面上是可望恢复的，再过些时，洋烟和白面都不难买到了。

可是，今天都非常冷落，地摊上除了几担萝卜，什么东西也买不出来了！听说平定堡昨天出了事，闹杆子，一切货物的来源都断绝了。有的说，不是闹杆子，就是城里的队伍去攻打平定堡；几天前，不是把大伯爷扣下了吗？并且，总指挥部的汽车昨晚上吼了一个通天亮！

为什么要扣大伯爷呢？政治处的标语说他是"大土豪"！但是大土豪就该被扣吗？老乡们都不明白这种理由？只有常常跑平定堡的掌柜们能够解释，说这简直是绑票！

现在又要打平定堡，今天早晨政治处又贴出了大批的标语，说平定堡是"帝国主义"！一般老乡们更弄得莫名其妙了！这也只有掌柜们才能够解释，因为平定堡富足，这简直是抢劫！

于是，城里的人们都担着心，恐怕攻破了平定堡，塞外的精华就没了！人们都在称恨，这样的杆子队伍越来越那样了！

然而，乡下的"庄稼老"却有没听到过"大土豪"和"帝国主义"这些怪名称，也没有掌柜们的解释；他们只知道堡里的神父和大伯爷的威风，他们只感着堡里的"老板"派来的收租的老爷们是如何地可怕；每天在堡里卖菜，只要时间一到，那些如狼似虎的团丁好像赶狗似的驱逐他们，这尤其使得他们气在心头；肚子里的气胀得最多的莫过于最近赶出堡来的大批的穷家小户，他们从堡里赶出来，就流落在附近的乡村，谁也不愿意照二爷的办法去种地，"这么多的荒地，这样贱的粮食，还不够纳租上税！杆子一来，什么也没了！"他们只有向着围聚在一团的人们述苦，他们只有指天划地的称恨！

只有老溜子却莫有意思恨二爷，他更不知道怪神父，他只想到他的短命鬼伤心，他只归罪于自己的苦命！

可是，一听说村上驻的队伍要去打平定堡，却又使得他高兴，平定堡赶走了老溜子，赶走了所有的穷人们，为什么要这样做呢？因为"大老官"们要往里搬，平定堡成了他们的天国！

"现在好了！天国还在平定堡吗？"

他向着他的瞎婆发牢骚，但一想到这样存心又太不厚道，各人有各人的命，这才心平气和了。

一些"庄稼老"却又不这样想，他们平常觉着住在那儿的老总们太好了，他们不但不打人，骂人，并且随时还要替他们下地去挖山药蛋，割麦子！他们做梦也想不到有这样好的老总们，他们就希望老总们在这儿永久驻下去！他们希望老总们能够攻进平定堡，像这样的老总们能够驻在平定堡，那还有什么说的呢？

然而，料不到，现在竟失败了！

于是老乡们垂着泪抬伤兵，老总们沉着脸往城里开。

听说堡里的三四十个内应不算，外面的伤亡至少有六七十！

几天以后，一片乌云渐渐地散开；——县城里医务处的伤兵们也完全运走，再也听不着那些呻吟和恶骂了；平定堡附近的尸体被收拾进了埋人坑，再也看不见有血迹了；大伯爷依还用汽车送了回去，仅换出了挂彩的陈团长！

政治处和军委负责人于是乎照例地检讨起来，他现在算是完全恍然大悟了！并且还能一条条地指出这事件失败的原因：

"这是由于忽略了对方的力量，这是由于布置太不周密，这是由于……"

一切的错误，把它们"自我批判"出来了。

于是，烟消云散，一百余人的牺牲，结论是："在革命的过程中，是不免有错误的；不过，我们有了一次的错误，更增加了一次的经验。"

然而，平定堡的三色旗仍然在城楼飘扬，老溜子的家小还是在村庄上流落，庄稼老也免不了常常往麦地里钻，堡外驻防的教导的老总们却半个也不见了！

一九三三，一一，一七日，脱稿于北平香山下

选自 1934 年《文史》第 2 期

风平浪静（存目）

胡兰畦

| 作者简介 |　　胡兰畦（1901—1994），四川成都人，现代女作家、革命家。代表作品有《熟人》《在德国女牢中》《淞沪火线上》《大战东林寺》《胡兰畦回忆录》等。

熟　人

前　言

这篇文章是纪念我的发蒙老师曹师母而作的，也许有人会以为是纪念发蒙老师，但这不完全是我的意思，我的意思是着重在曹师母，是着重在曹师母的人格，伟大的人格！

一

我和曹师母离别了二十年，离别的时候，曹师母已经在油房沟刘子冲先生的家庙出了家，二十年来我和她没有通过消息，每每在烦闷的时候，便想着她的奋斗精神。每每想和她通信，告诉她一些省外国外的事情，又苦于油房沟的地址不清。也曾经托人问过她的行踪，有人说曹师母穿着和尚衣到成都来过，又有人说她云游去了！究竟曹师母在哪儿？我始终是悬念着。

这次我在彭山，彭山出了一件惊人事情，两个小学生杀死了一个牧羊的老妇人，这事轰动了全城，无论哪处都在谈论着一件事，那天是任老夫人请我和丁校长吃饭，席间，有一个老太太又谈起了这件杀人的事情，她说："你说这世道怎得了呵，十来岁的小学生可以杀人，而且一个孩子还是刘子冲老师的儿子，刘老师是讲道讲经的善人，又怎么会有这样的孩子呢？天地间的事情，叫人怎样猜得透呵？"

她的话引起了我另外的注意，这杀人的事，我已经毫无兴趣听了，我立刻问她："刘子冲先生有家庙吗？"

"有，不是庙，原先是茅棚，后来修的佛堂。"

"是不是在油房沟？"

"是，是在油房沟。"

"你去过没有？"

"怎么没有？常常去的。"她说，"这去只有七八里路。"

"那么，那儿有个女老师，曹冰如在那儿出家，你知道吗？"我带着异常的希望，等待她的答复。

"不晓得。"

"她是一个女教员，画得很好，你不晓得么？"

"问得到的，你到佛堂去就问得到。"

这时，我的心已经飞到油房沟的佛堂去了，曹师母的朴实的形容，已出现在我的眼前。曹师母曾经说过，油房沟的风景很幽美，她常常在山中打柴，也常常在山中采药。我这时又觉得穿着和尚衣的曹师母很健壮地带着微笑在那山林中伐木，仿佛我的耳中，已有那丁丁的声响。

二

我要见曹师母的心，好像烈火一般的燃烧着，我用尽一切的方法去探明路径，为了我正在病中，承县长夫人的帮助，托了当地的保长先生去探问刘家佛堂，然而对于这出家的女教员总是没有下落，于是我决定自己亲去探访，我再也不能顾到我的病体。丁秀君随着我从彭山县出城，渡过了大河，我们沿着河岸逆江而上。暖和的太阳，从天的东方移到天的中央，日光射到河岸的沙滩上，把粒粒的河沙显得金光灼灼地，灿烂夺目。小船儿顺着像射箭一样地流下去，河对岸的甘蔗林，密密茸茸地顺着微风在那儿摇漾起无穷的碧浪，它好像要和河里的绿波争美一样。我和丁秀君踏着灿烂的沙粒，沿着山麓，简直像在图画中行走。虽然我已经走得满背是汗，但并不觉得辛苦，秀君怕我伤风，她把干的手绢贴在我的背上吸汗，她一路上摘了很多野花，旋摘旋去，我们沿途谈笑着翻了几个短坡，便到了江口。油房沟相当出名，一问便得。可是走到那进沟的窄巷子前，就有个妇人问我们说："你们上哪儿去？"

"我们要到刘家佛堂去。"我说，"请问你，是由此进去吗？"

"是到是走这儿进去，可是他们家里的人都走完了！"她的态度冷极了。

"我们是来访问一个女和尚。"我说，"我们于他家的官事并无关系。"

"真的，他家的人都走完了。"她说，"你们要问和尚吗，他们三小姐在里头。"说着，她指了我们的进路。

从窄巷子进去，走过几丛竹树，路便宽朗一些，走不多远，又是一条上下分着的岔路，往上看是郁郁的松柏，往下看是葱葱的竹林。然而，佛堂呢？往上走，或是往下行？我看着秀君笑了，她心中一定在想："你何苦呢？！"可是我也向她笑着，我说："有趣有趣！"秀君说："我看你在表演三顾茅庐呵！"正说笑着，忽然我看见远远的斜坡上有一个老妇人在那儿摘野菜，我高兴极了，赶忙跑过去。我说："老太婆，请问你刘家的佛堂走哪条路去呢？"

……她望望我，一字不答，照旧摘她的野菜。

"难道她是聋的？"我想，"也许她没有听清楚。"那么我就大声地问她："请问你刘家佛堂是往上走呢，或者往下走？"

……她很不高兴地又望望我和秀君，掉转脸去还是摘她的野菜。

"她一定是聋子。"我这样想，失望地看了秀君一眼。

"喂，老太婆！"秀君的声音比我的更响亮，"我们是到刘家佛堂来会人的，请你告诉我们，佛堂往哪条路去？"

"没有人在家，都走完了。"她恶狠狠地这样说。"你们啥事呵？""不是什么事，我们来看三小姐的。"秀君这样说了，老太婆的手往上一指，我们才得走上正路。可是走了很远，还没有看见佛堂。倒是向下边的一条路，树林深处，可以看见一些茅屋。我想："莫非这老太婆又弄了鬼吗？"我的脚已经走不起劲了。好容易从山湾里转出来一个打柴的小孩来。秀君赶忙就叫："小朋友，小朋友，佛堂是走这儿去么？""是，上去不远就到了。"今天再没有像这小孩这样爽快的了。我连连地说："多谢你！多谢你！"竹林外的石级上，小黑狗已经向我们猾猾地大叫，我们还是大方地向前走。狗从竹篱缝中攒进竹林中去狂吠。我抬头看见这竹林已是十分荒凉，枯干的柿树缠藤萝，凋残了的几个柿子还鲜红地还垂在枝，似乎没有人管它的样子。我们沿着竹篱，登上石级，一直绕到这竹园的正门。那儿有一座石灰刷的少砖的门墙，横额上写着"死关"两个大字，两傍的对联上联是："人生自古皆有死，"下联是："老子从此不出关。"一进门去的小天井横通后面的竹园，正面是一排枹坏了的楼房，房子内面堆着磨子、破床、草席子、烂谷草还有一些烂板凳，竹椅子连灰带土好像空洞洞地堆了三间房子。当我们扬声地问有人么的时候，小黑狗随着一个十七八岁的少女叫起出来了。这少女虽然只穿着蓝布的旗袍，而她那如花的脸色，明郎的眼睛，整齐的牙齿，瘦长的身段，一望而知她是刘家的三小姐了。她走出来以非常柔和的声音向我们问：

"找什么人？"

"请问你，有个曹冰如先生是不是在这里？"秀君问她。

"曹冰如，有的，你们问她做什么？"

"她是我的先生，我们特别来看望她。"我说。

"呵！她也是我的先生。"她说，"你们请进来吧！"她引导我们走进屋去，屋内还是很零乱，凳子上也有很厚的灰尘。少女很热情地招待我们坐，我却急于要知道曹师母的情形。我赶忙说："您不要客气，请您告诉我，她现在哪儿？"

"她！"少女睁大了眼睛，她说，"已经死了，我算算，她都死了六年了！"

"呵！她死了！"我并不十分惊异，我早料到她是死了，可是这时我是惊异的，因为这几天我的心情中，都以为她是在佛堂里。我说："那么，她死在什么地方呢？她是甚么病死的呢？"

"她死在富顺，有个宣家请她去教小孩的书，到那里她的吐血病就发了，宣家就不管她，她气得不得了，才到富顺宋家去，没多久，就死在宋家了。"

"那么，宋家对她好不好呢？"

"宋家还好，宣家太不对了，不是她还不得死，宋家的也是念佛的，是她的朋友。"

"是的！"我木然地想着这一件事。我听见秀君问她："你是刘小姐么？"

"是的，刘子冲是我的爸爸，曹冰如在这里，爸爸叫她教我们的书。她真好，来的时候，我还很小，我的姐姐都还是奶妈带着地。我们妈妈指着她向姐姐说：'这是谁？'姐姐还分不清，她就说'熟人！'所以我也叫她熟人，这里的人都叫她熟人，说曹冰如没有人晓得，说熟人大家都知道。"

"她在这里住了很多年么？那她住的屋子还在吧？"我说："你可以带我们去看看吧？"

"可以。"刘小姐带着我们穿过她家的楼房转到一座大书着"望乡台"的楼阁前面。

"这是经楼。"她说着便引我们上了台阶，她指着楼阁下面对着小天井的那三堵墙壁头的小屋告诉我们："这就是熟人的房间。"我看那内面铺满着灰尘的一间架子床和一张方桌，我已经想到她那简陋的生活情状了。我问刘小姐："她还常画画吗？她离开你们府上们前以的情形怎样？"

"她画，她常常都画。她有时叫我摸她的身上，她说她的肉都起青刚皮子了。真的，多粗的。"

"那么，她吃过药么？"我说，"她那坚苦的生活，廿年的长斋，没有营养的肉体，又哪能不长成青刚皮呢！"

"她常常摘佛堂前面那些松柏树叶子泡水吃，如果她吐血的时候，就更吃得多。"她说，"你们看看我们后面的山上么？"

"好吧！"我想凡是曹师母去过的地方，我都去看一看。

刘三小姐带着我们走上佛堂的后山，山上的茶花正开放出极鲜艳的颜色，一株高大的硃砂梅，虽还没有开花，而一股腊梅的幽香，已从山的另一角落把我们浸润着了。山坡侧面有一个大岩穴，据邓少琴先生的考察，这确是汉代的岩墓，绝不是一般所呼的蛮子洞，从穴中建筑的事物看来，更证明四川在汉时代的文明，我们更不能把四川当成蛮夷之邦来看待了！

绕过山腰的羊肠小道，便是曹师母苦修的茅蓬。门前的树木，虽然还欣欣向荣，花草则已凋零不堪，茅蓬是几间草房，门前还有刘先生亲笔书写的"三间东倒西歪屋，一副山环水抱图"。在这蔓草荒烟的茅屋前面，果然我们可以望见江口的河滩被那悠悠的流水温柔地抚熨着。刘小姐顺手指着山坡上的扁柏告诉我："熟人病时，就是用这树上的叶子泡水喝。"我望着这翠绿的柏叶，我更敬仰那坚忍卓绝的曹师母！

三

曹师母生着一副清奇的脸孔和薄张的嘴唇，冷静地配在那瘦削的脸上，她的父亲是个泥工中的揽头子，一个矮小的忠厚的工人，她的母亲老早便死了。因此她的父亲更是非常痛爱她，每天下工回来，总要带点饮食给她，夜里便带着他的女儿上茶馆听评书，什么七侠五义、列国、三国、前汉、后汉、征东、征西，还有什么西游、聊斋、孟丽君、左维明各种各色的书籍，都给她听熟了。这时她的心中最梦想的便是剑仙侠客，其次便想读些诗书，虽然不及孟丽君，也要知书识礼。小姑娘既然有了这样的心思，那天便趁着他父亲做工去了的时候，她自己做了饭吃，便把房门锁着，走到一位教书的邻居伯伯家中去，要求邻居伯伯教她认几个字读几句书。邻居伯伯看她是个无母的孤女，很诚恳地要求读书，很是同情她，便开始教她认字，不久便教她读书，由于她对诗书的兴趣，她读了一年，便能自己看小说了。字越认得多，她读得越起劲。读了两年，她便能够把她那些小说恍惚地翻看一遍。邻居伯伯非常高兴，便借给她一部《康熙字典》，教会她考察生字，小姑娘全副的精神，都寄托在书本之中。她父亲觉得小姑娘一天天地更长大了，他便留心给她看个人家，人家也是觉得小姑娘在长大了，应该说个婆家，然而，小姑娘对于出嫁的事，没有多大兴趣，她觉得她陪着父亲生活是最快乐的。为了这件事情，她得罪了来做媒的邻居妈妈，而且还被她的父亲教训了一回。小姑娘不嫁人，已经成了一个问题，而且小姑娘应该嫁一个怎样的人，商人呢？工人呢？还是读书人呢？这就更成了大问题了。

无论小姑娘怎样不愿，但她的婚事确实成了邻居姑娘和邻居奶奶们的严重问题，她们都来给她出主意。张家奶奶最有经验，她说："我们宁可嫁给做官的当姨太太，不愿嫁给普通人做正妻，因为正妻做摆设的，受苦的，尤其是做官人顶喜欢姨太太，其名虽是姨太太，要吃有吃，要穿有穿，要耍有耍，其实她的势力比官还大。无论士农工商，凡是百姓都怕官人，但是官一定怕他的姨太太，无论士农工商，凡是百姓都要服官管，但是官，一定服他的姨太太管，官管百姓，还得有理讲，百姓才服，姨太太管她的老爷，简直不要讲理，她的老爷就要五体投地。所以当姨太太是顶合算的……"陈家大姐姐觉得张奶奶的话很对，她很表同情，但是，赵家妈妈她很反对这种意思，她说："年轻姑娘的婚姻，应该很郑重地选择相称的配偶，能够相敬相爱的白头到老，才是幸福，越攀得高越跌得重，姨太太这条路，简直是悲哀，绝对走不得！"婆婆奶奶们为了这事，围做一团，争论得下不了台，小姑娘自己，简直不发表意见。她想："嗯！这些人真怪！"

赵家妈妈，争起气了，一直跑去找曹大爷，她说她顶反对把小姑娘拿去嫁官宦人家，绝对反对嫁给人做小。曹大爷是顶明白的人，他又哪能把他顶爱的女儿随便处置呢？他心中老早就看中了一个背背子的小李，当小李的父母在的时候，小李是一个顶孝顺的儿子，品貌好，性情好，志向也好，他的父母死了他就凭着他的气力给人家背家具，他不借别人的钱，也不欠哪家店铺的债。因为这样，曹大师特别重视他，当着大家为了小姑娘的婚姻起了争执的时候，那夜里曹大爷卖了一些熟菜，称了半斤花生，打了两斤老酒，父女俩在家中宵夜，他便把他对于女儿婚事的意见说了一番，他说，"大姑娘，你已经十七八岁了，男大当婚，女大当嫁，这是古人的名训，亲朋好友，大家都很关心你的婚姻，作媒人的，也有好几个，我觉得都不如意，我想，我是做手艺的人，凭着自己的能力吃饭，我们不刮人家一个半个，不欠人家一千八百，自食其力，问心无愧。所以我也不愿把你放给富豪之家去享福，更不贪图那种荣华富贵，我想……"曹大爷说到这里，打了一个吞，小姑娘一边剥着花生，脸上不觉起了一层红云，她埋着头静静地听他父亲说话。曹大爷把碗内的老酒端起来大大地喝了一口，叹了一声长气。他又说，"如果你的娘在，这件事就用不着我这样忧心了，可惜你的娘死早了！……"曹大爷的声气有点哽咽地，他又停顿了一会，喝了一大口酒，蜡烛的光闪闪地，小姑娘的眼圈儿也红了，她想着她的妈妈不死的话，这家中怎么会这样冷湫湫地……曹大爷看见女儿这样，他又怕他女儿伤心，他又提着他的话来："我想，你的婚事，我还是要放给手艺中人，有人来给我说小李，他虽是背背子，但人年轻有发变，性情至孝，能以气力挣钱来安葬父母，这种人就是难能可贵的，不知道你愿不愿意？"小姑娘听了半天心里村度了一会，她把碗内的酒喝了一半，好像肚子壮胆一样，把父亲看了一眼，她说："大爷的话很对，自食其力的人是顶高尚的，婚姻的事，凭大爷作主好了，我没有意见。"

四

不管邻居奶奶们怎样议论，怎样争执，曹大爷力排万难，硬把女儿放给小李做妻子，他们凭着媒人，六福齐备地订了婚，不久，小李择了一个好日子，那天太阳出得笑呵呵地，铜号吹得喇喇唰唰地！小姑娘坐了花花大轿，便嫁到李家来了，人家都叫小姑娘为李家嫂嫂。虽然小姑娘成为李家嫂嫂，她还是和在娘家一样地看书、写字，她不十分会管家务，小李也不责难她，她也不像那些姨太太管老爷那样管小李，他们很平等，很和气，没有那些虚礼貌，但互相关切，没有那些假殷情，但他们互相敬重，自然，小李靠背很重的物事谋生，在别人看去觉得很难，可是在他们并不觉得，挣钱多的时候，吃好一些，挣钱少的时候，吃淡泊一点，完全自由自在地无拘无束，他们的日子过得很快乐。有时候李家嫂嫂看书看得倦了，把书一抛，身子往床上一躺，很满意地一笑，她想："幸得好没有嫁给做官的人当姨太太！"

李家嫂嫂和小李过了两年的幸福日子，他们没有小孩，但也没有觉得必要。这天已是腊月十五，天上飞着雪花，小李在乡下折了一枝红梅给他的妻子带回家来，李家嫂嫂接来插在瓶中，她对着花顺口念了一声，"梅虽逊雪三分白，雪却输梅一缕香！"小李看着他的妻子这样地吟咏，他心中也很感动，于是带着算笠提起酒壶在街上去打了老酒，割了牛肉，端了豆腐回来，李嫂嫂把豆腐烧在小炉上面，小李说："照着罢！天气这样冷，我去把大爷接过来喝几杯酒。"

曹大爷手里那了一只卤鸡腿和小李走进屋来，李嫂嫂接过去切在碗内，他们三人快乐的喝酒谈天，他们不管门外的风雪，他们不管路上的行人，他们也不管瓶内梅花的幽香。

腊月十六的晨早，小李披衣起来，开门一看，天空中纷纷地飘着雨雪，路上滑淋淋地，行人们都是打着伞穿着钉鞋忙忙碌碌地赶办年事，可是小李今天还答了替人家搬家具，他拿好了绳子、垫枕，相他的妻子打了一声照拂，便带着门走了。他走到人家，将要搬的东西紧成一背，他恃着他的经验和气力，在一张立柜背面上捆了一张床，床背面上捆了四张板凳，立柜顶上捆了四张椅子，巍巍峨峨，好像一座小山，准备好了，他嚇地一声便背了起来，在他走着的时候，人们看不到他的脸，只能看见他的一双脚干在地下移动，因为他的上肢完全被那一大背家具压住了，可是，当他把背子靠在一个地方伸起腰干来憩气的时候，人们可以看见他的脸色是如何地鲜红，头上直是冒着热气，汗水沿着面颊流成了一条线，他这样的生活，人们都替他辛苦，但是，他已经习惯了，并不觉得困难。

珠宝街与头福街拐角的地方，街道很窄，一边是间茶馆，一边是张猪肉架子，腊月十六，正是倒押的日期，算是一年间末了的一个押记日子，人们都围着猪肉架子割肉，人也在挤，狗也在钻，真是弄不清楚，人又踩着狗的脚，狗又含了骨头，简直闹做一团，这儿的人还没有闹清，那边的狗又拉走了猪肉，刀儿匠发起气来，抓着一根棍子，照着狗身上拼命地就是几棍，狗狼狈地闯出了重围，疯狂般地往街心乱奔，碰巧，小李背着笨重的家具，将将走到这个拐角地方，正碰着，滑淋淋的泥路，脚一溜被那笨重的家具把他压榨在地面上了。

"啊哟！不得了了啦！"有人这样叫。

"拉起来嘛！"也有人这样说，老太婆只是念阿陀弥佛，女人家连连喊观音菩萨，人们七言八语地议论纷纷，就没有一个人走上前去动手解救，更没有人追根地研究一下，"众人都在赶着过年，他为什么还要这样辛苦？"

过了很久，还是小李的同行们把他解救起来，他的鼻子口头都是血，扶到居边来躺着时，他的脸色就苍百了，眼睛也定着了，有人说，"可怜！"也有人说，"运气不好！"但还是没有人问："为什么他要做这样重的工作？"

五

小李死了，李家嫂嫂带着比下雪还冷的悲哀心情，但是，她表现不出来，她木鸡似地出神，她更不会像一般成都女人一样，"夫呀"，"哥呀"地喊叫着哭，她觉得那样喊着哭很羞人。邻居老太婆好心地来教她，她说："我才不好意思哭给人家来听呵！"她这样的态度又引起傍人的疑虑了，有人说："她怎么会心愿这个背子！小李死了还好些，她这样年轻，又是读过书的，肚子里有字墨，凭着她的这点，就可以嫁做官人！"又有人以为是嫁做官人不好，做官人的礼节大得很，还不如嫁一个平民百姓，落得自由，一群婆婆妈妈在傍边咭咭哝哝地发议论，都以为李家嫂嫂操守不住，甚至已经有人要替她媒了，好在嫁二嫁这件事，在士大夫阶层的家庭中，才认为是一件严重事体，在一般平民，到是不以为奇，也不遭人轻视，就是说，中国旧社会里，妇女的地位，在平民中还不算是绝对的不平等，她们同男子可以同起同生，同行同走，一样地做生意坐柜台，进菜馆，上酒店，丈夫死了再嫁一次，都是很平常的事情。在平民中，男女的地位，可以说是平等，所以李家嫂嫂要是再嫁的话，那时绝无问题的，可是，她不愿意再嫁。

曹大爷顶着担子把丧事办完了，对于女儿的终身，更是关心得很，他想："这样年轻的人，孀居实是不容易的。"

可是，无论邻居们和曹大爷怎样地解说，始终没有得着李家嫂嫂的同意，她总是一句话："再嫁做什么？我就在家里服侍大爷。"她常常想到，自己的父亲辛苦了一生，又没有儿子，所以她就一心一意侍奉她的父亲过老，她很好的消遣，就是看书，很羡慕花木兰，替父从事，她冥想到天子坐明堂，论功行赏的时候，而木兰不愿做官，立刻想飞到父母面前去的情形。她便微笑着满意地吟诵：

"木兰不愿尚书郎，愿得千里驹，送儿还故乡！"她很羡慕纯阳老祖吕洞宾，她想历万劫而飞升的痛快，神仙的飘渺，英雄的壮烈，密密层层地把她的脑海胧着了。那些人说的一些什么，她好像没有听见一样。她自己心中很为得意，她想："不管你们怎样，我心就有玉那样洁，冰那样坚。"她高兴极了，拿起笔来，在书本子上写了曹蕴玉，冰如，几个字。她自己翻来覆去地念了几遍，觉得很顺口，于是她便把蕴玉拿来做名，冰如二字为号，如果还有人叫她李家嫂嫂，她便说："请你叫我曹冰如！"

曹冰如三字在珠宝街上真是响当当地，现在再没人劝她嫁人了，虽然也还有人轻视她，以为她是一个泥水工人的女儿，背背子的妻子，但她那样坚贞纯孝的热忱，已经感动了一班人的良心，大部分的邻居都信服她了。因此，曹冰如三字，不但在珠宝街上是响当当地，而且一直响到我的家里。

庭院里的红梅开得异常鲜艳，茶花开得更红，室内花瓶中，插着碧绿的松枝，条盆中的水仙一剪一剪地开得亭亭玉立，堂屋中的桌椅，全铺上了大红的披垫，恰正是新年时节。这天我母亲正在请春酒，客厅里有一桌席的首座上，坐着一位端庄素服的年轻女客，她之所以坐在首席上，已经不是简单的了。她的一举一动，被全体女客们，老妈子，小姑娘们注意着，有的在窃窃私议："她哪像一个泥工的女儿！"有的是羡慕极了地说："你看她多么大方呵！"我家的赤莲大姐偷偷地指着那年轻的女客对准着正在折花的我们，威骇地说："明天就把你们送去穿鼻子！那就是曹师母。"仿佛这些话都给她听着了，很拘泥地透出了一点得意的笑容，对于这些人的这些话，她并不生气，似乎很了解一样，她了解人们在赞扬她。

曹师母在当时被这些女客注意的原因，很简单，就是因为，她能够教书，她可以不受家庭的压制，她的生活情调，和一般家庭妇女，大大不同，她已经成了女客景仰的神仙了。

的确，自从我在曹师母那儿读书，看见她的生活真像神仙一样的自由，我最羡慕她那桌子上的竹片子。当学生们都疲倦着打瞌睡，或者大家偷着摆龙门阵的时候，师母就把那竹片子用力地桌上一打，拍地一声，马上大家一齐都读起书来，立刻，满耳朵里都听见：女儿经，人之初，孟子见梁惠王，学而时习之，在河之洲……各种各样不同的字句，只要师母的精神稍微松懈一点，大家又平静下来。但，我喜欢拍一下之后的那种紧张忙乱的情形，很想自己能这样拍一下也好。我觉得这很权威，我真羡慕她桌上的竹片子。

彭玉贞顶喜欢跟着师母在学堂门口一块土上栽花，那一块土虽然小，她的水红色的棋盘花，只要让春风招展一下，她就会给对角的洋蚨蝶点头，那洋蚨蝶也像要飞向她去，蓖麻子的叶子好像芭蕉扇一样遮着太阳，还有那茧壳花，折下来放一年它都不会萎谢，所有的花，都是师母在青羊宫的花会上和在城隍庙赶会买的，彭玉贞爱栽花，我看还是想去赶会的原因，要没有曹师母带着，姑娘们没有谁敢去赶花会的，说到花会，成都的太太，少奶奶，小姐，姑娘们没一个不是憬然神往，因为四川劝业道周道台想了一个新花头，他命令各州府县，把他们道地的特产的出品，都搬到成都来赛会，比如江安的竹器，灌县的石器，劝工局的绣花，顺庆的丝绸，甚至于温江酱油保宁醋，汉州兔子嘉定鸡……鸟兽竹木人物花卉，应有尽有，无奇不有，然而大多，少奶奶，小姐，姑娘们，很少很少得有去看的机会的，这就是当然的妇女要守的规矩，但是曹师母她能够去赶会并且没有人指责她，这确也是一些妇女羡慕她的道理。说起周道台，人家很讨厌，因为他生过癫痫，却叫他周秃子，他在四川，办了很多有趣的事情，简直是从前听都不曾听过的，什么新街啰，东洋车啰，劝工局啰，自来水啰，还有清户口的警察，娼妓挂牌子上捐税，乞丐要抓进工厂，后来还修了一座大大的劝业场，人们把它传说得像阿房宫一样地，都拥进去观看，这些稀奇古怪的新东西，人们给他拢统取了一个总名字叫"娼，场，厂，察"但这名字只能传说给妇女们听，并不能让她们去看，哪怕她们想看的心都已跳得出来，怎奈丈夫的权威，父兄的家教，在在都是缚住了她们的手足。但，曹师母是例外，什么新花头，她都一定要去看过。她对于一切新东西，比一般妇女们还有兴趣，她不但对新东西有趣，而且还在娱乐上用功，每天放了学的时候，大学生（我还是小学生）周淑贞、潘玉贞……她们是不走的，她们要等我们这班小鬼走了之后，她们才向师母学吹笛子。有时我们小学生们读书读得正起劲的时候，她们大学生却在念："一四合四四，上四合，四合上……"这一来又害得小学生们望着她们出神。末了，还是师母的竹片子在桌上一拍，才能把小学生的魂招回到书本上来。

师母会吹笛子，还会下棋，而且还有一个老叟常来教她画画。她的图画进步得快极了。大学生们又跟她学起画来，周淑贞的荷花画得还像，潘玉贞的麻雀老是画得不成东西，教画的老叟每次来都要喝几杯酒，老叟一去，师母便大喝起来，我们很希望她喝得沉沉大醉，那我们的背诵就可以赖混过去，而且常常还可以看她表演醉打，师母爱喝酒，每喝必醉，每醉必尽兴大闹，大哭，大唱，唱的都是些悲歌慷慨之词，她似乎有满腹牢骚，但是她说不出所以然！

有一天她喝得大醉特醉地，她的脸色青得怕人，她没有哭，也没有闹，她打起精神来给我们讲故事，她说："好好听着！现在的事，正是天天在变呵。"说时，她的胸部一起一伏地在打噎，大学生忙忙地跑过去搀扶她，她们怕师母吐出来。事实并不像她们的想像，师母把那口气噎下去了，她摇幌地把她们推开。"听到！"她大声地这样说，"前些年那些洋人来开设天主堂，照像馆……还有很多花头，大家都说照像会把人们的魂魄摄进去，中国人都死了，他们好来。天主堂的修道士，个个都是用雪白的头巾把脑袋包紮着，除了鼻子眼睛以外，连他们的脸是怎样生起的，人们都看不见。那谁还看得见他们的心呢？所以他们那种表现上的洁白，并不能包藏尽他们那一副乌黑的心肠……"师母的声音，由慷慨激昂而渐渐地模糊了。直到她謅出："风萧萧兮易水寒，壮……士……一去……兮……"她的眼睛已经闭着，头也搭在大学生周淑贞的手腕上了。十几个学生把她抬到床上去的时候，她的口内又在念："太白斗酒诗百篇，"甚而至于"对酒当歌，人生几何"，一类的诗句，曹师母确是风雅的潇洒的而且还是奋斗的。她所说的"天天在变"的话，自然没有人留心，只要把耳朵一听，眼睛一看，的的确确是天天在变，东大街的洋货铺子越开越多，郑大裕，马裕隆的铺子内，陈设得堂哉皇哉热闹极了，养狗的要带牌子，住家户门口要钉号数，门牌，妇女们要放脚，而且皇太后的旨诏，开了女学堂，让妇女们去读书。这些都是从前没有听过的，现在都看到了。这不是变是什么？但是，不变的社会力量，还是大得骇人，就是没有人留心用眼睛去看罢了。

师母的芳邻谭太太的女儿谭姑娘，长得明眸皓齿，一头漆黑的头发，梳起了高高的髻子，带着笑脸，活像画上的美人，师母常常开了后面的小门，到她家去谈天，有时叫我们在她家去背诵，我们都喜欢在谭姑娘手上背书，就是错了，她也不会骂我们，她很温柔地轻轻给我们提字。要是师母发脾气的时候，我们就盼望她赶快过来，要是师母喝醉了酒，她就走过来服侍她，谭姑娘真是温柔，美貌，可爱！

不知什么时候，谭太太把她的女儿许配一个姓王的很快地便出了嫁，出嫁的头天，还给她的母亲料理了许多事，回门来的时候，她平常的笑容，已经从她那俊俏的脸上消失了，那明亮的眼睛一霎地轮转着好像深深在思索，她为了什么？我不明白，师母和她谈的什么？我们听不到。只见师母的脸上，现出愤怒的神情，谭姑娘的眼泪像珠子一样,一颗一颗地掉下来!她头上戴着花冠,身上穿着漂亮的衣服,配上她那美貌的面孔,为什么要哭呢?我想不出道理来!

　　过了不久的几天,学堂门口放下一乘轿子,有个轿夫在外面呐喊,师母出去一看,才知谭姑娘被绑在轿子送回来了,她的面色青得骇人,眼睛放出凶光,她已经疯了。同学们惊做了一团,谭太太慌张地后面小门跑过来就呜呜咽咽地哭起来。原来那个姓王的在他订婚之后,曾经偷偷地跑到学堂附近来侦探,谁知他恰恰听见曹师母吹笛子,又听着那些大学生说话,谈笑,他便怀疑是谭姑娘学吹笛子,即到他看见谭姑娘那样美貌动人,他更是不放心,因此他对谭姑娘说了许多刻薄话,做了很多难看的脸,用了各种各样的拷问方法,一定要逼着她说出她的情人是谁,总之,一句话,她那姓王的男人百般地虐待她,当我们听她尖起声音唱那"无情郎请过来奴家给你算一算零碎账"的声音,真正凄惨得很!

　　谭姑娘是疯了,谭太太只知道哭,师母气极了,要去找姓王的说理,可是谭太太又拼死命地把她拉着,真气得师母高声大气地呻吟,一种险恶的沉寂,统制着这间学堂屋子。

　　谭姑娘疯了,她的母亲用铁链子把她锁在床头上,任她嬉笑怒骂,号哭歌唱,在社会上并引不起一点波澜。师母想了很多方法,要去质问姓王的。但是,没有人做她的后盾,只因为那时候的女子,受同样委曲的,正不知有多少,一个曹师母,又哪有这样的魄力?何况谭太太把一切都归到谭姑娘的命不好和前世的冤孽上面,再三地拉着劝着她,不让她去质问姓王的,然而这闷气真要把曹师母气炸了,她想:太不平了,太不平了,管它是命也好,冤孽也好,这世界最好是沉沦吧!

　　曹师母不高兴的事情,不断地袭击着她,谭姑娘的病还无起色,却给她那不中用的母亲让那姓王的带回泸州去了,自然也没有人知道她的下落，而她的母亲倒是一本正经地认为是她的处置甚为适当。

另一方面，师母的父亲，又取了一个四十岁的寡妇，带了一个十三岁的女儿到家里来，于是她亲爱的父亲，一变而成为人家的继父，而她的这位继母，又不是一个坦白的人，凡事都是成竹在胸，渐渐地使得她不安起来，父亲对她，也像不如从前的自然，她一天沉闷极了，好像非找出一件什么东西，才能解决一样。但是她总搜寻不出来，桌子上的篾片子就不免老是打的"拍！拍拍！"地震耳朵。一天连那几个大学生都像很难安慰她一样，有时候她说得她的脸上发红，过后她又似乎很难过，于是她就埋头作画了，她画出去来，总把朱籐画不好，却又给她加了一种新障碍，不过，这到不错，因而把她心思牵到了困难的图画上面去了，她老是画画，学生们就老是不读书，她偶然想起了，又把桌上的篾片子打几下，于是乎满堂里读书的声音又响起来。

有一天鸡叫的时分，外面刚刚打五更，她在睡梦中听着一个老者告诉她，说是朱籐的大梗要横起画，她睁开眼睛一想，这定是神人的指点，她立即翻身起来，匆匆下床，跑到桌边抓到纸笔，只听得刷刷刷几声，就画成一幅生动有力的籐梗，她忙忙地点上几朵籐花，立起一看，"哈哈！成功了！"她想："这真有神呵！"

这像正是冬天，我记得去上学的时候，遇着几个同学，我们在路上从口里吹气出来看烟子，一进学堂就看见满墙壁上钉了十几张朱籐，曹师母背着手在那儿观赏，看她的样子，好像甚为得意，于是我们就大踏步走进去勇敢地叫一声："师母！"急忙向她作一个揖以表示礼貌，她既未梳头，也未洗脸，也没有看我们，只是从鼻腔里应了一声："唔！"于是我们大家也非常得意地做了一次鬼脸。

曹师母的朱籐画好了，高兴了几天，可是她家里的事越来越复杂，父亲好像被新来的寡妇后娘包围去了，简直和她非常疏远，这确使她非常难受。不晓是有人告诉她或是有梦中有神指点,她决心去进老玉沙街那个美术女学堂,那学堂内办事人和教员都是女的,罗旭芝夫人是这学堂的监督,她写了一手的好字,听说她是罗提督的太太,图画教员是吴知府的太太,所有的职员都是太太;还有一个教音乐体操的戏小奴,是个嫁给中国人做太太的日本婆子,学堂内附设得有小学和幼稚园,曹师母的学费是母亲接济的,她每天带着我到学堂去,不知我是进的哪一班,初级小学,或者是幼稚园,我总之没弄清楚,也许是幼稚班吧,因为我记得每天老是唱歌,唱的总是:"男儿第一志气高……将来打战立功劳,男儿第一志气高……"大概这些歌调都是那个日本婆子戏小奴教过来的,还带着军国主义的余味。

曹师母那一班,全是很整齐的少奶奶,小姐们,她们有头上梳着懒洋洋的耳蓬,有的梳着长拖拖的大辫,都是淡施脂粉,穿着一律葱白市布,滚黑边的裹圆(不开岔),算是制服。在那时我的眼里,她们都是美人,只有曹师母一个才是那么老气横秋,虽然她也穿一样的衣服。

在曹师母那儿读的是什么"天命之谓性",听的是什么"性犹杞柳也"的那些没头没脑也从没有懂的天书,还要背诵包本,不但没趣,而且怕极了,在这学校里,听着人家读什么:"天初晓,鸟啼树间,披衣下床,日光满窗。"觉得异常有趣,我最喜欢在下课之后,偷偷地去看曹师母她的上课,有一次我看见她们上图画课,黑板上画了两朵兰花,我想,"这才容易呵,我的师母可以画一万朵,连我也可以画出五朵来",后来我听我的师母告诉我的母亲说,她们那班,兰花画得最好的是袁幼如,我觉得非常疑惑,我想怎样师母还画不赢她,因此,我就特别要看看这位比师母还画得好的袁幼如了,不但我注意袁幼如,很奇怪,我的母亲也注意她。自然,她的装束是和学校中那些人一样,我记得最清楚就是她的眼毛很长，眼睛很大，眼珠子特别有光，鲜红的嘴唇，微微有点厚，她的身材是瘦长的，走起路来特别有风致。一样地，她是受了丈夫的欺负的一位少奶奶，丈夫最喜欢玩弄她，正经事一点也不告诉她，高兴的时爱得像掌上明珠，不高兴抓着发髻就是一顿拳脚。有一次她丈夫把她打得吐了很多鲜血，身上紫了几团，她的母亲却不像谭姑娘的母亲，她却很有勇气地去把女儿接回来，而且派了她的女婿很多不是，要他给钱送女儿进学堂。全靠袁幼如的母亲闹得好，硬把女儿要回来读书，自从进了女学堂，袁幼如穿起学堂的裹圆旗袍，夹着白市布做的书包，天天都可以摇摇摆摆地在街上来往了。

一般人对于女学生，都带着好奇而羡慕的眼光，尤其是一班年青的少奶奶和姑娘的更是憬仰。真的，对于女学生，除了尊敬以外，简直没有二话可说，但是一般男学生，他们的过场，就有些不同，他们是因敬生慕，由慕成想的。一有机会，他们就要来冒险一下。

志赓，是罗旭芝监督的孙女，她原来的名字叫罗开云，因为她的皮肤白而红，鼻子直而高，鲜红的嘴唇里面，含着满口雪白的牙齿，眼睛更是亮闪闪底，因为她是一个顶热情的大姑娘，所以她的脸上，总是挂上一副温和的笑容。她确是一个文人，更长于图画、音乐、体操，她的风琴弹得很好，在学生中，她算是飘然欲仙的一个，她不善于辞令，也不爱说什么，单是她那温柔的笑脸，就足够使人倾倒，自然，跟着她来的问题，就是一个男女之爱，但是，那一个时代，谁也不敢公然谈爱，谁要来试一下，谁就毁灭。然而，对于罗开云这样一个声名洋溢的女学生，偏就有人要来碰一碰的。记得一个姓唐的是铁道学堂的学生吧，他写了好几封富有诗意的情书，去向罗开云叩这道爱情之门，同时又有位旗下的满人贵族，叫做赓伯良的，他也是倾慕罗开云的才名与艳名，硬向罗府求婚，就门第上说，罗府便承认了赓伯良的婚姻，而罗开云却爱上了唐，她和唐已经有了长久的鱼雁往还，而且他们曾经约好在青羊宫花会中碰过头了，唐是一个文人，五官的轮廓富有说不出的美风格，这是她在青羊宫会仙桥那儿远远就看出的。虽然她和他没有说什么，然而他们两人停住脚四只眼睛的光芒射成了直线的时候，自然，他和她都是那样的羞涩和畏怯，脸上也都起了红潮。然而，他和她的深情厚谊，也就随着他们两人脸上的红潮而卷入了他们两人的心坎。本来他们两人早就预备了很多要说的话，可是，在那个时候，一句也没有说出来，因为她是有许多同学一道的，他们不得不带着紧张得要断了的心弦而又走开。总之罗唐的爱情，从此又进到更高的阶段。

赓伯良要娶罗开云，已成了十分困难的事情，罗开云是爱唐的，唐的诗，唐的文，唐的信，唐的风度，无一不在罗开云的脑海里泛起热爱的波澜，她怎么能嫁赓伯良呢？那末，逃吧！但是，自从青羊宫给唐碰过面以后，同学中有人说了很多闲话，罗监督对于她大加防备，她不但逃不脱，就是给唐通信也很困难，当时的女子，谁也没有这种自由的，在这样情况之下，唐的信也收不到了，赓伯良的婚期，一天追紧一天，从仆妇那儿传来的消息，赓若不能娶罗，他就要削发为僧。罗开云得到这个消息，她好像找到一条大路一样，这启示了她说："抵制嫁赓的唯一武器，就是削发。"她首先要求她的婆婆，要求她允许她不嫁给赓伯良，婆婆虽然是监督，她总是爱孙女的，无论她怎样强硬，总经不起孙女的眼泪，她一直把婆婆的心给哭软了，才让人去说赓伯良退婚，可是赓伯良是个旗下满人，至少也有五分蛮脾气，他说，如果他不娶罗开云，他便不算丈夫，于是事情僵了，婆婆对罗开云又不得不撅起嘴巴发脾气，这一来，罗开云便不能不拿出她的最后武器，她大哭一场，真的把头上的青丝剪了，罗监督又去和赓伯良交涉，赓伯良这一回更是强硬，他说："罗开云既然许配给我，就是我的人，她剪了头发，我要娶过门，她剃秃了头发，我还是要娶过门，她就是死了，我连死尸也要娶过门来摆三晚上！"

因为赓伯良使出连死尸也要抬过门的丈夫手段，剪了头发的开云，便做了他的俘虏。无论她的头枕着赓伯良的手腕，而她的心却在想："这要是唐的多好"！她一天吃饭也在想唐，画画也在想唐，偶然她的眼光给赓伯良碰着一条线上的时候，她的眼睛就像受了什么刺激一样，立刻会流出泪来，她想唐的心，想得快发疯了。可是，这心迹不能剖白给唐，唐已经气愤得削了头发，他到东京出洋了。

罗开云最不愿人家称她少奶奶，更恨人家叫她姑太太，如果有人对她说到一个赓字，她简直要骂出来："见你的鬼！哪个姓赓呀？"可是调皮的同学偏要叫她老赓，这使得她非常痛苦。有时，她简直要求她们："请你们叫我罗开云！"

同学们对于罗开云，非常轻视，大家咭咭哝哝地联络起不和她来往，有的人为了她的功课好要发第一，便大起反对，她们的理由就是说"男女授受不亲"，她和唐通信，就是应该扣完品行分数的，如果她有发第一的消息，她们就要联名给罗监督上呈文，到很奇怪，曹师母她又不像她们那样顽固，她说："我也没有一定要和她往来，如果她要来给我说话，我是不能拒绝的，至于联名上呈文，我简直不能出名字。"噫，怪了！师母那样坚强的人会同情这位情场受伤的小鸟，我听着她对我的母亲说这事的时候，她还是愤愤不平，她说："女人家总是爱毁坏人底！今天进了学堂都还改不掉坏脾气！"

寒假后，我很久不看见师母，这一期我在北门外保立女子小学读书。不知怎么的，忽然听说师母的父亲病得很重，我跟母亲去看她时，她的父亲已经死了，我们在读书那间屋子里，看见师母的脸上，瘦得只有一张皮，像黄腊的颜色，两颗眼珠在那发紫的眼圈里直是打转。她服侍她的父亲，已经有几夜不曾睡觉了。母亲很注意她的脸色，忽然她看见师母的臂膀上的衣袖有些班点，母亲的脸色一下子严重起来，她说："怎么？我的朋友！"母亲的声音，是抖战的，她的眼睛死钉在师母的脸上，她的手，指着师母衣衫上的班点问她。师母的脸上苦笑了一下，眼圈儿就红了，母亲便心领神会地把我支出书房，叫我去看外面的棋盘花开了没有？好像是暮春天气吧，师母那小花园里的花树，叶子都不是嫩黄的颜色，果然棋盘花开得正像芙蓉一样，不知道还有一种什么花发出来浓烈的香味，我爱嗅极了，但是，我觉得母亲真奇怪，这样好的花，怎么她自己不来看，偏叫我一个人来。那末，她定要和师母说什么话，我怀疑她定是说师母的臂膀，师母的臂膀，有什么不可以让我知道呢？我疑怀的很，但是，我不敢问，我怕母亲说："万事都有你！"而且我知道她一定是这句话。

最奇怪的是师母在丧服之中，天天都要到我家来，她来了，母亲便要叫赤莲大姐泡一碗浓茶，在母亲房中点上安息香，于是她和师母便到房中去把门关上来，究竟她们在做啥子？好奇心驱使着我走到门缝里去偷看她们，并无所获，只不过嗅着很舒适的香味，和听着母亲用钳子剪刀的声音，虽然没有看见，我知道是在做一件什么事，而这事一定与师母的臂膀有关。

过了很久的一个夜里，天气闷热得逼人，我的曾祖母，父亲和母亲都在屋后林盘里歇凉，林盘的前段，有几株合抱的胡桃树，那浓密的枝叶，把天都遮蔽了，要不是锯掉了那扫坏了屋上的瓦的枝头的话，照我想恐怕连月光也漏不下来。曾祖母她们围坐在树下的一张矮圆桌的周围，大家连连地摇着扇子，地上插了几枝安息香，母亲说这香真好，上回曹冰如臂膀上的创伤，全都乌黑了，给这香一薰，两天就变了正色。同时母亲又称赞曹师母的傻劲儿，她说："我把她臂膀上的包布一打开，我的天，巴掌大一块肉都割去了。刀创上乌黝黝地满是些香灰渣子，没有烧过的香棍签签呀，还有些乱七八糟的渣子呀，把那刀创糊得骇人，我问她怎么弄的？她说她用口把膀上的肉含得高高的，一刀割下去，她才想起要出血的事，来不及了，她才赶忙到香炉内抓两把香灰掩在上面。……"

"要不是有神灵保佑，哎呀！"曾祖母听着都在摆头，她这样说："真是孝心感动天和地！"

"这个人是很难得，"父亲也在称赞师母。这时，我才晓得师母在她父亲重病时，医药都没办法，她就想起那些传说的割股肉的故事，她想："只要父亲得好，割一块肉算得什么，就是整个的身体割完，也不过是还给父亲而已。"可惜，她的父亲并没有因为吃了她臂膀上这一大块肉就活起来，这是她最痛心的事情。

后来，师母同班中有人说她这种举动，算是愚孝，犹之乎岳飞的愚忠一般，我的父亲却说："像这样的愚孝和岳飞的愚忠，千古都很少，现在我们希望多有几个！"

她的同班人中，还有说她割股救亲的事，完全是沽名钓誉的作用，我的母亲却说："现在的人，不顾面皮的多得很，假如这些人都能沽名钓誉，做几件损己利人的行为出来，到很不错，只可惜他们连沽名钓誉的事都不作！"

天气真是热极了，曾祖母说好多年都没有这样热过。恐怕会要下大雨，赤莲大姐说林盘中的蚂蚁牵起队伍搬家，定要涨大水，大家都希望雨早点落下来，也免得那样热。果然那天下午，洒起大颗大颗的雨点，天空中电火一闪，接着就是霹塌一个天雷，雨便越下越大，当天夜里就退了凉，我记得曾祖在半夜里还给我盖棉被的。这雨好像一连下了三天，我们家里也没有人上过街，到了天晴，父亲上街去回来，就在对母亲和曾祖母说什么川汉铁路的事情非常严重。因为川汉铁路是全川七千万人民的资本，而卖国贼铁道大臣盛宣怀他们要收归官办的原因，就是好拿这条铁路抵给外国人借款，四川咨议局的议长蒲殿俊，议员罗伦，颜楷，他们都是众望所归的进士翰林。他们代表着人民的一方面，要坚持商办，自然，这争执中是含有万分严重的经济和政治的意义。铁道银行中几千万的巨款，都是从四川粮税上征收的人民的血汗钱，这怎么能给官办呢？是七月初头上，蒲殿俊、罗伦、颜楷他们代表咨议局去见制台赵尔丰，制台把他们扣留了，这样一来，成都简直变了一个形象，不知是什么人的主意，到处街上很快地搭起一座台，供上先皇光绪帝的牌位，任你大小官员，打那儿过时，总得下了轿走过来三跪九叩之后，才得前行。成都市民的爱国情绪热到了疯狂的程度，他们结队成群地满街演说，庞大的队伍，头上顶着先皇的牌位开到南辕上痛哭流涕满地请愿，害得封疆大臣赵制台也得跪着出来迎接。

美术女学堂的女学生——那些少奶奶们通通都出来开会，日本婆子戏小奴，她也参加着到处演说，而且她演说得非常伤心，她的眼泪一颗一颗的流出来，她哭得来好像马上就要亡国一样，那些听众也就跟着她捏鼻子，全个会场都听到悉悉虎虎的声音。有的人简直像死了父母一样，哭得直是打扼扼。

曹师母在这次运动中十分活跃，因为她是居孀人，生活又狠谨严，人家向来都不疑她，罗监督派了她担负情报的工作，真是再好不过，她时而在南辕上，时而在铁路公司，时而又在美术学堂，她像报马一样并不感觉到疲乏。总之，她一心一意在参加保路运动。她这时万分兴奋，她觉得她的一生中，遇着的事，很多都是从前的女人，没有遇着过的，她对于她所见的世面，感到无上的满意。

事情越闹越大，城内的人民已经实行罢市，街上什么也买不出来，大家都甘愿休息几天，成华两县的知县，慌得把四道城门一下子上锁，通通关着不准进出，就是挑粪水和卖小菜的都给挡了驾。政府和人民好像完全站在相反的地位。暴动的谣言很大，政府的防范更严。什么东西都检查得很紧，通信更是查得利害，而城内的消息，又急于要传到四乡，曹师母曾经为了传递消息，她在半夜里从城墙的水洞子内钻到城外去，把那些用白矾在油纸上写的传单，送到府河里，让它飘到下游去，各地都会有人拾去看的。

拥护保路的文件，像雪片一般，到处都有，最通俗的，反对卖国贼的画报，四城都张贴得有，就是我们这班小孩子们，口头唱的都是："宁为自由鬼，不作亡国奴！"这一高潮使得清廷异常愤怒，派了一位钦差大臣，两湖总督端方前来查办，端方带了五万巡防军浩浩荡荡地进入四川。才到资州，而血洗成都的消息，已经传遍了全城，问题更是严重了。

我很久都没有看见曹师母，我听说她忙得很，她像是当了革命党了。川西坝子上的跑哥都活动起来，灌县、温江、汉州、阳县很多县份都组织了同志会，而革命党也很活动，有一天，我们听说同志军杀了钦差大臣端方的消息时，有人说是革命党的计策，城内形势很紧。曾祖母带着母亲和我们便搬到乡下靠大路的一所茅屋里，当夜母亲又生一个小孩；我们便住在那儿没有进城。

有天晚上，大路上走路的人，通宵不断，曾祖母怕得不敢睡觉，半夜就下了床，母亲也睡不着，她们说城内定有事情，她们耽心父亲，曾祖母接连念："菩萨呀！要保佑才好呵！"整夜我们都没睡觉，好像在等待事变的到来。

第二天清早，天才模糊糊有点亮，母亲便从茅屋里出来，她走到矮的黄土墙边去看大路的行人，那是十月中旬，天气已经转了冬令，墙头上的草，都枯萎了。晨风吹到脸上，冷飕飕的，我想母亲是个月母子，怎么可以去吹风呢？要在平常，她是不能出房门的。我看她的心里焦灼极了，我也晓得这件事似乎不平常。

吃早饭的时候，父亲派了一个人来，说是城内抢了一晚上，现在已经平息了，据他说这次的大抢，不叫抢，叫做"打启发"，都是大家事先组织好，连警察都通通参加，每条街上给抢的，也是早就决定了的，穷人都出来打启发，发财的官府，都被打。凡是官府，大当铺，小押当，吃高利的抵押人家，通通被打，全城里都在打，后来连藩库都打开来，不知道有若干万的现银子，通给打光了。满街上都丢起包银子的纸，说是脚一踢都可以碰上两锭。

"那末，你打到多少?"我问他说。

"我又没有去打!"

"那末，你在屋里睡觉呀?!"跟随我们在乡下的叶占春，他简直气死了，他连连说："运气，运气!"他想到这样好的机会，都没有发着财，他那几天都是垂头丧气的。

父亲到乡下来，他说现在光复了，我简直不懂什么东西叫光复，我和弟弟挽着他，硬要他把光复给我说清楚。他说我们都是汉人，从前是我们的天下，被满人夺去管了三百多年，现在我们又夺回来自己管，不受满人的欺负，就叫光复了。父亲又对母亲说，历来改朝换国，都没有这次容易，可见人是归服汉朝的，母亲自然是同意父亲的话。

"现在不又是汉朝吗?"我想起戏台上的汉朝的王昭君的样子，又想起书本上画那张良进履的神情。汉朝是好，汉朝的人是那么的美，那么有礼。我也觉得归服汉朝好得很!

其实并不叫什么汉朝，只叫民国，城内成立了军政府，陆军新兵统领尹昌衡做了都督，不过军政府新出的铜元背上有十八个圈圈，圈着一个汉字而已。我随母亲进城去，看见街上简直变了样子，每条街的茶馆内都坐了满座，热闹得很，有的人打起英雄结子头上带两朵绒花，完全和戏台的武松一样，有的穿着大领衣，束着带子，他们说是复古了，他们穿的古装，街上很多人来来往往，都像大有办法的样子，有个一向很穷的人，身上穿了三件皮袄，都是那晚上打启发打来的。

母亲回到家里打了一个转，父亲这时正在组织什么机关，有很多兄弟伙在我家里，人尽管多，一点也不热闹，反觉得冷清清底。

屋子内，人家送了很多点心，尽都是木匣子装璜的，母亲选了两匣好的提起来，她带着我便到曹师母家里去了。在街上我们碰着一队同志军，他们的头上都用青布包着头，有的抱着大刀，有的拿着长矛，他们真是威武，过山号吹得雾，雾——雾——地红旗上贴着斗大一个汉字。高兴极了，我觉得满街都像在演戏一样。

曹师母和她的女朋友孙友赓正在谈什么事，她看见母亲去了，她们便提起妇女的服装问题来讨论了很久，曹师母说是大领的古装好，孙友赓说是要穿战裙才行，看这光景，实在有些奇怪，她们究竟要什么才能满意呢？

过了几天，军政府下令剪发，孙友赓先把头发剪了，曹师母天天出去开会。她们以为重男轻女的习惯顶不好，她们主张女子赶快放脚，赶快读书，她们很快组织了女子教育会，懿范学堂的崔群，她是一个女革命党，她也是到处奔走，社会上有女学生们的活动，好像水里面有鱼活动一般。这一个冬天，朔风一样地吹得人们的脸上起鸡皮疙瘩，可是社会上并没有颓丧的情绪，好像人们的心里都照耀得有温暖的太阳。

这一个冬天，自由结婚的风气，像彩雾一样弥漫在成都的社会里，从我们的风流都督以下，直到裁缝戏子，都有风流韵事，而且成功得风驰电掣一般，从前的婚姻要经过纳彩行聘，还要长远的时候，三年五年，十年八年之后，才能说到婚娶，现在是新时代，把那些老腐败的酸格式一脚就踢翻了。有人说："罗唐的婚姻，要是在这个冬天，一定就会胜利。"但是，也有人说："不成！"他们以为这个自由，并不属于女子，也不属于学生，而是属于一班有钱有势的新贵，这句话真真很对，李裁缝趁打启发那晚把鲁家水招子背到家里成了婚，过后，鲁家给他大起交涉，陈家小姐跟着一个唱花旦的跑了过后，大大受人唾骂，而我们的风流都督接了两个姨太太也没有人反对。至于那些出风头的议员先生，更是大娶女学生，而人们到是认为香艳的。这社会，真的又变了一个样子，只有我的曹师母还是那样竹节冰操，她没有变。她一样底做事，开会，要是有罗监督在场，她从不曾上台去演说，她是守的"长者前不敢言"的礼节。如果她一演说，人家都很尊敬。人家对待她都好，比对待老赓好，对老赓，人家都带讥讽冷淡的神情，对她是严正的尊敬，她对于老赓，很爱惜，而老赓对于她就很怕。

现在是民国了，男女平等的呼声高入了云霄，孙友赓因为剪了头发，人家认为是男女不分，把她捉来关在监里，并没有人出来替她说话，那些叫男女平等的太太奶奶们，她们只愿意就是她们几个人自己平等。孙友赓坐牢，她们认为是活该，她们当然不管。

女子教育会开大会，请了骆状元来演说，他说了很长的时候，尽说的是《礼记》，很多人都不懂，虽然有人打瞌睡照例的巴掌拍得很响。罗监督上台，人家一样的欢迎，人家请杨师母演说时，她还没有说几句，台下的听众就有人对她做鬼脸，她说那个人对着她把嘴巴歪到了耳边，下台来她的脸都气红了。会散过后，这件故事便随着人们的脚头传遍了全城。

我的师母，她很生气，"活见鬼！男女平等，我看再一辈子都不得平等！"她想："成都这地方太坏，我还是离开吧！"

曹师母接了威远县女学堂的聘书，她想越走得快越好。好在她的行李简单，带了一口衣箱，一个被盖卷，便从东门外望江楼坐着木船离开了成都。

曹师母在外面教了两年书回来时，正是袁世凯当道，严拿革命党人，崔群女士被他们追得逾墙而逃，成都又变了一个样子，但是师母倾向革命的心，还是很真诚，她有机会看见同志军大英雄丁厚堂的妹妹丁兰君，她骗师母，说她曾经参加攻打雨花台，她把戏场上的情景说得活灵活现，骗得曹师母五体投地，几乎要给她叩头了，她想："这才是真真的女英雄，我们算得什么？"

然而，到曹师母一证明丁兰君的话是骗她的时候，她简直对于那班女革命家，女先生，女……大大失望，这都是教育不够，女人们一出来都是虚荣心。她想："要能够真真的去掉男尊女卑的恶习，只有女人自己真真能够觉悟才行，那除了教育，就没有第二个更好的方法。"

一经这样认定以后，曹师母更要以身作则，她决心永生永世教书，她想从她的生活，从她的认识来教育大众，她一直过着刻苦的日子。自然，她教了几个学生，都是她的得意徒弟，但是一到婚嫁之后，才晓得她的心血都是白费了的。好在她的脾气是不会追悔的，既决心这样，她就忍受一切。

贫困和辛苦磨折着她，使她得下很重的吐血病，在一般人的眼光看来，她是顶可怜，因为她的家属，是不关心她的。对于这一层，她自己比谁也清楚。但是，她得到的安慰，比她的家属还来得浓厚，她的坚强的操守，已经赢得伟大的同情，不管她的后母亲怎样冷淡她。

师母的病，在学生和朋友的爱抚下，公然养好了，她又当了几年的教员，无论她是怎样的忠诚，无论她是怎样地牺牲自己，她只成功了她自己的伟大人格，在这点上，她是不满足，她的志向是要能够为人类的大众，而她二十年奋斗的结果，除了只成功了个人，还不能给人类加上一个光彩，她感到人世间的苦门究竟渺小，于是，她在"佛法无边"四个大字之下披发入山了。她以为只有无边的佛法，才能拯救这恒河沙数的众生。如果佛法真是无边的话，我愿看见我的师母伏着无边的佛光来照透这黑暗的世界！我愿听见我的师母带着无量的佛音来高叫全世界的众生起来！我愿意随着我的师母皈依佛法！

选自1941年《妇女月刊》第1卷第1、2期，1942年《妇女月刊》第1卷第5、6期